나의 신앙은
어디에 있는가

나의 신앙은
어디에 있는가

홍창배 옮김 바다출판사

톨스토이

목차

일러두기

- 이 책은 러시아 Teppa에서 출판된 《레프 톨스토이 전집ЛЕВ ТОЛСТОЙ – Полное Собрание Сочинений》(모스크바, 1992) 제23권에 실린 〈나의 신앙은 어디에 있는가В чём моя вера?〉를 원본으로 번역하였습니다.
- 이 책에 나오는 성경구절은 개역개정판 《성경전서》를 기본으로 하되 옮긴이가 원문 내용을 반영하여 번역하였습니다.
- 본문 하단에 있는 주는 모두 저자의 것입니다. 옮긴이 주는 문장 뒤에 '옮긴이'로 표시하였습니다.
- 인명, 지명을 비롯한 외래어는 국립국어원의 외래어표기법을 따랐으나 몇몇 경우 일상적으로 널리 쓰이는 용례가 있으면 이를 참고하였습니다.
- 단행본과 정기간행물 등은 겹화살괄호(《 》)로 표기하였으며, 단편·시·논문·기사·장절 등의 제목은 홑화살괄호(〈 〉)로 표기하였습니다.

　이 세상에서 55년을 살면서, 14년 내지 15년의 유년 시절을 제외하고, 사회주의자나 혁명론자는 아니었지만 평상시에 우리가 흔히 여기는 의미에서의 니힐리스트, 즉 모든 신앙을 부정하는 무신론자로서 나는 35년의 삶을 살았다.

　5년 전부터 나는 그리스도의 가르침을 믿기 시작했다. 그리고 나의 삶은 갑작스럽게 변화되었다. 나는 내가 이전에 원했던 것을 더 이상 원치 않게 되었고, 이전에 원치 않았던 것을 이제 원하게 되었다. 즉 이전에 내게 좋게 보였던 것이 이제 불쾌한 것으로 보였고 또 이전에 불쾌한 것으로 여겨졌던 것이 이제는 좋은 것으로 여겨졌던 것이다. 나에게도 보통 사람들에게 발생되는 일이 벌어진 것이다. 즉 사건 그 자체—전혀 그에게 필요하지 않았던 일—에서 벗어나, 갑자기 중요한 것을 결정하고 집으로 돌아오게 되었던 것이다. 그리고 오른편에 있던 모든 것은 왼편에 있게 되었고 또 왼편에 있던 모든 것은 오른편에 있게 되었다. 과거에 바랐던 것—가능한 내 집에서 멀리 있고자 했던—이 바뀌어 이제는 내 집에서 가능한 가까이 있기를 원하게 되었다. 내 삶의 방향, 나의 욕망들은 다른 것들이 되었다. 선과 악이 그 자리를 바꿨다. 이 모든 일은 내가 그리스도의 가르침을 이전에 이해했던 것과 달리 이해하였음으로 벌어진 것이었다.

나는 그리스도의 가르침에 대해 논의하고자 하는 것이 아니다. 단지 어떻게 내가 가장 단순명료하고, 의심할 바 없이 이해 가능하고, 또 모든 사람들에게 향해 있는 그리스도의 가르침을 이해했는지, 어떻게 그것이 내 영혼을 변화시켰고 내게 평안과 행복을 주었는지에 대해 이야기하려고 한다.

내가 원하는 것이 딱 하나 있다고 한다면, 그리스도의 가르침에 대해 논의해 보고자 하는 것이 아니라 오히려 그런 논의를 금하는 것임을 먼저 알아주기를 바란다.

모든 그리스도교 교회들은 항상, 교육 수준과 두뇌 능력이 다른 모든 사람들이 머리가 좋고 나쁘건 간에 신 앞에 평등하다고 생각하고, 누구나 신성한 진리에 도달할 수 있다고 본다. 그리스도는 심지어 똑똑한 이들에게 감춰진 것을 똑똑하지 않은 이들이 발견하는 것이 오히려 신의 뜻이라고까지 말했다.

모든 이들이 교의학, 설교술, 교부학, 예배학, 해석학, 변론학 등의 가장 깊은 비밀까지 다 알 수는 없지만 반드시 그리스도가 예전에 살았었고 지금도 살아 있는 수백만의 단순하고 무식한 이들에게 말했었다는 사실을 이해해야 한다. 바울, 클리멘트, 성 요한 즐라토우스트 혹은 다른 이들에 의해 설명된 기독학의 해석 수준을 넘어설 가능성이 없는 모든 평범한 사람들에게 그리스도는 예전에는 내가 이해하지 못했고 이제는 이해된 바로 그 가르침을 전했고, 그래서 또한 나도 그들에게 바로 그것을 말해보고자 하는 것이다.

십자가에 매달린 강도는 그리스도를 믿고 구원받았다. 만약 강도가 십자가에서 죽지 않고 거기서 내려와 사람들에게 어떻게 자신이 그리스도를 믿었는지 이야기했다면, 과연 그의 말은 불쾌하고 누구에게든지 해가 되는 말이었을까?

나 또한 십자가에 매달린 강도처럼 그리스도의 가르침을 믿고 구원받았다. 이 말은 돌려 말한 비유가 아니라, 예전에 내가 위치해 있었던 삶과 죽음 앞에서의 끔찍한 절망의 정신 상태와 지금 내가 위치한 평안과 행복의 정신 상태를 표현함에 있어 가장 가까운 말이다.

나는 내가 그 강도처럼 추잡하게 살아왔음을 깨달았고 또 내 주위 대부분의 사람들이 아직도 그와 같이 살아가고 있음을 목격했다. 나 역시 그 강도처럼 불행했고 고통을 겪었으며 내 주위의 사람들도 마찬가지로 불행하고 고통스러워함을 알았고, 그래서 이 상태로부터 죽음 이외의 어떤 출구도 보지 못했었던 것이다. 나 또한 십자가에 못 박힌 그 강도처럼, 어떤 힘에 의해 인생이라고 하는 고통과 악에 못 박혀 있었던 것이다. 인생이라는 의미 없는 고통과 악 이후에, 죽음이라는 무서운 어둠이 커다란 입을 벌리고 강도를 기다렸듯이 내게도 그와 같은 것이 기다렸었다.

모든 점에서 나는 완전히 그 강도와 흡사했지만, 그 강도는 벌써 죽었고 난 살아 있다는 점에서 차이가 있었다. 강도는 그의 구원이 거기, 무덤 너머에 있을 것임을 믿을 수 있었지만 나는 이를 믿을 수 없었다. 왜냐하면 무덤 너머의 삶 말고, 여기에서의 삶이 아직 내 앞에 남아 있었기 때문이다. 나는 이런 삶을 이해할 수 없었다. 그런 삶은 내게 끔찍하게 보였다. 그런데 갑자기 나는 그리스도의 말을 전해 듣게 되었고, 그것들을 이해했으며, 삶과 죽음이 내게 악과 절망으로 보이기를 그치고 대신 죽음에 의해 파괴되지 않는 삶의 기쁨과 행복들을 경험한 것이다.

내게 어떤 일이 벌어졌는지 이야기하는 것이 정말 누구에게든지 해가 되는 것이란 말인가?

1.　　악을 악으로 갚지 마라

왜 이전에 내가 그리스도의 가르침을 이해하지 못했었는지와 어떻게, 왜 그 가르침을 이해하게 되었는지에 관해서 나는 두 개의 긴 글을 썼다. 〈교의신학비판〉과 〈4복음서에 대한 주석과 새로운 번역〉이 그것이다. 나는 이 글들에서 체계적으로 한 발씩, 사람들에게 은폐되어 있는 진리를 분석하기 위해 노력했으며, 행간의 의미를 다시금 파악하여 번역했고 4복음서를 대조하고 통합시켰다.

이 일은 벌써 6년 동안 지속되고 있다. 매년, 매달 나는 새롭고도 새로운 깨달음을 찾아내고 기본 의미를 더 확실히 하며, 내 작업에 지나치게 서두르고 몰두함으로 인해 오히려 실수로 숨어들어간 오류들을 고치고 있으며, 이미 되어진 것에 첨부 작업을 하기도 한다. 얼마 남지 않은 나의 인생은 확실히 이런 일련의 작업들이 완결되기 전에 끝나게 될 수도 있을 것이다. 하지만 나는 이 일이 필요한 것임을 확신하고 따라서 내가 살아 있는 동안 할 수 있을 만큼 할 작정이다.

나의 계속된 신학과 복음서들에 대한 외면적 작업은 이와 같았지만 내적인 작업, 즉 내가 여기서 말하고 싶어 하는 깃은 정작 그런 것이 아니었다. 이 글에서 말하고자 하는 것은 신학과 복음서 텍스트의 방법론적 연구가 아니라 교의를 은폐시키고 있던 모든 것들을 잠시 배제시키고, 순간적으로 진리의 빛으로 모든 것을 밝히는 일이다. 이것은 마치 헛되이 스케치를 하고 있는 어떤 이가 퇴적물로 뒤섞인 작은 조각들이 보이는 조각상의 절단면에서 문득 그중 가장 큰 조각이 전혀 별개의 조각상에서 왔다는 사실을 깨닫고서 관계없는 이전의 대리석 조각들 대신에 모든 부분, 구부러진 단면마다 다른 대리석들을 사용해, 자신이 표현하고자 했던 바를 확실히 알아주기를 바라는 단 하나의 목적에서, 완전히 새 조각상을 만들고자 하는 자와 흡사하다. 바로 이같은 일이 내게 벌어진 것이다. 바로 이것이 내가 이야기해보고자 하는 것이다.

예수 그리스도의 가르침에 이르기까지 어떻게 내게 명확하고 의심할 여지없이 믿을 만한 진리를 열어주는 열쇠를 찾았는지를 나는 말하고 싶다.

이 열림은 나에게 다음과 같이 일어났다. 내가 스스로 복음서를 읽게 된 제일 어렸을 적부터 가장 나를 감동시키고 감격시킨 부분은 사랑과 화평에 대한 설교와 낮아짐, 자기희생, 악을 선으로 갚으라는 그리스도의 가르침이었다. 이와 같은 것들이 나에게 있어서 항상 그리스도성christianity의 본질로 남았고, 나는 이런 것들을 진정으로 사랑했다. 나는 그리스도의 이름에 있어 절망과 불신앙 이후에 근면한 기독교 민중이 삶에 부여하는 그 의미를 옳은 것으로 인정하고 이 민중이 가지는 그 신앙―즉 정교회의―에 나를 복종시킨 것도 그 이름으로부터였다. 하지만 교회에 나 스스로를 복종시킨 뒤, 나는 곧 내가 교회의 가르침 속에서 그리스도성의 기본에 대한 해석과 확증도 찾지 못하고 있음을 깨달았다. 내게는 그리스도성의 본질이라고 보이는 것들이 대부분 교회의 교의에는 포함되어 있지 않음을 깨달은 것이다. 그리스도의 가르침 중에서 최고로 중요한 것으로 내게 나타난 것이 교회에 의해서는 가장 중요한 것으로 여겨지지는 않았다. 교회가 가장 중시한 것은 다른 것이었다. 처음에 나는 이것이 의미하는 바를 교회의 가르침의 특이성으로 돌리지 않았다. '그래, 그렇다면'―나는 생각했다―'교회는 사랑, 화평, 그리고 자기희생 외에 어떤 교리적이고 외적인 측면을 더 인정하는 것이구나. 이런 측면이 내게는 낯설고, 심지어 반감마저 갖게 만들지만, 뭐 해로울 것은 전혀 없으니까.'

하지만 교회의 가르침에 순응하여 살면 살수록, 처음에 내게 여겨진 것처럼 교의의 이 특이성이 별게 아닌 것이 아니라는 점이 더 뚜렷하게 여겨지기 시작했다. 교회 교의의 이상한 점들과 또 추방, 사형, 전쟁에 대한 교회의 승인과 찬성, 그리고 다른 신앙을 가지고 있다고 해서 서로를 용납하지 못하는 행위들이 나를 교회로부터 멀어지게 했다. 그러나 교회에 대한 나의 신의를 그 근본부터 잃게 만들었던 점은 한마디로 무관심, 즉 내가 그리스도 가르침의 본질이라고 여겼던 것에는 무관심하면서, 반대로 내가 본질적이 아니라고 생각했던 것을 오히려 더 중요시하는 것을 보고 그렇게 된 것이다. 여기에 뭔가 잘못된 점이 있다고 나는 느꼈다. 하지만 그 잘못된 점이 무엇인지 나는 도무지 찾을 수가 없었다. 왜냐하면 교의는 그리스도의 가르침에서 내게 중요하다고 여겨진 것을 부정하지 않을뿐더러 전적으로 그것을 인정하지만, 이 중요한 그리스도의 가르침이 언제나 최고의 위치에 있지는 않게 됨을 인정하고 있기 때문이었다. 교회가 본질적인 것을 부인했다는 점에서 내가 교회를 비난할 수는 없었지만, 교회는 나를 충족시킬 수 없는 정도에서 본질적인 것을 인정하기에 그쳤다. 교회는 내가 거기서 기대한 것을 내게 주지 않았다.

내가 니힐리즘(무신론)을 넘어 교회로 간 것은 단지 믿음과 지식, 즉 내 동물적인 본능은 별문제로 치고, 무엇이 좋은 것인지 나쁜 것인지 알 수 있게 해주는 지식 없이는 삶을 꾸려갈 수 없음을 깨달았기 때문이었다. 이 지식을 난 기독교에서 찾을 수 있을 줄 알았다. 하지만 기독교는, 내게 당시 느껴졌던 것처럼 하나의 잘 알려진 어떤 기분, 즉 굉장히 모호한, 그 모호한 기분에서 명확하고 필수적인 삶의 법칙을 이끌어낼 리 만무한 어떤 분위기에 불과했던 것이다. 나는 삶의 법칙들을 얻기 위해 교회로 향한 것인데 말이다. 대신 교회는 나를 그 소중한 기독교적 감정에 전혀 가까워지지 않게 만드는, 오히려 그 감정에서 멀어지게 만드는 그런 법칙들을 내게 주었던 것이다. 그리하여 나는 교회에 갈 수 없었다. 내게는 기독교의 진리를 근본으로 하는 삶이 귀중했고 또 필요했다. 그런데 교회는 나에게 귀중한 진리와는 완전 별개의 삶의 법칙들을 주었던 것이다. 그 법칙들, 교리에 있어서의 믿음에 관해, 신비와 재계齋戒, 기도법의 준수에 관해 교회가 제시한 법칙들은 나에게 불필요한 것들이었다. 기독교적 진리를 근본으로 하는 법칙들은 존재하지 않았다. 뿐만 아니라 교회적인 법칙들은, 유일하게 내 인생에 의미를 주는 기독교적 감정을 약화시키고 때론 아주 직접적으로 섬멸시켜버렸다. 무엇보다 나를 뒤숭숭하게 만든 것은 모든 인간적인 악, 즉 일부 사람들의 판단, 온 국민의 판단, 이교도적 판단, 이와 같은 모든 종류의 판단에서 비롯하는 사형, 전쟁을 교회가 나서서 모두 정당하다고 여기는 것이었다. 화평하고, 판단하지 말고, 모욕당한 것을 용서하라고 가르치셨고, 또 희생과 사랑에 대해 가르친 그리스도의 영광을 찬양하면서도, 교회는 동시에 이 가르침과 양립할 수 없는 일에 대해서도 인정했었다.

정말로 그리스도의 가르침에 이런 모순들이 반드시 존재해야만 하는 것이었을까? 나는 이를 믿을 수 없었다. 게다가 내가 알았던 몇몇 교리들에 관한 교회의 확고한 법칙들이 전제해야하는 복음서 대신에, 그 복음서가 있어야 할 자리를 가장 확고하지 않은 것들이 차지하고 있는 점은 언제나 나를 놀라게 만들었다. 가르침의 실천에 있어서, 바로 그 자리는 가장 확고하고 명확한 부분이었을 터이다. 교의와 기독교인의 의무의 근거 사이에 가장 명확하고 정확한 모델이 있어야 했을 터이다. 하지만 가르침의 실천에 관해서 가장 불분명하고 흐릿하고, 어떤 신비적인 표현만이 말해질 뿐이었다. 과연 이러한 것들이 자신의 가르침을 강해하면서 그리스도가 바랐던 것이었을까? 나에게 이 의심을 해결할 수 있게 하는 유일한 방법을 찾게 해주는 길은 다시 복음서를 읽는 것이었다. 그래서 나는 복음서를 읽고 또 읽었다. 전체 복음서 가운데, 특별히 항상 나에게 돋보인 것은 산상수훈이다. 그 어디에도 이 부분을 제외하고는 그리스도가 그렇게 엄숙하고, 명쾌하고, 이해하기 쉽게, 바로 모두의 마음에 화답하는 그리도 많은 각각의 도덕법칙을 말한 적이 없다. 또 그 어디에서도 이처럼 다양한 계층의 평범한 많은 군중을 상대로 말한 적도 없다. 만일 명료하고 특정한 기독교적 법칙들이 존재한다고 하면, 그것은 반드시 여기에서 표현된 것들일 것이다. 〈마태복음〉 3장에서 나는 나의 회의를 해명할 수 있는 방법을 찾았던 것이다.

나는 산상수훈을 되풀이해서 읽었고, 때마다 바로 이 가르침을 실천해 보았다. 그 구절들, 즉 뺨을 돌려대고, 속옷까지 내어주며, 모든 이와 화평하고 원수를 사랑하라는 그 구절들을 읽으면서 얼마나 환희와 감격에 찼었는가. 하지만 또 어떤 충족되지 않는 느낌도 있었다. 만인을 향한 하나님의 말씀에는 불명확한 부분이 있었다. 내가 이해한 바에 따르면, 그 말씀들은 너무도 실행 불가능한 모든 것에 대한 단념을 그 조건으로 했고 오히려 그것은 삶 그 자체를 없애버렸다. 완전 금욕이 구원의 필수조건이 되는 것이 내게 불가능해보였던 것이다. 어떻게 그것이 구원의 필수조건이 되지 않을 수 없는지에 대한 확고하고 명확한 설명은 전혀 없었다. 나는 산상수훈만 읽은 것이 아니라, 복음서 전체와 거기에 붙은 신학 주해까지도 다 읽었다. 그 주석에 따르면 산상수훈의 요지는 완전성을 지시하고 있었다. 하지만 타락한 인간, 즉 죄에 빠진 모든 인간은 자신의 힘으로 결코 이 완전성에 도달할 리 만무하다. 따라서 믿음과 기도와 은총에서만 인간의 구원은 가능하다고 말하는 신학의 해석들은 전혀 나를 만족시키지 못했던 것이다.

나는 이에 동의하지 않았다. 그리스도가 자신의 가르침이 인간의 힘으로는 실행 불가능하다는 것을 먼저 알았으면서도, 개개인의 삶과 직접 관련 있는 그런 명확하고 훌륭한 법칙들을 주셨는지 의아했기 때문이다. 이 법칙들을 읽으면서 나에게는 언제나 이 법칙들이 나와 직접적으로 관련 있는 것으로 보였고, 나부터 그 실천을 요구하는 것 같았다.

이 법칙들을 읽으면서 나에게는 언제나 내가 바로 지금, 이 시간부터 할 수 있고 다 할 것이라는 기쁜 확신이 들었다. 하지만 실천에 앞서 이 투쟁을 시도하자마자, 나의 의지와 무관하게 교회의 가르침, 즉 인간은 약하고 자기 스스로는 이를 할 수 없다는 교회의 가르침이 떠올라, 약해져버리고 말았다.

나에게 말했었다. 믿어야 하고 기도해야 된다고.

그러나 나는 나의 믿음이 약함을 느꼈고, 그래서 기도할 수 없었다. 사람들은 끝도 없이 내게 말했다. 하나님께 믿음을 갖게 해달라고 기도하라고. 그 믿음을, 기도를 주는 그 믿음을, 믿음을 주는 그 믿음을, 그 기도를 주는 믿음을…….

하지만 이성과 경험이 나에게 보인 것은 이 수단이 효과 없다는 것이었다. 그리스도의 가르침을 실행하기 위해서 오직, 나의 힘만이 효과가 있을 수 있겠다고 여겼다.

그래서 이렇게, 무수히 많고 많은 헛된 탐구와 연구 이후에, 이 문제가 이 가르침의 신성의 증명에 관해서 쓰여진 것이고 또 신성을 갖고 있지 않음을 증명하기 위해서 쓰여진 것이라는 점을 수많은 의심과 고뇌 끝에 알게 된 후, 나는 다시 내 앞에 놓인 신비로운 책과 독대했다. 나는 그 책에 다른 이들이 부여하는 그런 의미를 부여할 수 없었고, 그렇다고 새로운 의미를 부여할 수도, 그렇다고 또 그 책을 거절할 수도 없었다. 그리고 비평가, 학자 전부를 신뢰하지 않게 되었고 마찬가지로 신학자들도 다 내던져버린 후에, 갑자기 "이 어린아이들과 같이 나를 받아들이지 않으면, 하나님 나라에 들어가지 못한다"는 그리스도의 말씀에 이르러 내가 예전에 이해하지 못하였던 것을 이해하게 된 것이다. 나는 어떤 방법론에 따라 능숙하게 숙고해서, 생각을 바꾸고 비교하고 다시 해석함으로써 이해한 것이 아니었다. 반대로 내가 모든 해석들을 잊어버림으로써 새 지평이 열렸던 것이다. 나의 만능열쇠가 있었던 자리는 〈마태복음〉 5장 39절, "눈은 눈으로, 이는 이로 갚으라 하였다는 것을 너희가 들었으나, 나는 너희에게 이르노니 악한 자를 대적지 마라"였다. 나는 이 구절을 첫눈에 직접적으로 그냥 이해했다. 나는 이해했던 것이다. 그리스도가 말 그대로의 의미를 말하는 것이라고. 그리고 어떤 새로운 것이 나타난 것이 아니라, 그 즉시 진리를 가리고 있던 장막이 걷히고 진리가 내 앞에 그모든 의미를 가지고 다시 나타났던 것이다. "눈은 눈으로, 이는 이로 갚으라 하였다는 것을 너희가 들었으나, 나는 너희에게 이르노니 악한 자를 대적지 마라." 이 말씀은 돌연 나에게 완전히 새로운, 마치 한 번도 이전에 내가 읽어보지 못했던 것처럼 여겨졌다.

예전에 나는 이 구절을 읽으면서 이상하게도, 마치 개기일식때 가려진 태양같이 "나는 너희에게 이르노니 악한 자를 대적지 마라"는 문구를 보지 못했던 것이다. 마치 이 문구가 없었던 것처럼, 아니면 그 문구가 그 어떤 의미도 가지고 있지 않은 것처럼 말이다.

그 뒤 많고 많은 내 지인들, 복음서를 알고 있는 기독교인들과의 대담에서 알게 된 것은 그들도 이 구절만 좀 흐릿하게 여기고 있다는 것이었다. 그 누구도 이 문구를 기억하고 있지 않았고, 종종 대화하며 진짜 이 구절이 거기 있는지 없는지 찾기 위해 복음서를 집어 들었던 것이다. 나 또한 이 구절들을 놓치고 있었고 그 다음에 나오는 "누구든지 네 오른뺨을 치거든 왼편도 돌려대며……" 하는 문구만 기억났던 것이다. 또한 이 말씀들은 내게 항상 인간의 고유한 본성과는 관계없는, 고난과 빈궁의 요구로만 여겨졌다. 그 말씀들은 내 마음을 감동시켰다. 나는 느꼈다. 이를 행하는 것이 훌륭한 일이라고. 하지만 또한 느꼈다. 이를 행하도록 결코 노력하지는 않을 것이라고. 왜냐하면 행하기 위해서는 힘들어져야 하니까. 나는 속삭였다. '그래 좋아, 뺨을 돌려대지 뭐. 그런데 그러면 나를 또 때릴 거야. 내가 타인에게 나를 바치면 바칠수록, 내 모든 걸 홀라당 벗겨 먹으려 들 거야. 그러다 보면 내 삶, 목숨도 없게 될 것이다. 그런데 내게 생이 주어진 것인데, 무엇하러 내가 내 삶을 스스로 빼앗겨야 하지? 이런 걸 그리스도가 요구했을 리 없어.' 이때 나는, 그리스도가 이 말씀들로 고난과 가난을 칭송했고, 또 그것들을 칭송하기 위해 과장되게 말하려고 부정확하고 불분명하게 말한 것이라고 추측하면서 스스로에게 말했다. 하지만 이제 이 구절, 악에 대한 무저항의 말씀을 이해했을 때, 나에게 확실한 것, 그리스도는 그 무엇도 과장하지 않았으며, 고난을 위한 그 어떤 고난도 요구하지 않았음을 깨달았을 때, 단지 아주 명료하게 그 말 그대로를 말한 것임을 알게 된 것이다. 그는 말한다. "악에 저항하지 마라. 앞으로 명심해라. 이렇게 하면, 다음과 같은 사람들이 있을 것임을. 당신의 한쪽 뺨을 때리고 반격을 받지도 않았는데 다른 쪽 뺨도 때리는 사람, 셔츠를 뺏고 바지까지 벗기는 사람, 네 노동력을 착취하고 나서도 추가근무를 강제로 시키는 사람, 빌려준 돈도 안 갚으면서 더 가져가려고 하는 사람, …… 이와 똑같다 한들, 역시 마찬가지로 당신은 악에 저항하지 마라. 당신을 때리고 모욕한 이에게 아무튼 선을 행하라.” 그리고 이 말씀을 내가 그 말 뜻 그대로의 의미로 이해했을 때, 그 모든 어두웠던 것이 밝게 되고, 과상된 것처럼 보였던 것이 완벽히 선명하게 보이기 시작했다. 나는 처음으로 “악에 저항하지 마라”는 말씀에서 모든 사상의 중심을 깨달았고, 더 나아가 사전에 대표 뜻이 있듯 그 말씀에는 그 의미의 첫 번째 뜻밖에 없음을 알았다. 나는 알았다. 그리스도가 빰을 대라고 조금도 명하지 않았고, 고난을 당하기 위해 바지를 일부러 내어주라고 한 것도 아님을 알았다. 그는 악에 저항하지 말라고 분부하면서, 이와 같은 상황에 처하는 것이 아마도 힘들 것이라고 말했을 뿐이다. 마치 아버지, 먼 여행길에 자신의 아들을 보내는 아버지처럼, 만일 그가 아들에게 “가라, 내 소중한 아들아. 만약에 비에 젖고 추워도 너는 계속 가야 한다”라고 말했다고 해서, 그 아버지가 정말로 밤을 새서라도 계속해서 가고 많이 먹지도 말고, 비에 젖거나 춥게 하고 다녀도 어쩔 수 없다는 의미로 그런 말을 한 것이 아닌 것처럼, 그리스도는 빰을 대고, 일부러 사서 고생하라고 말하지 않았다. 그는 악을 저항하지 말고, 당신에게 어떠한 일이 닥쳐도, 악에 대항하지 말라고 말한 것이다. 악 혹은 악한 자에 대항하지 말라는 이 말씀들, 곧 그 자체의 의미로서 이해된 것들은 나에게 모든 것을 열어주는, 참으로 나를 위한 열쇠였다. 그리고 내가 어찌 이 명확하고 명료한 말씀들을 새로이 이해하게 되었는지 놀라울 따름이었다. 이에는 이로 갚을 것을 너희가 들었으나, 나는 너희에게 이르노니, 악이나 악한 자에 대적지 마라,

너에게 어떤 나쁜 사람들이 악행을 저질러도, 참고 그냥 줘버려라. 그러나 악을 악으로 대적하지 마라. 이보다 더 의심할 여지없고 이해할만한, 명확한 것이 있을 수 있겠는가? 그리고 그 즉시 예수의 모든 가르침에서, 산상수훈에서 뿐만이 아니라 복음서 전체에서 얽혀 있었던 그 모든 것이 풀렸고, 모순적이기는 했지만 동의할 수 있게 되었다. 과도하다고 여겨졌던 부분이 필수적으로 되었다는 점이 중요하다. 마치 퍼즐 조각들이 반드시 그렇게 되어야 할 하나의 전체로 통합되듯이, 이것과 저것이 의심할 여지없이 서로를 확증하면서, 하나의 목적을 가진 큰 물줄기에 합류되었다. 산상수훈과 복음서 곳곳에서 바로 악에 대한 무저항에 관한 가르침을 확증하였던 것이다.

다른 모든 곳에서와 마찬가지로, 산상수훈에서와 또 어디에서나 그리스도는 스스로 자신의 제자들, 즉 사람들을 핍박받는 자, 얻어맞는 자, 낮은 자(가난한 자, 거지)들이 그러한 것처럼, 뺨을 돌려대고 바지를 벗어주는 악에 대한 무저항에 관한 법칙을 실천하는 자들로 여겼다.

모든 곳에서 그리스도가 여러 차례 말한 것은, 십자가를 지지 않고 모든 것을 포기하지 않은 자는 악에 대한 무저항의 법칙을 실천함으로써 얻어지는 그 모든 효과를 받을 준비가 되지 않아서, 그의 제자로서 자격이 없다는 점이었다. 제자들에게 그리스도가 말하기를 낮은 자가 되고, 예비하는 자가 되고, 악에 저항하지 말고, 박해·고난·죽음을 받아들이라고 했다. 그는 고난과 죽음에 준비되어 있었고, 스스로 악에 저항하지 않으면서, 자신의 가르침을 바꾸지 않고, 악에 저항하기를 바라는 베드로에게 이를 금하면서 자신에게서 물러나게 했다.

그의 처음 제자들 모두 이 악에 대한 무저항의 법칙을 실천했고 그리하여 온 생애 동안 가난한 자, 박해를 받는 자들과 지냈으며 단 한 번도 악을 악으로 갚지 않았다.

이른바 그리스도는 자신이 말할 바를 말한 것이다. 항상 이 법칙을 실행하기가 굉장히 어렵다고 할 수 있고, 모든 이가 이 법칙을 실천한다고 해서 다 은총을 입는다고 하는 점에 동의할 수 없다고도 할 수 있다. 또 믿지 않는 자들이 말하는 것처럼 이는 바보같은 일이고 그리스도는 그의 우매함에 따라 그런 멍청한 제자들만이 따른, 실천할 수 없는 법칙을 제창한 몽상가, 이상주의자라고 말할 수도 있다. 그러나 그리스도는 아주 명확하고 명료한 바로 그 자신이 하고 싶었던 말을 한 것이라는 점은 인정하지 않을 수 없을 것이다. 한마디로 인간은 그의 가르침에 따라 반드시 악에 대항하지 말아야 하고, 그러므로 그의 가르침을 받아들인 자는 악에 대항할 수 없다는 것이다. 여하튼 어떤 믿지 않는 자라고 할지라도 그들 중 그런 단순명료한 그리스도 말씀의 가르침을 이해하지 못하지는 않을 것이다.

2. 반드시 실천을 요구하는 계명

내가 악에 대항하지 말라는 말씀을 말 그대로 악에 대항하지 말라는 것을 의미한다고 이해했을 때, 그리스도의 가르침에 대한 이전의 나의 모든 생각이 일변했고, 나는 그것을 이해하지 못했기 때문이 아니라 그 가르침을 뭔가 이상한 관점에서 바라보고 있었다는 것을 깨닫고 경악을 금치 못하였던 것이다. 이상한 가르침에 나는 지금까지 위치해 있었다. 나는 우리 모두가 기독교적 가르침의 의미―뺨을 돌려대고 원수를 사랑한다고 말할 수 있는 만인에 대한 사랑, 이것이 기독교의 본질을 반영한다는 것―를 잘 알고 있다고 생각했었다. 나는 어렸을 적부터 이를 알았지만, 도대체 무엇 때문인지 내가 그 단순한 말씀들을 단순하게 이해하지 못했고, 어째서 그 말씀들에서 어떤 우의적인 의미를 찾아내려고 했을까? 악한 자에 대적하지 말라는 것은 그 어떤 때라도 악한 자에 대적하지 말라는 뜻이고, 언제나 사랑과 반대에 위치하는 악한 행위에 폭력을 사용하지 말라는 뜻이기도 하다. 그리고 만약 누가 당신을 모욕한다면, 그 모욕을 다시 갚거나 마찬가지로 폭력을 다른 이에게 행사하지 말라는 것이다. 그는 이렇게 이보다 더 명확하게 말할 수 없을 정도로, 명확하고 단순하게 말했다. 신이라고 하는 것을 믿는, 아니면 믿으려고 노력하는 나부터도 자신의 힘으로써는 이를 실천하기가 불가능하다고 말했었다. 주는 내게 말할 것이다. "가서 장작을 패라", 그러면 나는 말할 것이다. "저는 저의 힘으로 이를 행할 수 없습니다." 이렇게 말할 때 나는 둘 중에 하나를 말하는 것이다. 내가 주인이 말한 것을 믿을 수 없다든지, 주인이 분부한 것을 하기 싫다든지. 신이 우리에게 실천하라고 하신 말씀, "실천한 자라야 비로소 깨우치고 위대한 자로 불릴 수 있다"는 것에 대해, 그리고 실천한 자들이라야 생生을 얻는다는 것에 대해 잘 알고 있으면서도 계명, 즉 주인 자신이 실천했고 의심할 여지없이 명확하고 단순한 의미를 반영하는 그 계명에 대해 단 한 번도 이를 실천하고자 시도조차 해본 적도 없으면서 자기의 힘으로는 그 계율을 실천하는 것이 불가능하니 위로부터의 도움이 필요하다고만 말하는 것이다.

　신은 인간들에게 구원을 주기 위해 땅으로 내려왔다. 구원은 삼위일체의 두 번째 얼굴, 신이자 신의 아들이 인간들을 위해 고난을 당하셨고, 아버지 앞에서 그들의 죄를 되샀으며, 인간들에게 그를 믿는 자마다 은총을 전하고 보존하는 교회를 주셨음에 있다. 하지만 이외에도 이 신의 아들은 인간들에게 구원을 위한 가르침과 삶의 예를 주었다. 나조차도 모든 이들을 위해 그들에게 단순명료하게 나타난 삶의 법칙이 그렇게도 실천하기 어렵고 심지어 위로부터의 원조 없이는 불가능하다고 말했었던 것이다. 그는 단지 이것을 말한 것만이 아니라 분명히, 변함없이 실천하고, 실천하지 않는 자는 하나님 나라에 들어가지 못한다고까지 말하였다. 또 그는 한 번도 그 실천이 어려운 것이라고 말한 적 없고, 그와 반대로 "나의 짐은 복되고 이 시기가 적기다"라고 말하였다. 복음의 전도사 요한은 말하길 "그의 계율은 무거운 것이 아니다"라고 했다. 신께서 분명하게 규정한 그것을 실행하라고 명하셨고, 이를 실행하는 것은 쉽다고 말씀해 주셨고, 또 신 스스로가 인간으로서 몸소 실천하였으며 그의 초기 추종자들도 실천했던 그것을 어떻게 나는 그리도 어렵고, 어쩌면 초자연적인 도움 없이는 불가능하다고까지 말했던 것일까? 만약에 어떤 사람이 기존의 주어진 어떤 규율을 어기기 위해 그 자신의 모든 이성적인 노력을 다한다고 했을 때, 이 규율은 본질상 실행 불가능하며 이 규율을 만든 자 스스로가 자신이 만든 이 규율이 원래 혼자 지키기란 불가능하고 규율을 지키기 위해서는 위로부터의 도움이 필요한 것이라고 말한다고 주장하는 것 말고, 이 규율을 어기기 위해 이 사람이 더 할 수 있는 효과적인 변론이 있을까? 그런데 악에 대한 무저항의 계율에 관해 바로 이와 같은 생각을 내가 하고 있었던 것이다. 그리고 나는 언제 어떻게 내 머릿속에 그리스도의 계율은 신성하지만 지키기란 불가능하다는 이상한 생각이 들어왔는지를 떠올려보았다. 과거를 돌아보고 나서, 나는 이 생각이 순전하게 내게 전해진 것이 아니라 (그 생각은 나와 적대적이었다) 나도 모르는 사이 나 스스로 그 생각을 아주 어렸을 적부터 받아들였으며 이후의 전 생애 동안 그 이상한 오해를 더 굳히기만 했다.

어렸을 때부터 사람들은 나에게 그리스도는 신이고, 그의 가르침은 신성하다고 가르쳤다. 하지만 동시에, 나에게 악으로부터의 안전을 폭력으로써 보장하는 정부기관도 존경하고 이 국가를 신성한 것으로 여기라고도 가르쳤다. 나에게 악의 반대편에 서 있으라고 가르쳤으면서도, 굴욕적이고 수치스럽게 악에 굴복해야 한다고 세뇌시키고, 악을 참아내야 하지만, 반대로 또 악에 저항하는 것은 칭찬할 만한 일이라고 가르쳤던 것이다. 그리고 나에게 심판하고 벌을 주는 일을 가르쳤다.[1] 다음으로 나에게 전쟁하는 법, 즉 살인으로써 악에 대응하는 법을 가르쳤고 또 내가 속했었던 군대를 그리스도가 보우하는 군대라고 불렀다.[2] 그리고 이 모든 보훈 작업을 기독교라는 은총의 이름으로써 신성시했던 것이다. 이외에도, 어릴 적부터 성년이 될 때까지 나를 가르쳤던 것은 그리스도의 법칙에 직접적으로 반대되는 말을 하는 것을 존경하라는 것이었다. 나를 놀린 사

---

1 톨스토이는 러시아 카잔대학교 동양어과에 입학했었다. 이후 법과대학으로 전과한 뒤, 대학을 자퇴했다.—옮긴이
2 톨스토이는 크림전쟁에 장교로 참전한 적이 있다.—옮긴이

람에게 면박을 주기, 나와 가족, 민족을 모독한 자에게 폭력으로써 복수하기 등 이런 모든 일들은 부정되지 않았을 뿐더러, 오히려 이것은 모두 다 훌륭한 일이고 그리스도의 계율과도 모순되지 않는 것이라고 나에게 주입식으로 가르쳤던 것이다.

내 주위의 모든 것, 나와 가족의 안녕과 무사, 나의 재산 모두 다 그리스도에 반하는 법칙인 "이에는 이로"의 법칙에서 수립된 것이었다.

교회 교사들은 그리스도의 가르침이 신성하다고 가르치면서, 하지만 그 가르침의 실천은 인간의 연약함과 완전하지 못함 때문에 불가능하다, 따라서 그리스도의 축복만이 그리스도의 가르침의 실천에 도움이 된다고 가르쳤다. 세속의 교사들과 기타 사회 조직은 이미 직접적으로 그리스도의 가르침이 비실제적이고 공상에 불과하다고 일컬었으며, 이 가르침에 반하는 수많은 연설들과 사업들로 이에 대해 가르쳤다. 신의 가르침이 실행 불가능하다는 인식이 조금씩 점점 더, 내가 알지 못하는 사이 나를 잠식해갔고, 그것에 익숙해졌으며, 나의 음욕에 맞는 수준으로 일치해갔다. 그리고 급기야 이전에 내가 한 번도 세상 가르침의 모순을 깨달은 적이 없는 것처럼 느껴지는 단계에 이르렀다. 신으로서의 그리스도를 믿고 또 악한 자에 대한 무저항의 가르침을 믿으면서도 동시에 아무 생각 없이 편안하게 재정부, 법원, 정부, 군대라는 기관에서 활동적으로 일하고, 그리스도의 가르침에 반하는 생활을 영위하며, 또 동시에 우리로 하여금 악에 대적하지 않고 용서할 수 있게 해달라는 기도를 드리는 것이다. 나는 이런 말도 안 되는 상황을 본 적이 없다. 지금은 확실히 알고 있지만 당시 내 머릿속에 그리스도의 법칙에 따라 삶을 구축하는 것이, 만일 우리의 원수에게 필요하다면 재판, 형벌, 전쟁이 있게 해달라고 기도하는 것보다 훨씬 꾸밈없는 삶이었을 것임이 떠오르지 않았던 것이다.

그리고 나는 어디에서 나의 오해가 기인했는지 마침내 깨달았다. 그것은 그리스도에게 말로는 신앙을 고백하지만 행동에 있어서는 그를 부정함에서 비롯된 일이었다.

악인에 저항하지 말라는 규정은 그리스도의 가르침 전체를 하나의 목적으로 관련시키는 조항이지만, 그것은 단순히 금언이 아니라 반드시 실천을 요구하는 계명으로서의 법칙이다.

이것이 바로 모든 문을 여는 열쇠이지만 이 열쇠도 자물쇠에 맞아 들어갈 때에만 그러하다. 이 규정을 단지 교훈으로만 받아들이고 초자연적 조력 없이는 그 실천이 불가능하다고 하는 것은 모든 가르침을 파기시킨다. 모든 규정을 연결하는, 그런 가르침의 기본 근거가 제거된 가르침이 어떻게 사람들에게 불가능한 것으로 보이지 않고 다른 어떤 것으로 보일 수 있겠는가? 심지어 믿지 않는 자들도 이같은 일을 어리석게 볼 것이다.

언덕길에 주차된 자동차에 타고 시동을 켰지만, 액셀을 밟지 않아서 동력전달벨트를 돌아가게 하지 않아 앞으로 나아가지 못한다면 어찌 되겠는가. 악에 대한 무저항의 규정을 실천하지 않으면서 기독교인이 될 수 있다고 가르칠 때, 바로 이와 똑같은 일이 발생하는 것이다.

얼마 전 나는 유대교 율법학자와 함께 〈마태복음〉 5장을 읽은 적이 있다. 거의 모든 격언에 대해서 율법학자가 말하기를, 산상수훈의 금언과 전체적으로 비슷한 구절을 가리키면서 "이것은 성경에도 있고 탈무드에도 있는 이야기"라고 말하였다. 하지만 우리가 악에 대한 무저항에 관한 구절에 이르렀을 때, 그는 이것도 탈무드에 있는 이야기라고 말하지 않았고, 반면 조소를 띠며 나에게 물었다. 이 율법을 그리스도인들이 실천하느냐고, 진짜 다른 뺨을 돌려대느냐고. 나는 아무것도 대답할 수 없었다. 그보다 나는 알았던 것이다. 지금 이 순간도 그리스도인들은 뺨을 돌려대지 않을뿐더러, 오히려 유대인의 뺨을 후려갈기기만 할 뿐이라는 것을. 아무튼 나는 성경과 탈무드에 유사한 점이 뭔가 있다는 점을 알게 되어 흥미로웠고, 그래서 그에게 이와 관련해 더 물어보았다. 그는 "아니, 그게 아니었네요. 당신이라면 정말로 그리스도인들이 이 법을 실천하는지 말할 수 있습니까?"라고 말했다. 이 질문으로 그는 나에게, 기독교의 율법에서는 기독교인들 그 누구에게도 실천되지 않고 바로 그들 스스로에 의해 실천 불가능한 것으로 인정되는, 이 법칙이 그리스도의 법칙에 있다면, 그것은 이 법칙의 비이성적인 성격과 그 불필요성을 인정하게 되는 것밖에 의미가 더 없다는 뜻으로 대답했다. 이에 대해 난 아무것도 더 이상 대답할 수 없었다.

이제 가르침의 의미를 직접적으로 이해하고 난 후, 내가 과거에 오해하고 있었던 바로 그 이상한 모순, 그 자체가 명확히 보였다. 그리스도를 신으로 또 그의 가르침을 신성한 것으로 인정하고 나서도, 농시에 자신의 삶을 이 가르침과 정면으로 대치되는 형태로 구축한다면, 그 가르침을 실행 불가능한 것으로 인정하는 것 말고는 더 무엇이 남겠는가? 내가 그리스도의 가르침에서 신성한 것으로 인정한 그 말씀들, 기독교적인 가르침이 전혀 아닌 것들에 신앙을 고백했던 일들, 그리스도적이지 않았지만 모든 측면에 있어서 나의 삶을 둘러싸고 있던 국가기관들에 고개 숙여 절했던 것, 그것들로 나는 그 가르침이 틀렸음을 스스로 인정했던 것이다.

구약성서 전체는 유대 민족의 불행이 참된 신을 믿지 않고 그릇된 신을 믿은 데서 기인한 것임을 말하고 있다. 사무엘은 〈사무엘상〉 8장과 12장에서, 신으로부터 멀어진 과거의 자기 민족에 대하여 비난하고 있다. 추가로 그는 "그들이 그들의 통치자였던 신이 있을 자리에 신 대신, 그들의 의견에 따르면, 그들을 구원할 인간 왕을 세웠다"고 덧붙인다. 사무엘은 백성들에게 "헛된 것을 좇지 말지어다"라고 말한다(〈사무엘상〉 12장 21절). 그는 당신들을 돕지 않을 것이고 당신을 구원하지도 않을 것이다. 왜냐하면 그것은 헛된 것이기 때문이다. 당신들이 당신들의 왕과 더불어 멸망하지 않기 위해서 유일한 신, 하나님을 붙잡으라.

언젠가 나는 보로비츠키 성문 쪽으로 가본 적이 있다. 그 성문에는 불구가 된 거지 노인이 양쪽 귀에 누더기를 덧대고 앉

아 있었다. 나는 그에게 뭐라도 주려고 지갑을 꺼냈다. 바로 그
때 크렘린 궁전 꼭대기에서 얼굴이 상기된 채로, 군인 제복을
입은 씩씩한 젊은 보초병이 뛰어나왔다. 병사를 알아본 거지는
깜짝 놀라 재빨리 일어서서 알렉산드로프스키 공원 쪽으로, 다
리를 절면서 내달렸다. 보초병은 그를 뒤쫓았지만 잡지는 않고
멈춰 서서 거지에게 앉지 말라고 했는데, 왜 말을 듣지 않느냐
고 욕설을 퍼붓고는 자기가 그 자리에 앉았다. 나는 성문에서
보초병을 기다렸다. 보초가 내 곁을 지나가려고 할 때, 난 그에
게 물었다. 읽고 쓸 줄을 아느냐고.

"알죠. 그런데 왜요?"

"복음서를 읽은 적이 있나?"

"읽어 봤죠."

"그럼 '굶주린 자에게 먹일지어다'라는 구절은 읽었나?"

나는 복음서에 그렇게 쓰인 부분을 읽어서 들려주었다. 그는
그 부분을 알고 있던 터라 귀 기울여 들었다. 나는 그가 혼란스
러워 하는 것을 눈치챘다. 두 명의 행인도 멈춰 서서 이 이야
기를 듣고 있었다. 자신의 의무를 훌륭하게 이행한, 즉 민중의
하나를 내쫓으라는 지시를 받아 내쫓은 보초병이 갑자기 자신
의 행위가 옳지 않았음을 느끼고는 고통을 느끼는 듯했다. 그
는 혼란에 빠졌고 빨리 대화를 끝낼 구실을 찾는 듯했다. 이윽
고 그의 똘똘한 두 눈이 빛을 내었고, 그는 어서 가려는 듯 내
게 등을 보이고 돌아서서 말했다.

"그러는 당신은 군법서를 읽으신 적 있나요?"

나는 읽어보지 않았다고 말했다.

"그러면 그렇게 말하지 마세요"라고 말하고, 젊은이는 창백해진 머리를 가로젓고는 외투자락을 여미고서 자신의 위치로 다시 팔팔하게 돌아갔다.

그는 우리 주위의 기독교인이라고 자처하는 나와 각각의 인간들 앞에 당면한 그 영원한 문제를 엄격하고도 논리적으로 해결할 수 있게 해 준, 내 인생에 있어 유일한 사람이었다.

3.   비판하지 마라, 정죄하지 마라

그리스도의 가르침은 개인 구원의 문제일 뿐 공동의, 정부적인 차원에서의 문제들로 보이지는 않는 것 같다고 사람들은 그릇되게 말한다. 그러나 이는 조금만 진지하게 생각해 보면 곧 가장 명백한 거짓말이자 뻔뻔스럽고 근거 없는 속단일 뿐이다. '좋아, 나는 개인 생활을 하면서 악에 저항하지 않을 것이고 뺨을 돌려낼 거야'라고 속으로는 말하지만, 적이 쳐들어오고 여러 나라들이 침략해오면, 나는 그 적과의 투쟁에 참가하라는 명령을 받고 그들을 죽이러 가게 된다. 어떤 것이 신에게 봉사하는 일이고 어떤 것이 '헛된 것'에 봉사하는 일인지 분간하는 문제를 피할 수 없게 된다. 전쟁에 나갈 것인가 말 것인가? 이장, 판사 또는 배심원으로 선출되어, 선서하고 판결하고 벌을 내리는 자리에 임명된 남자인 나는 어떻게 할 것인가? 다시금 나는 신의 법과 인간의 법 중에서 선택을 해야 하는 것이다. 수도원에 사는 수도사인 나는 악과의 투쟁에 참가하라고 법정으로 보내져, 우리가 수확한 곡식을 훔친 남자들을 고소한다. 나는 또 선택해야 한다. 그 누구도 이 선택의 결정에서 벗어날 수 없다. 나는 아직 우리 계급에 관해 이야기하고 있지도 않다. 우리 계급의 사업이란 거의 모두 악에 대한 저항과 관련 있다. 군인, 판사, 행정관으로서 개인적으로 생각하고 살 시간이 없는 우리들은, 신을 위한 봉사 또는 그의 계율에 대한 실천이냐 아니면, 그 '헛된 것', 즉 국가기관을 위한 봉사냐 하는 문제에서 가장 소극적인 자세를 취하는 자들이다.

내 개인적인 삶이란 공공의 국민으로서의 삶과 짜맞추어진, 직접적으로 그리스도의 계율에 반하고 비기독교적 사업을 강요하는 지배층으로서의 삶이다. 오늘날 이 딜레마는 병역의 의무와 어떠한 사람들이라도 법정에 배심원 자격으로 참가해야 한다는 아주 놀랍고도 난폭한 말로 모든 이 앞에 나타난다. 온갖 사람들이 총, 칼 등 살인 무기를 반드시 구해야 한다. 죽이지는 않더라도 총을 장전하고 칼을 갈아서, 살인할 준비를 갖추어야 한다. 또 시민 각자는 법정에 나와야 할 의무가 있고 재판과 형 집행의 참가자가 되어야 한다. 각자는 그리스도의 악에 대한 무저항에 관한 계율을 말뿐이 아니라 실제적으로도 거부해야 하는 것이다.

보초병의 문제, 복음서냐 군법이냐, 신의 법칙이냐 인간의 법칙이냐, 하는 문제는 지금의 문제일 뿐만 아니라, 사무엘의 시대에도 인류 앞에 놓인 문제였다. 이 문제는 그리스도와 그의 제자들 앞에도 놓여 있었다. 이 문제는 이제 그리스도인이 되려고 하는 자들과 또 다름 아닌 바로 내 앞에 놓인 문제다.

계율과 사랑, 화평, 희생에 대한 그리스도의 가르침은 늘 나의 마음을 감동시켰고 나를 나 스스로에게 이끌게 만들었다. 하지만 인간의 역사에서, 또 나를 둘러싼 현 시대의 상황과 나의 인생에 있어, 그 모든 방면에서부터, 나의 마음과, 나의 양심과, 나의 이성과 반대로, 내 동물적인 본능을 충족시키는 법칙을 나는 보았다. 내가 그리스도의 법칙을 받아들인다면, 나는 어쩌면 따돌림당하며 힘들게 살 수 있고, 즉 그리스도가 말했던 대로, 쫓겨나거나 통곡하는 사람이 될 수 있다. 인간의 법칙을 받아들인다면, 모두가 나를 인정하고 안정된 지위를 보장받게 될 것이며, 나는 나의 이기적인 이성이 내 양심을 달래는 일에 종사하게 될 것이다. 바로 그리스도가 말했던 대로, 나는 그저 웃으며 즐거워하게 될 것이다. 나는 이것을 예감하고 그리스도의 법칙을 이해하는 것에 더 몰입하지 않았을 뿐 아니라, 나의 동물적인 삶을 방해받지 않고 그것을 이해하지 않기 위해 노력했었던 것이다. 그것을 이해하는 것은 금기시되었고 그래서 나는 전적으로 그것을 이해하지 못했었다.

이런 몰지각함 속에서 진리는 내게 거의 가리워지는 지경에 이를 수밖에 없었다. 실례로, 이전의 몰지각함은 나로 하여금 다음의 성경 구절을 그릇되게 해석하게 만들었다. "비판을 받지 아니하려거든 비판하지 마라"(〈마태복음〉 7장 1절). "비판하지 마라. 그리하면 너희가 비판받지 아니할 것이다. 정죄하지 마라. 그리하면 너희가 정죄를 받지 않을 것이요"(〈누가복음〉 6장 27절). 내 소유물과 나의 안전을 보호하고 나 스스로 그 집단에 속하기도 했던 사법부라는 국가기관에 대해 한 번도 나는 이 구절을 관련지어 생각해본 적이 없었다. 단지 가까운 이를 비판하지 말라는 문자 그대로의 의미 외에 한 번도 이 발언이 뭔가 다른 것을 의미한다고 생각해본 적이 없다. 그래서 나는 국가기관을 신의 법칙을 깨뜨리지 않는 신성한 것으로 의심할 바 없이 생각했던 것이다. 그러나 이후 내 머릿속에 떠오른 바는 그리스도가 그의 말씀에서 판단(비판, 심판)하는 모든 것에 대해 말하고자 했을 수도 있다는 것이다. 지방법원에 대해, 지방자치회에 대해, 지방재판소 및 연방재판부, 그 외 각종 사법부와 산하 관청들에 대해. 악에 대한 무저항의 말씀의 직접적인 의미를 깨닫고 나서야, 나는 그리스도가 이와 같은 모든 사법부와 행정부에 대해 어떤 태도를 가졌을지, 그에 관한 의문이 생겨날 수가 있었던 것이다. 예수는 그들을 부정할 수밖에 없었을 것임을 이해하고서 나는 스스로에게 질문했다. 문자 그대로 이웃을 비판하지 말라는 것만이 아니라, 감히 심판자가 되어 누구누구를 판단하고 죄 있다 하거나 벌주지 말라는 것이다. 인간 스스로가 세운 어떤 기관을 통해서도 이웃들을 비판하지 말라는 것이다.

〈누가복음〉 6장 37절부터 49절까지의 말씀은 악에 대한 무저항과 악을 선으로 갚으라는 말씀 바로 뒤에 나오는 구절이다. "너희 아버지가 천국에서 그러함과 같이 너희도 자비하라"라는 말씀 바로 뒤에 "비판치 마라. 그리하면 너희가 비판을 받지 않을 것이요. 정죄하지 마라. 그리하면 너희가 정죄를 받지 않을 것이요"라고 말씀한 것이다. 이 구절이 단순히 이웃에 대해 비난하지 말라는 것 말고, 사법부를 제정하지 말고 그 안에서 가까운 이들을 재판하지 말라는 뜻도 의미하는 것이 아닐까? 나는 그렇게 스스로에게 물어보았던 것이다. 이 문제를 내 마음속에 새기니, 내 심장과 나의 건강한 오성은 그 즉시 나에게 양성 반응을 보였다.

나는 안다, 어떻게 이 말씀에 대한 그런 깨달음이 처음에 주위 사람들을 놀랍게 했는지를. 나 또한 굉장히 놀라웠다. 이 깨달음과 내가 얼마나 동떨어져 있었는지 알려주기 위해서, 나는 나의 창피스럽고 멍청했던 짓을 고백해야만 한다. 나는 신앙을 갖고 복음서를 신성한 책이라고 생각하고 읽게 된 다음에도 나의 친지들, 동료들, 판사들과의 자리에서 농담조로 그들에게 다음과 같이 말하고 다녔다. "자네들 모두가 심판하지만, 어쨌든 말씀에 가라사대 '심판하지 마라, 그리하지 아니하면 너희가 심판받을 것이요'라고 쓰여 있네." 나는 당시에 이렇게 말하면서, 이 말씀이 비난을 금하라는 것 말고는 다른 그 어떤 것도 의미할 수는 없다고 생각했기 때문에, 내가 신성모독적인 농담을 하고 있다는 것을 알지 못했던 것이다. 지금에는 이렇게 명백히 여겨지는 말씀이 그때까지도 그 뜻 그 자체를 의미하지 않는다는 생각에서, 일부러 거꾸로 그 말씀을 그 뜻 자체로 말해봄으로써 농담을 한 것이었다.

이처럼 그리스도가 갖가지 종류의 인간들 스스로의 판단을 금하고 있고 이 말씀이 그 어떤 다른 것도 뜻하지 않았음을 지금까지 논증한 것과 마찬가지로, 결코 달리 이해되어서는 안 되는 말씀들에 관한 내 안에 각종 의혹들이 어떻게 풀렸는지, 자세히 말해 보고자 한다.

첫째로, 나를 놀랍게 만든 점은 내가 직접적인 의미에서 악에 대한 무저항의 계율을 이해했을 때 인간적인 판단은 이 계율과 일치하지 않을뿐더러 그와 정반대로 모든 가르침의 의의와 대치되는 것들이라는 사실이었고, 그렇기 때문에 그리스도가 만약 인간의 심판에 관해 생각해 보았다면 그는 반드시 그 심판행위도 부정했을 것이라는 점이다.

그리스도는 말한다. 악에 대적하지 말라고. 그런데도 심판의 목적은 곧 악에 대한 저항이다. 그리스도의 지령은 악에게 선을 행하라는 것이다. 그리스도는 말한다. 선한 자와 악한 자를 구별하지 말라고. 그런데 재판관들은 바로 이 판별에만 관심 있다. 그리스도는 말한다. 모든 사람을 용서하라고. 한 번만 용서하는 것이 아니라, 일곱 번만 용서하는 것이 아니라, 무한히 용서하라고. 원수를 사랑하라고. 증오하는 자들에게 선을 행하라고. 그런데도 재판관들은 용서하지 않고, 다만 공공의 적이라고 불리게 된 자들에게 선이 아닌 악을 행할 것을 명령한다. 이러한 생각에서 떠오른 바는 그리스도가 이 재판들을 반드시 금했을 것이라는 점이다. 하지만 아마도, 그리스도는 인간의 재판 행위들을 '일 없다고 생각해서(관심 없어서)' 그것들에 관해 생각해본 적이 없었을 것이라고 나는 생각했었다. 하지만 이처럼 추측하는 것이 불가하다고 보인다. 그리스도는 태어난 날부터 죽는 날까지 헤롯과 집회소, 제사장의 재판에 시달렸다. 또 실제적으로 그리스도는 여러 차례 마치 악에 대해 말하는 것처럼 재판에 대해 말하기도 했던 것으로 보인다. 그가 제자들에게 말하기를, 세상이 그들을 심판할 것이고, 또 재판소에서 그들이 어떻게 해야 하는지 말했다. 자신에 대해 말하면서, 세상은 자신을 벌할 것이고, 실제로 어떻게 인간의 재판에 대응해야 할지 친히 보여주셨다. 이리하여 그리스도는 예나 지금이나 수백만의 인간들에 의해 계속되는, 자신과 자신의 제자들을 필히 벌하게 될, 인간들의 심판에 관해 생각해 보았던 것이다. 그리스도는 이를 악이라고 보았고 직접적으로 그렇게 지칭하기도 하였다. 음행한 여인에게 그 죄를 선고하기에 앞서 그는 재판 그 자체를 부정하였으며, 인간 모두는 스스로 죄를 지었기 때문에 인간이 인간을 심판하는 것은 불가함을 보여준 것이다. 그리고 바로 이런 의미로, 그는 들보로 막힌 눈으로는 남의 눈에 있는 티끌을 볼 수 없는 법이고, 맹인이 맹인을 보는 것을 불가능하다는 점을 말한 것이다. 그는 심지어 잘못된 이해에서 생길 수 있는 그 결과까지도 설명한다. 제자는 스승과 같이 될 것이라는 의미다.

하지만 어쩌면 죄인에 대한 재판에 대해 상대적으로 이를 말하였고 또 뜨개바늘에 관해 〈잠언〉에서 가리키면서 보편적인 인간의 결점을 지칭하였으므로, 그도 마찬가지로 악한 자들로부터의 보호 명목에서 인간의 공정한 재판 방식을 금지하지 않는 것이라고 볼 수도 있을 것이다. 그러나 어떤 방식으로든 이러한 심판은 용인될 수 없을 것 같다.

산상수훈에서 그는 모두를 향해 말하였다. "만약에 누군가 당신을 고소하여 당신의 속옷을 가지고자 하면 그자에게 겉옷까지 내어주라." 그렇다면 이것은 그리스도가 모두에게 송사하는 행위 자체를 금한다는 의미를 나타내게 된다.

하지만 또, 그리스도는 재판에 대한 각기 다른 개인의 입장차를 말하는 것뿐이고, 그래서 공정한 재판을 부정하지 않는 것이고, 기독교 사회에 속한 사람들이 타인들을 특정기관에서 고소하는 것은 허용하는 것이 아닐까? 그러나 이렇게 속단해서도 안 될 것 같다. 그리스도는 자신의 기도에서 모든 사람들에게 그들의 죄가 용서받으려면 한 사람도 빠짐없이 타인을 용서할 것을 명하고 있다. 이러한 사상을 그는 몇 번씩 되풀이한다. 그런즉 어떠한 사람이라도 기도를 통해 (겉옷을) 내어주기 전 반드시 먼저, 누구라 할지라도 용서를 해야 하는 것이다. 신앙에 따라 만인을 항상 용서해야 할 의무가 있는 자가 어떻게, 하물며 다른 이에게 송사하고 죄의 선고를 내릴 수 있다는 말인가? 따라서 그리스도의 가르침에 따른다면, 그리스도적으로 재판을 명하는 자란 있을 수 없는 것이다.

하지만 또, "비판하지 말고 정죄하지 말라"는 말씀이 다른 말씀들 사이에서 갖는 관계에 따른다면 혹시 인간들의 재판 행위에 관해 생각해서가 아니라, 그냥 "악담하지 말라"고 그리스도가 말한 것이 아닐까? 하지만 이 또한 아니다. 반대로 그 말씀들 사이의 관계를 따른다면, 그리스도는 비판하지 말라고 말하면서 한마디로 재판과 그 기관들을 염두에 둔 것이다. 〈마태복음〉과 〈누가복음〉을 통틀어, 비판하지 말고 정죄하지 말라는 말을 하기 전, 그는 다음과 같이 말한다. 악을 대적하지 말고, 악을 참고, 모든 악한 자에게 선을 행하라고. 그리고 마태가 전한 바에 따르면 그는 이 구절들 앞에서, 유대인의 형법에 관한 말씀(눈에는 눈, 이에는 이)을 했던 것이다. 그리고 이 형법에 관한 말씀 뒤에 "너희들은 이와 같이 행하지 말고, 악을 대적하지 말라"는 구절이 나오고 바로 비판하지 말라는 구절로 이어지는 것이다. 그런즉 그리스도는 "비판하지 말라"는 한마디로 인간적인 형법 등에 대해서 부정하는 것이다.

〈누가복음〉에 따르면 그는 "비판하지 말라"라는 말씀뿐만 아니라, "비판하지 말고 정죄하지 말라"는 말씀까지 하였다. 이 말씀에 다른 무슨 말이 추가되었다고 해도 그것의 의미는 같을 것이다. 이와 같은 말씀에 덧붙인 것은 오로지 하나의 목적만을 가진다. 그 의미를 더 확실시 하며 첫 번째 마디의 의미를 더 이해시키기 위함이었을 것이다.

만일 그가 더 말하고자 했었다면, 그는 '이웃'이라는 말을 덧붙여서 "이웃을 정죄하지 말라"고 했을 것이다. 하지만 그리스도가 덧붙인 것은 러시아어로 "정죄하지 말라"고 번역될 말이다. 그리고 그는 이 말에 이어서 다음과 같이 말한다. "그리하면 너희가 정죄 받지 않을 것이요, 남을 용서하라. 그리하면 너희가 용서받을 것이라."

하지만 또 여전히, 그리스도가 재판에 관해 이런 말씀을 하면서도 생각하지 않았을 수 있고, 나는 다른 의미를 가진 그의 말씀을 내 방식으로 이해하고 있는 것일 수도 있다.

예수의 첫 번째 제자들인 그 사도들은 인간의 재판을 어떻게 보았는지, 그것을 인정했는지 혹은 시인했는지 알아보도록 하겠다.

〈야고보서〉 4장 1절부터 11절까지 말씀에서 사도 야고보는 "형제들아, 피차 비방하지 마라. 형제를 비방하는 자나 형제를 판단하는 자는 곧 율법을 비방하고 율법을 판단하는 것이라. 네가 만일 율법을 판단하면 율법의 준행자가 아니요 재판자로다. 입법자와 재판자는 오직 하나이시니 능히 구원하기도 하시며 멸하기도 하시느니라. 너는 누구관데 이웃을 판단하느냐?" 라고 말하고 있다.

비방한다고 번역된 단어는 원어로 χαταλαλξω(카탈랄레오)이다. 사전을 펴볼 필요도 없이 이 단어는 반드시 고발함을 뜻한다고 볼 수 있다. 이 말이 그러한 의미를 가지고 있다는 것은 누구나 어휘사전을 보면 확인할 수 있을 것이다. 그리고 "형제를 비방하는 자는 곧 율법을 비방하는 자다"라고 번역된 부분에서 자연스레 왜 그런가 하는 문제를 제기하게 된다. 얼마든지 형제를 비방할 수는 있어도 나는 율법을 비방할 수는 없고,

그렇지만 만약에 내가 형제를 정죄하고 재판으로써 형제를 심판한다면 이것은 명백히 그리스도의 율법을 정죄하는 것, 즉 그리스도의 계율을 불완전한 것으로 인정하고 그의 법칙을 정죄하고 심판하는 것이 된다. 내가 그의 법칙을 실행하지 않을 때 나는 스스로 그 법칙의 심판자가 되는 것이다. 그리스도가 이르되, 심판자 본인은 스스로 구원하는 자이다. 그런데 어떻게 내가 스스로 구원하지도 못하면서 남의 심판자가 되고, 벌할 수 있겠는가?

이 구절 전체는 인간의 재판에 관해 말하는 것이며 그것을 부정하는 것이다. 이 사상은 이 서한 전체를 관통한다. 야고보는 또 다음과 같이 말한다(〈야고보서〉 2장 1~13절). 1)내 형제들아 영광의 주 곧 우리 주 예수 그리스도를 믿는 믿음을 너희가 가졌으니 사람을 차별하여 대하지 마라 2)만일 너희 회당에 금가락지를 끼고 아름다운 옷을 입은 사람이 들어오고 또 남루한 옷을 입은 가난한 사람이 들어올 때에 3)너희가 아름다운 옷을 입은 자를 눈여겨보고 말하되 여기 좋은 자리에 앉으소서 하고 또 가난한 자에게 말하되 너는 거기 서 있든지 내 발등상 아래 앉으라 하면 4)너희끼리 서로 구별하며 악한 생각으로 판단하는 자가 되는 것이 아니냐 5)내 사랑하는 형제들아 들을지어다. 하나님이 세상에서 가난한 자를 택하사 믿음에 부요하게 또 자기를 사랑하는 자들에게 약속하신 나라를 상속으로 받게 아니하셨느냐 6)너희는 도리어 가난한 자를 업신여겼도다. 부자는 너희를 압제하며 법정으로 끌고 가지 아니하느냐

7)그들은 너희에게 대하여 일컫는 바 그 아름다운 이름을 훼방하지 아니하느냐 8)만일 너희가 성경에 기록한 대로 네 이웃 사랑하기를 네 몸과 같이 하라 하신 최고의 법을 지키면 잘하는 것이거니와(〈레위기〉 19장 18절) 9)만일 너희가 사람을 차별하여 대하면 죄를 짓는 것이니 율법이 너희를 범법자로 정죄하리라 10)누구든지 온 율법을 지키다가 그 하나를 범하면 모두 범한 자가 되나니 11)간음하지 말라 하신 이가 또한 살인하지 말라 하셨은즉 네가 비록 간음하지 아니하여도 살인하면 율법을 범한 자가 되느니라(〈신명기〉 22장 22절, 〈레위기〉 18장 17~25절) 12)너희는 자유의 율법대로 심판받을 자처럼 말도 하고 행하기도 하라 13)긍휼을 행하지 아니하는 자에게는 긍휼 없는 심판이 있으리라 긍휼은 심판을 이기고 자랑하느니라(〈야고보서〉 2장 1~13절). (마지막 부분의 말씀 "심판을 이기고 자랑하느니라"는 종종 다음과 같이 번역되기도 한다. "긍휼은 법정에서 선언되느니라." 이렇게 번역된 것은 그리스도적 심판은 존재할 수 있지만, 그 심판에는 반드시 긍휼이 있어야 한다는 뜻이다.)

야고보는 사람들 사이에 차이를 두지 말라고 형제들을 설득한다. 만약에 당신이 차별을 둔다면, 당신은 $\delta\iota\alpha\xi\chi\rho\iota\nu\alpha\tau\epsilon$(차별)하는 것이 되고, 악한 생각을 가진 심판처럼 편파판정을 하는 것이다. 당신은 가난한 자를 더 나쁘다고 판별했다. 그런데 반대로, 더 나쁜 쪽은 부자들이다. 부자는 당신을 압제하고 재판소로 끌고 갈 것이다. 만약 당신이 사랑의 율법에 따라 살고 이웃에게 긍휼의 율법을 따라 행한다면 (야고보는 이 율법을 다른 율법들과 구별하여 최고의 율법으로 생각해 왕의 법이라고 부른다) 그것은 좋은 것이다. 허나 사람들을 보고 사람들 사이에 차별을 둔다면, 그것은 긍휼의 율법을 어기는 것이 된다. 그리고 율법에 따라 돌로 치기 위해 그리스도에게 끌려온 간음한 여자나 혹은 간통죄를 저지른 사람 모두를 염두에 두고, 간음한 여인을 사형에 처하게 하는 자는 그 자신이 살인죄를 짓게 될 것이며, 영원의 법을 깨는 것이라고 야고보는 말한다. 영원의 법은 간음도 살인도 금하고 있다. 그는 말한다. "너희는 자유의 율법대로 심판받을 자처럼 사랑으로써 행하라. 왜냐하면 자비 없는 자에게 자비란 있을 수 없을 것이기 때문이다. 반면 자비는 심판을 멸한다."

얼마나 더 이보다 명확하고 명료하게 말할 수 있을까. 인간들 사이의 각종 차별을 금하고, 이 사람이 좋은 이다, 저 사람이 나쁜 이다 하고 사람들을 가르는 각종 재판을 금하고, 의심할 여지없이 나쁜 것인 인간의 판단을 가리켜, 이 판단 자체가 죄이고, 그에 따른 어떠한 죄에 대한 처벌도 마찬가지이기 때문에, 하나님의 법 곧 긍휼의 율법에 의하여 재판은 스스로 망하는 길이라고 말하고 있는 것이다.

재판에 의해 고통당한 사도 바울의 서신을 읽어보면, 로마인들에게 보낸 〈로마서〉 1장에서 그들의 재판에 대한 그들의 악덕과 몰이해에 관해 사도가 로마인들을 권면하려 했음을 알 수 있다(32절). "저들이 하나님의 법을 아는 자임에도 (즉 그런 일을 하는 자는 죽음에 마땅하다는 것을 알면서도) 그렇게 행할 뿐 아니라, 그렇게 행하는 자들을 옳다고까지 하느니라."

〈로마서〉 2장 1절 이하는 다음과 같다. 1)그러므로 남을 판단하는 사람아, 누구를 막론하고 네가 핑계하지 못할 것은 남을 판단하는 것으로 네가 너를 정죄함이니 판단하는 네가 같은 일을 행함이니라 2)이런 일을 행하는 자에게 하나님의 심판이 진리대로 되는 줄 우리가 아노라 3)이런 일을 행하는 자를 판단하고도 같은 일을 행하는 사람아, 네가 하나님의 심판을 피할 줄로 생각하느냐 4)혹 네가 하나님의 인자하심이 너를 인도하여 회개하게 하심을 알지 못하여 그의 인자하심과 용납하심과 길이 참으심이 풍성함을 멸시하느냐.

사도 바울은 "그들은 하나님의 공의의 심판을 알면서도 스스로 의롭지 못하게 행하며 그렇게 하라고 다른 이들을 가르치고, 따라서 판단하는 인간은 정의롭다고 할 수 없다"고 말한다.

나는 사도의 서한과 그들의 삶(〈사도행전〉)에서도 이와 같은 재판에 대한 태도를 알아낼 수 있었고, 우리 모두가 알다시피 인간의 재판은 그들에게 신의 의지와 강건함을 가지고 참아내야 할 악과 유혹, 시험으로 보였던 것이다.

이교도들 사이에서의 원시 기독교인들의 상태로 돌아가 상상해본다면, 인간의 재판에 의하여 심판을 금지한다고 하는 것이 추방된 기독교인들에게 전혀 생각지도 못한 일이었음을 누구나 쉽게 이해할 수 있을 것이다. 단지 그들의 근본을 부정할 경우에만 그들이 이 악과 관련된다고 할 수 있을 것이다. 그러나 그들은 그 근본을 부정하지 않았다.

초기 기독교의 교사들에 대해서 확인해본 결과, 초기 기독교의 교사들 모두는 자신의 가르침을 그 어떤 누구에게도 강요하지 않고 그 어떤 누구를 심판하지 않고(아테나고라스, 오리게네스) 벌주지 않으며 단지 인간의 판단에 의하여 가해진 고난을 인내할 뿐임을 가르치는 것이기에, 항상 다른 모든 가르침들에 우월하다고 정의한 것으로 보인다. 모든 박해자들도 역시 이런 신앙을 가졌다. 내가 보기에 콘스탄티누스 이전까지의 모든 기독교인들은 재판을 볼 때 악을 볼 때와 달리 보지 않았으며, 이 악은 참을만했지만 그 어떤, 단 한 명의 기독교인의 머릿속에도 기독교도가 재판에 참여한다는 생각은 한 번도 들지 못했던 것이다.

"비판하지 말고, 정죄하지 말라"는 그리스도의 말씀은 그의 초기 제자들 사이에서 이제야 내가 이해한 것처럼, '재판에 참여해서 재판으로 심판하지 말아야 한다'는 그들의 관념으로 이해되어 곧장 그들의 사상이 된 것이다.

"비판하지 말고, 정죄하지 말라"는 말씀이, '재판으로 심판하지 말아야 한다'는 뜻으로 풀이된다고 하는 나의 주장을 이 모든 것은 의심할 여지 없이 확증해 주었다. 그러나 이 말씀이 '이웃에 대해 비난, 비방, 악담, 힐난하지 말라'는 뜻만을 의미할 거라는 수준의 인식으로만 널리 받아들여지고 있고, 그런 해석이 교회의 지지를 얻어 뻔뻔하게도 자기 확신을 가지고 온 기독교 국가들에 꽂힌 상황에서, 나는 오랫동안 나의 정당한 해석에 의혹을 품지 않을 수 없었던 것이다. 만약에 모든 사람이 이렇게 해석하여 기독교인들의 재판소를 설치할 수 있었다고 한다면, 반드시 어떤 근거가 있어야 했고 당신도 모르는 뭔가가 필요했을 것이라고 나 스스로 속삭여 보았다. 이 말씀이 비방에 대한 말씀이라는 그 근거들이 있었을 터이고, 기독교 재판이 수립되어야 하는 그 근거들이 반드시 있어야 한다는 말이다.

그래서 나는 교회의 해석에 눈을 돌렸다. 5세기 이후의 모든 교의는 이웃에 대해 말로 판단하는 것, 즉 비방하는 것으로서만 이 말씀을 이해했다는 것을 나는 발견하였다. 이 말씀이 이렇게 이웃에 대한 비방만을 의미한다고 했을 때, "어떻게 재판하지 아니할 수 있는가?" 하는 또 다른 난관에 봉착한다. 악을 정죄하지 않을 수 없다. 그리하여 이런 해석들은 어떤 재판이 가능하고 어떤 재판이 불가한지에 대한 문제로 돌아오는 것이다. 사도들 스스로 심판했기 때문에 교회를 섬기는 이들에게 심판을 금지한다는 말은 이해하지 못할 말이다(즐라토우스트, 데오필리우스). 어쩌면 이 말씀은 그리스도가 사소한 이웃에 대한 과오는 정죄하면서 스스로 더 큰 잘못을 저지르는 유대인을 가리켜서 한 말이라고 하는 설도 있다.

그러나 어디에도 인간의 기관이나 재판에 관해, 또 이 재판기관들이 정죄하는 것에 어떠한 태도를 가져야 하는지 한마디도 나와 있지 않다. 그리스도가 금지시켰는가 아니면 허락하였는가? 이 근원적인 질문에 그 어떤 해답도 없고, 오히려 기독교인이 재판소에 앉아 단지 이웃을 정죄하는 것만이 아니라 바로 처벌을 해도 이미 너무도 자연스럽게 여겨지는 것이다.

나는 그리스정교와 가톨릭, 프로테스탄트 작가, 또 튀빙겐 학교, 역사학교 평론가에게 물어보았다. 그들 모두는 이 말씀을 비방하지 말라는 의미로만 해석하였고 심지어 자유사상가들의 해석도 마찬가지였다. 그러나 왜 이 말씀을 그리스도의 다른 모든 말씀들과 모순적으로 그렇게 좁은 의미로만 해석하는지, 그러니까 판단이라는 행위 전체를 금지했는데도, 재판만은 금하는 것이 아닌지, 즉 왜 그리스도가 무의식적으로 남에게 욕을 내뱉는 것은 나쁜 일로 여기면서, 완전히 의식적으로 그 결과로 처벌이라는 폭력을 야기시키는 재판은 나쁜 일로 여기지 않으며 금지시키지 않은 것인지, 왜 다들 그렇게 짐작하는지에 대한 설명은 전혀 없었다. 수많은 고소와 기소를 낳고 또 그로 인해 수백만의 사람들을 고통받게 하는 재판이 가능했었는지에 대한 일말의 작은 힌트조차도 없었다. 이 경우 "비판하지 마라, 정죄하지 말라"는 말씀을, 이러저러한 재판에서 판결이라는 그 가장 잔인한 관습으로 회피하고 심지어 재판의 명목을 보호하기까지도 하는 것이다. 기독교 신학자들은 또 기독교 국가에서의 재판은 반드시 존재해야 하고 그리스도의 법칙에 반하는 것이 아님을 언급한다.

이러함을 알고, 나는 진즉에 이 해석의 진위 여부를 의심하기 시작했던 것이고, '비판하다'와 '정죄하다'의 단어가 어떤 단어에서 왔는지 눈을 돌렸던 것이다.

원전에는 이 단어가 각각 χρινω(비판하다)와 χαταδιχζω(정죄하다)로 되어 있다. 〈야고보서〉에 χαταλαλξω(비방하다)라고 부정확하게 번역된 단어는 '비방하다'의 뜻으로 번역된 것인데, 이는 나의 올바른 번역에 대한 의혹을 증거하는 것이었다.

복음서의 단어인 χϱίνω와 δαταδιχζω가 어떻게 다양한 언어로 번역되어 있는가를 알아보니, 불가타 성경(라틴어 성경)에서 '정죄하다'는 condamnare로, 프랑스도 마찬가지이고, 슬라브어로도 осуждать, 루터에 따르면 verdammen, 즉 '악담하다'로 번역된 것을 알아냈다.

이런 번역의 차이는 더욱더 나의 의심을 강화시켰다. 나는 스스로에게 문제를 하나 냈다. 두 복음서에서 사용된 단어인 헬라어의 χϱίνω와 복음의 전도사이자 헬라어를 매우 자유롭게 구사하는 전문가적 입장에서 누가가 쓴 χαταδιχαζω이 무엇을 의미하고 무엇을 의미할 수 있는지. 복음서적인 가르침과 그 해석에 관해 전혀 모르고 이 격언집(성서) 하나만 자기 앞에 가지고 있는 사람이 어떻게 이 말씀들을 옮길 수가 있을까?

일반 사전에서 찾아본 결과 χϱίνω라는 단어는 많은 다양한 의미를 가지고 있음을 알았고 그중에서, 법정에서 선고를 내릴 때, 심지어 사형을 선고할 때에 '선고를 내리다', '사형에 처한다'는 의미로 가장 많이 사용되고 있음을 알아내었지만, 이 단어는 한 번도 비방의 의미를 가진 적이 없었다. 신약성경의 단어집을 찾아보면 이 단어가 신약성경에서 '재판에서 선고한다'는 의미를 표현할 때 자주 쓰임을 알 수 있다. 가끔은 '몰수하다'는 뜻으로 사용되지만, 단 한 번도 '비방하다'의 뜻으로는 사용된 적이 없었던 것이다. 이처럼 χϱίνω는 다양한 의미를 가지고 있지만, 만약 그 번역에 있어서 '비방하다'는 뜻으로 번역 된다면 이것은 가장 멀고도 일반적이지 않은 뜻으로 이해되는 것일 테다.

χαταδιχζω의 경우, 많은 의미를 가진 χρινω에 통합되어, χρινω의 첫 번째 의미를 더 명료하게 하기 위해서밖에 쓰이지 않음을 알게 되었다. 일반 사전에서 χαταδιχζω라는 단어를 찾 아본 결과, 두 번째 의미가 전혀 없이, 오직 형벌의 선고를 내 리거나 사형에 처할 때 사용될 뿐이었다. 신약성경 단어집을 찾아보면 이 단어가 신약성경에 4번 사용되어 각각의 경우 모 두 '형을 언도하다', '사형에 처하다'는 의미로 쓰였다. 이런 문 맥으로 〈야고보서〉 4장 6절에는 "너희가 옳은 자를 정죄하였 도다 또 죽였도다"라고 쓰여 있는 것이다. '정죄하다'는 단어는 바로 χαταδιχζω이고, 이 단어가 바로 그리스도를 재판에 회부 할 때 이를 기록하면서 사용된 단어였던 것이다. 결국 신약성경 전체를 통틀어 그 어떤 헬라어 원전에서도 다른 의미에서는 이 단어를 단 한 번도 사용한 적이 없다.

도대체 이게 무엇인가? 나는 지금까지 맹신도였다는 말인 가! 우리 사회에서 살고 있는 나와 우리들 각자가 만약 인간들 의 운명에 관해 신중하게 고찰해 보았다면, 인간들의 형법을 인류의 삶으로 가지고 오는 악과 그 고난, 재판을 당하고 재판 을 하게 만드는 바로 그 악 앞에서 경악하지 않을 수 없었을 것 이다. 칭기즈칸 때의 사형부터 오늘날 혁명기의 사형까지.

내가 말하지는 않지만, 사람들이 사형에 처해지는 것을 보거나 이에 관해 전해들을 때, 채찍으로 죽도록 때리고, 기요틴, 교수대에서 사형을 당하는 것을 목격할 때 인간은 모두 진정으로 충격과 공포의 인상을 받고 선에 대한 의심을 품게 된다.

우리가 성스러운 말들로 여기는 복음서의 모든 말씀은 직접적이고 분명하게 다음과 같이 말한다. "너희에게 이에는 이라는 형법이 있지만 나는 너희에게 새로운 법을 주리라. 악에 대항하지 말지어다. 모두는 이 계율을 따르라. 악을 악으로 갚지 말고, 다만 언제나 모두에게 선을 행하고 모두를 용서해라."

나아가 다음과 같이 더 직접적으로도 이야기한다. "비판하지 마라." 또 말씀되어진 이 단어의 의미를 잘못 이해하지 않기 위해서, 추가로 "재판에 의해서 형을 선고하지 말라"고 말한다.

명백하고 뚜렷하게 나의 마음은 말한다. "심판하지 마라." 과학은 말한다. "사형하지 마라. 사형을 하면 할수록 악은 더 커진다." 이성은 말한다. "사형하지 마라. 악으로 악을 제압할 수 없다." 내가 믿는 하나님의 말씀도 그렇게 말한다. 그리고 나는 모든 가르침을 읽고 모든 말씀을 믿는다.

"비판하지 마라. 그러면 너희가 비판받지 않을 것이요. 정죄하지 마라. 그러면 너희가 정죄 받지 아니할 것이다. 용서하라. 그리하면 너희가 용서받을 것이다." 나는 이 말씀이 신의 말인 것을 인정하고, 이 말씀이 의미하는 바를 말하며 유언비어와 악담에 신경 쓰지 말라고 말하면서, 여전히 재판소를 기독교적인 시설로 여기고 자신을 심판자로 여기고, 그러면서 기독교인이라고 했었다. 그리고 이전에 가졌던 신념이 모두 거짓이었고 이런 사실을 전혀 모르고 속고 살았다는 생각에, 나는 섬뜩했다.

4.　　　신이 인간이 되어 아담의 죄를 되샀다

나는 그리스도가 "눈에는 눈, 이에는 이라고 하는 것을 너희가 들었으나, 나는 너희에게 이르노니 악에 대적하지 말고 악을 인내하라"라고 말했을 때, 그가 말하는 것을 이렇게 이해했다. 그리스도는 다음과 같은 의미로 말했던 것이다. "악으로부터 힘으로써 스스로를 지키고, 눈에는 눈을 뽑아버리고, 사법기관 경찰, 군대, 법원을 설립해서 적으로부터 스스로를 지키는 것이 좋은 것이고 이성적인 것이라고 너희에게 익숙해지도록 세뇌했으나, 나는 너희에게 이르노니 폭력이라는 악을 행하지 말고 폭력에 가담하지도 말며 그 누구에게도, 심지어 너희들이 원수라고 부르는 자들에게마저도 악을 행하지 마라."

그리스도는 각자가 악에 대한 무저항의 상태에서 그에 따른 결과로 응당 얻게 될 것들에 대해서만 말했던 것이 아니라, 모세의 율법과 로마법에 따라 살았고 오늘날에 이르러 다양한 법전에 따라, 이와는 반대 상태로 살아온 인류가 그 삶의 원리에 있어 악에 대한 무저항이라는, 그의 가르침에 따른다면, 인간들 모두의 삶이 송두리째 변화되고 그들 스스로에게 되돌아오는 악으로부터 인류를 구원시킬 수 있는 전혀 다른 삶의 상태를 제시했던 것이다. 그는 말한다. "너희의 법칙들이 악을 바로잡을 것으로 알지만, 실상은 악을 키우기만 하는 것이다. 악을 진압할 수 있는 단 하나의 길은, 어떠한 차별도 없이 악을 선으로 갚는 것이다. 너희가 몇천 년 동안 그 원칙을 시도해 보았다면, 이제 내가 주는 그 반대의 법칙도 시도해 보아라."

엄청난 일이다! 최근에 다양한 이들과 그리스도의 법칙에 대해 이야기를 나눌 기회가 자주 있었다. 악에 대한 무저항에 관해서 말이다. 드물지만 내 의견에 동의하는 사람들을 만나곤 했었다. 그러나 두 가지 종류의 인간들만은 결코, 그 원칙에 있어서도 이 법칙에 대한 직접적인 이해를 거부했고 반드시 악을 대항해야 한다는 자기들의 정의를 열정적으로 변호했었다. 이 두 극단의 한 부류는 자기 교회만을 진리로 인정하는 기독교 애국 보수주의자들이고, 또 한 부류는 무신론 혁명주의자들이다. 그들은 그들이 악으로 여기는 것들을 폭력으로써 대적할 권리 말고는 그 어떤 다른 것도 원하지 않고, 거절해 버리는 이들이다. 그들은 가장 똑똑한, 배운 사람이라고 하는 작자들인데도 불구하고, 만약 그들 중 어느 한 사람이 폭력으로써 그가 생각하는 악을 대적한다고 했을 때, 똑같이 상대방도 폭력으로써 그 자신이 악으로 여기는 자를 대적할 것이라는 불 보듯 뻔한 사실을 보고도, 도무지 눈 가리고 아웅하는 자들이다.

얼마 전 니에게는, 이를 통해서 뭔가를 깨닫게 만든, 바로 앞선 견해에서 쓰여진 러시아정교도의 편지와 기독교 혁명가의 편지가 있었다. 하나는 슬라브 형제국을 억압하는 다른 나라를 전쟁이라는 폭력으로 수호해야 된다는 명분이 쓰여 있었고, 다른 하나는 러시아 농민을 억압하는 계층을 혁명이라는 폭력으로 보호해야 한다는 명분이 쓰여 있었다. 둘 다 폭력을 요구했고, 둘 다 그리스도의 가르침을 근거로 했다.

모두가 여러 가지 방법론에 의해서 그리스도의 가르침을 이해하고 있었지만, 그의 말씀에서 바로 흘러나온, 단순한 의미에서는, 결코 이해하고 있지 않았다.

우리는 그리스도가 부정하는 그 기반에서 우리 자신의 모든 삶을 구축하고, 그의 가르침을 단순하고 직접적인 의미에서 이해하고 싶어 하지는 않으면서, 그의 가르침을 믿는다고 자타공인하며 혹은 반대로 우리에게 그의 가르침은 아예 쓸데없는 것이라고 확신한다. 그리스도가 하나님임을 믿고, 삼위일체의 두 번째 얼굴인 것을 믿으며, 그가 인간들에게 삶의 예를 주기 위해 내려왔다는 사실을 믿고, 또 매우 복잡한 일들, 이를테면 계시를 이루게 하기 위해 필요한 제사, 교회 건축, 선교사 파송, 수도원 설립, 예배 인도, 신학 연구 개정은 잘들 실천하면서, 그리스도가 실천하라고 명한 딱 하나의 작은 세부 지시사항은 까먹고 실천하지 않는다. 온갖 종류의 믿지 않는 자들이 온갖 삶의 방식들을 시도하지만, 이상하게도 그리스도의 법칙만은 시도하려고 하지 않고 이 법칙은 무모한 것이라고 성급히 판단을 내리는 것이다. 그가 말한 법칙을 시험 삼아 해보고자 하는 이도 없다. 아니 시도해보기도 전에, 믿는 자나 안 믿는 자나 할 것 없이, 성급히 이것은 불가능할 것이라고 결론짓는다.

그는 알아듣기 쉽게 간단히 또 확실히 말한다. 너희들이 삶의 기조로 삼는 폭력으로써 악을 저항하는 법은 거짓되고 반자연적이다. 그래서 다른 원리를 준다. 악에 저항하지 말라는 것이다. 그의 가르침에 따르면 그 법은 악으로부터 인류를 구원할 수 있는 유일한 법이다. 그는 말한다. 너희들은 너희 폭력의 법이 악을 바로잡을 것으로 생각하고 있지만, 그 법은 악을 더 확장시킬 뿐이다. 너희가 몇천 년 동안 악을 악으로 없애보려고 했지만 없앨 수 없었고 악을 더 커지게만 했다. 내가 말하고 행한 것을 행해 보아라. 그리고서 그것이 진리인지 아닌지 확인해 봐라.

그는 말만 한 것이 아니라, 자신의 모든 삶과 죽음을 통해, 악에 저항하지 말라는 자신의 가르침을 실천해 보였다.

다른 모든 것을 믿는 자들은 교회에서도 이런 것을 듣고 읽고 이를 신성한 말씀으로 일컬으며 그것을 신이라고 부르지만, 이렇게 말한다. 이 모든 것이 아주 좋은 말씀이기는 하지만, 우리 상황에서는 불가능한 것이라고. 이것은 우리의 인생을 파탄에 이르게 할 것이고 우리는 이미 우리네 인생에 익숙해졌고 우리가 사는 방식을 사랑하고 있다고. 그 사상은 단지 인류가 반드시 향하여야 할 이상이기 때문에, 우리는 단지 그 사상적인 측면에서만 그것을 믿을 뿐이라고. 이상은 기도와 계시, 속죄(대속, 구속), 죽은 자 가운데서 다시 살아나심을 믿음으로써 이룰 수 있다고. 한편 믿지 않는 자들, 그리스도의 가르침을 자유롭게 해석하는 자들, 슈트라우스나 르낭 등 기타 종교역사학자들은 교의의 해석을 완전히 자기화해서, 그리스도의 가르침은 삶에 그대로 적용할 그 어떤 실용성도 가지고 있지 않고 단지 무지한 사람들을 위로하는 공상적인 이론일 뿐이라고 말한다. 그들은 르낭이 말하는 것처럼, 그리스도의 가르침이 그리스도를 믿는, 갈릴리라고 하는 벽지에 사는 미개한 사람들에게나 적합한 것이고, 우리같이 교양 있는 사람들에게는 단지 매력적인 박사의 알량한 이상주의 이론에 불과하다고 거드름을 피우며 말하는 것이다. 그들의 의견에 따르면, 그리스도는 우리가 일궈낸 문명과 문화의 높은 지적 수준에 이르지 못하였다. 만약에 그가 이 사람들의 이론을 나오게 한 그런 높은 교육수준을 가졌다면 그런 귀여운, 쓸데없는 말들, 이를테면 공중의 새에 관해서[3] 뺨을 돌려대는 것에 관해서, 오늘의 걱정만 하는 것[4]에 대해서 말하지 않았을 것이라고 말한다. 또 역사학자

---

3 〈마태복음〉 6장 26절. "공중의 새를 보라 심지도 않고 거두지도 않고 창고에 모아 들이지도 아니하되 너희 천부께서 기르시나니 너희는 이것들보다 귀하지 아니하냐." ─옮긴이
4 〈마태복음〉 6장 34절. "그러므로 내일 일을 위하여 염려하지 마라 내일 일은 내일 염려할 것이요 한날 괴로움은 그날에 족하니라." ─옮긴이

들은 기독교성을 그들이 그들 사회에서 보는 기독교성에 따라 판단한다. 우리 사회의 기독교에 따라 진실되고 성스러운 우리의 삶으로 인정하는 것은 독방에 구류시키는 것, 호화로운 궁전, 공장, 잡지, 의회 등이며, 그리스도의 가르침 중에서 인정하는 것은 이런 삶을 파괴하지 말라는 것뿐이다. 그런데 그리스도의 가르침은 이런 모든 우리의 삶을 버리라는 것이기 때문에 진정으로 그리스도의 가르침 중에서 인정되는 것은 없게 되고, 단지 부분적으로 말만 따온 것이 된다. 역사학자들이라고 하는 사람들은 마치 사이비 신도가 진리를 은폐하듯 그리스도의 가르침을 은폐시킬 하등의 필요가 없기 때문에 그 훼손된 온갖 가르침의 내용을 낱낱이 보고는 아주 심오한 비평을 내놓는데, 이것은 모두 그리스도의 가르침을 논박하는 것으로, 기본적으로 기독교성에는 현실성이 없는 이상주의 말고는 그 어떤 것도 없었다는 점을 논증하는 것이다.

그리스도의 가르침을 비평하기 전에 그 가르침이 어떻게 구성되는 것인지 먼저 이해해야 할 것이다. 그의 가르침이 합리적인지 아닌지 결정하기 전에, 최소한 그는 본인이 말했던 것을 실천했다는 점을 인정해야 한다. 그러나 우리는 그렇게 실천해본 적이 없다. 교회도 자유사상가도 마찬가지다. 그런데 우리는 우리가 왜 이를 실천하지 않는지를 아주 잘 알고 있다.

우리는 아주 잘 알고 있다. 그리스도의 가르침이 언제나, 그들을 거부하면서도 그런 인간적인 모든 오해들, 허망한 우상 즉 우리가 교회, 정부, 문화, 과학, 예술, 문명이라고 부르고 그 오해라는 담장으로 둘러치는 것들을 포용했었고 지금도 껴안고 있다는 사실을. 그러나 분명 그리스도는 이런 것들에 반대하고 그 어떤 '담장'도 두르지 말 것을 요청한다.

그리스도뿐만이 아니라 모든 히브리 예언자들, 즉 세례 요한은 물론 기타 진리를 말하는 전 세계의 선지자들은 바로 교회에 대해, 정부에 대해, 문화와 문명에 대해 그것들이 모두 인류를 파멸시킬 악이라 말했고 말하고 있다.

집을 만든 사람이 거기 살고 있는 주민들에게 당신네 집이 낡았으니 재건축을 해야 된다고 말하는 상황을 가정해 보자. 그는 어떤 대들보를 쓸지, 무슨 나무를 베서 어디에다 배치할지를 자세하게 말할 것이다. 거주자는 집이 낡았으니 재건축을 해야 된다는 이야기를 한 귀로 흘려듣고는 집주인을 짐짓 존경하는 척하며 그가 하는 말, 즉 앞으로 어떻게 해야 하는지 어떻게 집을 설계할지에 대한 지시사항을 듣는 체만 한다. 집주인의 조언은 모두 쓸데없는 말로 들렸을 것이고, 실제로는 집주인을 존경하지 않는 사람들은 바로 그 계획들을 바보 같은 일이라고 생각하는 것이 분명하다. 바로 이와 똑같은 일이 그리스도의 가르침을 대할 때 벌어지는 것이다.

이보다 더 좋은 비유는 없다. 그리스도 자신도 자신의 가르침을 강해할 때 바로 그 비유를 들었음을 기억한다. 그는 말했다. "나는 당신네들의 성전을 부술 것이고 삼 일만에 새로이 지을 것이다." 이렇게 말해서 그는 비판받고(정죄 받고) 십자가에 못 박힌다. 그리고 오늘날에 이르러서도 역시 그의 가르침은 십자가에 못 박힌 채 비판당한다.

스승의 가르침에 반발하기 위해서는 스스로가 스승이 생각하는 대로 그 가르침을 이해하고 있어야 한다. 이것이 어떤 이론이든 간에 비판하는 사람에게 요구되는 최소한의 자격이다. 스승은 자신의 가르침을 실행 불가능한, 어떤 시적 공상이나 판타지로서, 순진한 갈릴리 사람들이나 현혹시키는 어떤 고원한 인류의 이상으로 생각한 것이 아니다. 그는 자신의 가르침을 실제적인 일로, 인류를 구원할 그런 일로 생각했고 십자가에 매달려 몽상한 것이 아니라 자신의 가르침을 십자가에 못 박힌 채로 외치고 죽으신 것이다. 그리고 그렇게 많은 사람들이 죽었고 또 죽을 것이다. 따라서 그 가르침에 대해 그것이 몽상이라고 말해서는 안 된다.

이해하지 못하고 있는 이들에게 모든 진리의 가르침은 몽상일 수밖에 없다. 우리는 지금까지 이 가르침이 인간의 본성에 맞지 않다고 하여 이것을 한낱 몽상이라고 말하고 다녔다. (나도 그런 수많은 사람들 중 하나였다.) 그들은 한쪽 뺨을 맞았을 때 다른 쪽을 돌려대는 것, 내 것을 타인에게 내어주는 것, 나를 위해서가 아니라 다른 사람을 위해서 일하는 것을 모두 인간의 본성에 맞지 않는 부자연스러운 것이라고 말한다. 그들이 말하기를, 진정한 인간의 본성은 자신을 지키고, 자기의 안전을 지키고, 가족의 안위를 지키고, 자기 재산을 지키는 것이라고 한다. 달리 말하면, 자신의 존재를 위해서 싸우는 것이 인간에게 가장 자연적인 상태라는 것이다. 법률학자는 인간의 가장 성스러운 의무는 바로 그 자신의 권리를 옹호하는 것, 즉 만인에 대한 투쟁이라고 말하고 이를 학문적으로 증명해 놓는다.

그러나 잠시만 서서, 인간에 의해 만들어졌고 인간에 의해 존재하는 그 조직들이 최고의 신성한 인간의 체제가 아닐 수도 있다는 발상을 해본다면, 그리스도의 가르침이 인간의 본성에 맞지 않다고 하는 그런 비판들은 일순간에 사라지고 말 것이다. 인간을 괴롭히거나 죽이는 것은 아니더라도, 개를 괴롭히거나 닭이나 송아지를 죽이는 것이 인간의 본성에 반하여 괴로운 일이라고 하는 점을 누가 반박하겠는가. (나는 자기가 키운 동물들을 죽이는 것이 괴로워 실제로 육식을 그만하게 된 영세 농민들을 알고 있다.) 그런데도 우리의 조직은 개개인의 행복이 인간의 본성에 반대되게, 다른 이들의 고통으로써 얻어진다고 말하는 것이다. 우리의 모든 사회적 장치, 폭력을 목적으로 하는 우리 기관들의 모든 복잡한 메커니즘은 폭력이 그만큼 인간의 본성에 반하는 것임을 실증한다. 그 어떤 판사라 할지라도 자신의 재판소에서 사형선고를 내린 자를 직접 교수대에서 처형하기는 꺼릴 것이다. 그 어떤 촌장이라 할지라도 통곡하는 가족들에게서 농부를 붙잡아서 투옥시키고 싶은 사람은 없을 것이다. 그 어떤 장군이나 혹은 병사라 할지라도 전쟁의 규약(군기강)과 서약(선서) 없이는 몇백 명의 터키인 또는 독일인들을 그렇게 죽여 버리거나 그들이 살았던 마을을 그렇게 쉽게 파괴해 버리지는 못할 것이고, 뿐만 아니라 단 한 명을 다치게 하는 결정도 내리기 어려울 것이다. 이 모든 일은 오로지 그 정부와 공공사회라는 복잡한 제도 덕분에 자행되는 것이다. 이 제도 장치는 그 누구도 이런 행위들을 반인륜적으로 느끼지 못하게 만들고 지금 진행 중인 악행에 대한 그 책임감을 없애기 위하여 존재한다. 한 명이 이러저러한 규칙들을 만들어내고 다른 여러 명이 이 규칙들을 발효시킨다. 세 번째 부류는 사람들을 엄하게 훈련해서 그 규약에 익숙해지게 만들어, 즉 아무 생각 없이 또 아무 이의도 없게 규약을 받아들이고 그 규약에 복종시키게 만든다. 네 번째 부류는 가장 엄하게 훈련된 부류인데, 이들은 자신이 왜 그러하는지 도대체 무엇 때문에 도무지 무엇을 위해서 그러는지도 모르면서, 온갖 폭력을 자행하고 심지어 사람을 죽이기까지 한다. 그러나 인간에게는 이 세상의 사회장치 망으로부터 자유롭게 올바로 생각해 보는 찰나가 있는데, 그 순간에 인간은 자신에게 그 악행이 본성적이지 않음을 본능적으로 깨닫게 되면서, 스스로 헷갈리기 시작한다.

우리가 현재 행사하는 그 익숙한 악을 의심할 여지없이 신성하고 옳은 것이라고 결론짓지만 않는다면, 폭력과 그리스도의 법칙 중에 무엇이 인간에게 자연적이고 본유적인지가 분명해질 것이다. 알고 있는가? 나와 나의 가족의 평안과 안전, 그리고 나의 모든 기쁨과 즐거움이, 빈곤과 방탕, 그리고 수백만의 불행의 대가인지를. 다시 말해, 가족과 떨어진 수십만의 죄수들에게 자행되어지는 연례행사 같은 교수형의 대가인지, 또 나의 안위를 수호하기 위해 군기가 바짝 들어 도덕에는 둔감해진 그 병사들, 보안관들, 헌병들의 장전된 권총으로 쫄쫄 굶는 사람들을 쏴 죽인 것의 대가인 것을 알고나 있는가. 내 목구멍 내지는 내 아이들의 목구멍에 집어넣을 그 달콤한 사탕을 사기 위해 반드시 모든 인류의 고통을 지불해야 된다면 그런 사탕을 살 수 있겠는가. 아니면 그 어떤 사탕도 아닌 바로 내가 지금 가지고 있는 이 사탕이, 사실 별 필요도 없는 이 사탕만 아니면 그 누구도 고통받을 필요가 없었을 그 사탕이었음을 알고 있는가. 우리가 살고 있는 이 사회에서 나의 각종 쾌락과 각종 편리가, 권위적인 폭력으로 인해 수천 명의 빈궁과 그 고통으로 얻어지는 것임을 일단 동의해본다면─그것이 중요하다─무엇이 인간의 본성인지, 즉 동물적인 본성뿐만 아니라 이성적인 본성도 인간의 본성이라는 것을 이해할 수 있게 될 것이다. 그렇다면 그리스도와 그를 따르는 모든 자들의 법칙은 그 모든 의미에 있어서, 인간에게 비본성적인 것이 아니라, 오히려 완전히 본성적이고 그것으로만 이루어져서 모든 본성적이지 아닌 것들을 내던져 버리는, 그래서 인간의 공상적인 이론인 악에 대한 저항이 삶을 더 불행하게만 만드는 것임을 깨닫게 해주는 바로 그런 법칙이라는 것을 깨닫게 될 것이다. 이것이 중요하다.

그리스도의 가르침, 악에 대한 무저항, 이것이 공상인가! 그렇지 않다면, 서로에 대하여 그 마음에 측은지심과 사랑을 품고 있는 사람들의 삶은 화형, 태형, 차바퀴로 찢어 죽이는 벌, 채찍질, 콧구멍을 찢는 벌, 고문, 쇠고랑 채우기, 노역, 교수형, 총살형, 독방에 감금, 여죄수 감옥, 소년원이라는 제도와 피비

린내 나는 전투에서 수만의 목숨을 앗아 가고 주기적으로 푸가초프[5]식 혁명을 일으키게 만드는 그 제도로 인류의 인생은 허송세월된 것인가. 또 다른 이들의 삶은 이런 개탄할 일들을 자행하는 데에만 이용되어지고, 또 제3의 삶은 이런 고통에서 도망치고 이 악을 보복하는 데 쓰이는 것이다. 이런 삶이 오히려 공상이 아닌가?

신에 의해 주어져 인간의 기쁨을 위해 존재해야 마땅할 이 세계는, 그 세계를 거꾸로 파멸로 이끄는 인간의 공상으로 건립되었고, 그 공상이란 미친 해악을 끼치는 가장 야만적이고 개탄할 노릇인 몽상이었기 때문, 다신 그 개꿈을 꾸지 말고 깨어야 할 필요가 있는 것이다.

신이 지상으로 내려왔다. 삼위일체의 한 얼굴인 신의 아들은 인간이 되어 아담의 죄를 되샀다. 이 신은 우리로 하여금 이해되기 힘든, 반드시 비밀스럽고 신비로운 어떤 비기를 아주 알기 쉽게, 믿음과 은총의 도움을 받기만 하면 바로 신의 말씀을 그리도 단순하고 또 그리도 이성적으로 명료하게 이해되도록 가르치시고, 실습하게 하셨다. 신은 단순히 이렇게 말한 것이다. "서로가 서로에게 악을 행치 말지어다. 그러면 악이 없을 것이다." 정말 신이 이렇게 그냥 솔직히 비밀을 다 털어놓은 것인가? 과연 하나님이 이것만 말한 것일까? 우린 모두 이에 대

5　푸가초프Pugachov(1726?~1775): 제정 러시아의 농민 반란 지도자. 예카테리나 2세 치하의 러시아에서 농민반란(1773~1775)을 일으켰으나 정부군에게 패하고 처형되었다. ─옮긴이

해 다 잘 알고 있다. 그것은 그냥 그런 것이다.

엘리야 선지자는 사람들에게서 벗어나 동굴에 숨었는데 그 일은 그에게 계시가 있어서였다. 하나님이 동굴 입구에 나타나실 거라는 계시였다. 그리고 폭풍우가 불어닥쳤고 그로 인해 마을은 파괴되었다. 엘리야는 이것이 하나님일 것이라 생각해서 동굴 입구를 쳐다보았지만 하나님은 안 계셨다. 그리고 천둥이 치기 시작했다. 천둥소리와 번개는 실로 무서웠다. 엘리야는 그것이 하나님이 아닌지 살펴보러 나갔다. 그리고 나서 지진이 일어났다. 불이 땅속에서부터 나오고 절벽이 갈라지고 산이 무너져 내렸다. 엘리야가 그쪽을 쳐다보았지만 그쪽에도 하나님은 없었다. 그 후 조용해지고 가벼운 산들바람이 산뜻한 초원으로부터 풍겨왔다. 엘리야가 그쪽을 쳐다보았다. 비로소 거기 하나님이 계셨다. 이렇게, 하나님의 말씀은 단순한 것이다. "악에 대적지 마라."

그 말씀들은 아주 단순한 것이지만 그 안에는 하나님과 인간의 법칙이 투영되어 있고 통합되어 있으며 이는 항구적인 성질의 것이다. 이 법칙은 만일 인간 역사의 흐름에 앞으로 악을 제거하는 일이 있을 수 있다면, 그때까지 영원한 것이다. 그 일은 반드시 악을 폭력으로써 저항한 자들이 아니라 그리스도의 가르침을 이해하고 악을 몰아낸 자들의 덕택으로 될 것이다. 인류의 선으로의 운동은 학대하는 사람(박해자)이 아니라 학대받는 사람(수난자)으로서 완성되어 간다. 불이 불을 끌 수 없듯이, 악은 악을 소멸시키지 못한다. 오직 선만이 악을 맞이하여 그 악에 옮겨붙지 않고, 악을 이길 것이다. 또한 이는 인간의 영혼의 세계에서 불변의 법칙이고 이것은 마치 갈릴리의 법칙과 같지만 그보다 더 불변의 속성을 띠게 되었고 그 필요성이 더 명확해졌다. 충분한 때에 이른 것이다. 인간들은 점점 더 그 법칙에서 멀어지고 있으며 그 법칙을 숨기려고만 할 것이지만, 그와는 관계없이 여전히 마찬가지로 인류의 선으로 향한 흐름은 바로 이 길에서 완성되어 갈 것이다. 미래의 모든 움직임은 악에 대한 무저항의 이름으로써만 이루어지리라. 또 그리스도를 따르는 자는 갈릴리 사람들보다 더 확신에 찰 것이다. 각종 유혹과 협박이 있을 수 있지만 그 경우에도, 다음과 같이 확언해야 한다. "그래도, 폭력으로써가 아니라 선으로써만 당신은 악을 섬멸시킬 수 있을 것이다." 사람들 대다수에게 있어 가장 교활하고 위험한 형태로서, 그리스도의 가르침을 다른 이론들 아래에 덮어 버리거나, 망령되이 일컬어 은폐시키고 있는데, 비록 더딜지라도 명확성, 단순성, 합리성, 필연성, 의무성을 띤 오직 그리스도의 가르침으로써만 악을 이길 수 있음을 확증해야 할 것이다.

5.   하나님의 영원한 법을 찾아내는 일

앞선 모든 것은 나로 하여금 그리스도의 가르침의 의미를 확실히 믿을 만하게끔 만들었다. 그러나 오랫동안 나에게는 의아스러운 점이 있었다. 초기 수천 명의 기독교인 이후 지금까지 1,800여 년 동안 엄청난 숫자의 사람들이 그리스도를 믿었고, 또 오로지 그리스도의 법칙을 연구하기 위해 자신의 인생을 바친 수백만의 사람들이 있어 왔는데, 나는 왠지 그리스도의 법칙에서 완전히 새로운 것을 발견했다는 그런 기분이 들었고 이런 요상한 기분에 익숙해질 수 없었던 것이다. 하여튼 얼마나 이것이 이상했던지 간에, 악에 대한 무저항에 관한 그리스도의 가르침이 내 앞에 마치 완전히 새로운 느낌으로 떠올랐고, 이 일에 관해 나는 전혀 이해할 수 없었다. 그래서 나는 나에게 질문했다. '어떻게 이런 일이 생길 수 있지?' 그런데 나에게는 분명 그리스도의 가르침의 의미에 대한 어떤 거짓된 표현이, 그것을 내가 이해하지 못하도록 심어져 있었던 것이다. 거짓된 표현, 바로 그것이었다.

복음서 읽기에 착수하면서, 한 번도 그리스도의 가르침에 관해 들어본 적이 없는 인간이 갑자기 처음으로 그 가르침을 들었을 때 어떤 상태가 되는지 서술한 부분을 나는 찾지 못하였다. 그런데 이미 내 안에 그리스도의 이론 전체가 준비되어 있었던 것이다. 나는 그것을 반드시 이해해야 할 의무를 갖고 있는 것처럼 보였다. 그리스도는 내게 신의 법칙을 발견한 선지자로 나타난 것이 아니라, 이미 알고 있던 신의 법칙에 관해 설명해주는 보충 선생님이나 증인처럼 나타난 것이다. 나는 온전하고 명료한 형태로, 아주 복잡한 신에 관한 가르침, 세계와 인간의 창조, 또 모세를 통해 인간에게 주어진 그 계명(율법과 약속)을 이미 가지고 있었다.

복음서에서 나는 다음과 같은 말씀을 마주쳤다. "눈에는 눈, 이에는 이라고 너희에게 말해졌으나 나는 너희에게 이르노니 악에 대적지 마라." 말씀 중 "눈에는 눈, 이에는 이"는 모세에게 신이 내린 계명을 뜻했다. 말씀 중 "나는 너희에게 이르노니 악이나 악한 자에 대적지 말라"는 새로운 계명, 즉 구약을 폐하는 신약이었던 것이다.

만약에 내가 그냥 그리스도의 가르침을 모유로 주입된 신앙, 다시 말해 모태신앙 없이 받아들였어도, 그리스도 말씀의 그 단순한 의미는 쉽게 이해될 수 있었을 것이다. 나는 이해했던 것이다. 그리스도가 옛 법칙을 거부하고 자신의 새로운 법칙을 준다는 것을. 그러나 내게 주입된 사상은 그리스도가 모세의 율법을 거부하지 않고, 아니 그 반대로 모세의 모든 율법을 그 작은 일점, 일획까지 확증하고 보완했다는 것이다. 이를 확실히 나타내는 〈마태복음〉 5장 17절에서 23절까지의 말씀은 이전의 복음서 독서에 앞서, 늘 나에게 그 불명확성을 반영하는 것같이 보이고 의구심을 불러일으키게끔 했다. 내가 그때 구약을 아는 만큼, 특히 모세의 책들 마지막 부분에서 그런 자잘한, 영문을 알 수 없는 잔인한 율법들이 쓰여 있었는지, 그 법칙들에 앞서 말하기를 무조건 "이렇게 하나님이 모세에게 말씀하셨다"라고 쓰여 있는 그런 부분들이 내게는, 그리스도가 모든 이 법칙들을 확증할 것인데 왜 도대체 이렇게 쓰여졌었는지, 아주 이상했던 것이다. 그러나 당시 나는 이 의문에 대해 해답을 구하지 않은 채로 그대로 놔두었다. 구약과 신약의 두 법칙이 모두 성령이 말씀하신 그 진수이고, 모두가 동의하듯이 그리스도는 모세의 법을 확증하고 또 보충하고 완성하러 오신 분이라는 신학적 해석을 나는 어려서부터 그대로 믿고 받아들여왔다. 그런데 어떻게 이 염증이 발생되는지, 어떻게 내 눈에 밟히는 복음서 17절 이하 20절 말씀, "나는 너희에게 이르노니……"의 모순을 해결할 수 있는지에 대해, 나는 한 번도 어떤 결론을 내리지 않았던 것이다. 그러나 이제 단순하고 직접적인 그리스도의 가르침의 의미를 깨닫고 난 후, 나는 비로소 이 두 법칙이 모순적이고, 하나가 다른 하나에 합치되거나 보완이라는 말은 말도 안 되는 소리이며 따라서 반드시 둘 중에 하나를 받아들여야 하며, 이전의 나를 펄쩍 뛰게 한 〈마태복음〉 5장 17절에서 20절 이하 말씀에 관한 그런 해석은 필경 믿을 만하지 못한 것이라는 결론에 이른 것이다.

내게 언제나 불명확한 구절로 보였던 17절부터 19절까지를 재차 읽고, 이 구절들의 그 단순명료한 진리가 갑자기 다시금 내게 나타나게 되었다.

내게 진리의 지평이 열린 것은 내가 어떤 결론에 이르러서가 아니라 혹은 다시 생각을 정리해서가 아니라, 내가 그런 인공적인 해석, 즉 그런 해석에 이르게 하기 위해서 억지로 의미를 통합시킨 해석에 따르지 않고 완전히 내던져버렸기 때문에 가능할 수 있었다.

그리스도는 말한다. "내가 율법이나 선지자(의 가르침)를 폐하러 온 줄로 생각지 말라. 폐하러 온 것이 아니요, 완전케 하려 함이로다. 진실로 너희에게 이르노니 곧 천지가 없어지기 전에는 율법의 일점, 일획(부분)이라도 반드시 없어지지 아니하고 다 이루리라"(〈마태복음〉 5장 17~18절).

그리고 20절에서 이렇게 부연한다. "내가 너희에게 이르노니 너희 의가 서기관과 바리새인의 의를 능가하지 못하면 결단코 하나님 나라에 들어가지 못하리라."

그리스도는 말했던 것이다. 나는 너희들의 책에 선지자가 실천을 위해 쓴 영원의 법을 폐하러 온 것이 아니라, 영원한 법을 실천하는 것을 가르치기 위해서 온 것이라고. 나는 너희들의 바리새 선생들이 신의 법이라고 부르는 그 율법에 대해서 말하는 것이 아니라, 그 변화에 있어 하늘과 땅보다 변화가 적은 영원의 법칙에 대해서 말하는 것이라고.

내가 이렇게 같은 사상을 다른 말로 표현한 것은 흔히 세상에 알려져 있는 그 거짓된 이해에서 벗어나게 하기 위해서다. 기만적으로 이해시키려고 했다면, 그렇게 쓰여진 그 구절들처럼 덜 정확하고 더 나쁘게, 이 사상을 표현할 수 있었을 것이다.

예수가 율법을 부정하지 않고 있다는 해석의 근거는 여기서 법전의 일획에 법을 비유하고 있다는 점이고, 또 아무런 근거도 없이 그 단어의 뜻과 반대로—영원의 법칙 대신에—성문법의 의미를 추가한다는 점이다. 그러나 그리스도는 쓰여진 법에 관해 말한 것이 아니다. 만약에 그리스도가 이곳에서, 법전에 관해 말했다면, 그는 더 통상적인 표현을 사용했을 것이다. 율법과 선지자, 바로 이것이 그가 항상 성문법에 관해서 말할 때 쓰는 용어다. 그러나 그는 전혀 다른 표현, 즉 '율법이나 선지자'라는 용어를 사용했다. 만약에 그리스도가 법전에 관해 말했다면, 그는 그 구절에 따라 계속적으로 그 의미를 세워나가기 위해 '율법과 선지자'라는 단어를 계속 썼을 것이고, 그 구절에 의미적 가치가 있을 어떤 부연설명도 없이 율법이라는 단어를 그냥 쓰지는 않았을 것이다. 그뿐만이 아니라 그리스도는 이 표현을 다른 곳에서도 사용했다. 〈누가복음〉에 따르면, 이와 관련하여 그리스도가 그렇게 뜻했다는 것을 벌써 의심할 수 없게 만드는 구절이 있다. 〈누가복음〉 16장 15절에 보면, 그리스도는 율법에 따라 살기 때문에 스스로를 의롭다고 여기는 바리새인들에게 이렇게 말한다. "예수께서 이르시되 너희는 사람 앞에서 스스로 옳다 하는 자이나 너희 마음을 하나님께서 아시나니 사람 중에 높임을 받는 그것은 하나님 앞에 미움을 받는 것이니라." 16절에는 "율법과 선지자는 요한의 때까지요 그 후부터는 하나님 나라의 복음이 전파되어 사람마다 그리로 침입하느니라." 그리고 이어지는 17절에서는 이렇게 말한다. "그러나 율법의 한 획이 떨어짐보다 천지의 없어짐이 쉬우리라." 이렇듯 "요한의 때까지의 율법과 선지자"라는 말로써 그리스도는 율법을 폐지한 것이다. "율법의 한 획이 떨어짐보다 천지의 없어짐이 쉬우리라"는 말로써 그리스도는 영원의 법칙을 확증한다. 첫 번째 말에서 그리스도는 율법과 선지자를 쓰여진 법, 즉 성문법 혹은 법전 또는 율법을 의미하기 위해 사용했고, 그런즉 두 번째 말에서 그리스도는 단순하게 율법을 영원의 법칙을 의미하기 위해 사용한 것이다. 결국 여기서 영원의 법을 율법이라는 말과 대립시키는 것을 확실히 알 수 있고[6], 똑같이 이런 맥락에 따라 〈마태복음〉에서 '율법이나 선지자'라는 말도 영원의 법과 대치구도를 갖는 것이라고 볼 수 있다.

6　이뿐만이 아니라 자기가 하는 말에 그 어떤 의혹도 품지 않게 할 것인 양, 그리스도는 바로 이어서 이와 관련해 모세의 법을 거부하는 가장 날카로운 예를 더 든다. 영원의 법, 즉 일획의 떨어짐도 없는 법으로써, 그는 모세의 법에 가장 날카로운 반박을 가하는데 그것은 〈누가복음〉 16장 18절에서 말씀하는 "무릇 그 아내를 버리고 다른 데 장가드는 자도 간음함이요"이다. 즉 율법에 따르면 이혼이 허용되지만, 영원의 법에 따르면 그것은 죄인 것이다.

역사적 변이에 따른 17절과 18절에 대한 그 문맥의 어원학적 변화는 의미심장하다. 대부분의 성경 필사본에는 '율법'이라는 단어만, '선지자'라는 추가 단어 없이 쓰여져 있다. 이것만 보아도 벌써, 이것이 바로 성문법을 의미한다고 곡해할 수 없게 만든다. 한편 또 다른 필사본, 티셴도르프 성경[7]과 성경 정전에는 '선지자'라는 추가 단어는 있지만, '과'라는 접속사가 아니라 '이나'라는 접속사로 연결되어 율법이나 선지자라고 쓰여져, 정확히 이것도 또한 영원의 법이란 의미를 제외시켜 버리게 만든다.

교회로부터 승인받지 못한 몇몇 필사본에는 '선지자'라는 추가 단어가 '이나'가 아니라, 접속사 '과'로 붙어 있다. 즉 이와 같은 필사본의 경우에도 율법이라는 말을 다시 반복하기 위해 '~과 선지자'라고 덧붙여 쓴 것이다. 이렇듯 어떤 개정, 무슨 수정에도 불구하고 모두, 그리스도가 오로지 성문법에 관해서만 말한 것이라는 인상을 주는 의미를 모든 필사본에 부여할 수밖에 없게 만든다.

그러나 이 변이형들은 지금의 해석이 나온 역사를 가늠할 수 있게 한다. 누가에 따르면, 그리스도가 영원의 법, 그 하나만을 말했다는 것은 단 하나의 확실한 사실이다. 그러나 필경가들을 놓고 보면, 그들은 모세 율법의 의무성을 인정하고자 하는 자

---

7 1844년 독일의 성서학자 콘스탄틴 폰 티셴도르프가 시나이산의 세인트 카트린느 수도원에서 발견한 세계 최고最古의 성서 사본. ─옮긴이

들로서, '~과 선지자'라는 말을 '율법' 뒤에 병합시켜 그 의미를 바꿔버린 것이다.

모세의 책을 인정하지 않는 여타 기독교인들은 그 병합을 인정하지 않거나, 접속사 '과'를 '이나'로 대치하고 있다. 그래서 정선에 '이나'라는 말이 이 부분에 편입된 것이다. 그렇게 해서 그 단어가 정전에 들어갔다는 관점에 따른다면, 문맥의 명료함이 의심할 여부가 없어지는 데도 불구하고, 정전 해석가들은 그 단어가 그런 연유로 바꾸어서 텍스트에 들어가지 않은 것처럼 생각하여, 그 관점에 따라 계속 해석하고 있다. 해석자들이 직접적이고 단순한 그리스도의 가르침의 의미에 동의하는 자가 적어지면 적어질수록, 이 부분에 무한한 해석을 가하여 그 직접적인 의미에서 점점 더 멀어지게 만든다. 대다수의 해석자들은 위경적인 의미, 즉 성경 그 자체에서 배척하고자 하는 그 허위 사상을 지지하는 것이다.

이 구절에서 그리스도가 오직 영원의 법에 대해서만 말하고자 했음을 충분히 확증하기 위해서는, 그 가짜 해석자들에게 거짓 해석의 동기를 부여한 그 단어의 의미를 깊게 파고들어가야 할 필요가 있다. 러시아어로 'закон(자콘)', 헬라어로 'νομοξ(노모스)', 히브리어로는 'torah(토라)'인 '법'은 러시아나 그리스, 이스라엘에서 두 가지 주요한 뜻을 갖는다. 하나는 그 표현에 있어 상대적인 의미가 없는, 법칙 그 자체의 뜻이다. 다른 하나는 특정 사람들이 규칙으로 여기는 것에 대한 표현인 법전의 계율(율법)로서의 의미다. 두 의미의 차이는 모든 국어에 있어 존재한다.

그리스어(헬라어, 히브리어)로 된 바울서신에서도 이 차이는 때론 문장성분의 사용에 있어 규정되기도 한다. 관사 없이 바울이 이 단어를 쓸 때 그 대부분의 경우 성문법의 의미를 나타내는 것이고, 관사를 붙여서 쓸 경우 하나님의 영원한 법을 의미한다.

고대 히브리인들에게, 선지자들에게, 그들의 이야기인 〈이사야〉에서 '법'이란 단어 torah는 언제나 영원한 하나의 알려지지 않은 계시, 즉 하나님의 가르침이라는 의미로 사용되어 왔다. 그러나 바로 이 단어 закон, torah가 처음에는 〈에스라〉에서, 이후 탈무드[8]의 시대에 이르러 모세오경의 성문법의 의미로 사용되어진다. 이 모세오경에 대중들은 torah라는 제목을 붙이는데 이는 우리가 성경(바이블) библия이라는 단어를 사용하는 것과 마찬가지다. 그러나 거기에 차이가 있다면, 그것은 우리에게는 두 의미를 구별할 수 있게 해주는 각각의 단어―성경, 법―가 있는데 반해, 유대인들(히브리인)에게는 하나의 단어밖에 없어서 그 단어로 두 개의 의미를 나타내야 한다는 것이다.

그렇게 해서, 이사야와 다른 선지자들이 영원한 하나님의 법이란 의미를 나타내기 위해 그 단어를 사용한 것처럼, 율법의

---

8 히브리 율법학자들이 집대성한 전통풍속, 민간전승담, 등을 총망라하는 유대교 율법서, 유대인들에게 모세오경 다음으로 중요시된다. 두 종류가 있는데 하나는 팔레스타인 탈무드, 다른 하나는 예루살렘 탈무드이다. 후자를 바빌로니아 탈무드라고도 부른다. ―옮긴이

의미를 부정하면서 그리스도는 법이란 뜻의 단어 'torah'를 사용한 것이다. 또 그는 이 단어를, 율법을 부정하면서 율법의 의미로 사용할 때 그 의미의 구별을 위해, 항상 '~과 선지자'라는 단어를 뒤에 붙이거나, 아니면 '너희들의 ~'라는 단어를 율법이라는 단어 앞에 붙여서 사용했던 것이다.

그가 "무릇 남에게서 그런 일을 당하고 싶지 않은 것은 남에게도 또한 그처럼 행하지 마라. 이것이 율법과 선지자의 전부이니라"라고 말할 때에는 율법(성문법)에 관해 말하는 것이 되고, 또 쓰여진 법 전부는 영원의 법이라는 하나의 표현으로 귀결될 수 있음을 말하면서 이로써 쓰여진 법이 폐지된다는 것을 말하는 것이다.

그가 "율법과 선지자는 세례 요한 때까지니라"(〈누가복음〉 16장 16절)라고 말했을 때, 율법에 관해서 말하는 것이 되고 이 말씀으로써 그 율법의 의무성을 부정하는 것이다.

그가 "너희에게 모세의 율법을 주지 아니하였느냐, 너희 중에 율법을 지키는 자가 없도다"(〈요한복음〉 7장 19절) 또는 "너희 율법에도 …… 기록하였으니"(〈요한복음〉 8장 17절) 또는 "이는 저희 율법에 기록된 바 ……"라고 말할 때, 그는 그가 부정하는 율법에 관해서, 그를 사형에 처하게 만든, 그를 심판받게 만들 법적 근거가 있는 그 율법에 관해서 말했던 것이다(〈요한복음〉 19장 7절). 유대인들이 그에게 대답하되 "우리에게 법이 있으니 그 법대로 하면 제가 당연히 죽을 것은 ……"하고 말했던 것이다. 명백하게도 이 법에 따라 사형을 내린 유대인들의 율법은 그 법, 그리스도가 가르친 법이 아니다. 그런데도 그리스도가 "내가 율법을 폐하러 온 줄로 생각지 마라. 너희에게 그것을 실천하는 것을 가르쳐주기 위해 온 것이다. 왜냐하면 그 법에서 아무것도 변경될 수 있는 것이 없고, 모든 것은 반드시 이루어질 것이다"라고 말한 것은, 그가 율법이 아니라 신성하고 영원한 법에 대해서 말했던 것이고, 그것을 확증하기 위해서였던 것이다.

이 모든 것은 형식적인 증명일 뿐이라고 여기고, 내가 열심히 전후 문맥, 이문을 발췌해서 나의 해석과 반대되는 주장을 애써 감추는 것이라고 가정해도 괜찮다. 그러나 그리스도가 실제로 모세의 법을 폐한 것이 아니고 온 힘을 다해 그 법을 남겨두었다는 교회의 해석은 아주 명확하고 믿을 만한 것인지 의문이다. 그런 의문이 드는 것이다. 그렇다면 대체 그리스도는 무엇을 가르쳤나?

교회의 해석에 따른다면, 삼위일체의 두 번째 얼굴이자 하나님 아버지의 아들인 그는 땅으로 내려와 자기의 죽음으로 아담의 죄를 되샀다. 그러나 복음서를 읽은 모든 자는 그리스도가 복음서에서 이에 대해 아무것도 말하지 않았거나, 말했어도 아주 의심스럽게 말했음을 알고 있다. 그러나 우리가 거기서 말씀되어지는 것에 대해 읽을 능력이 있는지가 의문이다. 하지만 어느 경우에도 그리스도를 가리켜, 삼위일체의 두 번째 얼굴이고 인류의 죄를 대속한 자라는 부분은 복음서에서 가장 작은, 불명확한 부분을 차지한다. 그렇다면 어디에 나머지 모든 그리스도의 가르침에 관한 내용이 있는가? 그리스도의 가르침 중에서 가장 주요한 내용은 인간의 인생에 관한 가르침, 즉 각자가 어떻게 살아야 하는지에 대해서다. 그렇다는 것을 모든 기독교인들이 언제나 인정하고 있고 이를 부인할 수 없다.

그리스도가 새로운 삶의 방식을 가르쳤다는 것을 인정하고 나서, 그가 가르친 이들 중에서 어떤 특정 인물들을 떠올려 봐야 할 것이다.

러시아인들, 영국인들, 중국인들, 인도인들, 아니면 심지어 무인도에 있는 야만인들을 마음속에 그려보면 우리는 그들 각기 족속마다 그들의 삶의 규칙이 있고 그들 스스로의 법이 있음을 발견하게 될 것이다. 그렇기 때문에 만약 선생님이 새로운 삶의 법을 가르쳤다고 한다면, 그것은 그가 이 가르침으로써 이전의 삶의 법을 폐지시켰음을 의미하게 된다. 그것을 폐지시키지 않고는 새로운 것을 가르칠 수 없을 것이다. 이런 일이 영국에서, 중국에서, 그리고 바로 우리나라에서 발생될 것이다. 선생님은 필연적으로 우리가 가치 있는 것으로 여기고, 거의 신성시했던 우리의 법을 폐하려고 할 것이다. 그러나 우리들 중에 어쩌면, 이렇게 되기는 힘들겠지만, 새로운 삶에 대해 가르치면서 우리 시민법, 헌법, 우리 풍속들만 폐하고, 우리가 신성하다고 여기는 법은 건드리지 않는 설교자(전도자)가 생길 수도 있다. 그러나 히브리 민족은 이전에 오직 하나의 법, 삶의 모든 자잘하고 세세한 부분까지 아우르는 그들의 신성한 법만을 가지고 있었기 때문에, 미리 예언된 자가 히브리 민

족 중 몇몇은 새로운 법을 믿게 만들었지만 이 예언된 자의 전
도자는 그 민족 모두에게 하는 수 없이 민족의 법을 깨지 않은
상태로도 믿어도 된다고 설교한 것이다. 그러나 이것이 가능할
법한 일인가? 허나 이것은 증명할 수 없는 것이라고 간주하자.
그리스도가 모세의 모든 율법을 확증했다고 해석하는 이들
을 그냥 놔두고 '자신의 온 생애를 통해 그리스도는 누구를 적
발했고, 그들을 원리주의자, 성경학자, 율법주의자, 바리새인들
이라고 부르며 누구에 대하여 봉기하였는가?'에 대해 그들 스
스로 설명하게 해보자.

　누가 그리스도의 가르침을 받아들이지 않고, 누가 그의 첫
번째 제자인 사도들과 함께 그를 십자가에 못 박아 책형 磔刑 하
였는가? 만약에 그리스도가 모세의 율법을 인정했다면, 대체
어디에 그리스도가 그 법을 실제로 지켰다고 칭찬한 이들이 있
는가? 정말 한 사람도 없는가? 사람들은 바리새인들도 한 교파
라고 말한다. 하지만 히브리인은 그렇게 말하지 않는다. 그들
이 말하기를 바리새인들이야말로 진정으로 율법을 실천한 자
들이라고 한다. 그런데 바리새인들도 하나의 교파라고 가정해
보자. 그러면 사두개인들도 하나의 교파다. 그렇다면 분파가
아닌, 정통파는 도대체 어디 있는가?

　〈요한복음〉에 따르면, 그들 모두는 유대인에 의해 적그리스
도로 일컬어진다. 또 그들은 그리스도의 가르침에 뜻을 같이
하지 않는, 그 가르침에 반대하는 자들이라고 한다. 왜냐하면
그들은 유대인이기 때문이다. 그러나 복음서에서 사두개인과

바리새인만이 적그리스도로 드러나는 것은 아니다. 또 그리스도의 적으로 불리는 부류는 바로 모세의 율법을 준수하는 율법주의자, 또 성경을 해석하는 성경학자, 또 언제나 대중의 지혜의 대표자들로 여겨지는 유대인 연장자 선생, 즉 랍비다.

그리스도는 말한다. 나는 의로운 자를 회개시키고 그들의 인생을 바꾸기 위해서 온 것이 아니요, 죄인을 그렇게 하기 위해서 온 것이라. 그런데 도대체 어디에, 어떤 의로운 자가 있었는가? 과연 니고데모 한 사람이었는가? 니고데모가 우리에게 선한 사람으로 보이긴 했지만, 그도 방탕했었다.

우리는 바리새인과 어떤 악한 유대인들이 그리스도를 못 박았다는 이상한 해석에 익숙해져 있기 때문에, 도대체 어디에 바리새인이 아닌 사람이 있었고, 어디에 악하지 않고 율법을 고수하는 실제 유대인이 있었는지에 관한 단순한 질문이 우리 머릿속에 잘 떠오르지 않는다. 모든 것을 명백하게 하기 위해서는, 이 질문을 스스로에게 해보는 것이 좋다. 그리스도가 신이든 한 인간이든, 그리스도는 자신의 가르침을 이 세상에 특별히 그 민중, 전 생애를 통해 율법을 고수하며 율법을 신의 법이라고 부르는 사람들 사이에 가지고 온 것이다. 그리스도는 이러한 율법에 어떤 태도를 취할 수 있었을까?

어떤 선지자, 신앙 교사나 할 것 없이 하나님의 법칙을 사람들에게 설파하면서 언제나 사람들 사이에서 그들이 신의 율법으로 여기고 있는 것들과 맞닥뜨리지 않을 수 없었고, 그래서 이 사람들이 신의 법으로 거짓되게 여긴 저희들의 법과 영원한 하나님의 법을 지칭하는 이중의 의미를 가진 법이라는 단어를 사용할 수밖에 없었다. 하지만 그뿐만 아니라, 피치 못하게 이 단어에 대한 두 겹의 의미에서의 사용은 종종 설파하는 자 본인이 그 사용을 원했기 때문인 것도 있고, 그가 향한 사람들의 믿음의 대상인 거짓된 그 법전 전체에 영원의 진리가 있다고 가르치기 위해서 고의적으로 두 뜻을 통합시키고자 한 연유도 있다. 그렇게 해야 이 선지자들은 예의 익숙한 그 진리들에 주의를 끌게 할 수 있었고, 근본적으로 자신의 설교를 듣게 만들 수 있었던 것이다. 바로 이와 같은 일을 그리스도도 이 법과 저 법을 모두 토라라고 부르는 히브리인들 사이에서 행했다. 그리스도는 상대적으로 모세의 율법에 대해, 또 그보다 많이는 여러 선지자들에 대해, 특히 그가 빈번히 말씀을 인용하는 〈이사야〉에 대해 말하면서, 히브리 율법과 선지자의 율법에도 영원하고 신성한 진리의 법이 있고 영원의 법칙과 겹치는 부분, 이를테면 신과 이웃에 대한 사랑과 같은 어떤 구절들이 있다고 인정하면서, 이를 자신의 가르침의 기조로 삼았다.

그리스도는 여러 차례 이런 생각을 표현한다. "예수께서 이르시되, 율법에 무엇이라 기록되었으며 네가 어떻게 읽느냐?"(〈누가복음〉 10장 26절) — 만약에 읽을 줄 안다면, 영원의 진리가 율법에서 어디에 있는지 찾을 수 있을 것이다. 그리고는 한 번이 아니라 여러 번, 그들의 율법에 있는 신과 이웃에 대한 계명이 영원의 법에 있는 계명과 같은 것이라고 가르친다 (〈마태복음〉 13장 52절). 그리스도는 제자들에게 자신의 가르침의 의미를 설명하기 위한 모든 그러한 잠언들 이후 최종적으로, 지나간 모든 옛것들에 어떤 태도를 가질지를 말한다. 그런 까닭들로 온갖 성경학자, 즉 식자, 진리에 제자 된 자는 자신의 보물창고에서 새것과 옛것을 (한꺼번에, 차별을 두지 않고) 내어오는 집주인과 비슷하다고 말한 것이다.

성聖 이리네와 그를 따르는 모든 교회는 이와 똑같이 이 말씀을 이해하고 있다. 그렇지만 이 말씀을 들어, 완전히 자의적으로 그 말씀의 의의를 곡해하여 옛것만이 신성한 것이라고 주장한다. 이 말씀의 명백한 의의는, 좋은 것이 필요한 자가 무조건 새것만 취하는 것이 아니라, 오래된 것이라고 그것을 내팽개칠 수는 없기 때문에 오래된 것도 좋은 것이면 취할 수 있다는 의미인 것이다. 그리스도는 이런 말씀들로 하여금, 언제까지나 구약의 법에도 있는 것마저 부정하는 것은 아니라고 말하는 것이다. 그러나 그에게 모든 법이나 그 외형에 관해 물어보았을 때, 그리스도는 새 포도주를 헌 부대에 담지 말라고 말한다. 그리스도는 모든 율법을 확증할 수도 없었지만, 그렇다고 선지자의 모든 율법, 이를테면 이웃을 제 몸 사랑하듯이 사랑하라고 말씀하신 그런 율법과, 선지자의 언어를 사용해 자주 자신의 사상들을 진술한 그런 선지자들의 율법을 모두 부정할 수는 없었던 것이다.

그리하여 이렇게 가장 단순한 언어로 표기되어 모두에게 확증된 그리스도의 가르침에 대한 단순명료한 이해 대신에, 모호한 해석으로 바꿔놓고 모순이 없는 곳에 모순되는 명제를 끌어들인다던가, 그리스도의 가르침을 더 파괴시키기만 하도록 아예 그리스도의 가르침을 빼버린다던가 하여 그 야만성에 있어 잔인하기만 한 그런 모세의 가르침의 수준으로 회귀하게 만들어 버린 것이다.

특히 5세기 이래로 모든 교회의 해석들에 따르면, 그리스도는 법전을 파기한 것이 아니라 그것을 확증했었다고 전해진다. 그러나 어떻게 그가 그것을 확증했는가? 어떻게 그리스도의 법이 모세의 법과 합치될 수 있는가? 이에 대한 그 어떤 해답도 없다. 모든 해석자들은 말장난을 쳐서, 그리스도가 모세의 율법을 실천했고 그로써 예언이 실현되었으며, 그리스도는 우리를 통해, 사람들이 자신을 믿게 만듦으로써 율법을 실행한 것이라고 말하는 것이다. 두 개의 모순된 법과 그에 따른 각기 다른 사람들의 삶을 어떻게 통합시킬 수 있는가에 대한 각기 다른 신자들의 유일하고도 본질적인 질문은 전혀 해결의 실마리도 보이지 않게 그대로 남겨진 실정이다. 그리스도가 율법을 폐하러 온 것이 아니라고 말씀되어지는 구절과 '……라고 말씀되어졌으나, 나는 너희에게 이르노니 ……'라고 쓰여진 구절 사이의 모순점과 그 외에 모든 모세의 가르침과 그리스도의 가르침의 정신 사이의 모순성에 관한 문제는 전체적으로 그대로 남겨져 있는 것이다.

요한 즐라토우스트[9]부터 시작하여 오늘날에 이르기까지 이

---

9   요한네스 크리소스토무스(그리스어: 이오안네스 오 크뤼소스토모스Ἰωάννης ὁ

러한 문제에 관심을 가지고 있는 자들 모두에게 이 부분에 대한 교회의 해석을 직접 살펴보도록 해 보자. 이 긴 해석을 통독하기만 해보아도 그는 확실히 여기에 모순성에 대한 해답이 없음을 깨달을 뿐만 아니라, 모순점이 없었을 자리에 인위적으로 모순점이 끼어들어가 있음을 확인할 것이다. 통합될 수 없는 것에 대한 통합의 불가능한 시도는 이 통합이 사상의 오류를 나타내는 것이 아니라, 이 통합에 어떤 필요에 의한 명백하고 특정한 목적이 있음을 명시하는 것이다. 무엇을 위해 필요한지도 심지어 알 수 있다.

다음은 모세의 율법을 거부하는 자들 중에 하나로, 요한 즐라토우스트가 반박하여 말한 부분이다(요한 즐라토우스트, 《마태복음 해설》 제1권, 320~321쪽).

"…… 구약의 율법을 시도해보면, 그 율법에 눈을 빼앗은 자는 그 빼앗은 자의 눈을, 이에는 이를 뽑아서 받아치라고 나오는데 이에 즉시 그 반박으로 '이러한 말을 하는 자에게 무슨 복

Χρυσόστομος, 349~407) 또는 존 크리소스톰John Chrysostom은 초기 기독교의 교부이자 제37대 콘스탄티노폴리스 대주교였다. 뛰어난 설교자였던 그는 중요한 신학자 가운데 한 사람이었고 끊임없이 기독교 교리에 대해 설전을 펼쳤다. 동로마 황제 아르카디우스와 그의 아내 아일리아 에우독시아에 의해 박해를 받고 유배를 당해 유배지에서 죽었다. 그의 죽음 이후 '황금의 입을 가진'이라는 뜻의 그리스어인 크리소스토무스라는 별칭이 붙었다. 로마 가톨릭교회와 동방 정교회, 성공회 모두 그를 성인으로 추대하였으며, 축일은 각각 9월 13일과 11월 13일이다. 대한성공회에서 사용하는 《성공회 기도서》의 저녁기도에도 성 크리소스톰의 기도가 포함되어 있다. 요한 즐라토우스트는 요한네스 크리소스토무스의 러시아어식 인명 표기이다. 현재 그의 이름을 딴 도시가 러시아 첼랴빈스크 주에 있다.—옮긴이

이 있을 수 있습니까?'라고 물을 것이다. 이 질문에 우리는 무어라고 답할까? 거꾸로, 여기에 인간을 사랑하는, 위대한 하나님의 숨은 뜻이 있다고 답해야 할 것이다.[10] 우리에게 한 사람이 다른 이의 눈을 뽑아내어 버리라고 하나님께서 이 법을 세운 것이 아니라, 다른 이들의 악을 참을 것을 주의시키는 것이고, 주의해서 그들에게 그렇게 하게끔 만들 동기를 제공하지 말라는 당부의 말씀이었던 것이다. 이와 마찬가지로, 니느웨에 멸망의 위협, 즉 파멸의 경고를 주면서 그는 그들이 멸망되기를 바라지 않았고 (만약에 그러길 바랐다면, 그는 의당 침묵을 지켰어야 했을 것이다) 하나님 자신의 화를 거두고, 단지 이러한 경고를 받고 그들이 두렵고 떨림으로 개선되어지기를 원했을 뿐이었다. 이와 같이 그렇게 다른 이의 눈을 파내어버릴 준비가 되어 있는 자들에 대해, 만일 그들이 자발적으로 그런 잔인한 행동을 억제해야겠다는 의지가 _스스로_ 강하더라도, 극단의 경우 공포가 엄습하여 그들에게 이웃의 눈알을 뽑아내지 못하게 하기 위한 목적으로 그 형벌을 정한 것이다. 만일 이것이 잔인하다고 한다면 살인을 금하고, 간통을 금지하는 것도 잔인한 행위일 것이다. 그러나 이렇게 말할 수 있는 것은 광기가 마지막 단계에 달한 미친 사람들뿐이다. 그러니까 내가 이 결단을 잔인하다고 부르기를 무서워하면 무서워할수록, 건강한 인간의 이성에 따라 판단하여, 그 반대되는 상황을 마치 무법자들

---

10 톨스토이는 이 문장을 이탤릭체로 썼다. —옮긴이

의 상황처럼 여길 것이다. 당신은 신이 눈에는 눈을 뽑으라고 명했기 때문에 잔인한 분이라고 말한다. 그러나 나는 신이 그런 명령을 내리지 않았었다면, 더 많은 사람들이 당신이 그를 그렇게 부르는 것처럼 더 정당하게 그를 잔인하다고 여길 수 있었을 것이라고 말할 것이다."

요한 즐라토우스트는 직접적으로 '이에는 이' 율법을 신성한 법이라고 인정하고, '이에는 이' 율법과 반대되는 법, 즉 그리스도의 악에 대한 무저항에 대한 가르침은 무법자들의 상황으로 간주한다. 요한 즐라토우스트는 계속해서 말한다.

"모든 율법이 제거되었다고 가정해 본다면, 그 누구도 그 죄에 해당하는 벌을 무서워하지 않을 것이고, 모든 악덕한 인간들에게 어떤 공포도 없이 각자의 취향에 따라 간음, 살인, 도적질, 서약 위반자들로 사는 것이 허용될 것이다. 그때가 되면 도시, 거리, 가정, 땅, 바다, 그리고 온 우주에 무수한 악행들과 살인들이 넘쳐나지 않겠는가? 이는 불 보듯 뻔하다. 율법의 통제아래 그 공포와 위협이 있어야만 나와 상대방 그 둘의 악의를 잠재울 수 있고, 이 장애물들(안전장치)로써 죄의 동기를 차단해버리지 않는다면, 어떻게 악행을 저지르겠다는 결심을 하지 않게 할 수 있겠는가? 무법천지에서 어떤 불행이 사람들의 인생에 불어닥치지 않으랴? 악한들에게 그들이 원하는 대로 하지 못하게 하는 것이 잔인한 것이 아니라, 그 어떤 불의도 없고 죄 없는 사람들을 아무런 방패도 없이 고통받도록 내버려두는 것이 잔인한 것이다. 만약에 도처에서 어떤 아무개가 악한들을 불러 모아 회칼을 쥐어주고 그들에게 방방곡곡을 돌아다니면서 닥치는 대로 아무나 죽이라고 명령한다면 이보다 더 비인간적인 사람이 있을지, 내게 말해 보라. 반대로 만일 다른 누군가가 이렇게 무장한 이들을 체포하여 어두운 감방에 가두어 죽음으로 위협해서 경고하고 해서, 선량한 이들을 무법자의 손아귀에서 출애굽 시킨다면 이것이 어떻든 간에 더 인류애적인 일이지 않겠는가?"

요한 즐라토우스트는 다음 문단과 같이 말하지는 않는다. 다른 어떤 사람이 죄악을 규정함에 있어 누구의 어떤 기준에 따라 행해야 하는가? 만약에 본인이 악하고, 착한 사람들을 감옥에 앉힌다면 어떻게 되겠는가?

"이제 율법을 예로 들어보자. 눈에는 눈을 뽑아버리라고 명령하는 자는 인간의 완악한 마음에 일종의 무거운 굴레를 씌우는 것처럼, 공포심을 조장하여 사람마다 그 결박당한 테러리스트의 심리와 다를 바 없게 만든다. 한편 범죄자들에게 다른 어떤 형벌도 규정하지 않는 자는, 곧 나의 눈을 뽑기만 하면 남의 눈도 뽑을 수 있다는 생각을 하게 만들고 그래서 오히려 그들이 무서울 것이 없도록 생각하게 만들어, 오히려 정신적으로 무장시키는 꼴이다. 이런 사람은 악한들에게 칼을 주어 방방곡곡 돌아다니게 하는 사람과 다를 바 없다."

만약에 요한 즐라토우스트가 그리스도의 계명을 인정했었더라면, 그는 이렇게 말해야 했을 것이다. 누가 눈과 이를 뽑아버릴 수 있으며, 누가 감옥에 가둘 권한이 있는가? 만약에 눈에 눈을 뽑으라고 명한 자가 신이라면, 곧 하나님이 손수 눈을 뽑는 것이기 때문에 이것에 모순은 없지만, 이것은 사람들끼리 행해져야 하는 것인데, 그런 사람들에게 신의 아들은 그렇게 하지 말라고 했던 것이다. 하나님은 이를 뽑아버리라고 말했지만, 그 아들은 뽑지 말라고 했다. 요한 즐라토우스트와 그를 따르는 모든 교회가 아버지의 명, 즉 모세의 계명만 따르고 그 아들, 우리가 믿는 것처럼 생각하는 그리스도의 명은 거부하고 있는 것이다. 우리는 이 둘 중 하나만 인정해야 한다.

그리스도는 모세의 율법을 내던져 버리고, 자신의 율법을 주었다. 이 율법은 그리스도를 믿는 사람에게 아무런 모순도 없다. 그런 사람은 모세의 율법에 아무런 관심도 돌리지 않고, 그리스도의 계명을 믿고 이를 실천한다. 모세의 법을 믿는 사람에게도 또한 아무런 모순이 없다. 유대인들은 그리스도의 말씀을 허무맹랑한 소리로 생각하고 모세의 율법을 계속 믿고 있다. 모순이 발생할 수 있는 경우는 모세의 율법에 따라 살기를 원하면서, 스스로 그리스도인이라고 자신과 타인을 확신시키고 그리스도의 계명을 믿는다고 말하는 자들이다. 그들을 그리스도는 위선자들, 독사의 자식들이라고 불렀다.

우리는 모세나 그리스도의 율법, 둘 중에 하나를 선택하는 것 대신에, 둘 다 신성한 진리라고 인정한다.

그러나 이 문제가 실생활에 적용될 때, 우리는 바로 그리스도의 율법을 거부하고 모세의 율법만을 인정한다.

이와 같이 우리가 거짓된 해석에 대해 그 의미를 좀 더 파헤

친다면, 거기에는 무섭고 경악스러운, 선과 빛의 악과 어둠과의 투쟁의 드라마가 있을 것이다.

신성한 율법으로 제사장에 의해 인정되어 각 개인에게 부과된 수많은 외적인 규칙들과, 그것들 중에서 "하나님께서 가라사대 모세에게 말씀하셨다"로 시작되는 금언들로 인해 혼란스러워진 히브리 민족 가운데, 그리스도가 나타난 것이다. 그리스도가 나타나기 전 원래 그 자리에는 신에 대한 인간의 태도뿐만이 아니라, 수많은 번제·안식일·금식일의 규정, 인간의 인간에 대한 태도, 국가·가정의 형태와 모든 인간 각각의 세부 규정, 이를테면 할례·목욕재계, 심지어 식기와 옷을 어떻게 닦아야 하는지 등등 그 모든 것이 가장 세세한 부분에 이르기까지 규정되어 있고, 이 모든 것은 신의 명령이자 신의 율법이라고 인정되어 있다.

그리스도가 신이 아니라 선지자, 아니 가장 평범한 랍비에 불과했다손 치더라도, 그런 민족을 가르치면서, 그 가장 세세한 부분에 이르기까지 모두 다 규정하는 그 율법을 깨지 않고 도대체 무엇을 할 수 있었겠는가? 그리스도도 또한 모든 선지자들과 마찬가지로, 사람들이 신의 율법이라고 여기는 그것들도 정확히 신의 율법이지만, 그중에 기조를 택해서, 나머지 것들은 다 내던져버리고, 그 핵심과 자신의 영원의 법의 진리를 연관시켰던 것이다. 다 삭제될 필요는 없었지만, 사람들이 다 똑같이 제일 의무적으로 여기는 그 율법만은 불가피하게 파기되어야 했다. 그리스도는 바로 이 행위를 한 것이고, 사람들은 그들이 신의 율법으로 여기는 그것을 파괴한 대가로 그를 책망하고, 이로 인해 그는 처벌당한 것이다. 그러나 그리스도의 가르침은 그의 제자들에게 남았고, 몇 세기에 걸쳐 서로가 서로의 매체가 되어 그의 가르침은 전파된다. 그러나 한편 다른 종류의 매체로 인해서는, 몇 세기 동안 다시 이 새로운 가르침에 '무슨 무슨 해석', '누구 누구의 설명'과 같은 첨가물들이 마치 이끼가 끼듯이 자라났고, 다시금 신의 계시가 있어야 할 자리에 인간들의 저급한 허구, 날조, 비방이 그 근간을 차지해 버렸다.

"하나님께서 가라사대 모세에게 말씀하셨다"고 말하는 것이 아니라 이제는 "성령이여, 우리에게 ~하여 주시옵소서"로 바뀌었을 뿐이다. 이렇게 다시금 글자가 정신을 덮어버렸다. 무엇보다 현저한 변화는 그리스도가 거절하지 않을 수 없었던 성문법의 의미에서의 '토라'가 그리스도의 가르침으로 다시 여겨지게 된 것이다. 진리의 영 즉, 성령의 계시를 이 '토라'로 여기고 있는데, 그렇다면 이는 그리스도가 자기 계시의 함정에 빠진 꼴이 되는 것이다. 이와 같이 그의 모든 가르침은 아무것도 아니게 되었다.

이로부터 1880년이 지나서 나는 이런 무서운 것과 마주하게 되었고, 그리스도의 가르침이 아닌, 전혀 다른 어떤 새로운 것을 그것으로 생각하게 된 것이다.

내가 어떤 발견을 한 것은 아니지만, 모든 사람들이 해왔고 지금도 하고 있는 그 일, 신을 찾고 그의 법을 찾는 일, 다시 말해 사람들이 하나님의 이름으로 부르고 있는 것들 중에 하나님의 영원한 법을 찾아내는 일, 그 일을 나는 하게 된 것이다.

6. 그리스도의 가르침은 단순하고 명료하며,
값지고 명쾌하다

 그리하여 내가 그리스도의 율법을 모세와 그리스도의 율법이 아닌 그리스도만의 율법으로서 이해했을 때, 나는 직접적으로 모세의 율법을 부정하는 이 율법의 의의를 깨달았다. 이전에 불명확하고 산재되어 있으며 모순점이 있었던 복음서 전체는 이제 나에게 하나로서 불가분의 목적을 가진 '복음서'라는 한 줄기 빛으로 합류하게 되었다. 또 그 모든 가르침들 중 그때까지 전혀 아무것도 모르고 있었던, 그러나 각자 모두에게 단순명료하게 제시된 그리스도의 5계명(〈마태복음〉 5장 21~48절)이 따로 떨어져 나와, 나에게 그 진수를 선보이게 되었다.

 복음서 전체는 그리스도의 계명들과 그 실천에 관해서 이야기하고 있었다.

 모든 신학은 그리스도의 계명에 대해서 이야기한다. 허나 내가 무슨 계명을 모르고 있었던 걸까? 하나님과 이웃을 제 몸을 사랑하듯이 사랑하라는 것에 그리스도의 계명이 있는 것처럼 보였다. 동시에 이것은 구약의 계명(⟨신명기⟩와 ⟨레위기⟩)도 되기 때문이라는 것을 간과했기에 나는 이 계명이 그리스도의 계명이 아닐 수도 있음을 가정해 보았다. ⟨마태복음⟩ 5장 19절의 "그러므로 누구든지 이 계명 중에 지극히 작은 것 하나라도 버리고, 또 그같이 사람을 가르치는 자는 천국에서 지극히 작다 일컬음을 받을 것이요"라는 말씀에 나는 모세의 계명을 대입시켰다. 그때까지 그리스도의 새 계명들이 명쾌하고 명료하게 ⟨마태복음⟩ 5장 21절에서 48절까지 이어서 나와 있다는 사실이 전혀 내 머릿속에 떠오르지 않았던 것이다. 그리스도가 "……라는 것을 너희가 들었으나, 나는 너희에게 이르노니 ……"라고 말하는 대목에서 새롭고 명료한 그리스도의 계명이 표현되었고, 한마디로 구약의 계명을 참조하여(간통에 관한 두 개의 인용을 하나로 간주하여) 다섯 개의 새롭고 명확한 그리스도의 계명이 설파된 것을 나는 몰랐던 것이다.

복에 관해서, 그리고 그 종류에 관해서 나는 들어보았고 그 간증도 들어본 적 있다. 또 신성한 계명에 대한 강의나 그 해설을 본 적도 있지만, 그리스도의 계명에 관해서는 단 한 번도 들어본 적이 없었던 것이다. 하지만 놀랍게도, 나는 그것을 스스로 직접 발견했다.

이 문단 이하는 내가 직접 발견한 것들이다. ⟨마태복음⟩ 5장 21절에서 26절까지 이렇게 말씀한다. 21)옛 사람에게 말한 바

살인하지 마라 누구든지 살인하면 심판을 받게 되리라 하였다는 것을 너희가 들었으나(〈출애굽기〉 20장 13절), 22)나는 너희에게 이르노니 이유 없이[11] 형제에게 노하는 자마다 심판을 받게 되고 형제를 대하여 '라가'(히브리 욕설)라 하는 자는 공회에 잡혀가게 되고 미련한 놈이라 하는 자는 지옥 불에 들어가게 되리라 23)그러므로 예물을 제단에 드리려다가 거기서 네 형제에게 원망들을 만한 일이 있는 것이 생각나거든 24)예물을 제단 앞에 두고 먼저 가서 형제와 화목하고 그 후에 와서 예물을 드리라 25)너를 고발하는 자와 함께 길에 있을 때에 급히 사화하라 그 고발하는 자가 너를 재판관에게 내어 주고 재판관이 옥리에게 내어 주어 옥에 가둘까 염려하라 26)진실로 네게 이르노니 네가 한 푼이라도 남김이 없이 다 갚기 전에는 결코 거기서 나오지 못하리라.

내가 악에 저항하지 말라는 계명을 이해하였을 때처럼, 앞에 나온 이 구절들은 실생활에 적용할 수 있는 명확한 의의를 가지고 있어야 된다고 생각했었다. 내가 이전에 이 말씀에 부여한 그 의의는 모든 이가 반드시 언제나 사람들에게 분노하는 것을 피해야 한다는 것이었고, 결코 욕설을 해서는 안 된다

---

11 Синодальный перевод(СИНОД) 러시아종무원의 성경 번역본에는 '이유 없이'라는 단어가 현재에도 삽입되어 있다. 하지만 한국어성경정본인 KRV 개역한글판에는 '이유 없이'라는 단어가 빠져 있다. 그러나 현대인의 성경KLB에는 이 단어가 들어가 있다. 이 부분은 톨스토이가 러시아종무원 성경본을 그대로 인용한 부분이다. 그러나 또 СИНОД 이외의 대부분의 러시아어 성경에는 현재 '이유 없이'라는 단어가 탈락되어 있다. ―옮긴이

는 것과 어떤 예외도 없이 모든 이들과 평화롭게 살아야 한다는 것이었다. 그러나 텍스트에는 이런 생각에서 한참 벗어나게 하는 단어가 떡하니 있었다. 이유 없이 노하지 말라고 쓰여 있었고, 이런 말에서는 무조건적인 평화의 지령이 나오기 힘들었다. 이 단어는 나를 당황시켰다. 그리하여 내 의혹에 대한 해결의 실마리를 찾아보기 위해 신학교의 해설가들에게 향했다. 그런데 사제들의 해석은 주로, 언제 화가 죄가 안 되는지, 언제 죄가 되는지, 그 설명에만 치우쳐 있는 것을 알아내고는 또 한 번 당황하지 않을 수 없었다. 교회의 모든 해설가들은 특히 "이유 없이"라는 단어에만 치중하여, 이 부분이 죄 없는 사람들에게 화내고 욕하면 안 되지만, 언제나 화가 옳지 못한 것은 아니라고 말하고는, 그 해석의 증명을 위해 사도들과 성자들의 사례를 들었다.

나는 복음서 전체의 맥락에서 모순적이지만, '분노'가 그들의 표현에 따르면 하나님의 말씀에서 완전히 억제되는 것은 아니라는 것, 따라서 22절에 있는 "이유 없이"라는 말이 그 근거가 아예 없는 말은 아니라는 점에 동의할 수밖에 없었다. 그러나 이 말은 그 구절 전체의 의미를 바꾸어 놓았다.

이유 없이 노하지 마라. 그리스도는 모두를 용서하라고, 끝없이 용서하라고 명령한다. 스스로가 용서했고, 자신이 지지하는 스승이 책형 당하러 끌려가는 것이기 때문에, 충분히 반발할 이유가 없지 않을 것 같은데 그때에도, 베드로가 말고(마르쿠스)라고 하는 대제사장의 종에게 화내는 것을 그에게 금했던 것이다. 그런데 바로 그 그리스도가 산상수훈에서 모든 사람들에게 이유 없이 노하지 말라고 말했고, 바로 이 말씀으로 이유가 없지 않으면, 화를 내는 것이 당연지사라고 허락한 것이다. 그리스도는 단순히 이들 모두에게 화평을 설파했는데 갑자기 그가, 형제에게 노할 때, 이 명령은 모든 경우에 해당하는 것이 아니라, 예외가 있을 수 있다고, 마치 미리 조건을 다는 것처럼 이 단어 "이유 없이"를 적어 넣었다는 것이다. 어느 교리 해설서에는, 때에 따라서는 화를 낼 수 있다고도 설명한다. 그러나 도대체 누가 이 시기를 판단하는 재판관이 될 것이며, 당최 언제가 화를 낼 수 있는 시기인가? 나는 아직까지 화를 내는 사람들 중에 그들이 화를 내는 때가 적기라고 판단해서 화를 내는 사람을 본 적이 없다. 모든 사람은 그들의 화가 적법하고 유익하다고 생각해서 화를 낸다. 이 단어는 그 구절의 모든 의미를 흩트려 놓는 것이었다. 그렇지만 이 단어는 성구에 포함되어 있고, 나는 이 단어를 내 마음대로 뽑아버릴 수 없었다. 그런데 이는 '이웃을 사랑하라'가 아니라 이 구절의 말씀에 덧붙여 '착한 이웃을 사랑하라' 또는 '이웃을 사랑하되, 너희 마음에 드는 이웃을 사랑하라'는 말로 바꿔도 괜찮다고 하는 것과 마찬가지였던 것이다.

나로서는 이 부분의 의미 전부가 한 단어, "이유 없이" 때문에 붕괴되었다. "기도를 올리기 전에 우선 너희를 반대하는 이들과 화해하고 나서 기도를 드리라"는 23절과 24절은 "이유 없이"라는 단어만 없었다면, 직접적이고 의무적인 의미를 가지고

서 조건적인 의미도 얻었을 완전한 구절이었을 것이다.

나는 그리스도가 모든 화를 품지 않도록, 각종 악의에 찬 행동들을 분명히 금지시켰다고 보았다. 희생 번제물을 바치러 가기 이전에, 또 신과 소통하러 가기 전에, 너희들에게 화가 난 이가 없는지 먼저 떠올려보라는 것이다. 만약에 그런 이가 있으면, 이유가 있든지 없든지 바로 가서 화해하고, 그리고 나서 희생물을 드리거나 기도를 올리든 하라는 것이었다. 나는 이렇게 생각했지만, 각종 해설들에 따르면, 이 부분을 조건부로 이해해야 한다는 것이었다.

모든 신학 해설서도 만인과 화평하도록 노력해야 된다고 설명하고 있지만, 만약에 당신과 적대적인 관계에 있는 사람이 못된 사람일 경우, 이것이 불가능하기 때문에 마음속으로만, 그러니까 나 혼자의 평정심만은 유지해야 한다. 그렇게 하면 당신에게 반감을 가진 원수들 때문에 당신이 기도하는 것을 방해받지 않을 것이다. 이런 식으로 해석하고 있다. 이밖에도 "구제불능이나 미친놈이라는 말을 쓰는 사람은 무서운 죄인이다"라는 말도 내게는 불확실하고 생소하게 들렸다. 만약에 욕설을 금하는 것이라면, 대체 왜 그렇게 약한, 거의 욕이 아닌 욕을 예로 들었을까? 다음으로, 그렇게 미온적인 욕설을 하는 자에게 그런 무서운 협박이나 위협을 가하는지, 구제불능과 같이 아무것도 아닌 욕에 말이다. 이 모든 것은 불분명했다.

여기에도 "심판하지 말라"는 말씀의 경우처럼 어떤 오해가 생겼을 수 있다고 나는 느꼈다. 그런 오역의 경우와 마찬가지로, 여기가 아주 단순하고 중요하고 명확하고 모두 실천 가능한 구절들인데, 이곳에서는 흐릿하고 별반 중요할 것 없을 것 같은 부분으로 보이게 된 것을, 나는 느꼈던 것이다. 나는 "가서 그와 화해하라"는 말씀을 그들이 해석하는 것처럼 "마음속으로 화평하라"는 뜻으로 그리스도가 그렇게 말했을 리 만무하다고 느꼈다. "마음의 평화"라는 말이 대체 무엇인가? 나는 그리스도가 선지자의 말을 빌려, 제물을 원하는 것이 아니라 자비, 즉 사람들에 대한 사랑을 원한다는 말을 여기서 하는 것이라고 생각했다. 그래서 신의 비위를 맞추고 싶으면 아침에도 기도하고 저녁에도 기도하고, 식사 전에도 기도하고 밤새워 기도하기보다 그것에 앞서, 너희에게 화가 나 있는 이를 상기하고 찾아가서 너희에게 화가 나지 않게 만들고, 그 후에 너희가 원하면, 기도를 드리면 되는 것이다. 나는 그렇게 해석했던 것이다. 그런데 "마음속에서"라니. 나에게 그 사상의 완전성을 깨뜨리는 모든 해설은 "이유 없이"라는 말 한마디에 입각해 있었다. 만일 이 한마디만 떨쳐낸다면, 사상은 명확해졌을 것이다. 그렇지만 모든 해설가들은 나의 이해와 반대였고, "이유 없이"라는 말을 포함하는 복음서 원전도 이에 반하는 것이었다.

내가 이 문제에서 물러난다면, 다른 문제에 있어서도 나는 제멋대로 해석할 수 있었을 것이고, 다른 이들도 이와 같이 할 수 있었을 것이다. 모든 문제는 이 단어에 있었다. 이 단어 하나만 아니었으면, 모든 문제는 명확했을 것이다. 그래서 나는 어떻게든 이 단어가 의미의 총체를 깨지 않는 방향을 찾기 위해서, "이유 없이нanpacнo"의 언어학적 분석을 시도했다.

보통 사전들을 찾아보니, 이 단어는 헬라어로도 또한 ειχη(에이케), 즉 '쓸데없는', '숙고하지 않고', '의도 없이', '마땅한 고려 없이', '정상 참작 없이' 등의 뜻으로 사용되는 것을 알 수 있었다. 그 구절의 의의를 망치지 않는 의미를 대입시키려고 시도해 보았으나, 단어를 첨가한다는 것은 명백히, 그 의미를 가졌기 때문에 그 문장에 주어진 것이었다. 그래서 나는 성경 사전을 살펴보고 여기에 첨가된 단어의 의미를 찾아보았고, 복음서에서 그 문맥에 따라 알아본 결과, 이 문장에서처럼 이 단어가 사용된 적은 단 한 번에 불과했다. 바로 여기에서만 그런 의미로 그 단어가 사용된 것이다. 바울서신에서는 몇 번씩 사용되었다. 〈고린도전서〉 15장 2절에서 바로 이런 의미로 사용되었다. 그렇다면 그리스도가 말한 것처럼 "이유 없이 노하지 말라"는 의미 말고는 이 단어를 달리 인식할 방도가 없어지게 되는 것이다. 나로서는, 그리스도가 이곳에서 그런 부정확한 말을 했을 수 있다고 인정하는 것은 그의 말씀들을 그렇게 아무렇지도 않게 이해해도 된다는 것을 허용하는 것이기 때문에, 그러면 복음서 전체를 거부해도 된다는 인식도 가능해진다고 할 수 있었다. 결국 마지막 희망이 남았다. 모든 필사본에 이런 단어가 있는가? 나는 다양한 필사본을 조사해 보았다. 그리스바흐의 필사본[12]을 조사해 보니, 거기에는 모든 필사본의 다

---

12   요한 야곱 그리스바흐Johann Jakob Griesbach는 헬라어 신약 본문에 대한 모든 작

른 번역이 지명되어 있었다. 다시 말해, 어떤 사본에는 어떤 교부가 어떻게, 어떤 표현을 사용했는지에 대해 자세히 기술되어 있었다. 조사해 보니 이 부분에는 많은 주석이 달려 있었고 많은 다른 해석이 쓰여 있었다. 이에 나는 환희에 휩싸였다. 알고 보니 모든 다른 주석은 "이유 없이"라는 단어에만 달려 있었던 것이다. 복음서 필사본들의 대부분과 교부들의 인용문들은 "이유 없이"라는 단어를 전혀 포함하고 있지 않았던 것이다. 대부분이 나처럼 이해했던 것이다. 티셴도르프 성경―가장 오래된 필사본―에도 이 단어가 아무 데도 없었다. 루터의 번역을 살펴보기만 했었다면, 이 단어가 없었다는 사실을 더 쉽게 알 수 있었을 터였다.

그리스도의 가르침 전체의 의미를 파괴한 이 단어는 5세기 이후에 첨언된 것이었고, 이 말은 복음서의 최고급 본에는 들어가지 않았던 것이다.

이 단어를 집어넣은 사람이 있었고, 이 삽입을 시인하고 그것을 설명한 이들이 있었음이 분명했다.

그리스도는 그런 최악의 말을 하지도 않았고, 할 수도 없었다. 처음에 나를 놀라게 했고 지금도 만인의 심금을 울리는, 모

업의 근거를 이루어 놓았다. 비평을 통해 15개의 신약 정전canon을 만들었다. "짧은 이문은 비록 그것이 증거의 권위에 의해 다른 것보다 열등하게 여겨질지라도 더 나은 것이다."는 기준을 제시하였다. 독일 라이프치히에서 〈텍스투스 리셉투스〉를 버리고 최초로 그리스바흐 교정본 체제에 근거하여 1803~1807년의 신약성경을 인쇄, 출판하였다.―옮긴이

든 부분에 있어 제일 단순하고 직접적인 '첫' 의미, 말씀 그대로의 의미가 옳았다. 그것이 바로 진리였다.

그러나 그뿐만이 아니라, 그리스도가 그 말씀으로 말미암아, 누구에게든지 나에게 반감을 갖고 있는 자에게 어느 때나 노하지 말라고 명한 것은 이전에 나를 혼동시킨, 누구에게 '라가'니 '미련한 놈'이니 하면서 욕설을 하지 말라고 한 것의 의미와도 전혀 다른 의의를 갖는 것이라는 점을 이해하는 것도 중요했다. 이상하게도 번역되지 않고 그대로 쓰여진 히브리어 '라가'라는 단어가 나에게 이러한 단서를 준 것이다. 라가라는 뜻은 '뭉개진 자, 제거된 자, 존재하지 않은 자'라는 뜻을 가지고 있다. '라가'라는 단어는 흔히 '다만 ~만 제외하고'라는 의미로 사용된다. 라가는 인간으로 칠 수 없는 인간을 의미하는 것이다. 이 단어의 복수형인 '레킴'은 〈사사기〉 4장 4절에서 구제불능을 의미하는 것으로 쓰였다. 그런데 그리스도는 이 단어를 그 어떤 사람에 대해서도 쓰지 말라고 명했던 것이다. 이것은 그 어떤 이에게도 미련한 놈이라는 말을 쓰지 말 것을 명한 것과 마찬가지로, 이 라가라는 말을 통해 우리로 하여금 이웃에 대해 누구든 인간으로서의 의무들에서 벗어나도 된다는 것이 아니라는 점을 확실시했다. 우리는 실로 다른 이들에게 화를 내고, 그런 자신을 정당화시키기 위해서, 내가 화를 내는 사람은 구제불능이고 미친 사람이기 때문에 그렇게 화를 내는 것이라고 말한다. 그런데 바로 이 두 단어를 그리스도는 사람들에 대해서, 어떤 사람에게도 쓰지 말라고 명하신 것이다. 그리스도는 화를 내도 좋다고 말하지 않았고, 다른 이를 구제불능이나 미친놈이라고 인정함으로써 자신의 분노를 의분이라고 변호하라고도 안했다.

그래서 이렇게, 애매하게 쭉 뻗은 해석들과 불명확하고 중요하지 않은 제멋대로 독단적인 표현 대신에 21절에서 28절까지의 그 단순명료하고 명쾌한, 본래의 의미에서의 그리스도의 계명이 나에게 다음과 같이 계시된 것이다. "21)모든 이들과 화평하라 결코 너희 화를 남들에게 내지 말고, 그것을 의롭다 생각지 마라 22)단 한 사람도, 어떤 사람도 구제불능이나 미친놈으로 부르지 말고, 그렇게 여기지도 말라 23·24)자신의 화만 이유가 없지 않은 것이라고 여기지 말고, 타인이 나한테 가지는 원한에도 다 이유가 있다고 여겨라 따라서 만약에 어떤 사람이 너희한테 화가 나 있다면, 혹 이유가 없다 하더라도, 기도 드리기에 앞서, 그 사람을 찾아가 이 원한을 풀어라 25·26) 앞으로 원수의 분노가 극에 달아 너희를 망하게 하지 않도록, 자타 간에 원한을 없애도록 노력하라."

다음으로 나로서는 처음이었던 그 명확한 계명의 계시에 따라, 그와 같이 고대 율법(구약)을 참조하여, 두 번째 계명의 계시가 보이기 시작했다. 〈마태복음〉 5장 27~30절에는 이렇게 나와 있다. "27)또 간음하지 말라(〈출애굽기〉 20장 14절) 하였다는 것을 너희가 들었으나 28)나는 너희에게 이르노니 음욕을 품고 여자를 보는 자마다 마음에 이미 간음하였느니라 29)만일 네 오른눈이 너로 실족하게 하거든 빼어 내버리라 네 백체 중 하나가 없어지고 온몸이 지옥에 던져지지 않는 것이 유익하며 30)또한 만일 네 오른손이 너로 실족하게 하거든 찍어 내버리라 네 백체 중 하나가 없어지고 온몸이 지옥에 던져지지 않는 것이 유익하니라."

〈마태복음〉 5장 31~32절에는 이렇게 나와 있다. "31)또 일렀으되 누구든지 아내를 버리려거든 이혼 증서를 줄 것이라 하였으나(신명기 24:1) 32)나는 너희에게 이르노니 누구든지 음행한 이유 없이 아내를 버리면 이는 그로 간음하게 함이요 또 누구든지 버림받은 여자에게 장가드는 자도 간음함이니라."

이러한 말씀들의 의의는 내게 다음과 같은 것으로 여겨졌다. 사람에게 다른 여성과 결합할 수 있다는 생각조차 허용되어서는 안 되며, 또 모세의 율법에 따라서는 가능했던 이미 한 번 결혼했던 여자와 결혼하는 것, 즉 이 여자를 다른 여자로 바꾸는 것은 불가하다는 것이다.

앞에서 송사를 당해 법정을 끌려가는 사람에 비유해서 애초에 화를 다스리라고 충고를 하며 '노하지 말라'는 계명을 논의한 것처럼, 그리스도는 여기서도 그렇게, 간음이 남자와 여자가, 서로가 서로를 정욕의 대상으로서 보는 것에서부터 발생한다고 말한다. 이렇게 되지 않기 위해서는 욕정 자체를 없애버려야 할 것이다. 욕망을 자극하기 전에 그러한 모든 것을 피해야 하는 것이고, 아내와 결혼했다면 어떤 핑계를 댄다 하더라도 아내를 버리면 안 되는 것이다. 왜냐하면 아내를 버리는 것은 음탕녀를 만드는 것이기 때문이다. 버림받은 아내는 다른 남성들을 유혹할 것이고 그렇게 되면 이 세상은 타락으로 물들 것이다.

이 계명의 지혜는 나를 감동시켰다. 성관계로 인한 사람들 간의 모든 악은 이 지혜로써 해소되었다. 성관계를 하나의 오락이라고 여기는 것이 반목으로 이끄는 시초의 길인 것을 아는 사람들은 무엇보다도 색욕을 불러일으키는 것을 멀리해야 할 것이다. 그리고 사람이 쌍쌍이 사는 것이 인류의 법칙이라는 것을 알고 있는 사람이라면 둘이 한 쌍이 되어 결혼하면 어떤 경우에도 이 결합을 깨지 않도록 해야 하고, 그래야 결혼 생활을 박탈당한 외로운 남자와 여자가 없어서, 성관계로 인한 모든 불화의 악이 사라질 것이라는 말씀이다.

그러나 이 산상수훈의 말씀에 있어 언제나 나를 의아하게 만들었던 구절은 "음행한 연고 외에"라는, 부인이 간음한 경우에 그 부인과 이혼하는 것이 가능하다고 이해될 수 있는 구절이었다. 이제 이 구절은 이전보다 더 많이 나를 당황케 만들었다.

이 사상이 표현된 방식의 구조에 있어 뭔가 부적당한 것이 있음은 말할 것도 없고, 이 말씀 부근에 그 가르침 자체에 따른 그 계명의 가장 깊은 진리들이 자리 잡고 있음에도 불구하고 이 구절은 법전의 주해나 주석과 같은 모양으로, 공동의 규칙들로부터 배제되는 이상한 예외사항으로 존재했다. 이 구절은 가르침의 의미의 기조에 가장 모순되었다.

신학자들의 해석을 조회해본 결과, 모든(요한 즐라토우스트, 그의 책 365쪽) 다른 해설가들, 심지어 류우스 같은 신학비평가들까지도 이 말씀이 그리스도가 간음을 저지른 여성의 경우, 이혼을 허용한다는 것을 의미한다는 데 뜻을 같이했다. 19장에 이혼을 금하는 그리스도의 발언 중 "음행한 연고가 아니면"이라는 말씀도 이것을 의미하는 것이라고 했다. 나는 32절을 읽고 또 읽었다. 그러자 이것이 이혼을 허용하는 것을 의미하는 것이 아닌 것처럼 보였다. 나는 스스로 더 확신하기 위해서, 어떤 예외도 없이 배우자와의 결합을 끊을 수 없다는 의미를 가지고 있는 〈마태복음〉 19장, 〈마가복음〉 10장, 〈누가복음〉 16장, 바울의 〈고린도전서〉를 찾아 그 문맥에 따라 의미를 해석해 보았다.

〈누가복음〉 16장 18절에는 이렇게 말씀하고 있었다. "무릇 그 아내를 버리고 다른 데 장가드는 자도 간음함이요, 무릇 버림당한 여자에게 장가드는 자도 간음함이니라."

〈마가복음〉 10장 5절부터 12절에도 역시 예외사항 없이 이렇게 말씀되어 있었다. "5)예수께서 그들에게 이르시되 너희 마음이 완악함으로 말미암아 이 명령을 기록하였거니와 6)창조 때로부터 사람을 남자와 여자로 지으셨으니 7)이러므로 사람이 그 부모를 떠나서 8)그 둘이 한 몸이 될지니라 이러한즉 이제 둘이 아니요 한 몸이니 9)그러므로 하나님이 짝지어 주신 것을 사람이 나누지 못할지니라 하시더라 10)집에서 제자들이 다시 이 일을 물으니 11)이르시되 누구든지 그 아내를 버리고 다른 데에 장가드는 자는 본처에게 간음을 행함이요 12)또 아내가 남편을 버리고 다른 데로 시집가면 간음을 행함이니라."

〈마태복음〉 19장 4절부터 9절에도 이와 동일하게 말씀하고 있다.

〈고린도전서〉 7장 1절에서 12절에 이르는 내용은 앞서와 같은 사상이 좀 더 개진되어 있는데, 음행을 미연에 방지하기 위해서 남편과 아내는 합친 후에 서로가 서로를 버리지 않아야 하며, 성관계에 있어 서로가 서로에게 만족을 주어야 한다고 쓰여 있다. 이와 같이 직접적으로, 배우자 중에 어느 한쪽도 어떤 경우라 할지라도 다른 남자나 여자와 관계를 갖기 위해서 상대방을 버리지 못한다는 것이 쓰여 있는 것이다.

마가와 누가, 그리고 바울의 서신에 따르면 남녀 간에 어떤 헤어짐도 허락되지 않는 것이다. 남편과 아내는 신에 의해 한 몸으로 합쳐진 것이라는 신학적 설명들에 따르고, 두 복음서에서 반복되는 해석에 따르면 이혼은 허용되지 않는다. 어느 누구도 용서해야 된다는 그리스도의 가르침에 따르면, 이 타락한 아내의 경우도 예외가 아니다. 성경 전체의 맥락에 따르면, 그냥 아내를 놓아주는 것도 인간 사회에 방탕을 초래하는 것인데, 하물며 음탕한 아내를 놓아주는 것은 어떻겠는가. 그래서 허용되지 않는 것이다.

간음한 부인의 경우에 이혼을 허용한다고 하는 해석은 대체 어디에 근거를 둔 것인가? 나를 심히 당혹케 한 구절은 〈마태복음〉 5장 32절의 말씀이었다. 딱 이 한 구절을 근거로 해서, 모두는 그리스도가 간음한 아내의 경우에서 이혼을 허용한다고 해석하고 있고, 이와 똑같이 쓰여진 19장의 말씀은 많은 복음서 필사본가들과 교부들로써 "음행한 연고 외에"라는 말로 대신하여, 반복되어지고 있는 것이다.

그래서 나는 이 단어를 다시 살펴보았지만, 아주 오랫동안 이 단어가 이해되지 않았다. 나는 여기에 반드시 어떤 번역과 해석상에 실수가 있을 것으로 보았다. 실제로 오류가 있었고, 단지 내가 오랫동안 그것을 찾지 못한 것이었다. 실수가 명백했다. 거기에서 말하고 있는, 자신의 아내를 증오하는 모든 남편은 모세에 따르면, 아내를 놓아주고 그녀에게 이혼증서를 줄 수 있다. 그런데 그 모세의 계율 자체와 다르지 않게, 그리스도는 말하는 것이다. 나는 너희에게 이르노니, 간음죄의 경우를 제외하고 아내와 헤어지는 자는 이로써 그녀를 간음에 빠뜨릴 동기를 주는 것이다. 이 문장에는 그 어떤 모순도 없지만 이혼을 해도 될지 아니 될지에 대해 그 어떤 정의도 내리는 것이 아니다. 아내를 놓아주는 것은 오직 그녀가 간음에 빠질 기회를 갖는다는 말만 있을 뿐이다. 그리고는 갑자기 이에 더해 간통죄를 범한 아내에 대한 예외적 조항을 기술하고 있는 것이다. 간통죄를 저지른 아내까지도 관련하여 이 예외조항은 남편의 경우에 전체적으로 이상하고도 뜻밖에, 이 말씀이 있는 그 수상한 의미를 뒤엎는 것이기 때문에 이 구절은 단순히 우문으로 보이는 것이다. 아내를 놓아주는 것은 그녀를 간음하게 만드는 것이기에 버리지 말라고 쓰여 있지만, 동시에 이는 간통죄를 저지른 아내를 놓아주는 것은 계속 간음하도록 내버려 두어도 괜찮다는 듯한 말씀이 된다.

뿐만이 아니라 내가 계속 이 부분을 주의 깊게 살펴본 결과, 이 문장은 문법적으로도 어긋난다는 것을 깨달았다. "나는 너희에게 이르노니, 간음죄의 경우를 제외하고 아내와 헤어지는 자는 이로써 그녀에게 간음을 할 동기를 주는 것이다"라고 제언은 끝난다. 남편에 관해서 말하면서, 그가 아내를 놓아주면 그녀에게 간음의 기회를 제공하는 것이라고 말씀하는 것이다. 그런데 여기서, "아내의 간음죄는 제외하고"라는 말은 대체 어디에 있나? 만약에 "아내와 이혼한 남편도, 그의 부인이 간음한 경우는 제외하고, 간음하는 것이다"라고 문장이 쓰여 있었다면 이는 문법적으로 올바른 제언이었을 것이다. 그렇지 않은가. 그러나 이 문장에는 남편이 아내에게 간음을 할 기회를 준다는 술어를 제외하고는 어떤 남편이라는 주어에 대한 술어가 없다. 어떻게 "간음한 연고 외에"라는 말을 주어에 관련시킬 수 있겠는가? 아내의 간통죄를 제외하고는, 간음을 할 기회를 줄래야 줄 수가 없는데 말이다. 그리고 '아내의' 혹은 '그녀의'라는 말을 '간음한 연고 외에'라는 말 앞에 덧붙였어도, 마찬가지로 남편이라는 주어에 대한 술어가 없게 된다. 즉 이 문장에 '이유를 붙인다'는 술어는 주어와 관련 없는 술어이다. 일반 해석에 따르면, 이 말씀은 '아내를 버리는 자'라는 주어에 관계가 있지만, '아내를 버린다'가 주절의 술어는 아니다. 주술어는 '간음할 기회를 준다'이다. 대체 여기서 '간음한 죄는 제외하고'라는 말은 어디에 붙은 말인가? 간음죄의 경우이든 아니든 남편은 이혼한다면 무조건 똑같이 아내에게 간음할 기회를 주는 것인데 말이다.

여하튼 이 표현은 다음의 표현과 똑같다. "잔인한 죄의 경우를 제외하고, 자기 아들이 먹을 것을 빼앗는 자는 아들에게 잔인할 수 있는 기회를 주는 것이다." 이 표현은 명백히, 만일 아들이 잔인하다면, 그 아들이 먹을 음식을 빼앗아도 된다는 의미를 내포하지 못한다. 이 문장이 그런 의미를 가지려면, 그 아들 본인이 잔인한 경우를 제외하고, 아들이 먹을 음식을 빼앗는 아비가 되려면, 아들을 강제로 잔인하게 만들어야 한다. 이와 같이 복음서의 표현이 그런 의미를 가지고자 했다면, '음행한 연고 외에'라는 말 대신에 정욕의 죄, 방탕의 죄, 혹은 행위가 아니라 성질을 표현하는 이와 비슷한 말이 쓰여 있었어야 했을 것이다.

이에 나는 스스로 질문해 보았다. 그렇다면 혹시 여기서 단순히, 아내와 이혼하는 자가 스스로 방탕의 죄를 짓는 것을 제외하고는(왜냐면 모든 남자는 다른 여자를 취하려고만 이혼하는 것이기 때문), 아내에게 간음에 빠질 기회를 준다는 말이 아니라 다른 것을 의미하지는 않을까? 간음이라는 단어가 방탕이라는 뜻으로 사용되어, 텍스트에 표현되어지고 있다면, 그 의미는 명백해지는 것인데 말이다.

그리고 몇 번씩 반복되었던 이와 같은 사색이 내게 또 다시 반복되었다. 그리고는 결국 성경 원문은 나의 이러한 생각을 더 이상 의심할 수 없게끔 확증시켰다.

원문을 읽기에 앞서 내 눈에 띈 첫 번째 단어는 간음을 의미하는 단어로 번역된 πορνία(포르니아)다. 이 단어는 방탕 μοιχασβαι과 그 의미하는 바가 완전히 다르다. 그러나 이 두 단어는 어쩌면 서로 동의어이고, 아니면 적어도 복음서에서 하나가 다른 말의 대체어로 쓰였던 것이 아닐까? 모든 어휘론 책들에서 이를 알아본 결과, 보통사전에서나 성경대사전에서나, 히브리어에 נאף(나아프)에 해당하는 단어인 πορνία는 라틴어로 fornicatio, 독일어로 Hurerei(후러라이), 러시아어로 распутство(라스뿔스토보) 즉, 방탕이라는 명확한 의미를 가지고 있었다. 어떤 나라의 사전에서도 성경에서 번역된 것처럼 간음의 행위—adultere, Ehebruch를 의미했거나, 의미하지 못했다. 이 말은 죄악의 상태 또는 성질을 의미하는 말로 결코 간음의 행위로 번역될 수 없었다. 뿐만 아니라 간음이나 '간음하다'라는 단어는 복음서 곳곳과 또 이 구절에서 다른 단어인 μοιχαω로 표시되어 있었다. 따라서 명백하게 의도적으로 옳지 않게 번역된 이 구절을 나는 바로잡을 수밖에 없었다. 그렇게 하니까 해설가들이 이 부분과 19장의 맥락에 부여한 의미는 완전히 그럴 수 없는 것이 되었고, 이 πορνία라는 단어가 남편에 관련한 것이라는 의미가 의심할 여지없이 명백해졌다.

헬라어를 하는 사람이라면 누구랄 것도 없이 다음과 같이 번역할 것이다. παρεκτός - 제외하고, λόΥου - 죄의, πορνείας - 방탕, ποιει - 강제하다, αὐτην - 그녀를, μοιχασβαι - 간음하게, 이므로 이어서 문장으로 만들면, "부인과 이혼하는 자는 방탕의 죄를 제외하고도 그녀를 간음하게 하는 것이다."

바로 이런 의미를 19장에서도 얻을 수 있다. πορνεία라는 단어와 구실, 핑계라는 뜻의 ἐπί, '~의 대가로'라고 번역된 단어를 수정하여, '간음'이라는 단어 대신에 방탕이라는 단어를 집어넣고, '~의 대가로' 대신에 '~에 따라' 혹은 '~를 위한'으로 수정하면, εἰ μη ἐπί πορνεία라는 말씀은 아내와 연관될 수 없어지는 것이 확실하다. 또 παρεκτός λόΥου πορνείας이 '남편의 방탕의 죄를 제외하고'라는 뜻 말고는 어떤 것도 의미하지 않는 것처럼 19장에 있는 εἰ μη ἐπί πορνεία는 남편의 방탕 말고는 그 어떤 다른 의미에도 연관되지 않는다. 그 말씀에 εἰ μη ἐπί πορνεία를 대입하면, '방탕하기 때문이 아니라면 방탕을 위한 것이 아니다'라는 말이 된다. 따라서 그리스도가 사람이 자기 아내를 방탕하기 위해서가 아니고 다른 여자와 함께 살려고 하는 것이라면, 그것은 간음하는 것이 아니라는 바리새인들에 생각에 대한 답변으로 이 말씀을 한 것이라는 뜻이 된다. 그리스도는 방탕하기 때문이 아니고, 다른 여자를 배우자로 삼기 위한 것이라도 마찬가지로 간음하는 것이라고 말한 것이다. 그렇게 되면 이 말씀은 모든 가르침과 일치하게 되고, 이 부분은 그 관계하는 말씀과도, 문법과도, 논리와도 합치하게 되어, 단순한 의미가 나오게 된다.

그리고 나는 이러한 말씀들과 모든 가르침들에서 나온 어떤 단순명료한 의미를 최대의 노력으로 찾아야만 했다. 실제로, 이 말씀을 독일어나 프랑스말로 읽어 보자. pour cause d'infidelite, 아니면 a moins que cela ne soit pour cause d'infidelite라고 써진 부분을 읽어보고, 그리고 그것이 전혀 다른 것을 의미한다고 생각해 보자. παρεκτός라는 단어는 모든 사전에서 excepte, ausgenomen, кроме라고 나온다. 이로써 완전한 문장은 a moins que cela ne soit가 되는 것이다. πορνείας는 infidelite, Ehebruch, прелюбодеяние라고 나온다. 이처럼 의도적으로 원문을 왜곡하는 것에 기초하여, 도덕적이고 종교적이고 문법으로도 바르고 또 논리적인 그리스도의 말씀의 의미를 퇴색시켜 버리는 것이다.

이렇게 나로서는 드디어 다시 엄청나고 기쁜 진리가 확증될 수 있었다. 그리스도 가르침의 의미는 역시 단순하고 명료했으며, 이는 실로 값지고 명쾌한 것이었다. 그러나 그 가르침에 대한 해석들은 현존하는 악을 정당화하고자 하는 목적에 기초해서 그리스도의 가르침의 빛을 가리고, 그것을 공들여야만 찾을 수 있게 해놓았다. 만약 복음서의 절반이 불탔거나 낡아빠진 모습으로 발견되었다면 그 의미를 재건하는 일은 지금보다 훨씬 쉬웠으리라. 가르침의 의미를 곡해하고 은폐시키려는 직접적 목적을 내포한 그런 비양심적 해석이 판을 치는 지금보다 말이다. 그 옛날에 결혼에 관한 모든 가르침을 흐리게 하려는 동기로, 이반 뇌제[13]의 의도를 정당화하려는 지극히 개인적인 동기보다 지금의 경우는 더 노골적인 것이다.

---

13 유리 로트만에 따르면, 이반 뇌제는 신이 정한 러시아의 황제, 즉 진정한 정통 차르царь라고 한다. 16세기에 집권했던 그는 폭정으로 유명하다. —옮긴이

애매하고 불명확한 그런 해석들 대신에 그리스도의 명확하고 확실한 두 번째 계명이 나타나야 할 것이다.

성욕을 오락으로 삼아서는 안 된다. 고자가 아니라면, 즉 성적 관계가 필요 없는 사람이 아니라면, 모든 사람은 아내를 갖게 해야 하고, 아내는 남편을 갖게 해야 한다. 한 아내를 가진 남편과 한 남편을 가진 아내는 어떤 구실에서든 서로가 서로에게 갖는 육체적 결합을 깨지 말아야 한다.

두 번째 계명 이후에 또 다시 고대 율법에 대한 인용으로써, 그 즉시 자생적으로 세 번째 계명이 진술된다. 〈마태복음〉 5장 33~37절. "또 옛 사람에게 말한 바 헛맹세를 하지 말고 네 맹세한 것을 주께 지키라 하였다는 것을 너희가 들었으나(〈레위기〉 19장 12절, 〈신명기〉 23장 21절) 나는 너희에게 이르노니, 도무지 맹세하지 말지니 하늘로도 마라. 이는 하나님의 보좌임이요. 땅으로도 마라. 이는 하나님의 발등상임이요. 예루살렘으로도 마라. 이는 큰 임금의 성임이요, 네 머리로도 마라. 이는 네가 한 터럭도 희고 검게 할 수 없음이라. 오직 너희 말은 옳다 옳다, 아니라 아니라 하라 이에서 지나는 것은 악으로 좇아나느니라."

이 부분은 이전에 읽을 때마다 언제나 나를 당황하게 한 구절이다. 이 구절이 나를 당황시킨 것은 그 이혼에 관한 부분과 같이 불명확한 점 때문이 아니고, 이유 없이 화를 내는 것을 허락하는 부분이 다른 부분과 모순적이었을 때처럼도 아니고, 뺨을 돌려대라는 부분이 그 실천에 있어 어렵지 않은 것인데 그렇다고 하는 때처럼도 아니었다. 반대로 이 부분이 나를 당황시킨 이유는 이 구절의 명확성과 단순성, 또 그 용이성 때문이었다. 나로 하여금 경악을 금치 못하게 하고 또 감격시킨, 깊은 의미의 다른 법칙들과 나란히, 갑작스레 나에게는 필요 없고 공허하게 들리기만 하며 또한 실천하기 쉬운, 즉 나를 위해, 다른 결론적인 법칙들을 위해 아무런 의미도 가지고 있지 않은 그런 구절이 나온 것이다. 나는 예루살렘을 걸고도, 하나님을 걸고도, 그 어떤 것을 걸고도 맹세해본 적 없었다. 나는 이 계명을 어렵지 않게 행할 수 있을 것 같았다. 그밖에도 내가 맹세를 하든 안 하든, 이는 그 누구에도 별로 중요하지 않은 것 같이 보였다. 그 용이성으로 나를 당황하게 했던 법칙에 관한 설명을 찾기 바라며, 나는 해설가들에게 향했다. 그런데 이 경우에는 해설가들이 나에게 도움을 주었다.

모든 해설가들은 이 말씀에서 하나님의 이름으로 맹세하지 말라는 모세의 세 번째 계명을 본다. 그들은 이 말씀을 그리스도가 모세와 같이 하나님의 이름을 망령되이 일컫지 말라는 것을 나타낸다고 설명한다. 하지만 그뿐만이 아니라, 해설가들은 더욱이 이 맹세하지 말라는 그리스도의 규율이 언제나 의무적인 것은 아니며 관헌 당국의 최고권에 시민 각자가 선서하는 것과는 관련 없는 문제로 보고 있었다. 그들은 성서의 본문이 그리스도 지령의 단순한 의미를 확증하는 것으로 구성된 것이 아니라, 이 지령을 반드시 이행할 필요가 없고 그럴 수도 없다는 것을 증명하기 위한 것으로 접근하고 있었다.

그들은 "살아 있는 하나님을 걸고 너희들을 저주한다"고 한 제사장이 말했을 때, 이에 대하여 "너희들은 말했다"고 말한 것이 예수 스스로도 맹세했다는 것의 증거이며, 사도 바울이 자기 말에 대하여 신을 그 진리의 증거로 들었다고 인정하는 것도 분명히 맹세하는 것이었다고 말한다. 즉 모세의 율법에 의하여 맹세가 행해진 것인데, 하나님이 이러한 맹세를 폐지했 겠느냐는 것이다. 폐지된 것은 다만 위선자 바리새인들의 허망한 맹세뿐이라는 것이다.

이러한 설명들의 의미와 그 목적을 이해하고서, 나는 맹세에 관한 그리스도의 지상명령이 이행하기 쉽고 무의미한, 그렇게 아무것도 아닌 것만은 아님을 깨달았다. 그리스도가 금한, 국가 정부에 대한 서약을 맹세의 하나로 여기지 않았을 때 그것이 간단한 문제로 보였던 것이다.

그래서 나는 스스로 물어보았다. 이 부분은, 교회 해설가들이 그렇게 열렬히 옹호하는 그 서약에 대해서 금하는 것이 아닐까? 여기서 바로 그 서약, 그것 없이는 국가로부터 사람들을 분리시킬 수 없고, 그것 없이는 군인 신분이 되기 불가능한, 바로 그 서약에 대해서 금지시키는 것이 아닐까? 모든 폭력을 자행하는 바로 그 사람들, 스스로 "충성(지원 서약 또는 선서, 충절의 맹세)" 하고 경례하는 바로 그 군인들 말이다. 내가 어느 병사에게, 당신은 어떻게 복음서와 군사규약 사이의 모순을 해결할 것인가, 하고 묻는다면 그 병사는, 자신이 복음서에 손을 얹고 선서하여, 군대에 지원했다고 대답할 것이다. 이것이 어떤 군인에게든 늘 듣던 대답이었다. 폭력과 전쟁을 낳는 그 무서운 악을 형성하기 위해서 이 서약은 반드시 필요한 것이기에, 프랑스에서는 기독교를 부정하면서도 서약의 형태는 보존하였다. 만약에 그리스도가 이에 대해서(그 어떤 것에 대해서도 맹세하지 마라) 말한 것이 아니라 할지라도, 그는 반드시 이것을 말해야 했을 것이다. 그는 악을 없애러 왔다. 그런데 서약을 없애지 않고, 그 어떤 거대한 악이 이 세상에 남지 않겠는가. 어쩌면 그리스도의 시대에는 이 문제가 그다지 눈에 띄지 않았을 수도 있다. 하지만 이는 틀린 말이다. 에픽테토스와 세네카는 그 어떤 것에도 맹세하지 말라고 말했었다. 또《마누법전》에도 이러한 규칙이 있다. 그런데도 내가 어찌 그리스도가 이 악에 대해서 말한 것이 아니라고 말했던 것인가? 그런데 나는 이제 말할 것이다. 그리스도가 이를 직접적이고 명확하게, 심지어는 자세히 말했다고.

그는 말했다. "나는 너희에게 이르노니, 도무지 맹세하지 말지니." 이 표현 역시 판단하지 말고, 정죄하지 말라는 말씀처럼 단순명료하고, 의심할 바 없는 표현이다. 이 표현은 곡해할 여지가 적고, 하물며 마지막 부분에는 '너희 말은 옳다, 아니라 하라. 이에서 지나는 것은 악으로 좇아 나느니라'라고 덧붙여져 그 실행을 당신에게 요구하는 것이다.

그리스도의 가르침이 언제나 신의 의지대로 행할 것에 그 요점이 있다면, 어찌 인간이 인간의 의지대로 행길 맹세하는 것이 가능할 법하겠는가? 신의 의지는 인간의 의지와 일치할 수 없다. 심지어 그리스도는 이 부분에서 바로 이에 대해서 말한다. 〈마태복음〉 5장 36절에서 그는 "머리에 대고 맹세하지 마라, 왜냐면 네 머리는 너의 것이 아닐 뿐만 아니라, 머리카락 한 올에도 신의 통치가 있다"고 말한다. 바로 이와 같은 것이 〈야고보서〉에서도 이야기된다.

이 서신의 끝부분에서 사도 바울은 마치 서신 전체의 결론을 말하는 듯하다(〈야고보서〉 5장 12절). "내 형제들아 무엇보다도 맹세하지 말지어다, 하늘로나 땅으로나 아무 다른 것으로도 맹세하지 말고, 오직 너희의 그렇다 하는 것은 그렇다 하고 아니라 하는 것은 아니라 하여 죄 정함을 면하라." 왜 맹세를 해서는 안 되는지 사도는 말했던 것이다. 맹세 그 자체로는 죄가 아닌 것처럼 보이지만, 그 맹세에는 정죄가 따르고, 그런즉 어떠한 맹세도 말라는 것이다. 어떻게 하면 이보다 더 명확히 그리스도와 그의 사도가 말한 바를 설명할 수 있겠는가.

그러나 나는 너무 당황스러워 놀라움을 금치 못하고 오랫동안 스스로에게 질문해 보았다. '과연 이것이 그 내용이 의미하는 바로 그것일까? 그렇다면 어떻게 우리 모두는 복음서에 손을 얹고 맹세하고 있지? 그럴 수는 없다.'

그러나 나는 해석들을 벌써 다 살펴보았고, 이에 이것이 얼마나 불가한 것인지를 알았다.

이와 같이 그 누구도 판단하지 말고 그 누구에게도 화내지 마라, 남편과 아내의 결합을 깨지 말라는 말씀을 설명할 때의 그 느낌이 여기에도 있었다. 우리는 우리의 체제를 세우고 그것들을 사랑했으며, 그것을 신성한 것으로 여기고자 했었다. 그러나 우리가 신으로 여기게 된 그리스도가 와서 말하기를, 우리의 그러한 체제는 좋지 못하다고 말씀하신 것이다. 우리는 그를 신으로 여겼지만, 동시에 우리의 체제를 포기하고자 하지는 않았다. 우리는 무얼 해야 하나? 가능하다면 '이유 없이'라는 말을 삽입하여 화내지 말라는 규칙을 없애버리면 그만이다. 또 가능하다면, 가장 왜곡하기 쉬운 말을 찾아내서 이를 곡해하여, 이를테면 결코 아내와 이혼하지 말라는 이야기를 이혼 가능한 것이라고 거꾸로 해석해 버리면, 즉 그리스도의 법칙을 통째로 반대로 만들면 그만이다. 그리고 판단하지 말고 정죄하지 말라는 부분과 그 어느 것을 걸고도 맹세하지 말라고 하는 부분과 같이, 왜곡하는 것이 거의 불가능한 부분은 우리가 그 가르침에 따르고 있다고 증언하면서, 그와 반대로 행동하면 그만인 것이다. 이 중에 최대의 훼방꾼은 복음서가 온갖 맹세를 금하였다는 것을 알면서도, 예의 그 비범하고 담이 큰 자세로 감히 그 복음서에 손을 얹고, 복음서에 입각해서 사람들을 맹세시키게 하는, 즉 복음서에 나온 것과 반대로 행하는 사이비 기독교 선생들일 것이다.

어떻게 십자가를 걸고 맹세하라고 강요받은 사람의 머릿속에, 맹세를 금한 사람 본인이 십자가에 매달려 책형 당했기 때문에 그 십자가가 신성한 것이라는 생각이 들겠는가? 또 맹세하라고 강요받아 복음서에 입맞춤하는 사람이 "도무지 맹세하지 말지니"라고 분명히 쓰여 있는 복음서가, 바로 그렇기 쓰여 있기 때문에 신성한 것이란 사실을 알기나 할까?

하지만 이 대담함은 더 이상 나를 당혹케 만들지 않았다. 나는 〈마태복음〉 5장 33절에서 37절의 말씀에, 명확하고 명료하게 실천 가능한 3번째 계명으로서, 온갖 맹세가 악을 위해서 사람들에게 강요되지만, 그 어디에도 어떤 것을 걸고 맹세하지 말라는 말씀이 쓰여 있는 것을 분명히 목격했다.

세 번째 계명에 이어서, 네 번째 인용과 네 번째 계명이 나온다(〈마태복음〉 5장 38~42절, 〈누가복음〉 6장 29절, 39절). "또 눈은 눈으로, 이는 이로 갚으라 하였다는 것을 너희가 들었으나, 나는 너희에게 이르노니 악한 자를 대적지 마라. 누구든지 네 오른편 뺨을 치거든 왼편도 돌려대며, 또 너를 송사하여 속옷을 가지고자 하는 자에게 겉옷까지도 가지게 하며, 또 누구든지 너로 억지로 오 리를 가게 하거든 그 사람과 십 리를 동행하고, 네게 구하는 자에게 주며 네게 꾸고자 하는 자에게 거절하지 마라."

어떠한 직접적이고 명확한 의미를 이 말씀이 가지는지, 또 우리는 이 말씀들을 우의적으로 곡해할 그 어떤 근거도 없다는 점을 나는 이미 말하였다. 이 말씀들의 해석은 요한 즐라토우스트에서부터 우리에 이르기까지 실로 놀라운 것이었다. 이 말씀은 모두의 마음에 들며, 이 말씀은 바로 이 말씀이 가진 그 의미를 가지고 있다고 하는 점, 하나만을 제외하고 온갖 심오한 의견을 내놓는다. 교회 해설가들은 조금도 부끄럼 없이, 그들이 신으로 인정하는 그 권위에 의탁하여 아주 태연자약하게 신의 말씀의 의미를 제한한다. 그들은 말한다. "모욕을 참고 복수를 단념하는 것에 관한 모든 계명은 물론 말할 것도 없이, 유대인의 복수하기 좋아하는 성향에 실제로 반대하는 경향을 말하는 것이며, 공공의 악을 제한시키는 정도로 악을 행하는 자들을 벌하는 조치를 제외시키지 않을 뿐만 아니라, 진리를 훼손하지 않는 모든 이의 개인적이고 사적인 노력과 걱정, 자신을 모욕한 자에 대한 교화, 또 다른 이들에 해를 끼치는 악한들을 금지시키는 것들도 제외하지는 않는다. 왜냐하면 그렇게 하지 않을 경우에 유대 민족의 구세주가 내린 가장 영적인 율법들이 문자 그대로 작용하여 악에 종노릇하거나 선행을 억압하는 데 쓰일 수 있기 때문이다. 기독교인의 사랑은 반드시 신의 사랑과 비슷해야 하지만, 신의 사랑은 악을 징벌하는데 그치는 것이며, 그만큼만 사랑하는 것은 하나님의 영광과 가까운 사람들을 전도하는 데 지장이 없게 하기 위함이다. 이 반대의 경우에는 반드시 악을 벌하는 일을 특별히 상부에 보고해서 그들이 책임지게 해야 한다"(전부 신성한 교부의 해석에 근거를 두었다는, 미하일 주교의 복음서 해석).

이와 마찬가지로 학자들과 자유사상가적 기독교인들도 그리스도의 말씀을 고치고 수정을 가하는 데 전혀 거리낌이 없다. 그들은 이것이 아주 높은 수준의 처방이지만, 삶에 적용할 가능성은 적어 보인다고 말한다. 왜냐하면 악에 저항하지 않는다는 규칙을 삶에 적용한다면, 우리가 그토록 잘 만든, 모든 삶의 질서는 무너져 내릴 수도 있기 때문이라는 것이다. 이렇게 르

낭과 슈트라우스, 그리고 모든 자유 비평가들이 말했다.

하지만 우리가 처음 만나는 사람과 대화할 때의 태도로 그리스도의 말씀을 듣는다면, 즉 그가 말할 바를 말하는 것이구나 하고 생각한다면, 그 즉시 이에 대해서 어떤 심각한 숙고를 해봐야 한다는 의무감 따위는 바로 사라질 것이다. 그리스도는 말한다. "삶을 담보로 이를 보증하는 너희들의 삶의 양식은 아주 우매하고 조악한 것이다. 나는 너희들에게 이런 삶의 양식과는 전혀 다른, 새로운 삶의 지침을 제안하겠다." 그렇게 그리스도는 〈마태복음〉 5장 38절에서 42절에 이르는, 자기 말할 바를 말씀하신 것이다. 나는 이 말씀들을 수정하기에 앞서, 먼저 이 말씀들을 이해해 보았으면 한다. 그런데 그 누구도 이렇게 하기를 원치 않으며, 우리가 따르는 우리의 삶의 체제는 이러한 말씀들로 파괴되는 것이기에, 우리네 삶의 양식이 인류의 신성한 법이라고 성급히 결정해버리는 것이다.

나는 우리들의 삶이 좋은 것이고 신성한 것이라고 생각하지 않았기 때문에 이 계명을 다른 사람들보다 먼저 깨달은 것이다. 그리고 내가 이 계명을 이 계명이 쓰여진 그대로 이해했을 때, 그 말씀의 진리와 그 간결함, 명료함이 나를 감동시켰다. 그리스도는 말한다. "너희는 악으로 악을 없애려고 한다. 이는 영리하지 못한 것이다. 악이 없으려면, 악을 행치 않으면 된다." 그리하여 그리스도는 우리가 익숙하게 악을 행하는 경우들을 하나하나 열거해서, 그런 경우 그렇게 하지 않으면 되는 것이라고 말한 것이다.

이 4번째 계명이 내가 맨 처음으로 이해한 계명이었으며 이 계명은 나머지 모든 계명을 이해하게 하였다. 이 간단명료하고 실천 가능한 네 번째 계명은 말한다. "그 어떤 경우에도 힘으로 악에 대항하지 말고, 폭력으로 폭력에 대항하면 안 된다. 사람들이 당신을 때리면 이를 참고, 빼앗으려고 하면 줘버려라. 노동을 강요하면, 일하라. 당신으로부터 당신의 것으로 여기는 것을 빼앗고자 한다 해도, 그냥 주어라."

이 네 번째 계명에 이어 다섯 번째 구약의 인용이 따르는데, 이에 다섯 번째 계명이 나온다(〈마태복음〉 5장 43~48절). "또 네 이웃을 사랑하고 네 원수를 미워하라 하였다는 것을 너희가 들었으나(〈레위기〉 19장 17~18절), 나는 너희에게 이르노니, 너희 원수를 사랑하며 너희를 핍박하는 자를 위하여 기도하라. 이같이 한즉 하늘에 계신 너희 아버지의 아들이 되리니, 이는 하나님이 그 해를 악인과 선인에게 비춰게 하시며, 비를 의로운 자와 불의한 자에게 내리우심이니라. 너희가 너희를 사랑하는 자를 사랑하면 무슨 상이 있으리요, 세리도 이같이 아니하느냐? 또 너희가 너희 형제에게만 문안하면 남보다 더하는 것이 무엇이냐? 이방인들도 이같이 아니하느냐? 그러므로 하늘에 계신 너희 아버지의 온전하심과 같이 너희도 온전하라."

이 구절들은 이전까지 나에게, 악에 저항하지 말라는 말씀의 부연 설명, 또는 강조, 혹은 이렇게까지 말해서 될지 모르겠지만, 과장된 표현으로 여겨졌다. 그러나 고대 율법을 인용하여 참조하는 것으로 시작하는, 각 단락의 간단하고 실생활에 응용 가능한 그 명확한 의미를 찾으면서, 여기서도 또한 바로 그 의의가 있음을 예감했다. 인용문 다음에는 계명이 서술되어 있었고, 또한 각 구절의 계율들은 각각 그 의미를 가지고 있어서 그 무엇 하나 생략할 수 없이 반드시 여기에 쓰여 있어야 했다. 〈누가복음〉에서도 되풀이되는 마지막 구절은, 하나님께서 사람들 사이에 차별을 두지 않고 누구에게나 복음을 주기 때문에 너희들도 신과 같이 그렇게 하라는 것이다. 차별을 두는 이교도와 같이 사람들 사이에 차별을 두지 않고, 반드시 모두를 사랑하고 똑같이 모두에게 선행을 베풀라는 것이다. 이런 말씀이 분명했고, 이는 나에게 어떤 분명한 규칙의 확증이자 그 해석으로 나타났지만, 나는 오랫동안 이 규칙이 어디에 속하는 것인지 이해하지는 못하였다.

원수를 사랑하라? 이것은 불가능한 그 무엇이었다. 이는 훌륭한 표현들 사이에서 유일하게 도달하기 어려운 도덕적 이상처럼 보이지 않을 수 없었다. 이것은 너무한 것이거나 아니면 아무것도 아닌 것이었다. 자기의 적에게 해를 가하지 않는 것은 가능했지만, 사랑하는 것은 불가능했다. 그리스도가 불가능한 것을 명령할 리 만무했다. 제일 첫 번째 구절 "원수를 미워하라고 너희가 들었으나"로 쓰여 있는 고대의 율법은 뭔가 의심할 만한 것이었다. 이전 부분에서 그리스도는 실제로 출처가 분명한 모세의 율법을 인용했지만, 여기에서는 한 번도 말씀하지 않은 구절을 인용한 것이었다. 그는 마치 율법을 중상하고 비방하는 것 같았다.

신학 해석가들은 나의 이 의혹에 대해 아무것도 설명해주지 않았다. 모든 해석에서 "원수를 미워하라고 너희가 들었으나"라는 말씀이 모세의 율법에 없음을 인정하였으나, 이 부정확하게 인용된 부분에 대한 설명은 아무 데도 없었다. 원수들, 악한 사람들을 사랑하는 것이 얼마나 힘든 일인지 말하면서 대부분 그들은 그리스도의 말씀에 수정을 가한다. 그래서 원수들을 사랑하는 것은 불가능하지만, 그들이 악을 원치 않을 것을 바라고 그들에게 악을 행치 않을 수는 있다고 말한다. 이외에도 그들은 악을 적발해낼 수 있고 또 그렇게 해야 마땅하다고, 즉 악에 대항해야 된다는 사상을 불어넣어, 이러한 선행에 이르는 다양한 단계를 설명한다. 그리하여 이러한 교회의 해석에 따른 당연한 결과로, 그리스도는 왜 그랬던 건지 모르겠지만, 모세의 율법에서 잘못 인용하여, 훌륭한 것들을 많이 지껄였지만, 그것들은 실지로 공허하고 응용 불가능한 것이라는 결론에 이르게 된다.

나는 그럴 수 없다고 생각했다. 여기에는 반드시 앞서 네 계명과 같이, 명쾌하고 명료한 사상이 있었어야 했다. 이 사상을 이해하기 위해, 무엇보다 먼저 나는 "원수를 미워하라고 너희가 들었으나"라는 율법의 그 부정확한 인용이 의미하는 바가 무엇인지 이해하기 위해 노력했다. 아무 쓸데없이 그리스도가 각각의 규칙 앞에 "살인하지 마라, 간음하지 마라" 등의 율법을 인용하고 자신의 가르침에 대립되는 이 말씀을 예증으로 들었겠는가. 그리스도가 인용된 말씀을 어떤 의미에서 사용했는지 알지 못하고서는, 그가 지시한 바를 이해하지 못할 것이다. 해설서들에도 그리스도가 율법에는 없는 그런 말씀을 인용한 사실이 솔직히 나와 있지만(그렇다. 말하지 않을 수 없었을 것이다), 왜 그가 이 부정확한 인용문을 따왔고, 이것이 무엇을 의미하는지에 대해서는 설명하고 있지 않다. 무엇보다 먼저 설명되어야 할 것은, 그리스도가 율법에는 없는 말씀들을 인용하면서 그 말씀들을 어떤 의미로 이해하고 있었는가 하는 것이다. 나는 스스로에게 물어보았다. 그리스도로서 부정확하게 율법에서 인용된 그 말씀은 무엇을 의미할 수 있지? 이전의 인용문들에서 그리스도는 하나의 계율에 각각 "살인하지 마라, 간음하지 마라, 맹세하지 마라, 이에는 이로 ……" 같은 오로지 하나의 고대 율법 계율만을 인용하고 있었고, 이 하나의 인용된 규정에 이어 그에 상응하는 가르침이 진술되어 있었다. 그런데 여기에는 두 개의 규정이 인용되어 있었고, 이 두 계율은 서로서로 대립하였다. (네 이웃을 사랑하고 네 원수를 미워하라 하였다는 것을 너희가 들었으나) 따라서 이웃과 원수에 해당하는 고대의 율법의 두 규정 사이의 차이는 새 법의 근거가 되어야 했다. 이를 더 명확하게 이해하기 위해, 이 차이가 무엇에 있는지, 나는 스스로 질문해 보았다. '이웃'이라는 단어가 의미하는 바와 '원수'가 의미하는 바가 복음서 언어에 있어 무엇을 의미할까? 성경사전과 성경의 문맥에 따라 살펴본 결과, 나는 히브리어로 '이웃'이 언제나 히브리인만을 의미한다는 것을 확인했다. 이웃의 이러한 정의는 복음서에 사마리아인의 일화에서 발견된다. 누가 이웃이냐는 질문에 히브리 율법주의자는, 사마리아인은 이웃이 될 수는 없다고 답한 것이다. 이웃에 대한 이러한 정의는 〈사도행전〉 7장 27절에서도 발견된다. 복음서 언어로 이웃은 동향 사람, 즉 같은 민족에 속해 있는 사람을 의미한다. 그래서 그리스도가 이곳에서 제시한 인용문의 대립구도는 동향인과 타향인의 대립을 의미하는 것이라고 가정하고, 스스로에게 유대인에게 있어 원수란 무엇을 의미하는지 질문했다. 그랬더니 나의 가정을 확증하는 증거를 찾을 수 있었던 것이다. 복음서에서 원수라는 단어는 거의 모든 구절에서 개인적인 원수를 의미하는 것이 아니라 공공의 적, 민족의 적을 의미하는 것이었다(〈누가복음〉 1장 71~74절, 〈마태복음〉 22장 44절, 〈마가복음〉 12장 36절, 〈누가복음〉 20장 43절 등). "네 원수를 미워하라"는 말씀이 있는 구절들에서 원수라는 단어는 단수로 쓰였는데, 이는 민족의 원수에 관해 발언함을 의미한다. 이 단수로 쓰인 '원수'는 민족의 적 총체를 통틀어 의미하는 것이다. 구약에서 적국은 항상 단수로 쓰였다.

그리하여 내가 이것을 이해하자마자, 그 즉시로 나의 난관은 극복되었다. 무엇하러, 어떤 까닭으로 언제나 출처가 분명한(원문에 있는) 율법을 인용했던 그리스도가 여기서는 갑자기 한 번도 말씀되어진 적 없는(원문에 없는) "원수를 미워하라고 너희가 들었으나"라는 말씀을 인용했었는지에 대한 의문이 풀린 것이다. 원수라는 단어를 민족의 적이라는 의미에서 이해하고 이웃이라는 단어를 동향인의 의미에서 이해하기만 했었다면, 이런 난관은 전혀 없었을 것이다. 민족의 적을 향해 히브리인들은 모세의 율법에서 어떤 지령을 받았는가 하는 것에 관해서 그리스도는 말하고 있다. 성경의 여러 책들에 산재되어 있는, 다른 민족을 압제하고 살인하고 박멸하라는 다양한 지령들을 그리스도는 하나의 표현으로 통합시켰던 것이다. 즉 적에게 악을 행하는 것을 '미워하는 것'이라고 표현한 것이다. 그리고 그는 다음과 같이 말했다. "너희가 너희 자신을 사랑하고 민족의 적을 미워하라고 들었으나, 나는 너희에게 이르노니, 그들이 속한 민족을 모두 차별 없이 사랑하라." 또한 이렇게 이 말씀이 이해되자마자, 또 그 즉시로 다른 종류의 주요 난제도 해결되었다. "너희 원수를 사랑하라"는 말씀을 어떻게 이해할지에 관한 것 말이다. 개인의 원수는 사랑할 수 없다. 그러나 적대국 사람들은 정확히 자기 나라 사람들을 사랑하는 것처럼 사랑할 수 있다. 그래서 "이웃을 사랑하고 원수를 미워하라고 너희가 들었으나, 나는 너희에게 이르노니, 원수를 사랑하라"는 말씀에서 그리스도가 하고 싶었던 말은 모든 사람들이 자기 민족 사람들을 자기 이웃으로 여기는 데 익숙하지만, 타민족은 적으로 여기는 것에 익숙하기에 그렇게 하지 말라는 말씀이었던 것이다. 이 점이 나에게 확실해졌다. 그가 말하기를 모세의 율법에 따라 히브리인과 민족의 적으로 여기는 비히브리인 사이에 차별이 행해지지만, 너희에게 이르노니, 그 차별을 두지말라는 것이다. 그렇기 때문에 〈마태복음〉과 〈누가복음〉에서 그리스도는 이 계율에 바로 이어서, 하나님에게 만인은 평등하고, 하나의 태양이 모두를 비추며, 모두에게 비가 내린다는 말씀을 하신 것이다. 하나님은 민족들을 차별하지 않으며 모두에게 같은 선을 행한다는 것이다. 이와 마찬가지로 사람들도, 자신을 다른 민족과 구분시키는 이교도들과 같지 않게, 반드시 모든 사람들에게 그 민족에 따른 차별을 두지 않아야 한다는 것이다.

이렇게 해서 또 다시 나에게 단순하고, 중요하고, 명확하며 실생활에 적용 가능한 그리스도의 말씀에 대한 이해가 여러 측면에 있어서 확증되었다. 다시금 흐릿하고 불명확한 현학적 격언들 대신에 명확하고 명료하고 중요하고 응용 가능한 법칙이 밝혀졌다. 그 규칙이란 자기 나라와 다른 나라를 구별하지 말고, 이 구분에서 비롯되는 그 어떠한 것도 하지 말라는 것이다. 그래서 다른 민족을 적대시하면 안 되고, 전쟁하면 안 되는 것이며, 전쟁에 참가하지 말고, 군비로 무장하면 안 되는 것이다. 그리고 모든 사람들에게는, 그들이 어떤 국적을 가졌든지 간에 자국민들이 서로를 대하는 것처럼 그들을 대하라는 것이다.

이러한 것은 너무나 단순했고, 너무나 분명한 것이었기 때문에 왜 내가 바로 이를 이해하지 못했었는지 그저 놀라울 따름이었다.

내가 이해하지 못했던 이유는 재판과 맹세의 경우에 그것을 이해하지 못했던 것의 이유와 같았다. 서로를 위해 기도하고 축복하며 자신이 그리스도의 계율을 잘 지킨다고 생각하는 바로 그 기독교인들에 의해 열리는 재판이 그리스도의 계율과 가장 양립할 수 없는 것이고, 오히려 정반대의 성질의 것이라는 점을 이해하기란 굉장히 힘들 것이다. 또 그리스도의 계율을 잘 지킨다고 하는 사람들이 늘상 하는 그 맹세가 바로 그리스도의 계율로 금지되었다는 사실을 예측하기란 더 어려울 것이다. 하지만 우리 세상에서 의무적이고 자연스럽게 여겨질 뿐만 아니라, 가장 훌륭하고 영웅적으로 여기는 애국심, 조국에 대한 수호와 찬미, 그 조국의 적과 투쟁하는 것의 본질이 그리스도의 계명에 따르면 죄이고, 그뿐만 아니라 그리스도는 그것을 명백히 거부했다는 점을 이해하기는 정말로 엄청나게 힘들 것이다. 우리의 세상은 그 정도로 그리스도의 가르침에서 멀어져 버렸고, 그렇게 멀어짐으로써 가르침을 이해할 방도가 가로막혀버린 것이다. 우리는 그저 들은 체 만 체 하고, 그가 우리의 삶에 대해 말한 그 모든 것을 잊어버렸다. 그는 살인하지 말뿐만 아니라 다른 사람에게 화내지도 말라고 했고, 막지도 말고 다른 뺨을 돌려대라고 했으며, 또 원수들을 사랑하라고 우리들에게 말한 것이다. 그런데 우리는 인생을 살인을 위해 바치고, 우리의 군대를 '그리스도가 지키시는 군대'라고 부르고 있으며, 적들에게 승리하게 해달라고 그리스도를 향해 기도하는 소리에 익숙하다. 살인을 스스로 영광스럽고 자랑스럽게 생각하며, 그중에 몇몇 사람은 살인을 위해 높이 치켜든 장검을 성물의 상징으로 생각하여 이 상징물로 칼이 없는 사람을 창피주고 있는 것이다. 우리는 그리스도가 전쟁을 금하지 않았다고 여기고, 만약에 그리스도가 금지한 것이라면, 좀 더 명확히 말했어야 한다고 생각한다.

그리스도가 가르친 화평과 사랑, 사해동포주의의 가르침을 믿고 있는 인간들이 아무렇지도 않게 의식적으로 형제들을 죽이는 기관을 창립할 거라는 상상을 그리스도는 꿈에도 하지 못했을 것이라는 점을, 우리는 생각지도 못한다.

그리스도는 이를 상상도 못했고, 때문에 기독교인들에게 전쟁을 하지 말라고 말하지 못했던 것이다. 이것은 마치 길을 떠나는 아들에게 다른 사람을 모욕하지 말고 자기 것을 남한테 주면서 정직하게 살라고 덕담하는 아버지가, 길가에서 다른 사람을 찌르지 말라고 말하지는 않는 것과 마찬가지다.

또한 전쟁이라고 불리는 살인을 금지할 필요가 없었던 것은 초기 기독교 시대에 어떤 사도나 어떤 그리스도의 제자도 그런 상황을 상상하지 못했기 때문이다. 예를 들어 '오리게네스가 켈수스에게 보내는 그의 답신'[14]을 보면 다음과 같다(63장). 오리게네스는 말한다.

"켈수스는 우리에게 전력을 다해 군주를 도울 것, 군주의 합법적 사업에 동참할 것, 군주를 위해 무장할 것, 그의 깃발 아래에서 충성하고, 필요한 경우 전투에서 군주의 군대를 지휘할 것을 권고하고 있다. 이에 대답해야 할 것은 우리가 어떤 경우에도 황제를 도와야 하겠지만, 그것은 신의 갑옷을 입고 나타나는 하나님의 도움이라고 말해야 할 것이다. 이런 행위로서 우리

---

14 〈켈수스에 대한 반론Contra Celsus〉—옮긴이

는 사도의 목소리에 순종하는 것이리라. 사도는 말하는 것이다. '무엇보다도 먼저 나는 기도한다. 너희들이 황제를 위해서, 명예롭고 높은 사람들을 위해서, 그리고 모든 사람들을 위해서 기도하고 소망하고 감사하기를.' 그러므로 사람이 경건하면 경건할수록 황제에게 더 이익이다. 그 이익은 황제의 깃발 아래, 죽일 수 있는 만큼 적을 죽이기 위해, 군대에 지원한 병사 한 명의 이익보다 훨씬 더 실제적으로 유익하다. 뿐만 아니라 우리들의 신앙을 모르고 우리에게 사람들을 죽이라고 요구한다면, 당신네들의 성직자도 자신들의 손을 당신들의 신이 그들의 제물을 받게 하기 위해서 더럽히지 않는 것처럼 우리도 그러하다고 대답할 것이다."

이렇게 오리게네스는 자신의 평화로운 삶이 군인보다 더 이득을 가져온다는 설명으로 이 장을 끝내면서 다음과 같이 말한다.

"이처럼 우리는 누구보다도 더 잘, 제왕의 구원을 위해 싸운다. 우리는 그의 깃발 아래에 충성하지 않는 것이 맞다. 우리는 그가 심지어 우리를 그렇게 하라고 강요한다 할지라도 충성하지 않을 것이다."

초기 기독교 사회는 전쟁에 대해 이러한 태도를 가졌고, 그들의 교사들은 권세자들을 향해 이렇게 말했었다. 몇천만 명의 순교자들이 그리스도를 믿는다는 이유로 참살당한 시기에도 마찬가지로 이렇게 말했었던 것이다.

그런데 지금은? 지금은 기독교인이 전쟁에 참가할 수 있는지에 대한 질문이 없다. 교회의 법에 따라 자라났고 기독교인이라 불리는 모든 젊은이들은 매년 가을마다 기한이 되면 군대 훈련에 참석해 교회 목사들을 도와 그리스도의 법을 부인하는 것이다. 최근 한 농부 청년에 대해서 알게 되었는데, 그는 복음서의 기조에 따라 군 복무를 거부한 자였다. 교회의 교사들은 그의 잘못을 깨닫게 하려 했다. 그러나 그 농부 청년은 그들을 믿지 않고 그리스도를 믿었기에, 그를 감옥에 가두고는 그리스도를 부인할 때까지 감금했다. 이 모든 일은 1,800년 전 우리의 신에 의하여 기독교인들에게 충분히 명료하고 명쾌한 계명으로 널리 선포된 이후에 발생된 사건이다. 그 계명이란 "다른 민족을 자기 민족의 적으로 여기지 말고 모두를 형제로 여기며, 모든 이에게 너희가 자기 민족 사람들을 대하듯이 하라"는 것이다. 또한 "너희가 너희의 원수라고 부르는 적을 죽이지 말고, 그들을 사랑하여 그들에게 선을 행하라는 것"이다.

이처럼 나는 단순명료한 그리스도의 계명들을 어떠한 다른 사람의 해석도 따르지 않고 이해했다. 그리고 나는 스스로에게 질문했다. 만약에 모든 기독교 세계가 이 계명을, 하나님이 노하지 않게 하나님을 위해 노래한다든가 읊든가 하는 것이 아니라, 인간들의 행복을 위한다는 의미에서 실천한다면 어떻게 되겠는가? 만일 사람들이 매일 기도하고 매주 일요일 교회에 나가며 매주 토요일마다 육식을 금하고 재계정진하고 또 매년 정해진 금식일을 지키는 것이 신앙이라고 굳게 믿는 기독교 대신에, 그리스도 계명의 의무성을 믿는다면 어떻게 될까? 또한 사람들이 교회의 해석에 따라 신앙을 가지는 만큼만, 이 계명을 믿는다면 어찌 되겠는가? 그래서 나는 계명에 따라 삶을 영위하고 젊은 세대를 그리스도의 계명에 따라 양육하는 그러한 기독교 사회를 마음속에 그려 본 것이다. 나는 상상해본 것이다. 우리 모두와 우리의 아이들에게 어렸을 때부터, 우리가 오늘날 주입하는 가치관, 인간은 스스로의 존엄성을 지키고 남들 앞에 자신의 정당성을 주장하는 것(다른 이를 업신여기고 모욕하지 않고는 달리 어떻게 살 수가 있겠는가)이 옳다는 그런 가치관이 아닌, 그리스도의 말씀과 그 예, 이를테면 어떠한 사람도 어떠한 권리를 가지고 있지 않으며 다른 이보다 열등하거나 우월하지도 않고 가장 낮고 비천한 것은 다른 이보다 높아지고자 하는 사람이라는 것, 또한 다른 사람에 대해 화를 내는 상태의 인간만큼 무시해야 할 다른 상대가 없다는 것, 또 나에게 아무리 보잘것없어 보이거나 또는 나쁘게 보이는 사람에게 화를 내는 것도 정당화될 수 없으며 그에 대한 나의 반목이 정당한 것이 아니라는 사실, 그러한 그리스도의 모든 말씀을 우리 모두가 모든 아이들에게 가르치는 세계를 나는 그려 보았던 것이다. 상점들의 쇼윈도에서부터 극장, 낭만소설, 성욕을 유발시키는 여성복에 이르기까지 우리가 개발한 생활방식 대신 내가 떠올려 본 것은 음란물을 보고, 극장이나 무도회에 가는 것을 오락거리로 삼는 것은 가장 저열한 오락거리이며, 온몸을 치장하고 그것을 내보이는 온갖 행위는 가장 저급하고 역겨운 짓이라는 것을 우리 모두가 아이들에게 말씀과 실천으로 가르친다면 어떻게 될까 하는 것이었다. 우리가 바람직하고 필수적이라고까지 여기는 우리의 삶의 방식, 이를테면 젊은이가 결혼 전까지 방탕한 생활을 하고, 배우자와 별거 중인 상태를 자연적인 상태로 보거나, 호색을 즐기는 부인이 합법하다고 여기거나, 이혼을 허락하거나 축복하는, 그런 모든 삶의 방식 대신에 나는 우리의 말과 행동으로, 성적 활동의 연령에 이르러 성생활을 부정하지도 않으면서 홀로 독신으로 살려고 하는 상태는 기형적이며 창피스러운 일이고, 인간으로서 한 번 관계를 가진 여자를 버리고 그 여자를 다른 여자로 바꾸는 것은 근친상간과 같이 자연적이지 못한 행동일 뿐만 아니라, 아주 잔인하고 인간적이라고 부를 수 없는 행실이라고 가르치는, 그런 세상을 그려 본 것이다. 또 우리의 삶이 폭력을 기반으로 해서, 폭력으로써 모든 즐거움이 얻어지고, 이 폭력으로 즐거움을 수호하는 대신에, 그리고 어린 시절부터 연로한 노년에 이르기까지 우리들 각자가 서로 벌을 주고받는 입장이 되는 것 대신에, 나는 우리의 말과 행동으로, 복수는 가장 저급한 동물적인 감정이며 폭력은 추잡스러운 짓일 뿐만 아니라 인간에게 진정한 행복을 빼앗는 행위라는 사실, 삶의 행복이란 폭력으로 보호받을 필요가 없는 것이고, 진정으로 높은 존경을 받을 만한 사람은 남의 것은 빼앗으면서 자기 것은 지키려고 하거나 또는 다른 이의 대접을 받는 사람이 아니라, 자기 것을 더 내주고 다른 이에게 봉사하는 사람이라고 하는 것을 가르치는 세상을 꿈꿔본 것이다. 온갖 사람들이 자기의 가장 귀중한 것을 기증한다고 맹세한다든가, 자신의 삶 전체를 자기가 누군지도 모르는 사람에게 의탁한다는 것이 훌륭한 일이고 합리적이라고 생각하는 대신에, 인간의 이성적인 자유의지야말로 누구에게도 줄 수 없는 가장 고귀한 신의 선물이며, 어떤 누구에게 어떤 것을 걸고 맹세하는 것은 자기가 이성적인 존재라는 것을 스스로 거부하는 것이며 가장 고귀한 신의 선물을 남용하는 것이라는 점을 가르치는 세상, 그것을 나는 꿈꿔본 것이다. 또 조국애의 관점에서의 민족적 증오 대신에, 어렸을 때부터 영웅적인 행위라고 해서 살인을 예찬한 전쟁들이 실은 경악할 만한 일이고 또 사람들을 분리시키는 정부, 외교, 국방사업들은 모두 무시받아 마땅하다고 교육시켰다면 어땠을까하고 생각해본 것이다. 특히 사법부, 외교부, 국토부 같은 정부의 통치수단은 모두 야만적인 무식함을 나타내는 것이며 전쟁을 한다는 것, 즉 어떠한 동기도 없이 우리가 알지 못하는 타인을 죽이는 것은 가장 무서운 악행이며, 이러한 악행에 이르는 자는 오로지 뒤떨어지고 거의 짐승 수준으로 타락한 인간들이라는 점을 가르쳤다면 어떠하였을지 나는 상상해본 것이다. 나는 모든 사람이 이러한 교육을 받아 모두 다 그것을 믿는 세상을 마음속에 그려 보았고, 스스로에게 질문했다. 그렇게 된다면 어떻게 될 것인가?

예전에 내가 그리스도의 가르침을 모두가 실천한다면 어떻게 될 것인지에 관해 스스로 물어보았을 때, 나는 기독교를 이전에 이해했던 바와 같이, 별일이 없을 거라고 대답했었다. 우리는 모두 기도할 것이고, 계시의 은총에 힘입어 그리스도의 대속죄를 믿고, 우리와 모든 이의 세계는 그리스도로써 구원에 이를 것이라고, 그러나 이 구원은 우리에 의해서 이루어지는 것이 아니라 세기의 종말 때 그리스도의 재림으로 이루어진다고 생각했던 것이다. 그리스도는 하나님의 때가 이르면 죽은 자와 산 자를 심판하러 오실 것이고, 우리의 삶과 별개인 하나님의 왕국이 도래할 것이라고 말이다. 그러나 지금 나에게 그리스도의 가르침 이외에도 다른 의미를 가지고 제시되었다. 이 땅에서의 하나님의 왕국의 건설은 바로 우리에게 달려 있다는 것이다. 다섯 가지 계명으로 나타난 그리스도의 가르침을 실천하는 것은 하나님의 왕국을 설립하는 것이었다. 이 땅에 도래한 하나님의 왕국은 모든 사람들이 화평한 평화의 세계이다. 사람들 간의 화평, 평안은 사람들이 이 땅에서 도달할 수 있는 최고의 행복이다. 모든 히브리 선지자에게 하나님의 왕국은 이렇게 계시된 것이었다. 그리고 모든 인류의 가슴속에 이렇게 계시되었고 지금도 계시되고 있다. 모든 예언들은 사람들에게 화평을 약속하고 있는 것이다.

모든 그리스도의 가르침은 하나님의 왕국, 즉 사람들에게 평화를 가져오는 데 있다. 산상수훈에서, 니고데모와의 대화에서, 제자들의 서신에서, 그 밖의 모든 설교에서 그는 오로지 사람들을 거룩하게 하여 그들이 세상(세속)에 속하지 않고 하나님의 나라로 들어가게 하였다. 모든 금언의 본질은 하나님의 왕국이 존재하고, 오직 형제들을 사랑하고 그들과 함께 있어야만 그 왕국에 들어갈 수 있음이다. 그리스도보다 앞서 온 세례

요한은 하나님의 왕국이 가까웠다고 말하였고, 예수 그리스도가 그것을 세상에 이르게 할 것이라고 말한다.

나는 세상에 평화를 가져왔나니, 하고 그리스도는 말한다(〈요한복음〉 14장 27절). "평안을 너희에게 끼치노니 곧 나의 평안을 너희에게 주노라. 내가 너희에게 주는 것은 세상이 주는 것 같지 아니하니라. 너희는 마음에 근심도 말고 두려워하지도 마라."

그의 다섯 가지 계명은 실제로도 사람들에게 그러한 평안을 준다. 이 다섯 가지 계명은 오직 하나의 목적만을 가진다. 사람들 간의 화평인 것이다. 사람은 그리스도의 가르침을 믿을 필요가 있으며, 그것을 실천할 필요가 있다. 그리하면 이 땅에 평화가 올 것이다. 이 평화는 인간들이 만든 일시적이고 운 좋은, 그런 따위의 평화가 아니라 보편적이며 파괴될 수 없는 영원무궁한 평화인 것이다.

제1계명은 말한다. 모든 이와 화평하고, 스스로 다른 사람을 별것도 아닌 사람이거나 미련한 사람으로 여기는 것을 허락지 말라(〈마태복음〉 5장 22절). 만약에 평화가 깨졌다면, 온 힘을 다해 그것을 회복하도록 하라. 신을 섬기는 것은 다름 아닌, 바로 그런 적대감을 없애는 것이다(〈마태복음〉 5장 23~24절). 사소한 불화도 없이 화목하여, 참된 삶을 잃지 않도록 하라(〈마태복음〉 5장 26절). 이 계명에도 벌써 모든 것이 말씀되어 있지만 그리스도는 사람들 간의 평화를 깨는 세상의 유혹에 대한 예를 미리 더 보여주셨다. 그리하여 제2계명을 준 것이다. 평화를 파괴하는 섹스의 유혹에 대해서 말하는 제2계명을 말이다.

오락거리를 보듯이 육체의 아름다움을 보지 말고, 미리 이런 유혹에서 벗어나라는 것이다(〈마태복음〉 5장 28~30절). 남편은 한 아내를 갖고, 아내는 한 남편을 가지며, 어떤 이유에서든지 서로가 서로를 버리지 말라는 것이다(〈마태복음〉 5장 32절). 또 다른 유혹은 맹세의 유혹인데, 이것은 사람들을 죄에 빠뜨린다는 것이다. 미리 앞서, 이것이 죄인 것을 알고 그 어떤 서약도 하지 말라는 것이다(〈마태복음〉 5장 34~37절). 제3계명은 인간적인 정의의 판단에 따른 복수에 대해서 말하는 것인데, 복수하지 말고 그에 대한 변명을 하지 말며, 당신을 모욕하는 사람에게 치욕을 안겨주지 말고, 악을 악으로 갚지 말라는 것이다(〈마태복음〉 5장 38~42절). 네 번째 유혹은 민족 간의 차별, 종족과 국가 간의 적의에 대해서 말하는 것이다. 모든 사람은 형제고, 유일하신 하나님의 아들들이기 때문에 민족의 목표라는 미명 아래서 그 누구와도 평화를 깨지 말라는 것이다(〈마태복음〉 5장 43~48절). 이 계명들 중 하나라도 사람들이 실천하지 않는다면 평화는 오지 않을 것이다. 이 계명들을 모두 실천한다면, 평화의 왕국은 이 땅에 임할 것이다. 이 계명은 사람들의 삶으로부터 모든 악을 물리치는 것이다.

계명을 실천할 때 인간의 삶은 무엇을 찾든지 간에 그 인간의 마음이 바라는 것이 될 것이다. 모든 사람은 형제가 될 것이고 모든 이는 다른 이들과 평온하게 세상의 모든 복을 누리면서, 신으로부터 주어진 이 생애의 마지막 날까지 그렇게 살 것이다. 사람들은 창을 낫으로 바꾸고, 싸움을 그쳐서 평화로운 생활로 넘어갈 것이다. 모든 선지자들이 약속했고 세례 요한이 다가올 것이라고 예언한 그 하나님의 왕국이 도래할 것이다. 이사야 선지자도 말했고 그리스도도 똑같이 말씀하신 바—"주의 성령이 내게 임하셨으니, 이는 가난한 자에게 복음을 전하게 하시려고 내게 기름을 부으시고 나를 보내사 포로된 자에게 자유를, 눈먼 자에게 다시 보게 함을 전파하며 눌린 자를 자유케 하고, 주의 은혜의 해를 전파하게 하려 하심이라 하였더라"(〈누가복음〉 4장 18~19절. 〈이사야〉 61장 1~2절)—와 같이, 이미 선언되었고 선포된 평화의 왕국은 반드시 오고야 말 것이다.

그리스도로부터 주어진 평화의 계명은 단순명료한 것으로, 불화의 모든 경우를 예견하고 그것을 예방하는 것이며, 이 지상에 하나님의 왕국을 계시하는 것이다. 결국 그리스도는 정확히 메시아다. 그는 약속을 이행했다. 그런데 우리는 지금까지 우리 스스로 기도해 왔고 지금도 기도하고 있는, 그렇게 모든 사람들이 영원히 갈망하는 그것을 실천하지 않는다.

7.   그리스도의 가르침은 훌륭하며
세상에 행복을 가져다준다

도대체 무엇 때문에 사람들은 그리스도가 그들에게 말한 것, 즉 그들이 갈망했고 지금도 갈망하는, 인간이 파악할 수 있는 최대의 행복을 주는 행위를 실천하지 않는 걸까? 나는 모든 방면으로부터 여러 가지로 표현되었지만 결국 그 내용만은 동일한 대답을 들어왔다. "그리스도의 가르침은 아주 좋다. 이 교의를 실천한다면 하나님의 왕국이 이 지상에 건설될 것이다. 그러나 그 실천은 힘들며, 따라서 그건 불가능하다."

인간이 어떻게 살아가야 할 것인가 하는 문제에 대한 예수의 교의는 신성해서 좋고, 또 인간에게 행복을 주는 것이지만, 인간이 이것을 실행하기란 너무나 힘든 일이다. 우리들은 이러한 말을 너무나도 많이 반복하고 있고 또 자주 듣기도 하는 까닭에, 그 결과 이러한 말 속에 포함되어 있는 모순이 우리 눈에 띄지 않는 것이다.

인간은 본성적으로 더 좋은 것을 하려고 한다. 인간의 삶에 관한 모든 이론은 최선의 가르침이란 어떤 것인가 하는 것에 대한 이론이다. 만일 사람들에게 무엇을 행함이 가장 좋겠냐는 것이 계시되어 있다고 한다면, 그러한 경우 그들은 최선의 것을 행하려고 원하고는 있지만, 실천할 수는 없다고 어떻게 말할 수 있겠는가? 사람들이 행할 수 없는 것은 보다 나쁜 일일 뿐이므로, 그들은 최선의 것을 행치 않고서는 견딜 수가 없을 것이다.

인류가 시작되면서부터 인간의 합리적 활동은 개개인은 물론 하나로 종합된 인류의 생활을 지배하고 있는 여러 모순들 속에서 무엇이 최선인지를 발견하는 데 있어 왔다.

사람들은 그들이 필요로 하는 땅 또는 물건 때문에 투쟁한다. 그 다음은 모든 것을 분할하여 그것을 재산이라고 부른다. 그것을 설정하기란 곤란하지만, 그러나 그렇게 하는 편이 보다 낫다고 생각해서 그들은 재산을 지키려 하는 것이다. 사람들은 자기 아내를 위해서 싸운다. 또는 아이들을 버린다. 그리고 후에 각자는 자기 가족을 갖는 것이 보다 낫다는 결론을 내리게 된다. 가족을 부양하는 일은 아주 힘든 일이지만, 사람들은 재산과 가족, 그밖에 많은 것을 가지고 있다. 즉 사람들은 그쪽이 낫다고 생각한다면, 어떤 힘든 일이라도 감수한다. 그러면서도 우리들은 다음과 같이 말한다. "그리스도의 가르침은 훌륭하다. 그리스도의 가르침에 순종하는 삶은 우리들이 현재 영위하고 있는 생활보다 우수하다. 그럼에도 불구하고 우리들은 보다 낮게 살 수가 없다. 왜냐하면 그것은 곤란하기 때문이다." 이게 대체 뭔 말인가.

만일 이 '힘들다'라는 말을 자기 욕망의 순간적 만족보다 더 큰 행복을 위해서 희생시키기가 '힘들다'라는 의미로 해석한다면, 도대체 우리들은 무엇 때문에, 귀리를 얻기 위해서 논밭을 갈기가 힘들며, 사과를 얻기 위해서 사과나무 심기가 힘들다고는 말하지 않는 것일까? 보다 큰 행복을 달성하려고 한다면 그런 곤란을 참아야 한다는 것쯤은 이성이 그 머릿속에서 싹트기 시작한 인간이라면 누구나 다 알고 있는 사실일 것이다. 그러나 참으로 뜻밖에도 우리는 그리스도의 가르침은 훌륭하지만 그것을 실행하는 것은 힘들기 때문에 실천 불가능하다고 말하고 있는 것이다. 이 가르침에 따르면 이때까지 우리가 없애지 않았던 것을 우리 스스로 없애지 않으면 안 되게 되어 있다. 그러므로 곤란하다는 것이다. 그것은 마치 우리들이 인내하지 않고 언제나 자기 욕망을 만족시키는 것보다는, 인내하면서 손해를 입는 편이 낫다는 걸 한 번도 들은 적이 없는 상태와도 흡사하다.

인간이 동물일 수도 있다. 또 그렇다고 해서 아무도 그 점을 비난하지 않을 수도 있다. 그러나 분명 인간은 자기가 동물이기를 원하고 있다는 사실에 비판을 받는다. 그리고 비판을 가하게 되자, 그는 자기 스스로를 이성의 빛에 침투된 올바른 존재라고 자각하게 된다. 이성을 구비하고 있는 존재라고 자각함과 동시에 어떠한 것이 합리적이며, 어떠한 것이 비합리적인가를 인식하지 않을 수 없다. 이성은 어떠한 것도 명령하지 않고, 다만 그저 비춰주고 있을 뿐이다.

나는 어둠 속에서 문을 찾다가 손과 무릎에 상처를 입었다. 어떤 사람 하나가 등불을 들고 안으로 들어온다. 내 눈에 문이 보이기 시작한다. 문이 보이기 시작한 이상 나는 벽과 충돌할 리 만무하다. 문이 보이기 때문에 거기를 무난히 지나가는 편이 좋겠다고 생각하면서, 그렇지만 아무래도 무난히 문을 지나가는 것은 힘들기 때문에 계속해서 담벼락에 무릎방아를 찧고 있는 편이 좋겠다고 생각하는 것이다.

그리스도의 가르침은 훌륭하며, 이 세상에 행복을 가져다준다. 그러나 인간은 악하고 약하다. 그래서 보다 더 좋은 일을 행하려고 생각하면서도 결국 보다 더 나쁜 일을 행한다. 따라서 더 좋은 일을 행한다고 하는 것은 불가능하다. 이러한 판단에는 분명 비논리적 오류가 있다.

여기에는 판단의 착오가 아니라 다른 어떤 것이 있다. 여기에는 반드시 어떠한 거짓된 표현이 있을 것이다. 존재하지 않는 것이 존재하며, 존재하는 것이 존재하지 않는다고 하는, 이런 기괴한 표현은 사람들이 사람들에게 행복을 준다고 스스로 인정하는 것에 가까이 가지 못하게 만드는 것이다.

이같은 기괴한 부정으로 이끌어간 거짓된 표현은 어려서부터 교회에서 신앙을 가진 모든 이들이 배운 정교·가톨릭·프로테스탄트의 입문교리문답서, 즉 기독교 교의신학에 나와 있다.

이 신앙은 신자들의 정의에 따르면, 그렇게 보이는 것을 존재하는 것이라고 인정하는 것이다. (바울이 그러한 말을 했으며, 또 모든 신학과 교리문답서는 거듭 반복해서 그렇게 정의한다.) 보이는 것을 현존하는 것이라고 인정하는 것이 바로 사람들을 그러한 기괴한 생각, 즉 그리스도의 가르침은 훌륭하지만 사람들에게 가당치는 않다는 그러한 생각으로 이끈 것이다.

이러한 교의는 가장 정확한 표현에 의하면 다음과 같다. 영원히 존재하는 인격을 구비한 신인 삼위일체가 갑자기 영들의 세계를 창조하려고 결심하였다. 선한 신은 이 영들의 세계를 행복하게 만들기 위해서 창조하였다. 그러나 우연히 그러한 영들 중에 하나가 자진해서 불행을 겪었다. 많은 세월이 흘러 신은 또 하나의 물질적 세계와 그 안에 인류를 행복을 위해서 창조하였다. 신은 인간을 영생하고 죄 없이 행복하게 살도록 창조했다. 인간의 은총은 인간의 행복을 어려움 없이 누리는 데 있었다. 인간의 불멸성은 언제나 인간이 그렇게 살아야 한다는 데 있다. 인간의 죄 없음은 그가 악을 모른다는 데 있다.

이 인간은 낙원에서 악하게 된 최초의 창조물의 영혼에 의해서 유혹을 당했다. 그 후 인간은 타락하게 되었고 또 그와 마찬가지의 타락한 인간이 탄생하기 시작했다. 그와 동시에 인간은 노고를 맛보게 되었고, 병이 들게 되었고 고난과 죽음을 맛보게 되었다. 또 육체적, 정신적으로 싸우게 되었다. 즉 현실적 인간이 되고 만 것이다. 즉 우리들이 이러한 존재라고 하는 것을 알고 있고 그 외의 것으로는 상상할 수도 없으며 그 어떤 권리도 근거를 가지고 있지 않은 특수한 존재가 된 것이다. 일하고 고민하고 선을 선택하고 악을 피하면서 죽어가는 인간 상태, 즉 이제야말로 엄연히 존재한다고밖에 우리가 생각할 수 없는 인간의 상태는 이 신앙의 교의에 의하면 인간의 진정한 상태가 아니라 본성적이지 않은 우발적이며 일시적인 상태이다.

　모든 사람들에게 있어서 이 상태는 앞서 말한 것처럼 교의에 의하면 아담이 천국에서 추방된, 즉 태초부터 예수의 탄생에 이르기까지 계속되어온 것이며, 그 이후에도 모든 사람에게 마찬가지로 계속되어온 것이지만, 그럼에도 불구하고 신자들은 이것이 우발적이며 일시적인 상태에 지나지 않는다고 생각한다. 이 교의에 의하면 신의 아들, 신 그 자체이며 삼위일체의 두 번째 얼굴은 이 세상에 인간의 형상을 하고서 내려온 예수는 사람들을 그 본성이 아닌 우발적이며 일시적인 상상에서 구출하여, 신이 아담의 죄의 대가로 사람에게 씌워준 모든 저주를 없애고 그들을 이전의 행복하며 자연적인 상태, 즉 무병영생하고 죄 없이 의롭게 사는 상태로 돌려보내기 위한 존재였던 것이다. 삼위일체의 두 번째 얼굴인 그리스도는 이 교의에 의하면 사람들이 그를 벌한 그 한 가지 사실에 의하여 아담의 원죄를 대속하고 이 세계의 태초로부터 계속되어온 인간의 부자연적인 상태를 중지시킨 것이다. 그때부터 예수를 믿게 된 사람들은 또다시 에덴동산에 있었을 때와 마찬가지의 무병영생하고 죄 없이 의롭게 사는 존재가 된다.

　대속죄의 실현에 관한 부분에 대한 결과, 예수 탄생 이후 토지가 신자들을 위해서 도처에서 노동 없이 결실을 맺고, 병이 없어졌으며, 고통 없이 어머니 배로부터 나올 수 있게 되었지만, 이 교의는 그다지 언급됨이 없다. 왜냐하면 노동이 힘들고 고난을 고통으로 느끼는 사람들에 대해서 그들의 신앙이 비록 얼마만큼 크다고 하더라도 노동이 힘들지 않은 것이고, 고난이 고통스럽지 않다는 것을 이해시킨다는 것은 힘들기 때문이다. 그러나 이에 반하여 이 교의에서 죽음과 죄가 이미 존재하고 있지 않다고 단정하는 부분은 가장 강력하게 주장되고 있다.

죽은 사람이 여전히 살아 있다는 주장이 지속된다. 죽은 사람이 계속 살아 있는지 죽었는지는 입증할 방도가 없다. 그것은 바위가 죽었는지 아닌지를 스스로 이야기할 수 있는지 없는지 증명할 수 없는 것과 마찬가지다. 이 부정의 결여가 증거라고 인정되고 죽은 자가 죽은 자가 아니라고 확증하는 것이다. 이와 마찬가지로, 예수 탄생 이후 그리스도를 믿으면 인간은 죄로부터 해방될 수 있다는 것, 즉 예수 이후의 인간은 이미 이성을 가지고 자기의 생활을 비판하며 자기를 위하여 보다 더 나은 것을 선택할 필요가 없다는 것, 이러한 것이 한층 더 강한 위엄과 확신을 가지고 확증되어 있는 것이다. 인간은 모르긴 몰라도 예수가 자신들을 위해서 희생했다는 사실만 믿으면 되는 것이다. 그렇게 하면 인간은 언제나 죄가 없고, 완전히 선하게 되는 것이다. 이러한 교의에 의하면 인간은 자기들 내부에 있어 이성이 무력하다는 것, 따라서 자기들에게는 죄가 없다는 것, 그래서 자기들이 실수를 범할 수 있다는 점을 생각해야 되는 것이다.

참된 신앙을 가진 자는 그리스도의 시대부터 토지가 노동 없이도 결실을 주고 질병도 죽음도 없으며 또 죄, 즉 잘못도 없다는 것이다. 즉 실제로 존재하는 것이 없고 실제로 존재하지 않는 것이 있다고 반드시 상상해야 된다는 것이다.

엄격히 논리적이라는 신학 이론은 이렇게 말한다. 이 교의 그 자체는 무고하다는 것이다. 하지만 진리로부터의 퇴보는 결코 무고한 소박한 행위가 아니라 진리가 아닌 것, 즉 거짓에 대해서 논의하면 논의할수록 그 결과는 더 심각해진다. 여기서 거짓에 관해서 논의하는 대상은 바로 인간의 삶이다.

이 교의가 참된 생활이라고 부르고 있는 인생은 개인적이고 행복하고 죄악이 없는 영원한 생활이다. 이는 이제까지 아무것도 알지 못했고 또 이제도 존재하지 않을 그러한 생활이다. 그러나 현재 존재하고, 우리들이 그것을 바탕으로 살아가고 있는 생활, 한때 인류가 그것을 바탕으로 생활하였고 또 현재도 그것을 바탕으로 하여 살아가고 있는 생활은 이 교의에 의하면 타락하고 불쾌한 생활이다. 새로이 와야 할 좋은 생활의 견본에 불과한 것이다.

각 개인의 마음속에 있고 각자 생활의 본심을 이루고 있는 동물적 생활에 대한 목표와 이성적 생활에 대한 목표 사이의 투쟁은 이 교의에 의하면 완전히 없어지는 것이다. 이 사건은 〈창세기〉에 아담이 에덴동산에서 쫓겨나는 때부터 계속되어온 것이다. 자기를 유혹하는 사과를 먹어도 좋으냐 나쁘냐의 문제는 이 교의에 의하면 인간에 있어서는 존재하지 않는 것이다. 이 문제는 낙원에서 아담에 의하여 부정적인 의미에서 해결된 것이다. 아담이 내 대신 죄를 저질렀다. 즉 그가 잘못해서 모든 사람, 우리 모두는 타락하였다. 따라서 우리들이 합리적으로 생활해보려고 하는 노력은 모두 다 이득이 없고 심지어 불경스러운 짓이라는 것이다. 나는 돌이킬 수 없이 타락했고, 이를 반드시 알아야 한다. 나의 구원은 내가 이성에 의하여 자기 생활을 영위하고, 선악을 구별하고, 보다 더 나은 인생행로를 선택할 수 있다는 사실에 좌우되는 것이 아니다. 아니 아담이 나 대신 한 번의 잘못으로 인간 모두를 영원히 나쁘게 살게 만들었고, 예수가 아담이 행한 이 악을 영원히 시정했다. 그러므로 나는 한 구경꾼으로서 아담의 타락을 슬퍼하고 그리스도에 의한 구원은 기뻐해야 하는 것이다.

또한 인간의 마음속에 있는 선과 진리에 대한 사랑, 인간 생명의 현상을 이성에 의하여 계발하려는 모든 노력, 인간의 정신적 삶 모두는 이 교의에 따르면 전혀 중요하지 않을 뿐 아니라 유혹 내지 교만에 지나지 않는다.

이 세상에 존재하며 모든 기쁨과 아름다움을 수반한, 암흑을 상대로 하는 이성의 투쟁을 수반하는 생활, 나보다 먼저 살았던 모든 사람들의 생활, 내적 갈등과 이성의 승리를 수반하는 나의 전 생애, 이러한 것이 참된 생활이 아니라 완전히 타락되어 건져내기 힘든, 가망 없는 삶이 참된 생활이라는 것이다. 삶은 신앙, 즉 상상 속에서, 즉 미친 몽상 속에서는 진실되고 죄가 없다는 것이다.

인간을 유년 시절 때부터 생긴 이러한 모든 것을 용인하는 습관에서 탈각시키고 또 이 교의를 전적으로 정면에서 관찰하도록 노력시켜 보라. 그를 몰아서 마음의 세계에서 이 교의의 틀 밖에서 자라난 신선한 인간으로 전환시켜 보는 것이다. 또한 그밖에도 그를 몰아서 이 교의가 어떤 것으로 생각될지 대답해 보게 하라. 그럼 이건 완전히 미친 짓이라고 하지 않겠는가.

이러한 것을 생각하는 일은 극도로 이상하고 무서운 일이었지만, 역시 나는 이러한 상황을 인정하지 않을 수가 없었다. 다만 이것만이 어디에서나 그리스도의 가르침의 실행 가능성에 관해서 내가 들을 수 있는 무섭고 모순적인 무의미한 반론, 즉 '그리스도의 가르침은 훌륭하며 그것은 인간에게 행복을 주는 것이지만, 사람들은 도저히 그것을 행할 수 없다'는 것을 나에게 설명해 주었다.

존재하지 않는 것을 존재한다고 생각하고 존재하고 있는 것을 존재하지 않는다고 생각하는 이 놀라운 모순으로 결론이 이끌어질 수밖에 없었다. 나는 이러한 거짓 표현을 1,500년 동안 내려온 사이비 기독교 신학에서 발견한 것이다.

그리스도의 가르침이 훌륭하지만 그 실행은 불가능하다고 하는 모순적인 말은, 신앙을 가진 자들만 하는 소리가 아니라 믿지 않는 자, 다시 말해 죄업과 속죄의 가르침을 믿지 않거나 혹은 믿지 않는다고 생각하는 자들도 하는 것이다. 그리스도의 가르침에 대해서 실천 불가능한 교의라고 하는 사람들 가운데에는 이밖에도 학자·철학자를 위시하여 일반적으로 교육을 받은 사람, 즉 자기를 모든 미신에서 해방된 존재라고 자부하는 자들도 있다. 그들은 아무것도 믿지 않거나 아무것도 믿지 않는다고 생각한다. 나도 처음에는 이렇게 생각했다. 나 또한 이런 학자들이 그리스도의 가르침의 실행을 부정하기 위한 별개의 근거를 가지고 있다고 생각해왔다. 그러나 그들을 부정하게 만드는 그 근거를 더 깊이 통찰하게 되자, 나는 신앙이 없는 사람들도, 그들의 생활 역시 현재 존재하고 있는 것이 아니라 상상의 세계에서 존재하고 있음을 깨달았고, 그들도 기독교 신앙을 가진 사람들이 그러한 것처럼, 동일하게 그릇된 믿음을 가지고 있다는 걸 확신했다. 자기를 무신론자라고 인정하고 있는 사람들은 실제로 신도 예수도 아담도 믿고 있지 않지만, 그것을 기초로 모든 것이 수립되어 있는, 축복받은 생활에 관한 인간의 권리에 대해 본질적으로 신학자들과 같은 혹은 그보다 더 굳은, 그릇된 미망을 품고 있었던 것이다.

특권적 과학이 철학과 더불어 자기들이 인간의 지혜의 결정자이며 지도자라고 주장하면서 제아무리 뽐낸다 하더라도 역시 그들은 리더가 아니라 하인, 즉 종servant이다. 삶의 세계관은 늘 종교에 의해 조종되어 과학으로 나타난다. 또 과학은 종교가 지시한 진로에 따라서 활동할 뿐이다. 종교는 인간 생활의 의의를 지시한다. 그리고 과학은 그 의의를 인생의 여러 가지 방면에 적용하는 것이다. 만일 종교가 인생의 그릇된 의의를 제시한다면 이러한 부정적 세계관 위에 배양된 과학은 여러 방면에 걸쳐 이 그릇된 의의를 사람들의 생활에 적용하게 될 것이다. 바로 이러한 현상이 서구 기독교식 과학과 철학에서 발생하는 것이다.

교회의 가르침은 인간이 축복받은 생활을 영위할 권리를 가지고 있다는 것과 이 축복이 인간의 노력에 의하여 달성되는 것이 아니라, 그 어떤 외적인 것에 의하여 달성되는 것이라고 하는 것에, 인류 생활의 근본적 의의를 두었다. 그리고 이 세계관이 우리들의 모든 과학과 철학의 기본이 된다.

종교·과학·사회상식 3자는 이구동성으로 우리 인간이 보내고 있는 생활은 나쁜 것이지만, 어떻게 하면 우리 자신이 보다 더 좋아질 수 있고, 어떻게 하면 우리 생활을 보다 더 좋은 것으로 만들 수 있겠는가 하는 문제에 관한 가르침이 실행 불가능한 것이라고 주장한다.

인간 생활을 그들의 이성의 힘에 의하여 개선한다는 데 그 목표를 두고 있는 그리스도의 가르침은, 아담이 타락하였고 세계가 죄악 속에 잠겨 있기 때문에 그 가르침의 실행이 불가능하다고 종교도 말하는 것이다.

이 가르침을 실행할 수 없는 까닭은 인간 생활이 그 의지와는 무관하게 어떤 법칙에 의하여 수행되기 때문이라고 우리 철학은 말한다. 철학은 물론 모든 학문은 원죄와 대속을 교의의 근거로 삼고 있는 종교가 말하는 것과 완전히 동일한 내용을 다른 말로 되풀이하는 데 지나지 않는다.

속죄의 가르침에는 모든 것이 그 근거로 삼고 있는 두 개의 명제가 존재한다. 1)인간적이고 합법적인 생활은 축복받은 삶이고, 세속적인 생활은 인간의 노력으로써 교정하기 어려운 나쁜 생활이다. 2)이러한 생활로부터의 구제는 믿음, 곧 신앙에 있다.

이 두 가지 명제가 사이비 기독교 사회의 신앙인과 무신론자 세계관의 기조가 되었다. 제2명제에서 여러 가지 기구, 시설을 가지고 있는 교회가 파생되었다. 또 제1명제로부터는 사회여론, 철학과 정치이론이 생기게 되었다.

현존하는 사회질서를 시인하는 모든 철학이론과 정치이론 또는 헤겔철학과 그 제자들의 소설은 모두가 이 명제 위에 수립되어 있다. 인생에 대해서 인생이 줄 수 없는 것을 요구하며, 또 그 결과 인생에 대해서 부정하게 되는 염세주의 회의론 또한 그 이상 아무것도 아니다.

유물론도 마찬가지로 인간은 진보하는 것 그 이상은 아니며, 그렇기에 이 세상의 생활을 타락된 생활이라고 인정하는 그러한 교의의 적자가 된다. 유물론주의자들과 함께 강신술은 과학과 철학의 견해가 결코 자유로운 사상이 아니라, 축복받은 영원한 생명이 인간에 있어 본유한 것이라는 종교의 가르침에 그 기초를 두고 있다는 반증인 것이다.

인생의 의의에 대한 이같은 왜곡된 해석은 인간의 모든 합리적 활동을 망쳐 놓고 말았다. 인간의 타락과 속죄의 교리, 즉 속죄주의는 인간에 대해서 삶의 가장 중요하고 합리적인 영역을 삐뚤어지게 하였다. 또 인간 본유의 의미를 상실하게 만들어 보다 더 훌륭한 존재가 되기 위해서 무엇을 실천하지 않으면 안되느냐 하는 것에 관한 지식을 배제시켰다. 과학과 철학은 자기들이야말로 사이비 기독교에 적대적으로 작용한다고 제멋대로 상상하며, 그것을 자부하면서도 실제로는 그것에 종노릇하고 있는 것이다. 과학과 철학은 닥치는 대로 모든 문제에 대해 논하지만, 그러한 인간이 보다 더 나은 존재가 되고, 보다 더 좋은 생활을 영위할 수가 있을까 하는 문제만큼은 논하지 않는다. 윤리학이라고 일컬어지는 것은 사이비 기독교 세상에서 완전히 그 모습을 감추었다.

신앙인이든 무신론자든 똑같이, 어떻게 살아갈 것이며 또 우리에게 주어진 이성을 어떻게 사용할 것인가에 관해서는 자문하지 않는다. 그리고 그들은 왜 우리 인생은 마땅히 그러리라고 상상하는 그러한 것이 아니며, 또 언제 우리들이 원하는 그러한 인생이 올 것인가에 대해서 자신한테 묻고는 (답이 없어) 한탄하는 것이다.

우리들의 조상 이래 몇 세대에 걸쳐 사람들의 피, 즉 유전 형질에 침투해 들어온 이 그릇된 교의 덕택으로, 전설에 따르면 인간이 낙원에서 선악을 알게 해주는 과일을 먹고는 다시 내뱉어 버린 놀라운 일이 벌어졌고, 원래 인간의 역사는 이성적 본성과 동물적 본성의 모순을 해결하기 위해서였다는 사실을 잊고서, 자신의 이성을 남용해 오로지 동물적 욕구의 충족을 정당하다고 변호해줄 허위의 학문을 발견하는 것으로 인류의 시간을 다 써버리고 만 것이다.

우리가 아는 사이비 기독교 세계의 철학적 가르침을 제외한 모든 민족의 종교철학적 가르침, 즉 유대교·유교·불교·브라만교·그리스 철학 같은 모든 가르침은 인생의 재건과 인간이 어떻게 더 잘 살고 더 나은 존재가 될 수 있을지에 대해 인간에게 가르치는 것을 그 목적으로 삼고 있다. 유교의 본질은 개인적 완성이며, 유대교의 본질은 신과의 약속에 대한 각 개인의 조건이행이고, 불교의 본질은 악한 생활로부터 스스로를 구제하는 방법의 발견이다. 소크라테스는 이성이라는 이름으로 개인의 완성을 가르쳤고, 스토아학파는 합리적인 자유를 참된 생활의 유일한 기초로 인정하였던 것이다.

모든 인간의 이성적인 활동은 늘 그래왔듯이 오직 하나, 선을 향한 이성의 등불(계몽)에 있다. 우리 철학은 자유의지라는 것을 착각이나 망상이라고 말하고는, 이렇게 말할 수 있었던 용기를 굉장히 자랑스러워 한다. 그러나 자유의지는 착각이자 망상일 뿐 아니라, 아무 의미도 없는 단어이다. 그 단어는 신학자와 법의학자들이 고안해 낸 공허한 말에 지나지 않으며, 이러한 말을 논의한다고 하는 것은 풍차와 싸우는 것과 다를 바 없다. 그러나 우리들의 생활을 비춰주고 이끌어 우리 자신을 변화시키는 이성은 망상이 아니며, 절대로 부정할 수 없는 것이다. 인류의 모든 참된 교사들의 가르침과 그리스도의 모든 가르침 속에는 이성을 따라 선에 이르는 과정이 나타나 있으며, 따라서 이성을 이성에 의하여 부인한다고 하는 것은 절대 불가하다.

그리스도의 가르침은 만인에게 보편적인 가르침, 즉 사람 아들에 관한 가르침, 모든 사람들에게 공통된 행복의 추구에 관한 가르침, 이 정진의 길을 비춰주는 만인에게 공유된 이성에 관한 가르침이다. ('사람 아들'이 사람의 아들을 의미한다는 것을 증명한다는 것은 전혀 무의미한 일이다. '사람 아들'이라는 말에 의해서 이 말이 의미하는 것 대신에 다른 어떠한 것을 이해시키려면 그리스도가 자기를 말하고자 한 바를 명시할 목적으로 전혀 다른 의의를 가지고 있는 말을 일부러 사용했다는 것을 증명해야 한다. 그러나 교회가 그것을 바라고 있는 것처럼 가령 사람의 아들이 신의 아들을 의미하는 것이라고 하더라도, 여전히 사람 아들은 그 본질로 보아서 인간을 의미한다. 예수는 모든 인간을 신의 아들이라고 부르고 있기 때문이다.)

　　사람의 아들, 곧 신의 아들에 관한 그리스도의 가르침은 복음서 전체의 기초를 이루고 있으며, 그것이 가장 명료하게 표현되어 있는 대목은 예수와 니고데모와의 대화에서 살펴볼 수 있다. 그리스도가 말했다. "인간은 그 누구나 다 살덩어리인 어머니의 모태 속에서 남자인 아버지에 의하여 생겨났다는 육체적이고 개인적인 생활의 자각 이외에, 자기가 하늘에서 태어났다는 것을 의식하지 않을 수가 없다(《요한복음》 3장 5~7절). 인간이 자기 내부에서 자유로운 존재라고 인정하는 것, 실로 이것이야말로 무한한 것으로부터의 탄생, 즉 우리들이 신이라고 명명하는 것으로부터의 재탄생이다(11~14절). 하나님으로부터 태어난 이 존재, 즉 인간 속에 있는 신의 아들을 우리들은 참된 생활을 얻기 위해서 우리들 내부에서 고양시키지 않으면 안 된다(14~17절). 사람의 아들은 신의 아들이다(독생자는 아님). 자기 내부에서 신의 아들을 다른 모든 것 이상으로 높은 곳에 올려놓는 자, 이러한 활동에만 참된 생활이 있다고 믿는 자는 생명으로부터 분리되지 않을 것이다"(18~21절). (생명의 말씀이 있는 〈요한복음〉에서 말씀하고 있는 그 빛 안에 생명이 있고, 또 그 생명 안에 사람들의 빛이 있다.)

신의 아들인 그리스도는 사람들의 빛인 사람의 아들을 다른 모든 것 위에다 올려놓아야 한다고 우리들에게 가르쳤다. "너희는 사람의 아들을 높이는 데 있어, 내가 무엇 하나 다른 의견을 말하고 있지 않는 것을 잘 알 것이다"(〈요한복음〉 12장 32절, 44절, 49절). 이 유대인은 이 가르침을 이해하지 못하고 이렇게 묻는다. "높여져야 할 사람의 아들은 누구입니까?"(12장 34절). 이 질문에 대해서 그리스도는 다음과 같이 대답한다(12장 35절). "아직 잠시 동안 빛이 너희 중에[15] 있으니 빛이 있을 동안에 다녀 어두움에 붙잡히지 않게 하라. 어두움에 다니는 자는 그 가는 바를 알지 못하느니라." 사람의 아들을 높인다는 것은 어떤 뜻이냐 하는 질문에 대해 그리스도는 다음과 같이 대답했던 것이다. "사람들 안에 있는 빛 속에서 살아야 한다."

사람의 아들은 예수의 대답에 따르면, 빛이 있는 동안 사람

---

[15] 모든 교회의 번역에서는 이 부분을 고의적으로 잘못 번역했다. '너희 중에ἐν ὑμῖν'라는 단어 대신, 이 말씀이 있는 모든 곳에서 '너희와 함께'라는 단어가 쓰여 있던 것이다.

이 마땅히 따라야 할 그 빛이다(〈누가복음〉 11장 35절). "그러므로 네 속에 있는 빛이 어둡지 아니한가 보라!"(〈마태복음〉 6장 23절). "눈이 나쁘면 온몸이 어두울 것이니 그러므로 네게 있는 빛이 어두우면 그 어두움이 얼마나 하겠느뇨?" 이렇게 말하면서 그는 모든 이를 가르쳤다.

그리스도 이전에도 이후에도 사람들은 이와 똑같은 말을 한다. "인간 안에는 하늘에서 내려온 신의 빛이 산다. 이 빛은 이성이다." 이 빛에만 따라야 한다. 그리고 그 빛 안에서 복(선)을 찾아야 한다. 브라만교 교사들, 히브리 선지자들, 유가, 소크라테스, 마르쿠스 아우렐리우스, 에픽테토스, 그리고 철학이론의 저자가 아닌, 자신과 모든 이를 위한 복을 위해 진리를 구도한 모든 현자들은 이렇게 말한다.[16]

그런데 우리는 뜬금없이 속죄주의에 따라 인간의 내부에 있는 이 빛에 관해서 말하거나 생각하는 것을 꺼리고 있으며 그

16　마르쿠스 아우렐리우스는 이렇게 말한다. "이 지구상에서 무엇보다도 위력적인, 만물을 이용하고 모든 것을 지배하는 것을 존경하라. 네 가슴 속에서 가장 위력적인 것 또한 존경하라. 후자는 전자와 그 의미하는 바와 진배없다. 왜냐하면 후자 또한 너희 마음속에 있는 것을 이용하며, 너희 생활을 지배하는 존재이기 때문이다."

에픽테토스는 이렇게 말한다. "신은 자기의 씨를 나의 아버지와 조상들뿐만 아니라, 이 지상에 있는 모든 만유에, 특히 이성을 가지고 있는 존재들 속에 뿌렸다. 왜냐하면 그들은 이성을 통해 신과 관계를 맺고 이성에 의하여 신과 하나가 되기 때문이다."

공자의 책에는 이런 말이 나온다. "위대한 학문의 법칙은 우리들이 하늘로부터 이어받은 이성의 빛의 근원을 발달시키고 회복시키는 데 있다." 이 명제는 몇 번씩 반복되어 있으며, 이는 유교 가르침의 대전제이다.

럴 필요가 없다고 인정하기에 이르렀다. 신앙인이라고 하는 사람들이 말한다. "삼위일체의 몇 번째 얼굴이 어떠한 본성을 가지고 있으며, 어떠한 계시가 이루어지거나 혹은 이루어지면 안 되는가? 왜냐하면 인간의 구원은 우리 각자의 노력으로 생기는 것이 아니라, 삼위일체와 계시의 그 올바른 수행에 의해서 이루어지는 것이기 때문이다." 믿지 않는 자들은 말한다. "어떠한 법칙에 의하여, 물질의 0으로 수렴되는 극한값과 무한한 공간에 있어 무한한 시간에 의해 운동을 하느냐 하는 것인지 생각해 보아야 한다. 그러나 인간의 이성이 자기 행복을 위해서 무엇을 요구하느냐에 관해서는 생각할 겨를이 없다. 왜냐하면 인간 상태의 개선은 이러한 생각에서 생기는 것이 아니라, 우리들이 발견하는 보편타당한 법칙에서 생기기 때문이다."

나는 확신한다. 이제부터 몇 세기가 지난 후, 최근 유럽인의 찬란한 '학문적 활동'의 역사는 미래의 후손들에게 끝없는 조소와 동정의 대상이 될 것임. 수세기 동안 광활한 대륙에 자리 잡고 있는 소수의 학자들은 영원한 복음이 자기들에게 있다고 상상하고는 미친 전염병을 이리저리 옮기며 다니고 있다. 그리고는 어떠한 법칙에 의해서 자기들을 위한 생활이 다가올 것이냐는 문제를 탐구하기 위해 갖가지 종류의 연구에 종사하는 것이다. 그러면서도 자기로서는 무엇 하나 아는 일이 없었으며, 자기 생활을 어떻게 해서 개선시켜 나가야 할지에 대해서는 무엇 하나 전혀 생각하는 일이 없었던 것이다. 미래의 역사가들이 한층 더 감동적으로 여길 것은, 이 역사가가 "보다 더 행복하게 살려면 무엇을 행해야 할 것인가를 명료하고도 결정적으로 그들에게 제시한 교사가 있었다는 것, 또 이 선생님의 말씀을 어떤 사람들은 그가 구름을 타고서 만사를 조종하러 올 것이라는 투로 설명하였고, 또 어떤 이들은 교사의 말씀은 좋지만 그것의 실천은 불가능하다. 왜냐하면 인간 생활은 우리들이 원하는 그런 것이 아니며, 따라서 연구할 가치가 없고 인간의 이성은 인간의 행복과는 아무런 관련도 없이 이 생활의 법칙 연구에 쓰여야만 하는 것이기 때문이라고 말했었다"라고, 학자들에게 말해줄 것이기 때문이다.

교회는 말한다. "예수의 계명은 실천 불가능하다. 왜냐하면 여기 이 지상에서의 생활은 참된 생활의 모방에 지나지 않기 때문이다. 이 땅에서의 생활은 천국에서의 삶과 같을 수가 없다. 이 세상은 악이다. 악한 세상에서의 삶을 지속해 나가는 최선의 방법은 그것을 경멸하고 신앙에 의해서, 즉 장래의 행복하고 영원한 생활에 대한 소망에 의해서 살며, 이 지상에서 남들과 달리 유별난 생활을 할 것 없이 그저 교회 생활을 열심히 하고 기도에 힘쓰면 되는 것이다."

철학, 과학, 사회상식은 말한다. "예수의 가르침은 실천 불가능하다. 왜냐하면 인간의 생활은 그것에 의하여 인간이 이 삶 자체를 비칠 수 있는 이성의 빛에 의거하는 것이 아니라 공동의 규칙에 의거하는 것이기 때문이다. 이 생활을 이성에 비추어보아 이성과 합치하는 방향으로 살 필요는 없는 것이고, 역사적·사회적 진보의 법칙과 기타 여러 가지 규칙에 따라 우리들의 생활이 저절로 극히 좋은 생활로 되어갈 것을 굳게 믿고 그렇게 우리들이 지극히 오랫동안 영위해온 생활을 계속 유지하면서 이생이 끝나는 날까지 남보다 유별난 생활을 하지 말아야 한다는, 바로 이것이야말로 이 세상에 필요한 일이다."

사람들이 대문으로 들어와, 그 마당에서 생활에 필요한 모든 것―모든 살림 도구들을 갖춘 집, 곡식이 가득히 들어 있는 곳간, 지하실 등을 발견한다. 마당에는 농기구, 마구, 말, 젖소, 양, 충분한 농사 시설 등 풍족한 생활을 위한 모든 요소가 갖추어져 있다. 사람들은 사방에서 이 농장으로 와 거기서 발견하는 모든 것을 이용한다. 각자는 그저 자기들을 위해서만 이용하며, 현재 자기들과 거기서 함께 살고 있는 사람들에게도, 또는 나중에 올 사람들에게도 무엇 하나 남기려고 생각하지 않는다. 각자가 오직 자기를 위해서만 모든 것을 가지려고 원한다. 각자는 이용 가능한 것을 이용하기 위해서 서두른다. 그 결과 모든 것의 투쟁이 시작된다. 물질의 점유를 위한 투쟁과 싸움이 시작된 것이다. 젖소와 털을 깎지 않은 양과 새끼를 달고 있는 양들을 죽여서 고기를 얻는다. 의자와 짐마차를 난로에 장작 대용으로 피운다. 우유와 곡식 때문에 싸운다. 그들은 이것을 제 손에 가지고 다니다가 흘리거나 흩트릴 때보다 더 심하게, 싸워서 흘리거나 흩트린다. 조용히 그중 한 조각만 먹는 사람은 아무도 없다. 먹고는 서로 으르렁댄다. 그중 힘센 놈이 와서 뺏어버린다. 그러자 또 한 놈이 와서 그 도둑놈에게서 물건을 모두 빼앗아간다.

갖은 고생을 다 겪은 후에 이제는 몽둥이와 배고픔에 시달린다. 그래서 농장을 떠난다. 또 다시 농장 주인은 그 농장에서 사람들이 마음 놓고 생활할 수 있도록 모든 것을 준비한다. 그래서 농장 안에는 다시 물건이 가득하다. 또다시 나그네들이 찾아든다. 그리하여 또 난투극이 벌어진다. 모든 것이 다시 허사가 되고 만다. 그리고 먼저와 같이, 곤욕을 맛본 후에 그들은 동료들과 주인에게 너무 준비가 덜 된 것 아니냐고 욕설과 분노를 퍼붓는다. 그리고는 다시 농장을 떠난다. 또다시 선량한 주인은 사람들이 거기서 생활할 수 있도록 농장을 다시 꾸민다. 그리고 앞서와 같은 일이 또 반복된다.

그런데 새로 오는 사람들 가운데 한 선생이 섞여 있어, 이 선생이 다른 사람에게 다음과 같이 말한다. "형제들이여! 우리들이 하는 짓은 잘못이요. 농장에 얼마나 많은 자재들이 있고 또 얼마나 모든 것이 효율적으로 정비되어 있는지를 보시오. 그것은 우리 모두에게 충분하고 또 우리 후에 올 사람들에게도 남을 양이요. 그러니 현명하게 살아봅시다. 서로 빼앗지 말고 서로 도웁시다. 씨를 뿌리고 밭을 갈며 가축을 기릅시다. 그렇게 하면 모든 사람들이 행복한 생활을 할 수 있을 것입니다." 몇 사람은 이 선생의 말을 이해한다. 이 선생의 말을 이해한 사람은 그 말을 실천에 옮긴다. 그들은 싸움을 하거나 서로 약탈하는 것을 그만두고 일하기 시작한다. 그러나 선생의 말을 듣지 않거나 혹은 듣고서도 그 말을 믿지 않았던 나머지 사람들은 선생의 말대로 행동하지 않고 여전히 싸움만 하다가 주인의 재산을 탕진하고 먼 곳으로 떠나버렸다. 다른 사람들이 와서 또 똑같은 일을 반복하였다. 선생의 말을 들은 사람들은 늘 자기들이 해야 할 말 한마디씩만 하였다. "싸우지 마라. 주인의 재산을 탕진하지 마라. 그렇게 하면 너희들은 보다 더 선량한 사람이 될 것이다. 선생 말대로 하는 것이 좋다." 그러나 아직도 선생의 말을 듣지 않는 사람들 또는 믿지 않는 사람들이 많았다. 그래서 오랫동안 전과 다름없는 일이 반복된다. 이것은 모두 예측 가능한 일이었다. 또 사람들이 선생의 말을 믿지 않는 동안은 이러한 상태가 계속될 것은 당연지사다. 그러나 드디어 때가 와서 마침내 농장 내의 모든 사람들이 선생의 말을 듣고 모두가 그것을 이해하게 되었다. 아니 그저 이해하였을 뿐 아니라, 이 말은 하나님이 선생을 통해 한 말씀임을 인정하게 되었다. 그리고 선생은 바로 하나님 본인이라고 생각하게 되었고, 또 모두는 선생이 말한 그 한마디 한마디가 다 신성한 것이라고 믿게 되었다. 하지만 그 후에 또다시 모든 사람들은 그 선생의 말씀대로 사는 것을 그만두고, 이후부터는 그 누구 하나 싸움을 싫어하는 사람이 없게 되었다. 모두가 서로 치고받고 하는 싸움을 다시 시작했고 이 일만이 절대 필요한 일이며, 다른 방도가 없고 다르게 살 수 없음을 우리는 확실히 깨달았다고 말하기 시작하는 것이다.

이게 도대체 어찌된 일인가? 가축들도 먹이를 무익하게 헛되이 없애지 않고 사이좋게 먹을 수 있도록 타협하고 있지 않은가. 그런데 인간만이 어떻게 하면 보다 낫게 살 수 있는가를

164

알고 있고 또 하나님이 우리들 인간에게 그러한 생활을 영위하라고 명령하였다고 하는 말을 믿고 있으면서, 어찌 이와 같이 사는 것이 불가능하다고 말하는가. 그 이유 하나만으로 우리는 보다 더 열악한 생활을 영위하고 있는데 말이다. 이러한 사람들은 그 어떤 진실하지 못한 것을 상상해온 사람들이다. 그렇다, 지금 말한 우화의 농장 사람들은 선생의 말을 믿은 후에도 여전히 그 전과 같은 생활을 지속하고, 서로 약탈을 일삼으며 재산과 자기 자신을 망하게 하기 위해서, 도대체 무엇을 상상했던 것일까? 선생은 그들에게 "이 농장에서의 너희들의 생활은 좋지 못하다. 보다 선하게 살라. 그러면 너희들의 생활은 좋은 삶이 될 것이다"라고 말했지만, 이들은 선생이 이 농장에 있어서의 모든 삶이 유죄라고 선언했으며, 또 자기들에게 이 농장에 있어서의 생활은 좋은 것이 아니라 어떤 다른 곳에 있어서의 별개의 좋은 삶이 약속되어진 것이라고 상상한 것이다. 그리고 그들은 이 농장이야말로 일시적인 환경이며, 이러한 곳은 잘 살아보려고 할 만한 가치가 없는 곳이며, 다만 다른 곳에서 약속된 그 좋은 생활을 헛되이 잃어버리지 않도록 마음을 쓰는 것만이 필요하다고 결정해버린 것이다. 이 선생을 신이자 현인이고, 그의 말을 옳은 말이라고 시인하면서도, 그가 조언하는 것과는 반대로, 예전 그대로의 생활을 계속하는 사람들의 행동은 이런 식으로 설명될 수 있을 것이다.

사람들은 모든 것을 들었고, 모든 것을 이해했다. 그러나 그들은 선생이 한 말씀 중에 "너희들은 너희들 자신의 행복을 너희 힘으로 여기서, 바로 너희들이 모여 있는 이 농장에서 창조하지 않으면 안 되는 것이다"라는 그 말씀 한마디만 듣지 못했던 것이다. 아니면 들었어도 이해하지 못했던 것이다. 그리고는 그 밖의 다른 어떤 곳에 참된 생활이 있다고 제멋대로 상상해버린 것이다. 그 결과, 선생의 말은 아주 훌륭하며, 하나님의 말씀이기도 하지만, 그것을 실천하기는 힘들다는, 놀라운 판단을 하게 된 것이다.

다만 사람들이 자기 자신을 멸망시키는 일을 그만두고 누군가가 와서 자기들을 도와줄 것이라고 기대하는 것을 그만두기만 한다면, 즉 나팔이 울리고 구름을 타고 인자가 와서, 역사의 법칙 혹은 미적분의 법칙이 도래하여 자기들을 도와줄 것이라고 기대하는 것을 그만두기만 한다면 ……. 하늘은 스스로 돕는 자를 돕는다. 스스로 돕지 않으면 아무도 도울 이가 없다. 또 자기가 자기를 도울 필요도 없다. 하늘로부터 땅으로부터 아무것도 기대하지 않고, 다만 자기가 자기를 멸망시키는 그러한 일만 안하면 되는 것이다.

8. 그리스도의 삶과 죽음은
만인의 구원과 삶에 바쳐질 것이다

그리스도의 가르침이 세상에 행복을 주는 것, 합리적이고 옳은 것이라고 전제하고, 인간은 이성을 기초로 이 가르침을 거부할 어떠한 권리도 없다고 가정해 보자. 이렇게 가정하더라도 그리스도의 계율을 실행하지 않는 사람들 사이에 혼자 끼어 있을 때 무엇을 할 수 있을까? 만일 모든 사람들이 갑자기 다같이 예수의 가르침을 실행할 것에 동의한다면 그때에는 그 실행이 가능할 법하다. 그러나 전 세계에 저항하여 자기 혼자만 전진하기란 불가능하다. "만일 그리스도의 가르침을 실행하지 않는 사람들의 세계에서 나 하나만 그것을 실행한다면" 사람들은 흔히 이렇게 말한다. "즉 자기가 가지고 있는 것을 남에게 내어 준다면, 자기 위안을 삼으려고 해서가 아니라 어떤 보상도 바라지 않고 왼쪽 뺨도 내민다면, 선서를 하고 전쟁에 나갈 것에 동의하지 않는다면, 이러한 경우 사람들은 나에게서 모든 것을 빼앗아가고 말 것이다. 굶어 죽지는 않더라도 나는 얻어맞아 죽을 것이다. 비록 맞아서 죽지 않는다 할지라도 감옥에 투옥되거나, 혹은 총살에 처해지고 말 것이다. 나는 내 모든 행복을 헛되이 희생하게 되고, 또 내 전 생애를 파멸시키는 결과를 초래할 것이다."

이러한 망상도 또한 그리스도의 가르침이 실천 불가능하다는 해석의 기초가 되어 있는, 예의 익숙한 그 오해를 기초로 하고 있다.

세상 사람들의 대부분은 흔히 이렇게 말하고, 나 또한 교회의 교의에서 충분히 해방되지 않고 인생에 관한 그리스도의 가르침을 온전한 의의에서 이해치 못하였을 때 이처럼 생각했다.

그리스도는 인생에 관한 가르침을 세상 사람들이 이것을 준수하지 않고 보내고 있는 파멸적인 삶으로부터 우리들을 구제하기 위해서 제창하고 있는 것이다. 그런데 우리들은 그의 가르침을 따르는 것은 기쁜 일이지만 자기 생활을 파멸시키는 일은 유감이라고 말한다. 그리스도는 유해한 생활로부터의 구원을 설교하고 있지만 우리는 지겹게 매일 똑같은 이 생활을 희생시켜 바치는 것을 애석하게 여기고 있다. 그 결과 우리는 우리들의 이 생활을 파멸적인 생활이라고는 인정하지 않는 것이다. 나는 현재의 이 삶이 진실한 나에게 종속된 귀중한 생활이라고 생각하고 있다. 그러나 세속적이며 사적인 생활이 실재적인 진짜 나에게 종속되어 있는 것이라고 해석하는 인식 속에,

그리스도의 가르침에 대한 이해를 방해하는 비합리적 오해가 가로놓여 있다. 그리스도는 세상 사람들이 각자의 개인적인 생활이 그 각자에 속해 있다고 생각하고 있는 잘못된 생각을 알고 있었다. 많은 설교와 금언을 통해 그리스도는 사람들이 그것을 삶이라고 부르는 삶의 허상을 거부하며, 세상 사람들이 자기 삶에 대한 어떤 권리도 없고, 참된 삶을 획득하기 전까지 그것은 삶이 아니라고 가르친 것이다.

삶의 구원에 관한 그리스도의 가르침을 이해하기 위해서는 우리는 무엇보다도 인간의 개인적 생활에 대해 모든 선지자들이 한 말, 솔로몬과 부처가 한 말, 세상의 모든 현인들이 한 말을 이해하지 않으면 안 된다. 파스칼이 말한 것처럼, 우리는 이 사실을 무시하고 우리의 시야를 가로막는 방패를 각자 앞에 쳐들고서 죽음의 구렁텅이를 향해서 달려갈 수도 있다. 그러나 인간의 고독한 생활이 어떠한 것이냐에 관해 일단 생각을 가다듬게 되자, 그와 동시에 이러한 생활 전체가, 만일 그것이 개인의 홀로된 생활에 지나지 않는다면 그것은 각 개인에 있어 아무런 의의도 없을뿐더러 인간의 감정과 이성, 또 인간의 모든 선한 것에 대한 짓궂은 조소에 불과하다는 것을 확신하게 될 것이다. 따라서 예수의 가르침을 이해하려면 무엇보다도 정신을 차려야 한다. 크게 깨닫고 반성해야 한다. 회심해야 한다. 회개$_{\mu\alpha\tau\dot{\alpha}\gamma o\iota\alpha}$, 즉 그리스도의 선구자인 세례 요한이 자기의 가르침을 전하면서 우리들 자신과 마찬가지로 혼란스러운 사람들에게 한 말이 우리의 가슴속에서 새겨져야 한다. 요한은 말한다. "무엇보다 회개하라, 반성하라, 그렇지 아니하면 너희들은 모두 파멸되리라." 또 그는 말한다. "도끼는 나무를 자르기 위해서 그 기둥 밑에 누워 있다. 죽음과 파멸은 각자의 발밑에 있다. 이것을 잊지 말고 다시 생각해 보아라." 그리고 그리스도도 그 설교를 시작하면서 항상 바로 이와 같은 말을 한다. "회개하라. 그렇지 아니하면 모두가 망하리라"(〈누가복음〉 13장 1~5절).

사람들은 빌라도에게 학살된 갈릴리 사람들의 죽음에 관해 그리스도에게 고했다. 그러자 그리스도는 다음과 같이 말한다. "너희는 이 갈릴리 사람들이 이같이 해를 입음으로써 모든 갈릴리 사람보다 죄가 더 있는 줄 아느냐? 그것이 아니라 너희에게 이르노니, 너희도 회개하지 아니하면 다 이와 같이 망하리라. 또 실로암에서 망대가 무너져 치여 죽은 열여덟 사람이 예루살렘에 거한 모든 사람보다 더 죄 있는 줄 아느냐? 너희도 만일 회개하지 아니하면 다 이와 같이 망하리라."

만일 그리스도가 오늘날의 러시아에서 태어났다면 그는 다음과 같이 말했을 것이다. 과연 너희들은 베로디체프의 서커스에서 불에 타 죽은 사람들이나 쿠쿠에프스키 제방에서 죽은 사람들[17]이 다른 사람보다 더 죄 없는 사람이라고 생각하는가? 자기 삶 속에서 멸망하지 않는 것을 발견하지 않는다면 모두가 다 그와 같이 멸망하고 말 것이다. 탑에 치여 죽은 사람들, 서커스에서 타 죽은 사람들의 죽음은 너희들을 공포에 떨게 한

---

17 톨스토이가 이 책을 집필할 당시 있었던 큰 재난 사고이다. —옮긴이

다. 그러나 그것과 마찬가지로 피할 수 없는 죽음이 너희들을 기다린다. 너희들은 그것을 잊으려고 해도 소용없다. 그것은 갑자기, 불현듯 찾아온다.

그리스도는 말한다(〈누가복음〉 12장 54~57절). "너희가 구름이 서에서 일어남을 보면 곧 말하기를 소나기가 오리라 하나니 과연 그러하고, 남풍이 붊을 보면 말하기를 심히 더우리라 하나니 과연 그러하니라. 외식하는 자여, 너희가 천지의 기상은 분변할 줄 알면서 어찌 이 시대는 분변치 못하느냐? 또 어찌하여 옳은 것을 스스로 판단치 아니하느냐?"

다음날 날씨는 예고할 수 있으면서, 어찌 당신들의 신상에 어떤 일이 일어날지는 모르는가? 위험을 피한다 하더라도, 제아무리 자기 생명을 위한다 하더라도, 또 빌라도에게 피살되지 않았다 하더라도, 쓰러지는 탑에 눌리어 죽고 말 것이다. 빌라도에게 피살되지도 않고, 또 탑에 눌려 죽지도 않는다 하더라도 결국 침대 위에 한층 더 큰 고통 속에서 죽고 말 것이다.

무엇을 계획할 때, 탑을 세운다거나 혹은 전쟁에 나간다거나 혹은 공장을 세운다거나 할 때처럼 간단히 계획을 세워 보라. 그들은 계획을 세우고는 합리적인 목표에 도달할 수 있는 사업에 대해서 노력을 경주한다.

〈누가복음〉 14장 28~31절. "너희 중에 누군가 망대를 세우고자 할진대 자기의 가진 것이 준공하기까지에 족할지를 먼저 앉아, 그 비용을 예산하지 아니하겠느냐? 그렇지 아니하여 그 기초만 쌓고 능히 이루지 못하면 보는 자가 다 비웃어, 가로되

이 사람이 역사를 시작하고 능히 이루지 못하였다 하리라. 또 어느 임금이 다른 임금과 싸우러 갈 때에 먼저 앉아 1만으로서 저 2만을 가지고 오는 자를 대적할 수 있을지 헤아리지 아니하겠느냐?"

아무리 노력을 한다손 치더라도 절대로 그 성취가 불가능한 일에 관해서 애를 쓴다는 것은 참으로 무의미한 일이다. 죽음은 늘 세속적인 행복이 이루어지기 전에 도래한다. 그러므로 만일 당신이 미리 제아무리 죽음과 투쟁을 한다 해도, 지는 쪽은 이쪽이며, 죽음이 아니라고 하는 것을 알고 있다면 그러한 상대와의 투쟁을 단념하고는 자기 마음을 망하는 쪽에 놓지 않고, 피치 못할 죽음에 의해서도 파괴되지 않을 그러한 일을 찾는 편이 더 낫지 않은가?

〈누가복음〉 12장 22~27절. "그러므로 내가 너희에게 이르노니 너희 목숨을 위하여 무엇을 먹을까, 몸을 위하여 무엇을 입을까 염려하지 마라. 목숨이 음식보다 중하고 몸이 의복보다 중하니라. 까마귀를 생각하라. 심지도 아니하고 거두지도 아니하며 골방도 없고 창고도 없으되 하나님이 기르시나니, 너희는 새보다 얼마나 더 귀하냐? 또 너희 중에 누가 염려함으로 그 키를 한 자나 더할 수 있느냐? 그런즉 지극히 작은 것이라도 능치 못하거든 어찌 그 다른 것을 염려하느냐? 백합화를 생각하여 보아라. 실로 만들지 않고 짜지도 아니하느니라. 그러나 내가 너희에게 말하노니 솔로몬의 모든 영광으로도 입은 것이 이 꽃 하나만 같지 못하였느니라."

육체와 음식에 관해서 제아무리 걱정한다 하더라도, 아무도 자기 몸에 단 한 시간의 나이도 덧붙일 수 없다.[18] 따라서 너희들이 행할 수 없는 일에 관해서 분노하는 것만큼 쓸데없는 짓이 있을까?

당신은 분명 자기 생이 죽음으로 끝난다고 하는 걸 잘 알고 있는데, 자기 생을 재산과 같이 보호하려고 한다. 그래서 화낸다. 하지만 진짜 재산으로도 생이 보증될 수는 없다. 이는 참으로 웃음이 나오는, 스스로 자신을 속이는 기만이다.

삶을 우리 자신이 아니라, 인간의 소유물 또는 획득물로 여기는 생각은 그릇된 것이다. 그리스도가 말한 바에 따르면, 삶은 반드시 다른 어떤 것이 되어야 한다.

그는 말한다. 〈누가복음〉 12장 17~21절. "심중에 생각하여 가로되 내가 곡식을 쌓아 둘 곳이 없으니 어찌할고 하고, 또 가로되 내가 이렇게 하리라. 내 곡간을 헐고 더 크게 지어 내 모든 곡식과 물건을 거기 쌓아 두리라. 또 내가 내 영혼에게 이르되 영혼아 여러 해 쓸 물건을 많이 쌓아 두었으니 평안히 쉬고 먹고 마시고 즐거워하자, 하리라 하데, 하나님은 이르시되 어리석은 자여. 오늘밤에 네 영혼을 도로 찾으리니 그러면 네가 예비한 것이 뉘 것이 되겠느냐 하셨으니, 자기를 위하여 재물을 쌓아 두고 하나님께 대하여 부요치 못한 자가 이와 같으니라."

---

18 이 말씀은 번역이 약간 부정확하다. ἡλικία라는 말은 나이, 삶의 시간이라는 뜻이다. 따라서 이 문장의 전체 표현은 '삶의 시간을 덧붙일 수 없다'이다.

죽음은 언제나 모든 순간에 우리 앞에 서 있다. 그래서 다음과 같은 것이다(〈누가복음〉 12장 35~36절 38~40절). "허리에 띠를 띠고 등불을 켜고 서 있으라. 너희는 마치 그 주인이 혼인집에서 돌아와 문을 두드리면 곧 열어주려고 기다리는 사람과 같이 되라. 주인이 와서 깨어 있는 것을 보면 그 종들은 복이 있으리로다. 주인이 혹 이경에나 혹 삼경에 이르러서도 종들의 이같이 하는 것을 보면 그 종들은 복이 있으리로다. 너희도 아는 바니, 집주인이 만일 도적이 어느 때에 이를 줄 알았다면 그 집을 뚫지 못하게 하였으리라. 이러므로 너희도 예비하고 있으라. 생각지 않은 때에 인자가 오리라 하시니라."

이 구절은 신랑을 기다리고 있는 처녀들에 대한 비유의 격언과 세계의 완성과 최후의 무서운 심판에 관한 비유의 금언까지도 담고 있다. 모든 해설가들은 이 구절에서 '종말이라고 하는 하나의 의미 외에, 한시도 빠짐없이 우리들 앞에 서 있는 죽음의 의미'까지도 해석해낸다.

죽음, 죽음, 죽음이 매 순간마다 당신들을 기다린다. 당신들의 삶은 죽음 직전에서 이루어지고 있다. 제아무리 당신들이 미래를 위해서 혼자 노력하고 있다고 하더라도, 유일한 것, 즉 죽음이 너희들을 기다리고 있다는 것만은 알고 있을 것이다. 그리고 이 죽음은 당신들이 노력으로 일구어낸 모든 것을 파괴한다. 즉 자기를 위한 생활은 전혀 아무런 의의도 가지고 있지 않은 것이다. 만일 올바르고 합리적인 생활이 있다고 한다면, 그것은 그 어떤 다른 곳에서 발견해야 한다. 즉 미래에 있어서의 자기를 위한 생활을 목적으로 두지 않은 그러한 삶이 아니면 안 된다. 올바르고 합리적인 생활을 보내려고 작정한다면 죽음에 의하여 파괴되지 않을 그러한 견실한 생활을 영위하지 않으면 안 된다.

〈누가복음〉 10장 41절. "마르다야! 마르다야! 네가 많은 일로 염려하고 근심하나, 그러나 한 가지만이라도 족하니라."

우리들이 자기를 위해서 행하는 무수히 많은 일들은 미래의 우리들에게는 필요 없는 일이다. 그것은 모두가 기만이며, 우리들은 그것에 의하여 자기 자신을 속이고 있는 것이다. 필요한 것이라고는 다만 하나밖에 없다.

이 지상에 태어난 날부터 사람들의 위신은 이미 정해져 있다. 그것은 다름 아닌 피할 수 없는 죽음이다. 만일 우리가 참된 생활을 위해서 필요한 이 유일한 깨달음을 얻지 못한다면 불가피한 패망─무의미한 삶과 무의미한 죽음─이 우리를 반드시 기다릴 것이다. 또 그리스도는 참된 생활을 주는 이 유일한 것을 우리들에게 계시하신다. 그가 이것을 고안해낸 것도 아니고, 하나님의 권력으로 이것을 주겠다고 약속한 것도 아니다. 그는 다만 사람들에게 의심할 여지도 없는 기만인 개인 생활과 더불어, 기만이 아닌 그 자체로 존재하는 것에 대해 계시하고 있을 뿐이다.

포도원의 비유(〈마태복음〉 21장 33~42절)에서는 그리스도가 사람들로부터 이 진리를 은폐하여 그들로 하여금 참된 생활의 허상에 지나지 않는 자기의 개인 생활을 참된 생활이라고 생각하게 하는, 그러한 사람들의 잘못된 생각에 대해서 설명한다.

주인의 영지에서 사는 사람들은 그동안 자신들이 그 포도원의 주인이라고 상상하게 되었다. 그리고 이 그릇된 생각에서 그들의 여러 가지 잔인하고 미친 행위들이 발생하게 되었고, 추방과 그 생활로부터 제명되거나 했다. 이와 마찬가지로 우리들도 또한 '우리들 각 개인의 삶은 우리들 각자의 소유이며 따라서 내 소유물을 마음대로 할 수 있는 권리가 있고, 누구에게도 아무런 의무를 질 필요는 없으며, 결국 마음대로 이것을 해도 상관없다'는 생각을 하게 된 것이다. 속으로 이러한 상상을 한 우리들에게, 잔인하고 미친 행위와 농부 생활로부터 제명되어버린 것과 마찬가지 일이 벌어진 것이다. 그리고 농부들[19]이 잔인하면 잔인할수록 한층 더 자기들은 사회의 보증을 받을 것이라고 상상한 것과 똑같은 생각을 (그들은 주인이 보낸 파견인과 심지어 주인의 아들까지 살해한다) 우리들도 하는 것이다.

주인에게도, 또 그 누구에게도 포도원에서 나는 열매를 주지 않는 그들이 주인에 의해 쫓겨나는 것이 당연지사이듯, 개인 생활을 진정한 생활이라고 상상한 사람들 또한 이와 같은 결말을 볼 것이다. 죽음이 그들을 생生으로부터 추방하여 새로운 사람들로 바꿔놓을 것이다. 하지만 이것은 처벌로서가 아니라, 본인들이 삶을 이해하지 못했기 때문이다. 포도원에서 살고 있

---

19 농부는 '크리스치아닌', 기독교인은 '흐리스치아닌'으로 러시아어로 발음이 거의 같다.—옮긴이

는 사람들이 울타리에 둘러싸여 있고 우물이 있는 이 포도원이 자기들, 즉 소작농에게 대여된(따라서 십일조만 그 주인에게 바치면 되는[20]) 농지인 점, 누가 이 시설을 위해서 과거에 열심히 일했냐는 점, 따라서 자기들에게도 일을 할 것이라는 기대가 있는 것을 잊어버렸거나 혹은 알려고 하지 않고 개인 생활에 골몰하고 있는 사람들 역시 그들을 위하여 그들이 세상에 태어나기 전 이루어진 모든 것을, 또는 그들이 이 세상에 존재하고 있는 동안에 이루어지고 있는 모든 것을 잊어버렸거나 잊어버리기를 원하고 있는 것이다. 그들은 자기들이 이용하고 있는 생의 행복이 모두 이미 주어진 것, 또 현재에도 주어지고 있는 것이기에 다시 양도하거나 돌려줘야 할 것을, 스스로 잊어버리려고 하는 것이다.

이와 같은 인생관을 회개μετάγοια한다는 것, 그리스도가 〈누가복음〉 마지막에서 말하고 있듯이, 바로 이것이야말로 그의 참 가르침의 주춧돌[21]이다. 그리스도의 가르침에 따르면, 포도

---

20 교회는 그러한 의미에서 십일조 헌금을 받는다. 즉 교회가 하나님의 대리기관이라는 사상에서다. 물론 교회에서 하나님의 말씀을 가르치는 사람들도 먹고살아야 하고, 실제로 구약시대에는 제사장지파를 위해 십일조를 지불하라는 하나님의 명도 있었다. 그러나 우리가 하나님의 영광을 드러내는 삶을 살면, 이를테면 사람들을 회개하도록 가르친다든지 하면, 이미 하나님은 그 영광을 받으신다. —옮긴이

21 톨스토이는 성경에서 이 부분의 비유를 따온 듯하다. 아니면 러시아어 자체가 교회 슬라브어이기 때문인지, 예수가 다른 곳에서는 보잘것없는 모퉁이 돌이지만, 이 돌이 엄청난 건물의 초석이자 주춧돌이 된다는 말씀에 따라, 이곳에서 모퉁이 돌краеугольный камень이라는 단어를 선택했다. 그러나 의역하자면 주춧돌이라 해야 맞을 것이다. —옮긴이

원의 소작농들은 자기들이 포도원에서 경작하지 못하게 된 때에 이르러, 그제는 주인에게 갚을 수 없게 된 빚을 졌었다는 점을 깨닫고, 당연히 이전의 삶에 감지덕지했어야 함을 알고 후회한다. 이와 마찬가지로 대부분의 세상 사람들도 출생부터 죽을 때까지 언제나, 누구에게나, 즉 자기들보다 먼저 살았던 사람들이나 현재 살고 있는 사람들, 또한 앞으로 살아갈 사람들에 관해서, 또한 모든 것의 근본이었고, 현재에도 장래에도 근본임에 틀림없을 그분에게 빚을 지고 있다는 것을 알아야 한다. (그것이 의무이자 우리의 빚이다.) 이와 같은 말씀을 그리스도는 수차례 반복했다.

참된 생활이란 과거의 생활을 계속하며, 현재의 복리에 협동해서, 미래의 복리를 준비하는 것일 테다.

이러한 생활의 참가자가 되고 싶다면, 인간은 자기의지를 버리고 사람의 아들에게 삶을 선사한 아버지의 의지를 실천해야 한다.

〈요한복음〉 8장 35절처럼 그리스도는 같은 의미를 가진 말씀을 다른 데서도 말한다. "주인의 의지가 아닌 자기 의지를 행하는 노예는 주인의 집에 영원히 거하지 못한다. 다만 주 하나님 아버지의 의지를 행하는 아들만이 영원히 살 것이다."

생명의 아버지가 갖고 있는 의지는 각 개인에게 동떨어진 어떤 것이 아니라 만인이 품고 있는 유일한 사람의 아들[22]의 그것이다. 따라서 인간이 자기 생과 재능을 담보로 모든 이의 생에 봉사하는, 자기를 위해서가 아닌 '사람의 아들'을 이롭게 하기 위해서 쓸 때 그 생을 보존할 수 있는 것이다.

〈마태복음〉 25장 14~46절. "주인이 타국에 갈 제, 그 종들 한 명 한 명을 불러 자기 소유를 맡김과 같으니, 각각 그 재능대로 하나에게는 금 다섯 달란트를, 하나에게는 두 달란트를, 하나에게 한 달란트를 아무 말도 없이 그냥 거저 나눠주고 떠났더니, 어떤 노예는 한 달란트를 어떻게 사용하여야 하는가에 대한 주인의 명을 듣지 않았지만, 재산이 그들의 것이 아니라 주인의 것이라는 것, 재산을 늘려야 하겠다는 것을 깨닫고 주인을 위해서 열심히 일했다. 주인을 위해서 일을 한 종들은 주인의 생활에 관여하게 되었지만, 일하지 않은 자는 그 주어진 한 달란트마저 도로 빼앗겨버린 것이다."

사람의 아들의 생이 모든 이에게도 주어져 있지만, 왜 그것이 모든 이에게 주어져 있는지 그들에게 말씀되어 있지는 않다. 어떤 사람들은 생이 자기들 소유가 아니라 선물로 주어진 것이며 따라서 그것을 이해하여, 사람의 아들의 생에 봉사해야만 한다는 것을 이해하고는 그대로 생활하고 있다. 그러나 어떤 이들은 생의 목적을 이해하지 못했다는 구실을 대며 생에 봉사하지 않는다. 그러기 때문에 생에 봉사하는 사람들은 생의 본원과 합류하고, 봉사하지 않는 자들은 생을 상실한다. 그리

---

22 '사람의 아들'이란 앞서 톨스토이가 밝혔듯이, 신의 아들 즉 독생자 예수 그리스도와 그 의미의 차이를 확실히 두고자 톨스토이가 고안해 낸 단어다. 이러한 단어가 성경에도 간혹 등장하며, 이 단어는 인간에게서 태어난 인간, 즉 인류를 뜻한다.―옮긴이

스도는 〈마태복음〉 25장 1절부터 46절에 이르기까지, 사람의 아들에 대한 봉사가 무엇으로 구성되어 있는지, 또 이 섬김에 따른 어떠한 보상이 있을지 설명한다. 그리스도의 표현에 따르면, 사람의 아들을 왕에 비유해서 말한다(34절). "내 아버지께 복 받을 자들이여, 나아와 창세로부터 너희를 위하여 예비된 나라를 상속하라. 내가 주릴 때 너희가 먹을 것을 주었고, 목마를 때 마시게 하였고, 나그네 되었을 때에 영접하였고, 벗었을 때 옷을 입혀주었고, 병들었을 때 돌보아주었고, 옥에 갇혔을 때에 와서 보았느니라. 여기 내 형제 중에 지극히 작은 자 하나에게 한 것이 곧 내게 한 것이니라. 이 지극히 작은 자 한 명에게 하지 아니한 것이 내게 하지 아니한 것이니라. 그러므로 너희는 영생에 들어가리라."

그리스도가 모든 복음을 통해 가르치고 있는 것은 영생, 영원한 생명(삶, 生)뿐이다. 그러나 예수 그리스도에 대해 이러한 말을 한다는 것이 참으로 이상하게 들릴지 모르겠지만, 개인적으로 부활하였다 하고 또 만인을 부활시키겠다고 약속한 그리스도는 개인적인 부활과 무덤 이후의 영생하는 개인성에 관해 한마디도 하지 않았고 확증하지 않았다. 바로 바리새인들이 가르친 메시아 왕국에서의 죽은 자들의 복원설에 개인적 부활의 표현을 제외하고 의미를 부가한 것이다.

사두개인들은 죽은 자의 복원에 대해 반박했다. 바리새인들은 오늘날 정통파 유대인들이 믿는 것처럼 그것을 인정했었다.

죽은 자들의 '복원'(이 말을 부정확하게 번역한 '부활'이 아니라)은 유대인의 신앙에 의하면 메시아의 시대가 도래할 때와, 땅에 하나님의 왕국이 건설될 때에 이루어진다. 그리고 그리스도는 일시적이고 국지적인 육체의 부활에 대한 이 신앙을 접하고, 그것을 부정했으며 그 자리에 하나님 안에서의 영원한 삶의 복원에 관한 자신의 가르침을 세운 것이다.

죽은 자의 복원을 인정하지 않는 사두개인들이 그리스도는 바리새인의 해석에 그 뜻을 같이하는 거냐고 가정하고, "7형제의 아내는 누구의 아내가 됩니까?"라고 물어보았을 때 그리스도는 분명하고도 정확하게 이 두 가지 점 모두 대답하였다.

그는 말한다. 〈마태복음〉 22장 20~32절, 〈마가복음〉 12장 24~27절, 〈누가복음〉 20장 34~38절. "너희가 성경도 하나님의 능력도 알지 못하는 고로 오해하였도다." 그는 바리새인의 견해를 부정하고는 다음과 같이 말한다. 죽은 자로부터의 복원은 육체적인 것도 개인적인 것도 아니다. 죽은 자로부터 복원에 도달하는 자는 신의 아들이 되며, 천사(신의 힘)처럼 천상(하나님과 함께)에 산다. 그들에게 있어서 누구의 아내냐 하는 개인적 문제는 있을 수 없다. 왜냐하면 그들은 신과 합치하여 개인이기를 거부하기 때문이다. 이 지상의 생활만을 인정하고 육체적인 지상의 생활 이외에는 무엇 하나 인정하지 않는 사두개인들을 반박하여 그리스도는 다음과 같이 말하고 있다. 죽은 자의 복원에 관해서 신이 너희들에게 말한 것을 아직 읽지 못하였느냐? 모세오경에, 하나님이 떨기나무 덤불 앞에서 모세에게 한 말씀인 "나는 아브라함의 신이자 이삭의 신, 야곱의 신이다"가 쓰여 있다. 만일 여호와가 모세를 향하여 야곱의 신이라고 말하였다면, 신에 있어 야곱은 죽어 있는 것이 아니다. 왜냐하면 신은 다만 살아 있는 자만의 신이고 죽은 자의 신은 아니기 때문이다. 신에게는 모든 것이 다 살아 있는 것이다. 따라서 만일 살아 있는 신이 있다면 영생의 신과 교통을 시작한 인간은 살아 있는 것이다.

바리새인에 반대해서 그리스도는 생의 복원은 육체적이며 개인적일 수 없다고 말하고 있다. 그는 사두개인들에게 반대해서도 개인적이며 일시적인 생활 이외에도 신과의 교통하는 삶이 더 있다고 말하고 있다.

그리스도는 개인적이며 육체적인 부활을 부정하고, 자기 생활을 신에게 옮겨 놓는 인생의 회복은 인정한다. 그리스도는 개인 생활로부터의 구제를 가르치며, 이 구제가 사람의 아들의 예찬과 신의 생활에 있다고 추측하고 있다. 이와 같이 자기의 가르침을 메시아의 강림에 관한 히브리인들의 가르침과 연관시키면서 그리스도는 히브리인들에게 사람의 아들이 죽음으로부터 복원되는 것에 관해서 설교하며, 또 그것에 의하여 죽은 자의 육체적, 개인적 복원을 의미하지 않고, 신에 있어서의 생의 자각, 삶의 각성을 의미하고 있는 것이다. 그는 결코 육체적, 개인적 부활에 관해서 말하지 않는다. 그리스도가 사람들의 부활을 설교하지 않았다는 최상의 증거는 유일하게 두 군데에서만 볼 수 있다. 신학자들은 이 구절도 부활에 관한 그리스도의 가르침의 확증의 증거로 해석하지만 말이다. 이 두 곳은 다음과 같다. 〈마태복음〉 25장 31~46절과 〈요한복음〉 5장 28~29절이다. 전자에서는 사람의 아들의 복원, 즉 회복, 예찬에 관해서 기록되어 있고(정확히 〈마태복음〉 10장 23절에 기록되어 있는 것처럼) 그 다음, 사람의 아들의 존엄과 권능이 왕에 비교되어 있다. 후자에서는 이 지상에 있어서의 참된 생활의 회복에 관해서 기록되어 있다. 그것은 그 앞의 24절에서도 표현되어 있다.

신의 영생에 관한 그리스도의 가르침을 고찰하기만 한다면, 또는 히브리 예언자들의 가르침을 머릿속에 그려 본다면, 쉽게 이해할 수가 있을 것이다. 만일 그리스도가 당시 막 탈무드로 유입되기 시작해 논쟁의 과목이 된, 죽은 자의 부활에 관한 가르침에 관해 설교하고자 했다면, 이러한 가르침을 명확하고 명료하게 이야기했을 것이다. 그는 거꾸로 이러한 일을 하지 않았을 뿐 아니라 심지어 그것을 거부하였으며, 복음서 전체에서도 이러한 가르침을 확증하는 그 어떠한 구절도 찾을 수 없는 것이다. 위에서 인용한 두 구절은 전혀 다른 걸 의미한다.

손수 복음서를 연구하지 않은 사람들에게는 참으로 이상하게 생각되겠지만, 그리스도는 어디에서도 결코 자기의 개인적 부활에 관해서 말한 적이 없다. 만약에 그리스도적인 신앙의 기초가, 신학자들이 가르치는 것 같이 그리스도가 부활했음에 있다고 하면, 바랄 수 있는 것은 적어도 다음과 같다. 그리스도는 자기가 부활할 것과, 이것이 그의 신앙의 주요한 교의를 구성할 것을 알고서 적어도 한 번은 이것에 관해서 당연히 명확하게 말해야 했을 것이다. 그러나 그는 이 사실을 명확하게 말하지 않았을 뿐 아니라 모든 복음서 정전들에 단 한 번도 이에 관해 언급하지 않았다. 그리스도의 가르침은 사람의 아들, 즉 인간의 삶의 본질을 고양시키기 위해, 자신을 신의 아들이라고 인정함에 있다. 그리스도는 자기 자신 속에서 신의 아들이라는 것을 인정한 인간을 체현한 것이다. 〈마태복음〉16장 13~20절에서 그는 제자들에게 묻는다. "사람들이 나에 관해서, 사람의 아들에 관해서 무어라 하느냐?" 제자들이 대답한다. "어떤 이는 그리스도가 기적적으로 부활한 세례 요한 혹은 선지자라고 생각하고 또 어떤 사람은 하늘에서 내려온 엘리야로 생각합니다." 베드로는 그리스도 자신이 자기를 이해하고 있던 것처럼, 그리스도를 이해하고 있었으므로 이렇게 대답한다. "예수는 구세주, 살아계신 하나님의 아들이시니다." 그러자 예수께서 대답하여 가라사대 "이를 네게 알게 한 이는 혈육이 아니오, 하늘에 계신 내 아버지시니라." 즉 네가 이것을 이해한 것은 네가 인간의 해석을 믿었기 때문이 아니라 그가 신의 아들이라고 스스로 자각하고, 또 나를 이해하였기 때문이다. 그래서 예수는 베드로에게 신의 아들이라는 성질 속에 참된 신앙이 수립될 것을 설명한 후에, 다른 제자들에게 향하여 "이에 제자들을 경계하사, 자기가 예수 곧, 메시아인 것을 앞으로 아무에게도 이르지 말라 하신 것이다." 그 후에 그리스도는 말한다. "그는 고난을 받고 죽임을 당하리라. 그러나 스스로를 신의 아들이라고 자각한 사람의 아들은 다시 살아나 모든 사람 위에 승리를 얻게 되리라." 그리고 참으로 이러한 말이야말로 그의 부활에 관한 예언이라고 해석하는 것이다.

〈요한복음〉 2장 10절, 22절, 〈마태복음〉 12장 40절, 〈누가복음〉 11장 30절, 〈마태복음〉 16장 4절, 〈마태복음〉 14장 21절, 〈마가복음〉 8장 31절, 〈누가복음〉 9장 22절, 〈마태복음〉 17장 23절, 〈마가복음〉 9장 31절, 〈마태복음〉 10장 19절, 〈마가복음〉 10장 34절, 〈누가복음〉 18장 33절, 〈마태복음〉 26장 32절, 〈마가복음〉 14장 28절. 이 열네 군데는 전부 그리스도가 자기의 부활을 예언한 것처럼 이해되는 구절들이다. 이 중 세 곳은 고래 뱃속의 요나에 관해서, 한 곳은 신전의 재건에 관해서 기록되어 있다. 나머지 열 곳은 사람의 아들은 멸망할 수 없다는 것에 관해 기록되어 있지만, 어느 곳에서도 단 한마디도 예수 그리스도의 부활에 관해서는 기록되어 있지 않다.

이러한 구절의 그 어느 원전에는 '부활'이라는 말조차 없다. 신학자들의 해석은 모르지만, 헬라어를 알고 있는 사람에게 이 모든 구절을 번역하게 해보라. 그러면 아무도 이러한 구절을 현재 번역되어 있는 것처럼은 절대로 번역하지 않을 것이다. 원전에는 이러한 구절에 서로 각기 다른 두 말이 사용되어 있다. 그 하나는 일어남 ἀνίστημι, 다른 하나는 회복 ἐγείρω이다. 이러한 말의 하나는 '회복하다'를 의미하고, 또 하나는 '깨우다'를 매개로 하여 '눈을 뜨다', '일어나다'를 의미한다. 그러나 그 어느 경우에도 '부활하다'는 의미를 가질 수는 없다. 이러한 그리스어와 그것에 해당하는 히브리어인 Kum이 '부활하다'를 의미할 수 없음을 확인하고 싶다면 복음서 속에서 이러한 말들이 사용되어 있는 구절을 서로 비교해 보는 것만으로 족하다. 이러한 말은 몇십 번씩 사용되어 있지만, 단 한 번도 '부활하다 воскренуть, auferstehen, ressusciter'라고 번역되어 있지 않다. 헬라어에도 히브리어에도 이와 같은 관념에 상당하는 말은 전혀 존재하지 않는다. 헬라어와 히브리어에서 부활의 관념을 표현하고자 한다면, 의역이 필요하다. '일어났다' 혹은 '죽음에서 눈을 떴다'라고 해야 할 것이다. 예를 들어, 복음서 중 〈마태복음〉 14장 12절에 세례 요한은 '부활했도다'라고 헤롯이 생각하였다는 내용이 적혀 있지만 실제로 사용된 말은 '죽은 자 가운데서 깨어났으니'이다. 또 〈누가복음〉 16장 31절, 나사로에 대한 일화에서 만일 누가 부활한다 하더라도 사람들은 그 사람을 믿지 않을 것이라고 말씀되어 있지만, '죽은 자 가운데서 일어나는 자가 있을지라도'라고 적혀 있다. 이밖에 '죽은 자 가운데서'라는 말이 부가되어 있지 않은 구절에서는 '일어나다, 깨다'라는 말은 결코 '부활하다'를 의미한 적이 없었고, 또 의미할 수도 없다. 그리스도는 자기 자신에 관해서 말할 때 단 한 번도, 그의 부활의 예언의 증명으로서 인용되는 모든 구절에서 단 한 번도 '죽은 자 가운데서'라는 말을 사용한 적이 없었던 것이다.

부활에 관한 우리들의 관념은 히브리인의 생의 관념과는 극도로 다르기 때문에 어떻게 하여 그리스도가 부활과 각자에게 속해 있는 영원한 개인의 고유한 삶에 대해 히브리인들에게 말할 수 있었을까 상상조차 할 수 없을 정도다. 미래의 개인 생활에 관한 개념은 히브리의 교의 및 예수의 가르침으로부터 우리들에게로 전달되어 온 것이 아니다. 그것은 전혀 다른 쪽에서 교회의 교의로 들어온 것이다. 이상하게 보일지 모르겠지만, 개인 생활에 관한 관념은 죽음과 꿈의 혼동에 기초를 두고 있는 모든 야만민족 특유의 아주 저급하고 조잡한 표현으로서, 기독교는 말할 것도 없고 유대교조차도 그것보다는 훨씬 고차원의 관념이라는 것을 말하지 않을 수 없다. 우리들은 이 미신을 그 어떤 고상한 것이라고 확신하고 있으며, 우리들의 교의가 다른 교의보다도 우월하다는 것을 중국인이나 인도인 등 다른 사람들이 이 미신을 지지하지 않고 있다는 것을 증거로 삼아서 진지하게 증명하려고 한다. 신학자들뿐만이 아니라 자유사상적인 종교역사학자들 이를테면, 틸레, 마르크스, 뮐러까지도 이를 증명하려고 노력한다. 그들은 종교를 분류하면서 이 미신을 증명하려고 하는 종교를 증명하고 있지 않는 종교보다 고상한 종교라고 인정하고 있다. 자유사상적인 쇼펜하우어는 모든 종교 중에 히브리의 종교를 가장 불결한niederträchtigste 종교라고 부르고 있고, 그 안에는 영혼의 영생에 대한 관념 keine Idee이 없다고 말한다. 실제로 히브리의 종교에는 이와 같은 관념도 말도 존재하지 않는다. 영생은 히브리어로 Khaye-olam(하예 – 올람)이라고 한다. olam은 무한, 시간 속에서 확고부동함을 의미한다. olam은 또한 세계 – 우주를 의미하기도 한다. 삶이란, 더욱이 영원한 삶Khaye-olam은 히브리의 교의를 따르면 유일신의 고유 성질이다. 신은 생명의 신, 살아 있는 신이다. 히브리인의 관념에 의하면 인간은 언제나 죽어야 할 존재다. 신만이 영원히 살아 있는 존재다. 모세오경 속에는 두 번 '영생'이라는 말이 사용되어 있다. 그중 한 번은 〈신명기〉에서고, 또 한 번은 〈창세기〉에서다. 〈신명기〉 32장 39절에서 하나님은 말한다. "이제는 나 곧 내가 그인 줄 알라. 나와 함께하는 신이 없도다. 내가 죽이기도 하며 살리기도 하며 상하게도 하며 낫게도 하나니, 내 손에서 능히 건질 자 없도다. 나는 영원히 산다. 이를 하늘을 향하여 내 손을 들고 말한다." 다른 한 번은 〈창세기〉 3장 22절에서 신이 말하는 구절이다. "보라, 이 사람이 선악을 아는 일에 (우리 중 하나같이) 되었으니 그가 그 손을 들어 생명나무 과실도 따먹고 영원히 생하지 않을까 하노라." 이것이 영생이라는 단어가 사용되어 있는 단 두 가지 경우이며, 또한 구약성경 전체에서 (묵시록적인 〈다니엘〉의 한 장을 제외하고) 삶 전부와 영생에 관한 히브리인의 관념을 명료하게 규정하고 있는 구절이다. 히브리인의 관념에 의하면 생 그 자체는 영원하며, 그것은 신에게 있어서도 마찬가지다. 인간은 죽어야 할 존재이며, 이것이 인간의 특성이다.

구약성경 어디에도 우리들이 성스러운 이야기, 곧 신이 죽지 않을 숨을 인간에게 불어넣었다는 것을 배운다는 이야기는 적혀 있지 않으며, 또 최초의 인간은 죄를 범할 때까지 불멸이었다는 것에 대해서 언급되지 않았다. 〈창세기〉의 최초 이야기(1장 26절)에 의하면 신은 동물을 창조한 것과 마찬가지로 인간을 창조하였다. 동물과 마찬가지로 남성과 여성을 창조하였다. 동물과 마찬가지로 생식하고, 번식해 나갈 것을 명하였다. 마치 동물에 대해서 그것이 불멸이라고 할 수 없는 것처럼 인간에 관해서도 불멸이라고 할 수는 없다. 2장에서 어떻게 인간이 선과 악을 알게 되었는지 나온다. 신이 인간을 낙원에서 추방하여 그에게 생명나무에 이르는 길을 막았다고 분명히 말씀하고 있다. 이처럼 인간은 생명나무의 열매를 한 입 먹지도 않았고, 인간은 그렇게 Khaye-olam, 즉 영생을 얻지 못하고 죽는 존재로 남았다.

히브리인들의 교의에 의하면 인간은 현재 존재하고 있는 것과 같은 존재, 즉 죽어야 할 존재다. 생은 인간에 있어서 오로지 종족 내의 세대에서 세대로 계속될 뿐이다. 히브리인들의 교의에 의하면 다만 종족, 민족만이 자신 내에 생의 가능성을 간직하고 있다. "너희들은 살아야 하며 죽어서는 안 된다"고 신이 말할 때 신은 이 말을 민족을 향해서 하고 있는 것이다. 신이 인간에게 불어넣은 생명은 각 개인에 있어서는 죽어야 할 것이지만, 만약 인간이 신과의 계약, 즉 신이 그 때문에 정한 조건을 이행한다면 세대에서 세대로 전승되어 간다.

모든 율법을 선정하여 이것을 하늘에서 온 것이 아니라, 그들의 마음속에 있는 것이라고 말한 후에 모세는 〈신명기〉 30장 15~16절에서 다음과 같이 말한다. "보라, 내가 오늘날 생명과 복과 사망과 화를 네 앞에 두었나니, 곧 내가 오늘날 너를 명하여 네 하나님 여호와를 사랑하고 그 모든 길로 행하며 그 명령과 규례와 법도를 지키라 하는 것이라. 그리하면 네가 생존하며 번성할 것이요 ⋯⋯." 19절에서는 이렇게 말한다. "내가 오늘날 천지를 불러서 너희에게 증거를 삼노라. 내가 생명과 사망과 복과 저주를 네 앞에 두었은즉 너와 네 자손이 살기 위하여 생명을 택하고 네 하나님 여호와를 사랑하고 그 말씀을 순종하며 또 그에게 붙어라. 그(그것)는 네 생명이시요, 네 장수(생명의 지속)시니 ⋯⋯."

인간의 생명에 관한 우리의 관념과 히브리인의 관념의 주요한 차이는 다음과 같은 점이다. 우리의 관념으로 하면 세대로부터 세대로 전승하는 우리의 생활은 참된 생활이 아니라 타락한 생활, 즉 무슨 까닭인지 모르지만 한때 망쳐 놓은 삶이다. 그러나 히브리인의 관념에 의하면 이 생활이 가장 참된 생활이며, 신의 의지의 실행을 조건으로 하여 인간에게 부여된, 참된 최고의 복이다. 우리들의 관점에서 보면, 이 타락된 생활이 세대에서 세대로 전이하여 가는 것은 저주의 연속일 것이다. 그러나 히브리인의 관점에서 보면, 이것이 인간이 도달할 수 있는 최상의 복이고, 이것은 신의 의지를 실행할 때다.

생명에 관한 이러한 관념을 그리스도는 참되거나 영원한 생에 관한 자기 가르침의 기초를 둔다. 그리고 그는 이 생生을 개인적이며 죽음을 면할 수 없는 생과 대립시키고 있다. 그리스도는 히브리인들에 향해 이렇게 말한다. "너희가 성경에서 영생을 얻는 줄 생각하고 성경을 상고(연구조사)하라"(〈요한복음〉 5장 39절).

어떤 젊은이가 예수에게 물었다. "무슨 선한 일을 하여야 영생을 얻으리이까?"(〈마태복음〉 19장 16절). 그리스도는 영생에 관한 그 질문에 답하여 가라사대, "네가 생명에 들어가려면(그리스도는 영생이라고 하지 않고 다만 생명이라고만 하고 있다) 계명들을 지키라." 또 이와 동일한 내용의 말씀을 율법주의자에게도 한다. "이를 행하라. 그러면 살리라"(〈누가복음〉 10장 28절). 여기서도 그는 다만 '살리라'라고 말했을 뿐, '영생하리라'라고 말하지는 않았다. 그리스도는 두 가지 경우에 있어 모두 영생이라는 말을 어떻게 이해해야 할 것인지 정의를 내리고 있다. 예수가 이러한 말을 사용할 때 그는 히브리인들에게 그들의 율법에서 빈번히 사용되고 있는 말, 즉 신의 의지의 실행이 영생이라고 말하는 것이다.

그리스도는 일시적, 부분적, 개인적 생활과는 정반대로 〈신명기〉에서 신이 이스라엘에게 약속한 영생을 가르치고 있다. 그러나 다음과 같은 한 가지 차이가 있다. 히브리인의 이해에 의하면 영생은 오로지 이스라엘의 선택된 민족 내에서만 계속된 것이다. 이 생명을 얻기 위해서는 이스라엘을 위해서 정해진 신의 특별한 율법을 지켜야만 하는 것이었지만, 그리스도의 가르침에 의하면 영생은 사람의 아들 속에서 계승되는 것으로, 이것을 보존하려면 인류 전체를 위해서 신의 의지를 표현하는 그리스도의 계명을 준수해야 하는 것이다.

그리스도는 개인적 삶을 사후의 삶과 대립시키고 있는 것이 아니라, 인류 전체의 현재·과거·미래의 삶과 연관된 공공의 삶, 즉 사람의 아들의 삶과 대립시키고 있는 것이다.

개인이라는 삶을 죽음으로부터 구원하는 것은 히브리인들의 교의에 따르면 모세의 율법에 표현되어 있는 신의 의지를 실행하는 것으로써 가능하다. 다만 이 조건 아래에서 히브리인들의 삶은 멸망하지 않고 신에 의해 선택된 민족 내의 세대에서 세대로 전승해간다. 개인이라는 삶으로부터 구원은 그리스도의 가르침에 따르면 그의 계명 속에 표현된 신의 의지를 실행하는 것으로써 가능하다. 다만 이 조건 하에서만 개인이라는 삶은 멸망하지 않고 사람의 아들에 있어 영원하며 확고부동해지는 것이다. 양자의 차이는 모세의 신에 대한 섬김이 오직 하나의 민족의 신에 대한 섬김인데 반해, 그리스도의 신에 대한 봉사는 만인의 신에 대한 섬김이라는 점이다. 하나의 민족에서 세대로의 생의 계속은 의심할 여지가 있는 것인데 그것은 민족 자체가 사라질 수 있기 때문이며, 또한 생의 계속은 육체적인 후손에 의존하기 때문이다. 그리스도의 가르침에 따른 생의 계속은 의심의 여지가 없다. 왜냐하면 하나님 아버지의 의지에 따라 사는 사람의 아들로 생은 옮겨 다니기 때문이다.

하지만 그리스도 최후의 심판 및 세기의 완성에 관한 말씀과 그밖에 〈요한복음〉에 나온 다른 말씀이 사후세계의 생을 약속하는 의미를 가지고 있다고 가정해 본다 하더라도, 역시 마찬가지로 그리스도의 삶의 광명과 하나님의 왕국에 대한 가르침이 그리스도의 말씀을 듣는 우리들에게 있어서도 도달할 수 있다는 것, 또한 아버지의 의지에 따르는 사람의 아들의 삶만이 참다운 삶이라는 것은 의심할 여지가 없다. 생명의 아버지의 의지에 의한 참된 삶에 관한 가르침은 불멸과 사후의 삶에 관한 관념을 내포하고 있으므로, 이에 보다 쉽게 도달할 수 있다.

어쩌면 이 세계의 삶 이후에 천국에서 모든 희열의 가능성을 가지고 영원한 개인으로서의 삶이, 개개인의 의지를 실행하기 위해 살아온 인간을 기다리고 있을지도 모른다고 추측하는 것이 더 옳을 수도 있다. 어쩌면 이것이 더 맞을 수도 있지만, 그것이 그렇다는 것과 선행의 보상으로 내가 영원한 행복의 보상을 받고, 악행의 보상으로 영원한 고통을 받는다고 하는 것은 그리스도의 가르침과 맞지 않다. 그렇게 생각하는 것은 반대로 가장 주요한 그리스도 가르침의 원리를 박탈시킴을 의미한다.

그리스도의 가르침은 그의 제자들이 개인이라는 삶의 환영을 깨닫고 그것을 거부하고, 그것을 인류 전체의 삶, 즉 사람의 아들의 삶에 전승하는 것에 있다. 개인의 영혼불멸에 대한 가르침은 자신의 개인적 삶을 거부하라고 권고하지 않을 뿐 아니라, 오히려 영원히 그것을 공고히 한다.

히브리인, 중국인, 인도인 그리고 기타 인간의 타락과 그 속죄를 믿지 않는 모든 세상 사람들의 이해에 따르면, 삶이 지금과 같은 것처럼, 삶은 삶이다. 인간은 살아가고, 성교하고, 아이를 낳고, 그들을 기르고, 늙으면 죽는다. 그 자식들은 성장하여 그의 생활을 계승한다. 그의 생활이 끊임없이 세대에서 세대로 계속되는 것은 마치 이 세상에 존재하는 모든 것, 즉 돌·흙·금속·식물·동물·천체 등이 계속되어가는 것과 마찬가지다. 생활은 필경 생활이다. 그러므로 이것을 될 수 있는 데까지 잘 이용해야 한다. 자기 개인을 위해서 산다고 하는 것은 비이성적이다. 따라서 사람들이 이 세상에 존재한 이래 그들은 생을 위해서 자기 이외의 목적을 탐구하는 것이다. 즉 자기 자식을 위해, 가족을 위해, 민족을 위해, 인류를 위해 그리고 죽지 않는 모든 것을 위해, 개인적 생활과 더불어 사는 것이다.

거꾸로 우리 교회의 교의에 따르면, 우리들에게 알려져 있는 최상의 행복으로서의 인간의 삶이 다만 우리들에게 일시적으로 억제되어 있는 삶의 일부분이라고만 생각되어지는 것이다. 우리의 해석에 의하면 우리의 생활은 신이 우리를 위해서 주기를 희망하였고, 또 주지 않으면 안 되었던 그러한 생활이 아니라, 상처를 입고 열악하고 불쾌한 삶, 삶의 '견본' 내지는, 진짜 삶에 대한 장난질, 우리가 꿈꾸는, 왠지 신이 우리에게 반드시 주었어야 되었을 것 같은 그런 삶에 대한 조롱이다. 이러한 견해에 의하면, 우리의 삶의 주된 목적은 한정된 삶을 그것을 준 신이 원하는 대로 사는 것도 아니고, 히브리인들이 가르치고 있는 것처럼 그것을 사람들의 세대에서 세대에 걸쳐 영원한 것으로 하거나, 또는 그리스도가 가르친 것처럼 삶과 하나님 아버지의 의지를 합류시키는 데에 있는 것이 아니라, 이 삶이 끝난 뒤에 뭔가 진짜 삶이 시작된다고 하는 바를 자신에게 확신시키는 데에만 있는 것이다.

그리스도는 하나님이 인류에게 반드시 주어야만 했을 것인데 어찌된 셈인지 주지 않은 우리들의 공상적 삶에 관해서 언급하고 있지 않다. 아담의 타락, 낙원에서의 영원한 삶, 신이 아담에게 불어넣은 불멸의 영혼설은 그리스도에게 모르는 일이었다. 그렇기 때문에 그리스도는 그것에 대해서 언급하지 않았으며, 그 존재에 관해서 한마디도 암시하지 않은 것이다.

그리스도는 있는 그대로의 현재 삶, 언제나 있을 것인 삶에 관해서 말하고 있는 것이다. 그러나 우리들은 우리들을 위해서 제멋대로 상상해낸, 이제까지 존재하지 않았던 삶에 관해서 말하고 있다. 그런 우리가 그리스도의 가르침을 어떻게 이해할 수 있겠는가?

그리스도는 그의 제자들이 그렇게까지 이상한 생각을 가지리라고는 꿈에도 상상하지 못했을 것이다. 그리스도는 모든 사람들이 개인 생활은 부득이 사멸할 것이라는 것을 이해하고 있다고 상상하고는, 멸망하지 않는 생활을 계시한 것이다. 그는 악에 파묻혀 있는 사람들에게 행복을 준다. 그러나 그가 주는 것보다도 훨씬 더 많은 것을 가지고 있다고 확신하는 사람들에게 그의 가르침은 그 무엇도 주지 못한다. 내가 어떤 사람에게 일하라고 권고하고, 당신은 그 일을 하는 것으로 옷과 음식을 얻을 수 있을 것이라 말한다. 그러나 그 사람은 현재 상태로도 자기는 백만장자라고 확신해서, 내 권고에 귀 기울이지 않을 것이다. 마치 이와 똑같은 현상이 그리스도의 가르침에 대해서도 일어나고 있는 것이다. 나는 현재 상태로도 부자인데 어찌하여 돈을 벌려고 할 필요가 있다는 말인가? 그렇지 않아도 나는 영원히 개인적으로 살 것인데, 어찌하여 이 생활을 신의 의지에 순응하여 살려고 노력해야 하는가?

우리는 다음과 같은 교훈을 받고 있다. 그리스도는 삼위일체의 두 번째 얼굴이며, 자기가 신인데, 인간이 되어서 아담과 인류의 죄를 짊어지었고, 그 인류의 죄를 삼위일체의 첫 번째 얼굴인 하나님 앞에서 대속하여 인간들을 구원하였다고. 그리고 우리의 구원을 위해서 교회를 세우고 신비를 남겼다고. 이것을 믿으면 우리들은 구원받을 것이며, 사후의 삶에 있어서도, 영원히 개인적인 삶은 보장받는 것이라고. 허나 그가 또한 사람들에게 피치 못할 멸망을 지시하고는 "나는 길이요, 생명이요, 진리이니라"라는 말씀으로써 이제까지 우리들이 걸어온 개개인의 삶의 그릇된 길 대신에 삶의 참된 길을 우리들에게 준 사실도 부정할 수는 없을 것이다.

만일 사후의 삶과 대속에 근거를 둔 구원을 의심하는 사람은 찾을 수 있다고 한다 해도, 분리된 모든 개개인의 구원에 있어, 피할 수 없는 개인의 멸망의 교시를 초월해서, 자기의 의지와 신의 의지와의 합치에 의한 모든 사람들의 구원에 관해서는 의심할 수 없을 것이다. 모든 합리적인 사람들에게 다음과 같이 자문하게 하라. '삶과 죽음이란 대체 무엇인가? 그리고 삶과 죽음에 그리스도가 제시한 가르침 이외에 어떤 다른 의의를 줄 수 있겠는가?'

만일 개인의 생활이 사람에의, 인류를 섬기기 위한 자기부정에 그 기초를 두고 있지 않다면, 개인 생활에 부여된 그 어떤 의의도, 이성의 가벼운 접촉만으로도 증발해 버리는 환영이 될 것이다. 나의 개인적 삶은 사멸하고 만다는 것, 신의 의지에 의한 세계 전체의 삶은 파멸하지 않는다는 것, 그 세계 전체의 생활과 나와의 합치가 나에게 구원의 가능성을 줄 수 있는 것, 이러한 모든 것을 나는 의심할 수 없다. 그러나 이러한 것들도 미래의 생활에 대한 고상한 종교적 신앙과 비교한다면 극히 미미한 것이다. 미미한 것이지만, 믿을 만한 것이다.

나는 눈보라 속에서 길을 잃었다. 어떤 한 사람은 저기 불빛이 보이고 마을이 보인다고 나를 확신시키며, 본인도 그렇게 믿는다. 그러나 그렇게 보이는 것은 다만 그것이 그렇기를 우리가 바라고 있기 때문이다. 우리는 그 불빛 쪽으로 걸어가 보았지만 불빛이라곤 없었다. 다른 사람이 눈 속을 걸어가 보았다. 좀 걷다가 큰길로 나와 우리들에게 외친다. "아무 데도 못갈 것이다. 불빛이 눈에 비칠 뿐이다. 도처에서 길을 잃고 실종되어 죽을 것이다. 그런데 여기에 굳은 길이 있다. 나는 이제 그 위에 서 있다. 이 길이 우리들을 인도해줄 것이다." 이런 일은 아주 적다. 우리가 우리의 무딘 눈에 반짝이는 불빛을 믿었을 때 우리는 벌써 마을과 따뜻한 오두막과 안전과 휴식에 도달한 것처럼 생각되었지만 여기에는 단지 얼어붙은 길밖에 없다. 그러나 만일 우리들이 전자의 말에 귀를 기울인다면 아마도 우리는 얼어 죽을 것이다. 하지만 후자의 말에 귀를 기울인다면 아마도 우리는 빠져 나올 것이다.

만일 나 하나만이 그리스도의 가르침을 이해하고 그것을 믿었다면, 그 가르침을 이해하지 않고 또 실행하지 않는 사람들 사이에서, 오로지 나 하나만이 그렇다고 한다면, 도대체 나는 무엇을 해야만 할 것인가? 나는 무엇을 할 것인가? 다른 모든 사람처럼 살아야 할 것인가, 아니면 그리스도의 가르침에 따라 살 것인가? 나는 그리스도의 계명 속에 그의 가르침을 깨달았다. 그리고 그러한 계명의 이행은 나에게도 또한 세계의 모든 사람들에게도 행복을 준다는 것을 알았다. 이와 같은 계명의 실행은 만유의 의지이며, 내 삶도 여기서 합치될 것이라는 사실을 나는 깨달았던 것이다.

모든 사람이 행하는 것처럼 행하면, 나는 확실히 만인의 행복에 위반되는 행동을 하게 되고, 또 확실히 생명의 아버지의 의지에 어긋나는 행동을 하게 될 것이며, 그래서 자기의 절망적인 상태를 개선하는 유일한 가능성을 스스로 날려버리는 결과를 초래할 것이다. 그러나 내가 그리스도가 가르치는 대로 행하면, 나는 선인들이 행한 것을 계속해서 행하는 것이 된다. 즉 현재 생존하고 있는 모든 사람들 또는 미래에 생존할 모든 사람들의 행복에 조력하는 것이 된다. 나를 창조한 자가 원하는 것을 행하는 것이 된다. 나를 구원할 수 있는 유일한 일을 행하는 것이다.

베르디체프 서커스에 화재가 발생했다. 모두가 엎치락뒤치락 안으로 열리는 문 쪽으로 밀려와서 숨을 헐떡인다. 구조자가 나타나 다음과 같이 말한다. "뒤로 물러나시오. 밀면 밀수록 당신들이 구조될 가망은 적어집니다. 물러나시오, 그렇게 하면 당신들은 출구를 찾아서 구조될 수 있을 거요." 이 말을 들고 많은 사람들이 믿었는지 혹은 나만이 믿었는지 그것은 아무래도 좋다. 그러나 어찌되었든 그것을 듣고 믿는 한, 나는 뒤로 물러서서 구조자의 목소리가 들린 쪽으로 사람들을 부를 수밖에 다른 도리가 없다. 어쩌면 나는 밀리다가 결국 깔려죽고 말지도 모른다. 그러나 내가 살아나려면 하나밖에 없는 출구 쪽으로 가야 한다. 그래서 나는 그쪽으로 가지 않을 수가 없다. 구조자는 확실히 구조자가 아니면 안 된다. 즉 확실히 구조해야 한다. 그리스도의 구원은 확실한 구원이다. "그가 나타났다!"고 말했다. 그래서 인류는 구원된 것이다.

서커스장이 타버리는 것은 한 시간이다. 그러므로 서두르지 않으면, 사람들이 제시간에 구조되지 않을 수도 있다. 그러나 그리스도가 "나는 불을 이 세상에서 끌어내리기 위해서 왔다. 그것이 다 타버리지 않는 동안, 나는 얼마나 애태울 것인가" 하고 말씀하시고, 세상이 불에 탄 지 벌써 1,800여 년이 흘렀다. 그리고 사람들이 구제될 때까지 불은 계속 탈 것이다. 사람들이 구제의 은총을 가지게 하기 위해서, 사람들이 불타고 있는 것이 아닐까?

이 사실을 깨달은 후에 나는 예수가 메시아일 뿐 아니라, 이 세상의 구원자이신 그리스도라는 것을 믿게 되었다.

나를 위해서도, 또 나와 함께 이 삶 속에서 고뇌하고 있는 모든 사람들을 위해서도, 이것 외에는 다른 출구가 없다고 하는 것을 나는 안다. 만인을 위해서도 또한 이렇게 말하고 있는 나를 위해서도 내가 이해할 수 있는 최고의 행복을 모두에게 주는 그리스도의 가르침을 실천하는 일 이외에 다른 구제 방법이 없다는 것을 나는 알고 있다.

그리스도의 가르침을 실천했다는 이유로 나에게 더 불쾌한 일이 발생하게 되건, 혹은 내가 보다 더 빨리 죽게 되건, 나는 무서울 것이 없다. 아마 이것이 무섭다고 느껴지는 것은 자기의 개인적인 고독한 생활이 그 얼마나 무의미하고 유해한 깃이라는 사실을 모르는 자, 혹은 자기는 죽지 않을 것이라고 생각하고 있는 사람들뿐일 것이다. 개인적이고 고독한 행복만을 노리는 내 삶은 최고로 어리석은 것이며, 나는 이 최고로 어리석은 삶 이후에 틀림없이 어리석게 죽을 것이라는 사실을 알고 있다. 따라서 나는 두렵지 않다. 나 또한 모든 이들처럼, 이 가르침을 실천하지 않은 모든 사람들처럼, 죽고 말 것이다. 그러나 나의 삶과 죽음은 나를 위해서도, 모든 사람을 위해서도 의의를 가지게 될 것이다. 나의 삶과 죽음은 만인의 구원과 삶에 바쳐질 것이다. 이것이야말로 그리스도가 가르친 그것이다.

9. 모든 사람들이여,
그리스도의 가르침을 따르라

　모든 사람들이여, 그리스도의 가르침을 따르라. 그리하면 하나님의 왕국이 이 땅에 있으리라. 나 혼자만 실행한다고 해도, 나는 모든 이들과 또 나 자신을 위해서 가장 최선을 다하는 것일테다. 그리스도의 가르침의 실천 없이는 구원이란 있을 수 없다.

　"그러나 그것을 실행하고, 늘 그것에 따르고 결코 거부하지 않기 위해서, 어디서 신앙을 얻을 것인가? 주여, 믿사옵나이다. 믿어지지가 않는 저를 도와주옵소서."

　제자들은 그리스도에게 자기들의 신앙을 굳게 해달라고 애원하였다. 사도 바울은 이렇게 말한다. "선행을 하려고 하지만, 악행만 행하는도다."

　"구원받는 것은 힘들다." 보통 이렇게 말하고 생각한다.

한 사람이 물에 빠져 구조를 요청한다. 사람들은 그에게 밧줄을 던져준다. 그것만이 그를 구제할 수가 있다. 그러나 물에 빠진 사람은 말한다. "내 마음속에 이 밧줄이 나를 구제할 것이라는 믿음을 공고하게 해달라. 이 밧줄이 나를 구제할 것이라는 것을 나는 믿는다. 그러나 내가 믿지 않음을 도와 달라."

이 말이 대체 무슨 말인가? 만일 인간이 자기를 구제할 밧줄에 매달리지 않는다면, 그것은 다시 말해 자신의 구원문제에 관심이 없다는 것을 의미하게 되고, 그렇게 되면 그것은 결국 그가 자신이 어디에 위치하고 있는지도 알지 못하다는 걸 의미하게 되는 것이다.

그리스도의 신성과 그의 가르침의 신성을 믿어 기독교인이 된 사람은 그가 그리스도의 가르침을 얼마쯤 이해하고 있다 하더라도 "나는 믿으려고 애를 쓰고 있지만, 그러나 도저히 그것이 불가능하다"라고 말한다. 어찌하여 이런 말을 하는가? 신 자신이 이 지상에 와서 다음과 같이 말한 것이다. "영원한 고통, 불, 영원한 지옥의 어둠이 너희들 앞에 다가온다. 너희들의 구제는 나의 가르침과 그 실천에만 있느니라." 그러한 기독교인은 제시된 구원을 믿지 않고, 그것을 실행하지 않으면서 "나의 믿지 않음을 도와주소서"라고 말할 수는 없다.

사람이 이렇게 말할 수 있으려면, 자신의 파멸을 믿지 않을 뿐 아니라, 자기가 파멸하지 않을 것에 믿음이 있어야 한다.

아이들이 배에서 물속으로 뛰어들었다. 물의 흐름과 아직 다 젖지 않은 옷, 미약한 그들의 운동 때문에 아직도 그들은 물에 떠 있다. 그래서 그들은 자기들의 멸망을 깨닫지 못한다. 옆을 지나는 배 위에서 밧줄 하나가 그들에게 던져졌다. 배 위 사람들은 그 아이들에게 너희들은 죽을 수 있다고 말하고, 올라오라고 거의 기도하다시피 간청한다. (동전 한 닢을 주은 여자에 관한, 행방불명이 된 양을 발견한 목동에 관한, 저녁밥에 관한, 방탕한 자식에 관한 모든 그리스도의 비유는 오직 이에 대해서 말하는 것이다.) 그러나 아이들은 믿지 않는다. 그들은 밧줄도 믿지 않는다. 자기들이 멸망하고 있다는 것 자체를 믿지 않는다. 그런 생각 없는 아이들은 자기들이 배가 지나간 후에도 언제나 유쾌하게 헤엄칠 수 있을 거라고 다른 애들에게 확신한다. 그러나 아이들은 머지않아 그 옷이 흠뻑 젖어버리고, 손에 힘이 빠지고, 헐떡이기 시작하고, 물을 먹게 되어, 물속에 가라앉게 되리라는 사실을 믿지 않는다. 이렇게 해서 그들은 구원의 밧줄을 믿지 않는 것이다.

배에서 떨어진 아이들이 자기들이 죽고 말 것을 믿지 않고 밧줄에 매달리지 않은 것처럼, 영혼의 불멸을 믿는 사람들은 자기들이 멸망하지 않을 것으로 확신하고는 그리스도의 가르침을 실천하지 않은 것이다. 그들이 모두가 믿지 않을 수 없는 것을 믿지 않는 것은, 그들이 절대로 믿을 수가 없는 것을 믿고 있기 때문이다.

그래서 그들은 그 누군가를 향해 소리친다. "우리들의 마음속에 우리들이 멸망하지 않을 것이라고 하는 믿음을 공고하게 해 달라."

그러나 이렇게 될 수 있는 가능성은 없다. 그들이 자기들은 멸망하지 않을 것이라는 신앙을 갖기 위해서는 자기들을 멸망케 하는 행위를 중지하고, 스스로를 구제하는 행위를 시작해야 한다. 그들은 자기들을 구해줄 밧줄에 매달릴 것이 무엇보다 필요하다. 그러나 그들은 그렇게 하기를 원하지 않고, 자기들 눈앞에서 동료가 속속 죽어감에도 불구하고 자기들은 결코 죽지 않을 것이라는 사실을 감히 확신하고자 한다. 그리고 참되지 않은 것을 확신하려는 자기의 희망을 그들은 신앙이라고 부른다. 따라서 그들이 별로 신앙은 없으면서도 늘 그 이상의 것을 가지고자 바라는 것은 당연지사다.

내가 그리스도의 가르침을 이해했을 때, 비로소 나는 이 사람들이 신앙이라고 부르고 있는 것이, 실은 신앙도 아무것도 아니라는 것, 사도 야고보가 그의 서한에서 논박하듯이 가장 거짓된 신앙이라는 것을 알았다. (〈야고보서〉는 오랫동안 교회의 인정을 받지 못하였다. 그리고 인정을 받았을 때에는 약간의 수정을 받게 되었다. 즉 어떤 말은 제외되었고 어떤 말은 다른 말로 대치되었으며 그 번역도 자의적으로 했다. 나는 티센도르프의 텍스트에 따라 부정확한 부분은 수정하고, 일반적으로 받아들여지는 번역은 남기겠다.)

"무슨 이익이 있으리요, 내 형제들아"(〈야고보서〉 2장 14절). 야고보는 말한다. "14)내 형제들아 만일 사람이 믿음이 있노라 하고 행함이 없으면 무슨 유익이 있으리요 그 믿음이 능히 자기를 구원하겠느냐 15)만일 형제나 자매가 헐벗고 일용할 양식이 없는데 16)너희 중에 누구든지 그에게 이르되 평안히 가라, 덥게 하라, 배부르게 하라 하며 그 몸에 쓸 것을 주지 아니하면 무슨 유익이 있으리요 17)이와 같이 행함이 없는 믿음은 그 자체가 죽은 것이라 18)어떤 사람은 말하기를 너는 믿음이 있고 나는 행함이 있으니 행함이 없는 네 믿음을 내게 보이라 나는 행함으로 내 믿음을 네게 보이리라 하리라 19)네가 하나님은 한 분이신 줄을 믿느냐 잘하는도다 귀신들도 믿고 떠느니라 20)아아 허탄한 사람아 행함이 없는 믿음이 헛것인 줄을 알고자 하느냐 21)우리 조상 아브라함이 그 아들 이삭을 제단에 바칠 때에 행함으로 의롭다 하심을 받은 것이 아니냐 22)네가 보거니와 믿음이 그의 행함과 함께 일하고 행함으로 믿음이 온전하게 되었느니라 23)이에 성경에 이른바 아브라함이 하나님을 믿으니 이것을 의로 여기셨다는 말씀이 이루어졌고 그는 하나님의 벗이라 칭함을 받았나니 24)이로 보건대 사람이 행함으로 의롭다 하심을 받고 믿음으로만은 아니니라 25)또 이와 같이 기생 라합이 사자들을 접대하여 다른 길로 나가게 할 때에 행함으로 의롭다 하심을 받은 것이 아니냐 26)영혼 없는 몸이 죽은 것 같이 행함이 없는 믿음은 죽은 것이니라."

신앙의 유일한 표시는 거기서 흘러나오는 행위라고 야고보는 말한다. 따라서 행위가 흘러나오지 않는 신앙은 다만 말뿐으로, 그러한 것으로는 아무도 길러낼 수 없으며 자기를 정당화하여 구원될 수도 없다. 따라서 행위가 흘러나오지 않는 신앙은 신앙이 아니다. 그것은 다만 무엇을 믿으려 하는 희망에 지나지 않는다. 이것은 자기가 믿고 있지 않는 것을 믿고 있다고 하는 언어상의 그릇된 확신일 뿐이다.

이러한 정의에 따른 믿음은 행함과 같이 움직이는 것이며, 행함은 믿음과 같이 움직이는 것, 즉 믿음을 믿음으로 만드는 것이다.

유대인들이 그리스도에게 말했다. 〈요한복음〉 6장 30절. "저희가 묻되, 그러면 우리로 보고 당신을 믿게 행하시는 표적이 무엇이니이까? 하시는 일이 무엇이니이까?"

그리스도가 십자가에 못 박혀 있을 때에 같은 내용을 사람들이 말하였다. "이스라엘의 왕 그리스도가 지금 십자가에서 내려와 우리로 보고 믿게 할지어다"(〈마가복음〉 14장 32절).

〈마태복음〉 27장 32절. "저가 남은 구원하였으되 자기는 구원할 수 없도다. 저가 이스라엘의 왕이로다. 지금 십자가에서 내려올지어다. 그러면 우리가 그를 믿겠노라."

이와 같이 믿음을 강화시켜 달라는 유대인들의 요구에 대하여, 그리스도는 그들에게 그들의 원은 헛되고, 무엇으로도 너희들이 믿지 않는 것을 믿게 할 방도가 없다고 대답한다. 그는 말한다. "내가 말할지라도 너희는 믿지 아니할 것이요"(〈누가복음〉 22장 67절). "내가 너희에게 말하였으되 믿지 아니하는 도다. 너희가 내 양이 아니므로 믿지 아니하는 도다"(〈요한복음〉 10장 25~26절).

유대 사람들은 교회라는 기독교가 요구하고 있는 것과 동일한 것, 즉 그들로 하여금 억지로 그리스도의 가르침을 믿게 하는 어떠한 표적을 당시 요구했던 것이다. 그런데 그리스도는 그들에게 대답하여, 그것은 불가능하고 왜 불가능한지 설명한다. 그는 너희가 내 양이 아니므로, 다시 말해 자신의 양들에게 보여준 인생의 길을 따르는 자들이 아니기 때문에 믿을 수 없는 것이라고 말한다. 그는 자기 양과 다른 이의 양의 차이가 무엇인지 설명한다(〈요한복음〉 5장 44절). 어찌하여 어떤 사람들은 믿고, 어떤 사람들은 믿지 않는지, 또 어떠한 것에 신앙이 근거를 두고 있는지를 설명한다. 그는 말한다. "서로서로 유일신으로부터 같은 영광δόξα²³을 받고서, 그 가르침을 구하지 않는다면, 어찌 신을 믿을 수 있겠는가?"

그리스도는 말한다. 믿기 위해서는 유일한 신으로부터 흘러나오는 가르침을 구해야 한다. 스스로 말하는 자는 자기의 개인적 가르침δόξαν τὴν ἰδία만 구하되, 보내신 이의 가르침을 구하는 자는 참되니 그 속에 불의가 없느니라(〈요한복음〉 7장 18절).

삶에 대한 가르침, δόξα는 믿음의 기초다.

모든 행위는 믿음에서 나온다. 모든 믿음은 우리가 삶에 부여하는 의의, 곧 δόξα에서 나온다. 행위의 수는 무한할 수 있다. 신앙도 마찬가지로 그 수가 많다. 그러나 삶에 관한 가르침δόξα은 단 둘이다. 그 하나는 그리스도가 부정하는 것이고, 또 하나는 그가 인정하는 것이다. 그리스도가 부정하는 하나의 학설은

---

23 다른 많은 구절에서처럼, Δόξα라는 말은 완전히 잘못 번역되어 있다. 'δοχέω로부터의 Δόξα'라는 단어는 관점, 판단, 가르침을 의미한다.

대다수의 사람들이 아직까지 따르고 또 지금도 준수하고 있는 학설이며, 그밖에 세상 사람들의 여러 신앙과 그에 따른 행위가 나오게 하는 것이다. 다른 가르침—모든 선지자와 그리스도가 설파한 가르침, 한마디로 우리 개개인의 삶은 오직 신의 의지의 실행에 의의를 가지고 있다는 가르침이다.

만일 인간이 그의 개인성에 보다 중시되는 가르침δόξα을 가지고 있다면, 이러한 인간은 그 개인적 행복을 인생에 있어서 가장 중요하게 바라는 것으로 여길 것이고, 이러한 행복이 어디에 있는가, 즉 재산의 획득에 있는가, 신분에 있는가, 명예에 있는가, 욕구를 충족시키는 데 있는가 등의 자기 관점에 따라 그에 상응하는 믿음을 가지게 될 것이고, 모든 행동은 그 믿음에 따라 형성될 것이다.

그러나 만일 우리들의 가르침이 그것과는 다른 것이라면, 즉 우리들은 아브라함이 이해한 것처럼, 혹은 그리스도가 가르친 것처럼 신의 의지의 수행에만 인생의 의의가 있다고 해석하는 그런 경우에는 신의 의지가 어디에 있는지 하는 관점에 따라 그에 상응하는 신앙을 가지게 될 것이고, 모든 행동은 이 신앙에서 나오게 될 것이다.

그러므로 개인 생활의 행복을 믿고 있는 사람들은 그리스도의 가르침을 믿을 수 없는 것이다. 따라서 이것을 믿으려고 하는 모든 노력은 늘 헛된 것으로 남게 될 것이다. 신앙을 가진다면 사람들은 자기 인생관을 바꿔야 한다. 그것을 바꾸지 않고는 그 행위가 늘 자기 믿음과 일치하기는 하겠지만, 자기들의 소망과 영광과는 일치하지 않을 것이다.

그리스도에게서 본보기를 찾으려 하는 사람들 또는 오늘날 신자들이 그리스도의 가르침을 믿으려 하는 소망은 그들의 생활과 일치하지 않으며, 또 제아무리 노력을 한다손 치더라도, 일치할 수 없을 것이다. 그들은 신 예수에게 기도를 올리고 성찬식을 행하고, 인간적인 사랑을 나누고, 교회를 짓고, 다른 사람들을 교회에 나오게 할 수는 있다. 그들은 이러한 모든 것을 행하지만, 그리스도의 일은 행하지 못한다. 왜냐하면 그러한 행위는 그들의 신앙에서 나온 것으로 그 신앙은 그들이 인정하고 있는 그것과 전혀 다른 가르침에 근거를 두고 있기 때문이다. 그들은 아브라함이 행한 것처럼 그 독생자를 제물로 바칠 수 없다. 아브라함에게는 자기 삶의 의의와 행복을 준 여호와에게 자기 아들을 희생 제물로 바칠 것인가 말 것인가에 관한 문제는 생각해볼 여지도 없는 것이었지만, 그들은 자기의 외아들을 갖다 바칠 수 없다. 이것과 마찬가지로 그리스도와 그의 제자들도 또한 자기의 삶을 다른 사람에게 주지 않을 수 없었던 것이다. 왜냐하면 오직 이 한 가지 것에만 그들의 삶의 의의와 행복이 있었기 때문이다. 신앙의 본질을 깨닫지 못한 데서 사람들의 이상한 욕망이 생긴다. 그것은 온 마음의 힘을 다하여 개인 생활의 행복을 믿는 것에 동의하고 그리스도의 가르침에 어긋나는 생활을 하면서, 그리스도의 가르침에 따라 사는 편이 낫다고 믿고 싶은 이상한 욕망인 것이다.

신앙의 기초는 삶의 의의이며, 이 의의로부터 인생에 있어서 중요하고 선한 것과 중요하지 않고 악한 것의 차이가 생기는 것이다. 삶의 모든 현상의 평가는 신앙이다. 그리고 이제 사람들이 자신들의 판단에 따른 신앙을 가지고 있으면서 어떠한 방법으로든 그 신앙을 그리스도의 가르침에서 나오는 신앙과 합치시킬 수 없는 것과 마찬가지로, 그리스도의 제자들 역시 이것을 행할 수 없었던 것이다. 그리고 이 오해는 복음서에 명료하게 표현되어 있는 경우가 많다. 그리스도의 제자들은 몇 번씩 그에게 그가 자기들에게 말한 것(〈마태복음〉 20장 20~28절, 〈마가복음〉 10장 35~45절)에 대하여 자기들의 신앙을 확증해달라고 요구하였다. 이 두 복음서에 의하면, 개인 생활을 믿고 있는 모든 이들과 이 세상의 복이 행복이라고 생각하는 인간(제자)들에 대한 엄중한 발언 이후, 부자는 천국에 들어가지 못한다는 말씀, 그리고 이보다 더 무서운 말씀인 개인 생활만 믿고 그리스도의 가르침을 위해서 모든 것과 자신의 생명을 버리지 못하는 자는 구원될 수 없다는 말씀 이후에도, 베드로는 질문하였던 것이다. "우리가 모든 것을 버리고 주를 좇았사오니 그런즉 우리가 무엇을 얻으리이까?" 또 〈마가복음〉에 따르면 야고보와 요한이 또 〈마태복음〉에 따르면 그들 두 사람의 모친이 예수에게 "주께서 영광 속에 계실 때 두 사람을 그 양쪽에 앉도록 해주시옵소서"라고 애원하였던 것이다. 그들은 그들의 믿음에 따른 보상에 대한 약속을 받아내기를 바랐던 것이다. 베드로의 질문에 예수는 비유로 대답한다(〈마태복음〉 20장 1~16절). 또 야고보의 질문에도 그는 말한다. "너희들은 스스로 무엇을 원하는지 모른다. 즉 너희는 불가능한 일을 원하는 것이다. 너희는 가르침을 이해하지 못하고 있다. 가르침이란 개인 생활의 부정이다. 그런데 너희는 개인적 영광을, 또는 개인적 보수를 원하고 있다. 너희들은 나의 잔과 똑같은 잔으로 마실(삶을 꾸려갈) 수는 있지만, 내 좌우에 앉는 것, 즉 나와 동등하게 되는 것은 누구에게도 불가능하다." 여기서 그리스도는 또 말한다. "이 세상의 권력자들이 개인 생활의 영광과 권력을 이용하고 또 그것을 기뻐하는 것은 다만 세속적 생활에서만이다. 그러나 너희들, 내 제자들은 인생의 의의가 그러한 개인적 행복 속에 있는 것이 아니라, 모든 이를 섬김 속에 또 모든 이 앞에서 낮아짐에 있는 것을 반드시 알아야 할 것이다." 인간은 섬김을 받기 위해서 사는 것이 아니라 남을 섬기기 위해 사는 것이고, 자신의 모든 개인 생활을 대금으로 바치기 위해서 살고 있는 것이다. 그리스도는 자기의 가르침을 온전히 이해하고 있지 않음을 보이는 제자들의 요구에, 그들이 그의 가르침에 따라 삶의 선과 악을 평가하는 믿음을 그들에게 그렇게 믿도록 명령한 것이 아니라 신앙이 근거를 두는 그 삶의 의의, 즉 진실로 무엇이 좋고 나쁘며, 무엇이 중요하고 중요하지 않은지 평가를 내릴 수 있는 삶의 의미를 설명했던 것이다.

우리가 어떻게 되고 어떤 상을 받을 것이냐는 베드로의 질문(〈마가복음〉 10장 28절)에 그리스도는 각기 다른 시간에 고용되었지만 같은 보수를 받는 일꾼들에 대한 비유로 답한다. 그리스도는 베드로에게 그의 신앙의 부재에 따른 그의 가르침의 몰이해에 대해서 설명하는 것이다. 그리스도는 말한다. "일의 분량에 따라 이 삶에서 개인적이고 아무런 의미도 없는 보수를 받는다고 하는 생각은 개인의 삶에 대한 믿음에서 나온다. 이러한 믿음은 우리가 어떠한 것에 대한 권리를 가지고 있다고 생각하는 억측에서 나오는 것이다. 하지만 인간은 어떠한 것에 대해서도 권리를 가지고 있지 않고, 또 가질 수도 없다. 인간은 다만 그에게 주어진 행복에 관한 의무를 가지고 있을 뿐이다. 그렇기 때문에 그는 그 누구와도 비교될 수 없는 것이다. 자기의 전 생애를 바친다고 해도, 역시 인간은 자기가 받은 것만큼의 보답을 할 수는 없다. 따라서 그 주인은 불공평하지 않은 것이다. 만약에 인간이 자기 삶에 대한 권리를 주장하고, 자기에게 삶을 제공한 태초와 셈을 치르고자 한다면, 그것은 그가 삶의 의미를 이해하지 못하고 있다는 것을 나타낼 뿐이다.

사람들은 행복을 얻은 후에, 또 추가로 무엇을 요구한다. 이러한 사람들은 할 일 없고 불행한 존재들로서 시장에 서서 두리번대고 있는 것이다. 이것은 사는 게 아니다. 주인은 그들을 고용하여 인생 최고의 행복, 즉 노동을 준 것이다. 그들은 주인의 은혜를 입었다. 그런데도 그 후 불만을 품게 된다. 그들은 자기의 위치에 대한 명백한 지각을 가지고 있지 않았기 때문이다. 그들은 자신의 거짓된 가르침을 품고 일터에 와서, 그들이 자신의 삶과 자신의 노동에 대해 권리를 가지고 있으며 그래서 노동은 보상을 받아야 하는 것이라고 생각한다. 그들은 이 노동 자체가 자기들에게 부여된 최대의 행복이며, 또 이 행복의 보답으로서 이것과 동일한 복을 일궈내도록 노력하는 한 가지만이 필요하며, 보수 같은 것은 요구할 것이 아니라는 점을 이해하지 못하는 것이다. 따라서 이러한 일꾼들과 마찬가지로 인생에 대해서 그릇된 이해를 가지고 있는 사람들은 올바르고도 참된 신앙을 가질 수 없다.

주인과 밭에서 돌아온 일꾼에 관한 비유는 그 제자들이 자기들의 가슴속에 신앙을 확증해달라는 솔직한 요구에 대한 해답으로서 제시된 것이지만, 이러한 비유는 그리스도가 교시하고 있는 신앙의 기초를 더하는 것이다.

〈누가복음〉 17장 3~10절. 형제에 대해서 한 번이 아니라 일곱 번씩 일흔 번까지 용서하라는 그리스도의 말씀에 그 제자들은 이 규율의 실행에 대한 그 어려움을 두려워하면서 말한다. "옳습니다. 하지만 …… 이것을 실행하려면, 믿음이 필요합니다. 우리에게 믿음을 더해주세요." 제자들이 예전에 그로써 무엇을 얻을 것이냐고 물은 것처럼, 그와 마찬가지의 내용을 오늘날 기독교인이라고 하는 사람들도 이렇게 말하고 있는 것이다. "믿고 싶지만 믿어지지가 않으니, 구원의 밧줄이 우리를 구해줄 것이라고 하는 우리 믿음을 더욱 확고히 해주세요." 그들은 말한다. "그렇게 하시면 우리가 믿을 겁니다." 이것은 바로 유대인들이 그리스도를 향해서 기적을 요구하면서 한 말이다. "기적을 보인다든지, 보상을 약속한다든지 해서, 우리들이 우리의 구원을 믿을 수 있게 해주세요."

제자들도 우리가 말한 것처럼 말한다. "우리가 현재 살고 있는 이 고독하고도 자기의지에 따라 일관된 삶에서, 우리가 신의 가르침을 행한다면 우리에게 한층 더 좋은 삶의 결과가 올 것이라는 것을 믿을 수 있었으면 좋겠습니다." 우리 모두는 다 그리스도의 가르침에 위배되는 요구사항을 내놓고서, 우리가 그래서 믿을 수 없음에 깜짝 놀라는 것이다. 당시에도 오늘날에도, 그 초보적인 오해에 대해 그리스도는 비유로 대답하고는, 그 속에 참된 삶이 무엇인가를 가르치고 있는 것이다.

신앙은 단지 그리스도가 말하는 사상에 대한 신뢰로만 생기는 것이 아니다. 신앙이란 오직 자기 위치를 인식하는 데서부터 생기는 것이다. 신앙이란 어떠한 상태에 있어 어떠한 일을 하는 것이 좋겠다는 이성적 사고에서만 비롯되는 것이다. 그는 보수의 약속과 형벌의 위협으로 이 신앙을 다른 사람들에게 불러일으킬 수 없다는 것과, 이따위 신뢰는 최초의 시험에 부딪쳐서 파괴될 아주 박약한 믿음이라는 것, 신앙이란 산도 움직이고 어떠한 것에도 동요되지 않는 믿음이라는 것, 또 그 피할 수 없는 사망에 대한 인식을 기본 전제로 하고, 이러한 위치에서 가능한, 유일한 구원의 길을 그리스도는 보여준 것이다.

신앙을 갖기 위해서 그 어떤 보상의 조약도 필요치 않다. 삶에 있어 피할 수 없는 사망으로부터의 유일한 구원은 주의 의지의 실행에 의한 보편적 삶이다. 이를 이해한 모든 이는 확증을 요구하지 않으며, 어떤 조약도 없이 구원될 것이다.

자기들에게 신앙을 확립해달라고 한 제자들의 요구에 대해서 그리스도는 말한다. "주인이 밭에서 일꾼들과 함께 돌아오면 주인은 일꾼에게 곧 식사를 하라고 명하지 않고 가축의 뒤치다꺼리를 하라 하고, 그 다음에 하인 노릇하라고 하며, 그 후에야 식탁에 앉아 식사를 한다. 일꾼은 이 모든 일을 하고도 자기가 학대를 당했다고 생각하지 않는다. 그는 잘난 척도 하지 않고 감사도 보수도 요구하지 않으며, 의당 그래야 해서 그렇게 했을 뿐이지, 자기는 필요한 일을 하고 있을 뿐이라는 것을 알고 있다. 또 그렇게 하는 것이 일에 있어서의 필수조건이며 그렇게 해야 삶이 행복하다는 것을 알고 있다." 그리스도는 말한다. "너희들도 이와 같이, 명령을 받은 일을 행할 때에는 다만 자기의 의무를 성의껏 다하는 것이라고만 생각해라." 주인과 자기와의 관계를 이해하는 자는 주인의 의지에 순종함으로써만 생명을 유지할 수 있으리라는 것을 깨달을 것이다. 그리고 이 사람은 자신의 행복이 어디에 있는가를 알고, 또 자기에게 무엇 하나 불가능한 것이라곤 아무것도 없다는 확실한 신앙을 가진 자이다. 참으로 이러한 신앙을 그리스도는 가르치고 있는 것이다. 그리스도의 가르침에 따르면, 신앙은 자기 삶의 의의의 합리적 인식에 입각한 것이다.

신앙의 기초는 그리스도의 가르침에 따르면 빛이다.

〈요한복음〉 1장 9~12절. "참빛 곧 세상에 와서 각 사람에게 비치는 빛이 있었나니 그가 세상에 계셨으며 세상은 그로 말미암아 지은 바 되었으되 세상이 그를 알지 못하였고. 자기 땅에 오매 자기 백성이 영접지 아니하였으나, 영접하는 자 곧 그 이름을 믿는 자들에게는 하나님의 자녀가 되는 권세를 주셨으니 이는 혈통으로나 육정으로나 사람의 뜻으로 나지 아니하고 오직 하나님께로서 난 자들이니라."〈요한복음〉 3장 19~21절. "그 정죄[24]는 이것이니, 곧 빛이 세상에 왔으되 사람들이 자기 행위가 악하므로 빛보다 어둠을 더 사랑한 것이니라. 악을 행하는 자마다 빛을 미워하여 빛으로 오지 아니하나니 이는 그 행위가 드러날까 함이요. 진리를 좇는 자는 빛으로 오나니 이는 그 행위가 하나님 안에서 행한 것임을 나타내려 함이라."

그리스도의 가르침을 이해한 사람에게는 신앙의 확립에 관한 문제는 있을 수 없다. 그리스도의 가르침에 의하면 신앙은 빛 위에, 진리 위에 수립된 것이다. 그리스도는 그 어디에서도 자신을 믿으라고 명령하지 않았다. 그는 오직 진리를 믿으라고 명령했을 뿐이다.

〈요한복음〉 8장 40절. 그리스도는 유대인들에게 말한다. "지금 하나님께 들은 진리를 너희에게 말한 사람인 나를 죽이려 하는 도다."

〈요한복음〉 8장 46절. "너희 중에 누가 나를 죄로 책잡겠느냐? 내가 진리를 말하매 어찌하여 나를 믿지 아니하느냐?"

〈요한복음〉 18장 37절. "내가 이를 위하여 났으며 이를 위하여 세상에 왔나니 곧 진리에 대하여 증거하려 함이로다. 무릇

24　여기서 정죄는 '분별'을 의미한다. ―옮긴이

진리에 속한 자는 내 소리를 듣느니라."[25]

〈요한복음〉 14장 6절. "예수께서 가라사대, 나는 길이요, 진리요, 생명이니."

같은 장 16절에서 그리스도는 제자들에게 말한다. "아버지께서 너희에게 다른 보혜사를 주사, 영원토록 너희와 함께 있게 하시리니. 저는 진리의 영이라. 세상은 능히 저를 받지 못하나니, 이는 저를 보지도 못하고 알지도 못함이라. 그러나 너희는 저를 아나니, 저는 너희와 함께 거하심이요, 또 너희 속에 계시겠음이라."

그리스도는 말한다. 그의 모든 것은 가르침이고, 그 스스로가 진리라고. 그리스도의 가르침은 진리에 관한 가르침이다. 따라서 그리스도를 믿는 것은 예수에 관련하는 어떤 것을 믿는 것이 아니라, 진리 그 자체를 앎이다. 그리스도의 가르침은 그 누구에게도 설득시킬 수 없고, 그 무엇으로도 그것을 실천하도록 매수할 수 없다. 그리스도의 가르침을 이해한 자는 그 안에 믿음이 있을 것인데, 이는 그 가르침이 진리이기 때문이다. 그의 행복에 필요한, 그 진리를 아는 자라면 그것을 믿지 않을 수 없을 것이고, 따라서 자기가 정말로 물속에 가라앉고 있다는

---

25 톨스토이는 예수가 신이라고 이 저술의 그 어디에서도 말하지 않는다. 그렇다면 톨스토이는 예수를 이 세상을 살아가는 데 가르침을 주는 인간 혹은 성인으로서만 인정하고 있음을 가늠할 수 있다. 따라서 〈요한복음〉 18장 37절의 앞부분 "빌라도가 가로되 그러면 네가 왕이 아니냐? 예수께서 대답하시되, 네 말과 같이 내가 왕이니라"라는 말씀을 의도적으로 이 부분에서 발췌하지 않았을 가능성이 높아 보인다. —옮긴이

것을 이해한 사람이라면 구원의 밧줄을 붙잡지 않을 수가 없는 것이다. 그러므로 신앙을 가지려면 어떻게 해야 하는가라는 질문은 단지 그리스도의 가르침을 이해하지 못하고 있음을 반영하는 질문일 뿐이다.

10.　　그리스도의 가르침에 따라 사는 건 힘들다!

　　우리는 말한다. "그래도 그리스도의 가르침에 따라 사는 건 힘들다!" 그렇다. 어떻게 힘들지 않겠는가. 우리 자신이 우리 삶으로써 자기의 상태를 자기 자신에게 열심히 은폐하고, 자기 마음의 상태는 실제의 그러한 상태가 아니라, 전혀 다른 상태라고 스스로에게 열심히 확신시키고 신뢰하도록 하는데, 어찌 힘들지 않겠는가. 그래서 우리는 이 신뢰를 신앙이라고 부르면서 이것을 신성한 경지까지 높이고는 모든 수단을 다하여―폭력, 감정 작용, 위협, 교태, 자기암시, 기만 등에 의하여―이 거짓된 신뢰로 이끄는 것이다. 우리들은 불가능한 것 또는 불합리한 것에 대한 신뢰를 지나치게 요구하기 때문에, 그 대상의 불합리성 자체를 진리의 징조라고 간주하기에 이르렀다. '불합리하기 때문에, 난 믿는다'Credo, quia absurdum라고까지 자랑스럽게 말하는 기독교인도 나타났다. 다른 기독교인들은 불합리는 사람들에게 진리를 가르칠 수 있는 최상의 수단이라고 생각하고는 열심히 이것을 반복해서 가르친다. 최근 매우 학식이 높고 똑똑한 어떤 사람과 이야기한 적이 있는데, 그는 나에게 기독교는 인생에 관한 도덕적인 교의치고는 보잘것없는 것이라고 말하였다. "이러한 것은 모두 스토아학파, 브라만교, 탈무드에 나와 있는 거네요. 그리스도의 가르침의 본질은 그런데 있지 않고, 교리 속에 표현되어 있는 형이상학적 이론에 있는 겁니다." 바꿔 말해, 그리스도의 가르침에 있어 중요한 점은 인류 전체에게 있어 영원하고 보편적인 요소나 생활을 위해서 필요하고 합리적인 요소가 아니라, 심오하고 어떤 이해 불가한 요소이다. 따라서 이 요소는 불필요하고 그 그리스도의 이름으로 수백만 명이 사망에 이른다.

우리는 오로지 악덕과 개인적 욕망을 기초로 우리의 생활과 세계 인류의 생활에 관한 그릇된 사상을 형성하였다. 그리고는 외형적·형식적으로 그리스도의 가르침과 합치하는 이 그릇된 사상에 대한 신앙을 인생에 있어 가장 필요하고도 귀중한 요소라고 생각하는 것이다. 만일 사람들 사이에서 수세기에 걸쳐 지지되어온 허위를 신뢰하는 역사만 없었더라면, 인생에 관한 우리의 사상과 그리스도의 가르침의 진리성은 벌써 옛날에 현현되었을 것이다.

다음과 같은 사실을 말한다는 것은 실로 무서운 일이다(나에게는 그렇게 느껴진다). 만일 그리스도의 가르침을 기초로 하여 발전된 교회의 교의라 하는 것(기독교 교리)이 전혀 없었다면, 현재 기독교도라고 불리는 사람들은 그리스도의 가르침, 즉 생활의 행복에 관한 합리적인 가르침에 현재보다 한층 더 접근해 있었을 것이다. 또한 모든 선각자들의 도덕적 교의가 그들에게 막혀버리지 않았을 것이다. 그들은 작은 진리의 설교자를 대할 때 그 설교자를 신뢰하였을 것이다. 그러나 이제는 진리 자체가 개봉되었다. 하지만 또 이 진리는 악덕한 사람들에게 극히 무서운 것으로 생각되었으므로 사람들은 그것을 허위라고 곡해하였으며, 그들은 진리에 대한 신뢰를 상실하게 된 것이다. 유럽 사회에서는 "나는 진리의 증언자가 되기 위하여 이 세상에 온 것이며, 그렇기 때문에 진리에 속하는 모든 사람은 내가 하는 말을 들을지어다"라는 그리스도의 선언에 대해서 벌써 훨씬 전부터 빌라도의 말을 빌려서 답한다. "무엇이 진리냐?" 그렇게 우리는 스스로 대답하는 것이다. 한 로마인 통치자의 정신 상태를 표현한 자못 우울하고도 진지한 아이러니를, 우리들은 참말로 받아들이고, 그것을 우리의 신앙이라 칭한다. 우리 사회의 모든 사람들은 진리를 알려고조차 하지 않고, 그런 소망도 없이 생활하며, 뿐만 아니라 한걸음 더 나아가 '모든 쓸데없는 일 가운데서 가장 쓸데없는 일은 인간의 생활을 규정하는 진리의 탐구이다'라는, 참으로 어처구니없는 확신을 굳히고 사는 것이다.

인생에 대한 가르침—유럽 사회에 이르기까지 모든 민족 사이에서 항상 중요하다고 생각되어진 것, 즉 필요한 유일한 일이라고 그리스도가 말한 것—이 한 가지가 우리들의 생활과 인류의 활동 전체에서 제외되어 버린 것이다. 오로지 이 일에만 종사하고 있는 시설을 교회라 불렀으며, 이 교회라는 시설은 누구에게도, 심지어 그것을 세운 사람들에게도 믿음의 대상이 되지 못한 것이다. 이미 아무도 안 믿게 되었다.

사색하고 고뇌하는 모든 사람들의 눈이 쏠려 있는, 빛이 새어 들어올 유일한 창문은 막혔다. '나는 무엇이냐? 나는 무엇을 해야 하나? 우리를 구원하기 위해서 강림한 신의 가르침에 따라 평안하게 사는 것은 정말 불가능할까?'라는 나의 질문에 그들은 답한다. "권력의 명령에 따르거나 교회를 믿어라." 그러나 "왜 우리는 이 세상에서 그처럼 살기가 힘든가?" 하고 절망적인 목소리로 나는 묻는다. "모든 악은 왜 있는 것일까? 과연 나는 내 삶에서 이 악에 참여하지 않고 살 수 있는 것일까? 과연 이 악을 약하게 할 수나 있는 것일까?" 사람들은 대답한다. "절대로 불가능하다. 인생을 잘 살고, 다른 사람들의 도움이 있기를 바라는 소망은 교만이고, 유혹이다. 유일하게 가능한 것은 미래의 자신의 생활을 위해서 자기와 자기의 영혼을 스스로 구원하는 일이다. 세상의 악에 참여하고 싶지 않다면, 그것에서 벗어나면 된다. 이 길은 모두에게 열려 있다." 교회는 이렇게 말한다. "그러나 이 길을 선택함과 동시에 너는 벌써 속세의 생활에 참여하지 않고, 속세에서 사는 것을 그만두고, 서서히 자기를 죽이는 것과 마찬가지 행위에 나서지 않으면 안 된다는 것을 알아라." 길은 오직 둘뿐이라고 교사들은 말한다.

"우리(귀족)와 권력을 믿고 이것에 복종하면서 우리가 만든 악에 참여하거나, 아니면 이 세상에서 벗어나 수도원으로 들어가 먹지도 자지도 않고 (성상화나 십자가가 걸려 있는) 기둥에 대고 몸이 곪아 터지도록 구부리고 펴기를 계속 반복하면서, 정작 사람들을 위해서는 아무것도 하지 않고, 그리스도의 가르침을 실천하는 것은 불가능한 것이니 정화식(침례식)과 같이 인간의 삶과는 맞지 않는 억지를 종교로 인정하던가, 그것도 아니면 아예 삶을 거부하고, 느린 자살과 다를 바 없는 삶을 살던가."

그리스도의 가르침이 사람들에게 매우 좋은 교훈이지만 다만 그 실천이 불가능하다고 인정하는 오해는 그리스도의 가르침을 이해한 자로서 개탄할 일이다. 그러나 말뿐만 아니라 그 행함으로 그리스도의 가르침을 실행하기를 원하는 사람이라면 반드시 세상을 떠나야 한다는, 그러한 오해는 그보다 더 개탄할 일이다.

세속의 유혹에 몸을 맡기기보다 차라리 세상을 떠나버리는 편이 낫다는 오해는 오래된 미망이고, 벌써 오래전 유대인들에게 알려져 있는 오해이지만, 이러한 일은 기독교 정신과 전혀 관계없을 뿐 아니라 유대교와도 관계없는 것이다. 이러한 오해에 반대하여 벌써 예수보다 훨씬 이전에 선지자 요나에 관한 이야기가 쓰여 있다. 이 이야기는 그리스도가 그리도 좋아했고, 자주 인용하는 이야기다. 이 이야기는 도입부터 최후까지 동일한 사상으로 일관된다. 선지자(선견자, 예언자) 요나는 자기 혼자 의로운 자가 되려고, 타락한 사람들을 멀리하고자 한다. 그러나 하나님은 그에 대하여, 너는 선지자라는 것, 너는 길을 잃은 사람들에게 신의 말씀을 전하고 그 진리를 이해시키기 위해 필요한 존재이기 때문에 길을 잃은 사람들로부터 멀리 피해서는 안 되며, 그들과 관계를 유지하면서 생활해 나가야 할 것이라고 계시한다. 요나는 타락한 니느웨(니네베)인들을 혐오하여 그들 곁에 가고 싶지 않았다. 제아무리 요나가 자기 사명에서 벗어나려고 해도, 하나님은 고래를 통해 요나를 니느웨 사람들 곁으로 돌아오게 한다. 그리고 하나님이 원하는 바가 이루어진다. 즉 요나로부터 신의 의지를 니느웨 사람들이 받게 되어, 그들의 생활은 개선된다. 그러나 요나는 자기가 신의 의지의 매개체가 된 것을 기뻐하지 않을 뿐더러 심지어 짜증까지 냈으며, 니느웨 사람들이 하나님을 사랑하는 것을 질투한다. 그는 혼자 의롭고, 혼자 좋아지기만을 바랐던 것이다. 그는 사막으로 떠나 자신의 운명을 한탄하며 울부짖고, 하나님을 원망한다. 어느 날 밤, 요나에게 호박이 자랐다. 그 호박은 요나에게 태양을 피하게 해주었으나, 다른 어느 날 밤 구더기가 이 호박을 먹어치워 버렸다. 그때 하나님이 그에게 말씀하신다. "너는 네 것이라고 부르는 호박이 아쉽겠지만, 그것은 어느 날 밤 생겼고 또 다른 날 밤 사라졌다. 그런데 나라고, 큰 민족 하나가 아깝지 않겠느냐? 그 민족은 멸망하고 있고, 마치 동물처럼, 오른손과 왼손을 분간도 못하고 살고 있다. 진리에 대한 너의 지식은 오직 그 지식을 필요로 하는, 그 지식을 가지고 있지 않은 자들에게 전하기 위해서 있다."

이 이야기를 알고 있는 그리스도는 자주 그것을 인용하였다. 그러나 그것 이외에 복음서에는 그리스도가 멀리 광야로 떠난 세례 요한을 몸소 찾아가, 설교를 시작하기에 앞서 어떻게 자신도 이 유혹에 빠졌는가, 어떻게 그가 마귀(기만)에 의해서 시험을 받으러 광야에 이끌려갔는가, 어떻게 이 기만을 이겼는가, 그리고 어떻게 다시 정신력의 힘으로 갈릴리로 돌아가서, 그 이래로 그 어떤 타락한 사람도 기피하지 않고 세리와 바리새인, 죄인들에게 진리를 가르치며 삶을 이끌어왔는지 기록되어 있다.[26]

교회의 교의에 의하면 신인 그리스도는 우리에게 삶의 예를 주었다. 우리 모두가 다 알고 있는 것처럼 그리스도는 자기의 전 생애를 소용돌이 속에서 보냈다. 예루살렘에서 세리들과 창

---

26 〈누가복음〉 4장 1~2절. 그리스도는 마귀(기만)에 의해 거기에서 시험을 받으러 광야로 이끌렸다. 〈마태복음〉 4장 3~4절. 마귀(기만)가 그리스도에게 말하기를 "만일 네가 돌로부터 떡을 만들 수 없다면 너는 신의 아들이 아니다." 그리스도께서 대답하여 가라사대 "사람이 떡으로만 살 것이 아니요, 하나님의 입으로 나오는 모든 말씀으로 살 것이라 하였느니라." 이에 마귀가 말한다. "만일 네가 신이 불어넣은 것에 의하여 갈고 있다면 꼭대기에서 뛰어내리라. 너는 육체를 죽이겠지만 신에 의하여 너에게 불어넣어진 정신은 결코 멸하지 않으리라." 이에 예수께서 대답한다. "육체에 있어서의 나의 삶은 신의 의지이다. 자기 육체를 죽이는 것은 신의 의지에 반하는 것, 즉 신을 시험해 보는 것이다." 〈마태복음〉 4장 8~11절. 그러자 마귀는 말한다. "만일 그렇다면 모든 사람들처럼 육체를 섬기라. 육체는 너에게 보답하리라." 그러자 예수가 대답한다. "나는 육체에 대해서 무력하다. 삶은 정신 안에 있다. 그러나 나는 육체를 없앨 수 없다. 왜냐면 정신은 신의 의지에 의하여 나의 육체 속에 들어 있는 것으로, 나는 육체에서만 우리 하나님 아버지를 섬길 수 있기 때문이다." 이리하여 그리스도는 광야에서 세상으로 갔다.

부들과 지냈고, 바리새인들과도 함께 지냈다. 그리스도의 주요 계명은 이웃에 대한 사랑과 그의 가르침을 다른 사람들에게 설파하는 일이다. 이 모든 것은 세상과 부단한 교통을 요구한다. 그런데 뜻밖에도 사람들이 이렇게 되고자 한다면, 그리스도의 가르침에 따라 모든 사람에게서 벗어나야 하며, 그 누구와도 그 어떤 개인적 관계를 맺지 않아야 하고, 결국 십자가에 매달리게 된다는 결론을 내렸던 것이다. 그리스도의 예를 따르기 위해서는 그가 가르친 것이나 행한 것과는 정반대의 일을 해야 한다는 결론을 내린 것이다.

그리스도의 가르침을 교회의 해석에 따르면 속인들과 수도원 사람들에게도 자기와 타인을 위해서 어떻게 하면 더 잘 살 것인가 하는 삶에 관한 가르침이 아니라, 계속 나쁜 생활을 해나가면서도 미래에 구원을 받기 위해서 세상 사람들은 무엇을 믿어야 하는지에 관한 문제를 말하는 교의라고 사람들은 생각한다. 또 수도원에 있는 사람들은 이 생활을 자기를 위해서 현재보다 더 나쁘게 하려면 어떻게 해야 하는지 말하는 교의로 여긴다.

그러나 그리스도는 그러한 것을 가르치지 않았다.

그리스도는 진리를 가르친다. 만일 추상적인 진리가 진리라면 그것은 실재에 있어서도 마찬가지로 추상적일 것이다. 만일 하나님 안에서의 삶이 유일한 진리의 삶이라면, 그것은 이 지상에 있어서도, 사회생활에 있어서의 모든 우발적인 사건의 경우에도 마찬가지로 행복한 참된 삶이어야 한다. 만일 실생활이 이 지상에서의 인생에 대한 그리스도의 가르침을 확증하지 못한다면, 이 가르침은 참된 가르침이라고 할 수 없을 것이다.

그리스도는 우리를 보다 더 좋은 것으로부터 보다 더 나쁜 것으로 부르는 것이 아니라, 그 반대로 나쁜 것에서 좋은 것으로 부르고 있다. 그는 목자를 잃고서 멸망하는 양과 같이 방황하는 사람들을 불쌍히 여기며, 그 자들에게 목자를 줄 것과 좋은 목장을 줄 것을 약속하는 것이다. 그는 다음과 같이 말한다. "내 제자들은 내 가르침 때문에 세상에서 추방을 당할 것이다. 그러므로 내 제자들은 세상의 추방을 강건하게 인내하고 견뎌내야 할 것이다." 그러나 그는 자기의 가르침을 따를 때, 제자들이 세상의 가르침을 따름으로써 받는 것보다 더 참아야 한다고 말하지는 않는다. 반대로 세상의 가르침을 따르는 자는 불행하게 될 것이지만, 그의 가르침을 따르는 자는 행복하게 될 것이라고 말하고 있다.

그리스도는 신앙에 의한 구원 혹은 금욕주의, 즉 상상이 만들어낸 허위나 이 삶에서의 자발적 고행을 가르치는 것이 아니다. 그가 가르치고 있는 것은 그것에 따라 개인이라는 삶으로부터 구원을 받는 것과 이 땅에의 개인적 삶에 있어서 더 적은 고난과 더 많은 기쁨이다.

그리스도는 자기의 가르침을 개시하면서 사람들에게, 그의 가르침을 실천하는 사람들은 비록 그렇지 않은 사람들 사이에 끼어 있어도 그 때문에 불행하게 되는 일이 없고, 오히려 그것과는 정반대로, 실행하지 않는 사람들보다 더 행복하게 살 것이라고 말한다. 이 세상에 대해 염려하지 않는 것이 이 세상을 살아가는 데 있어 확실히 더 큰 이득이라고 그리스도는 말하는 것이다.

그런데도 베드로가 말하기 시작한다. "보소서, 우리가 모든 것을 버리고 주를 좇았사오니, 그런즉 우리에게 무엇이 있겠사옵니까?" 예수께서 가라사대 "내가 진실로 너희에게 이르노니, 세상이 새롭게 되어 인자가 자기 영광의 보좌에 앉을 때에, 나를 좇는 너희도 열두 보좌에 앉아 이스라엘 열두 지파를 심판하거나, 또 내 이름을 위하여 집이나 형제나 자매나 부모나 자식이나 전토를 버린 자마다 여러 배를 받고 또 영생을 상속하리라"(〈마태복음〉 19장 27~29절, 〈마가복음〉 10장 28~30절, 〈누가복음〉 18장 28~30절).

옳다. 그리스도는 그의 가르침을 듣는 사람들은 듣지 않는 사람들로부터 박해를 받게 될 것이지만 제자들이 그 때문에 무엇을 잃을 것이라고는 말하지 않는다. 도리어 그는 자기 제자들이 이 지상에 있어 다른 사람들보다 더 큰 기쁨을 갖게 될 것이라고 말하고 있다.

그리스도가 이렇게 말하고, 또 이렇게 생각하고 있다는 것에 관해서 그 말씀의 명확함, 가르침 전체의 의의, 그밖에 또 누가 어떠한 생활을 일관하였는가, 그 제자들이 어떻게 생활하였는가 등등을 보면 의심할 여지가 조금도 없다. 하지만 이것이 진짜일까?

논리적으로 그리스도의 제자들과 세상에 따르는 자들 중 어느 쪽이 더 우수할까 하는 문제를 검토해보면, 그리스도의 제자들은 만인에게 선행을 베풀 것이기 때문에 온갖 세상 사람의 마음속에 증오감을 일으키지 않을 것이고, 따라서 그들의 지위가 보다 더 나을 것이 틀림없다고 시인하지 않을 수 없을 것이다. 그리스도의 제자들은 그 누구에게도 악을 행하지 않기 때문에 아마도 악한 사람들로부터만 쫓겨날 것이지만, 세상에 따르는 자들은 모든 사람들로부터 쫓겨날 것이다. 왜냐하면 세상을 따르는 자들이 가지는 삶의 법칙이란 투쟁의 법칙, 즉 서로가 서로의 머리를 밟고 올라서야 하는 법칙이기 때문이다. 고난의 경우는 두 쪽에 다 있겠지만, 그 차이는 그리스도의 제자들이 그것에 관해 준비를 하고 있는 반면, 세상의 제자들은 그것을 회피할 기회만 엿볼 것이라는 점, 또 그리스도의 제자들은 고난을 당하면서 그들의 고난이 세상을 위해 필요한 것이라고 생각하겠지만, 세상의 제자들은 고난을 당하면서 도대체 왜 그들이 고난을 당하는지 알지 못할 것이라는 점에 있다. 이렇듯 추상적으로만 판단해 보아도, 그리스도의 제자들이 세상의 제자들보다 유리하다는 것을 추론해낼 수 있다. 그렇다고 한다 해도, 정말로 그러할까?

이 사실을 확인해보고 싶다면, 각자 누구나 다 자기가 지금까지 참아온, 또는 지금도 참고 있는 자기 생애에서 괴로운 순간의 모든 육체적·정신적 고통을 상기하여 무엇 때문에 자기가 모든 이러한 불행을 참는 것인지, 세상의 가르침 때문인지, 그리스도의 가르침 때문인지 자문해보게 하라. 진지한 사람에게 충분히 자기의 지나온 모든 삶을 되돌아보게 한다면, 그는 그 어느 때에도, 그리스도의 가르침을 실천함에 따라 고통받은 적이 단 한 번도 없음을 깨달을 것이다. 그러나 자기 생활에 있어 불행을 느끼는 대다수의 사람들은 그 불행이 자기의 적성과 정반대인 세상의 가르침에 자기가 따랐기 때문에 발생되는 것임을 깨달을 것이다.

세속적인 의미로 엄청나게 행복하다고 할 수 있는 나의 삶 속에서, 나는 고난을 겪었다. 그 고난은 세상의 가르침이라는 이름으로 나에게 주어진 것이었고, 그리스도의 이름으로 겪는 선량한 순교자의 고통과 맞먹을 정도였다. 내 삶에 있어서 힘들었던 그 모든 순간들, 학생 시절의 폭음으로 시작해서 결투에까지 이르게 한 그 방탕함, 또 전쟁을 위시하여 나를 건강하지 못하게 만든 부자연스럽고 고통스러운 삶의 조건들, 이러한 모든 것들 속에서 나는 지금도 살고 있으며, 세상의 가르침이라는 이름으로 나에게 계속 해악을 끼치고 있는 것이다.

그렇다. 나는 세상적인 관점에서 볼 때, 뛰어나게 운이 좋다고 말할 수 있는 내 삶에 대해서 말하는 것이다. 그러나 세상의 가르침에 따라 고통받아 왔고 지금도 고통받는 수난자들의 그 고통만큼, 나는 그 고통을 다시는 생생히 떠올리기 싫다.

우리는 세상의 가르침을 실행할 때의 그 모든 위험성과 닥쳐올 괴로움을 보지 못한다. 그것은 단지, 그것을 위해 우리가 참아야 할 통과의례라고 여기기 때문이다.

우리 스스로 행하는 그 모든 삶의 통과의례는 본질적으로

다 불행한 것이고, 그런즉 우리는 그리스도가 가르친, 우리의 불행으로부터 구제시켜 행복하게 사는 법을 이해하지 못한다.

어떠한 생활이 더 행복한 생활이냐 하는 문제를 판단하는 상태에 이르기 위해서, 우리는 적어도 머릿속에서만큼은 자기기만적인 생각들을 거부하고, 선입견 없이 나와 내 주위를 둘러보아야 한다.

특히 사람들이 많이 모여 있는 도시로 가서 그 피로한, 떨리고 병든 얼굴을 보라. 그 후 세세한 부분까지 당신에게 잘 알려지게 된, 자신과 다른 이들의 삶을 떠올려보라. 모두가 들어서 잘 아는, 억지로 강요된 죽음 내지는 자살들을 떠올려보라는 말이다. 그리고 나서 질문하라. "이 모든 고통, 사망, 자살로 이끄는 절망들은 도대체 누구의 이름에서 비롯된 것인가?" 그러면 당신은 알게 될 것이다. 처음에는 이상하게 여겨질지도 모르겠지만, 머지않아 사람들의 고통의 원인이 십중팔구 세상의 가르침 때문이라는 것과 이 세상의 가르침에 따른 고통이 필요한 통과의례도 아니고, 없어도 된다는 것을. 또 사람들 대부분이 세상 가르침의 희생자라는 것을.

가을비가 내린 어느 일요일, 나는 트람바이를 타고 수하레프 탑 시장을 통과한 적이 있다. 열차는 군중이 들끓는 속을 비집고 들어갔다. 군중은 열차가 지나가자마자 다시 또 혼잡을 이루었다. 아침부터 밤까지 이들 수천 명의 사람들은 대다수가 굶주리고 다 해진 옷을 몸에 걸치고서 진창 속에서 서로 욕설을 퍼붓고 속이고 미워하며 밀치락달치락 아주 야단들이다. 이와 동일한 일이 모스크바의 모든 시장 바닥에서도 일어날 것이다. 이러한 사람들은 대폿집과 선술집에서 밤을 보낼 것이다. 자기들의 셋방과 더러운 방에서 잠을 잘 것이다. 일요일, 그것은 그들의 일주일 중에 가장 좋은 날이다. 그리고 월요일부터 다시 그들은 그 병독에 찬 더러운 방에서 또다시 지긋지긋한 생활에 들어가게 되는 것이다.

이러한 모든 사람들의 삶과 자기 자신을 그러한 환경에 가져다 놓기 위해서, 즉 새로운 생활 환경을 찾아 스스로 떠난 옛 상태를 떠올려 보라. 그리고 이러한 사람들—남녀—이 자발적으로 부담하는 피눈물 나게 힘든 상황을 생각해 보라. 그러면 여러분들은 그들이야말로 진정한 순교자, 즉 자발적 수난자라는 사실을 깨닫게 될 것이다.

이와 같은 모든 사람들은 다 집과 밭과 부모와 형제를 버리고, 때론 처자까지 마다하고 모든 것, 즉 생활 그 자체까지 거절하여, 세상 가르침에 따라 각자에 있어 필요하다고 생각되는 것을 얻기 위해 도시로 떠난 것이다. 그 결과로 그들은 모든 걸 잃고서 싼 하숙방에서 고기 찌꺼기를 먹고, 보드카를 마시면서 서서히 죽어간다. 수만의 불운한 사람들은 말할 것도 없고, 공장노동자·마차꾼·유모·창녀들로부터 시작해서 부유한 상인, 장관, 또 그들의 아내에 이르기까지 모든 사람들이 괴롭고 부자연스러운 생활을 영위하고 있지만, 세상 가르침에 따르면 자기들에게 필요하다고 생각되는 것을 이 사람들은 여전히 얻지 못하고 있는 것이다.

가난뱅이부터 갑부에 이르기까지 찾아다니면서 그들 사이에서 세상 가르침에 의해 필수불가결하다고 생각되는 것을 얻기 위해 만족할만한 것을 순수 벌어들이는 사람을 찾아내려고 노력해 보라. 그렇게 하면 당신들은 천 명의 사람 중에서 단 한 사람도 그러한 사람을 찾아낼 수 없다는 걸 깨달을 것이다. 모든 사람들은 온 힘을 다해 그들에게 필요 없는 것을 얻으려고 하지만, 그들의 불행이 없으면 존재하지 않을 이 세상의 가르침은 그에게 계속적으로 요구한다. 자기가 요구하는 것을 얻자, 그 즉시로 또 다른 것을 요구한다. 이렇듯 그들의 생활을 파멸시키는 시지푸스[27]의 일이 끝없이 되풀이되고 있는 것이다. 일 년에 300루블을 소비하는 사람으로부터 오천 루블을 소비하는 사람에 이르기까지 여러 계층을 조사해보라. 300루블을 가지고 있을 때는 400루블, 400루블을 가지고 있을 때는 500루블을 얻기 위해서, 피곤하지 않은 사람을 거의 발견하지 못할 것이다. 순수하게 자기 의지로, 500루블에서 400루블을 버는 생활로 돌아가고 싶은 사람도 한 사람도 없을 것이다. 이러한 예가 있다면, 이 변화는 자기 삶을 편하게 하기 위해서가 아니라 돈을 모아두고 감춰두기 위해서 일 것이다. 모든 사람들은 현재로도 피곤한 자기 생활을 노동으로 한층 더 피곤하게 하고, 또 자기들의 생명과 영혼을 전부 세상의 가르침을 위

---

27 《그리스 신화》에 등장하는 코린트의 왕. 신의 비밀을 사람들에게 말한 죄로 영원히 돌을 운반하는 벌이 가해졌다. —옮긴이

해 바치는 것이 무엇보다 필요한 일인 것이다. 오늘은 옷과 신발을 사고, 내일은 줄이 달린 시계, 모레는 소파와 램프가 있는 방, 다음에는 응접실용 융단과 비로드천의 옷, 그 다음에는 집, 차, 금장 사진틀에 든 그림을 샀고, 그 후에도 힘에 부치는 일을 계속한 결과, 결국 병을 얻게 되어 죽어버린다. 다른 사람은 이 일을 이어받아 계속 그 일을 해나가고, 역시 같은 몰록 신[28]에게 자기 생명을 바치고는 마찬가지로 죽고 만다. 역시 자기가 왜 이러한 일을 행하고 있는지 그 까닭을 본인도 모르는 것이다. 그러나 원래 인간이 자기 삶에서 이러한 모든 일을 행하는 생활 그 자체가 행복이라고 불리는 것이 아닐까?

모든 사람들이 행복이라고 부르는 이 생활을 저기 저 저울에 재보라. 그러면 당신은 이 생활이 무섭게 불행하다고 하는 것을 깨달을 것이다. 그렇다면 실제로 그 누구도 논박하지 않을, 이 땅에서의 행복의 주요 조건은 무엇일까?

만인이 시인하고 있는 행복의 제일 조건 중 하나는 인간과 자연과의 관계가 파괴되지 않는 그런 생활이다. 탁 트인 하늘 아래 햇볕을 쪼이며 신선한 공기를 호흡하고 사는 것이다. 모든 사람들이 이것을 잃는 것을 대단한 불행으로 여긴다. 감옥에 갇힌 사람들은 누구보다도 많이 이 상실감을 느낄 것이다. 세상의 가르침에 따라서 살아가는 사람들의 생활을 관찰해보자. 그 세상의 가르침에 따라서 생활하며 성공을 얻는 방법이

---

28 만족할 줄을 모른 탐욕의 신. ─옮긴이

많으면 많을수록 그들은 햇빛·평원·숲·짐승·가축들을 목격하는 경우가 드물게 될 것이다. 그들 대다수—특히 여성은 거의 전부—는 노년에 이르기까지 한평생을 통해 일출을 한두 번밖에 본 적이 없고, 마차나 기차에서 창밖으로 본 것 외에는 밭과 숲을 본 일이 없고, 무엇 하나 씨를 뿌리거나 나무를 심어본 경험도 없고, 소·말·닭에게 먹이를 주어 길러본 적도 없다. 하물며 동물이 어떻게 해서 생겨나 자라는가 하는 이해를 가지고 있을 수도 없다. 그들은 다만 인공에 의하여 만들어지는 옷감, 돌, 나무들을 볼 뿐이다. 그것도 태양의 광선 아래 보는 것이 아니라 인공적인 불빛 아래서 본다. 그들이 귀로 듣는 것이라고는 자동차와 짐수레의 소음, 대포, 악기들 소리뿐이다. 그들이 맡는 것이라곤 술 냄새, 향수, 담배 연기가 전부다. 그들의 손발 아래에 가지고 있는 것이라곤 직물, 돌, 수목으로 만든 것뿐이다. 그들 대부분은 위가 약하다고 하면서 신선하지 못한, 악취가 나는 음식을 먹는다. 그들이 A에서 B로 이사 간다고 해도, 이 상실에서 그들을 구출하지는 못할 것이다. 그들은 밀폐된 상자 속에서 이리저리 돌아다닌다. 농촌이든 외국이든 어디를 가든, 그 발아래에는 동일한 직물과 수목으로 만든 것이 있고, 햇빛을 차단하는 똑같은 커튼이 있다. 똑같은 머슴, 문지기, 마부가 있고, 그들로 하여금 땅, 동식물과 교류하지 못하게 한다. 어느 곳에 있던지 간에 그들은 유폐된 사람들처럼 이 행복의 조건을 상실하고 있다. 감금된 사람이 감옥 뜰에 우거진 잡초와 쥐와 거미를 보고서 마음을 위로하는 것과 마찬가지로,

그들 또한 빼빼 마른 실내용 식목과 앵무새, 원숭이 등을 보고서 때론 기뻐하지만, 그러한 것들조차 그들 자신이 기른 것은 아니다.

또 다른 행복의 틀림없는 조건은 노동이다. 첫째로 좋아하고 자유로운 노동이 되어야 하며, 둘째로 식욕을 주고 사람을 안정시키며 깊은 잠에 빠지게 하는 육체노동이 되어야 한다. 그러나 또다시 세상의 가르침에 따르는 그들은 더 큰 행복에 이르면 이를수록 이 두 가지의 행복의 요건을 상실하고 있는 것이다. 모든 세상의 행운아들은 고관대작이거나 갑부이거나, 아니면 모두 다 갇힌 자들처럼 노동을 빼앗기고 있으며 또 육체적 노동이 없음으로 해서 생기는 질병과 헛되이 싸우거나(내가 '헛되이'라고 말하는 것은 의심할 것도 없이, 일이 필요한 경우에 한해서 일은 즐거운 것이지만, 그들에게는 무엇 하나도 필요 없기 때문이다) 혹은 그보다 더 헛되이 권태를 극복하지 못하고 있는 것이다. 또는 은행가·검사·도지사·장관과 그들의 부인들과 같이 자기가 하는 일을 혐오하며 일하는 사람들이다. (내가 '혐오'한다고 말한 이유는, 그들 중에서 단 한 번도 자기 일을 칭찬하며, 문지기가 집 앞에 쌓인 눈을 쓸 때 느끼는 만족감만큼을 가지고, 자기 일을 하는 사람을 본 적이 없기 때문이다.) 이 사람들은 노동을 상실하였거나 혹은 좋아하지 않는 일에 결박되어 있는 것이다. 다시 말해, 죄수가 놓여 있는 그러한 상태에 있는 것이다.

행복의 확실한 세 번째 조건은 가정이다. 그러나 여기서도 이 행복에 도달하는 예는 드물다. 대부분의 사람들은 간음자이고, 의식적으로 가정의 즐거움을 거부하고, 불편한 것에만 종사한다. 비록 그들이 간음하는 자가 아니라 해도 그들에게 있어서 아이들은 즐거움이 아니라 무거운 짐이다. 따라서 그들은 스스로 모든 수단, 때로는 가장 고통스러운 수단에까지 호소하여 아이를 만들지 않으려고 피임법을 쓰면서 성교를 한다. 혹은 아이들이 있더라도 그들은 아이들과 놀 때의 즐거움을 잃어버렸다. 세상 가르침에 따라 그 아이들을 타인의 손에, 새빨간 타인의 손에, 그 최초는 외국인, 그 다음은 국가교육의 손에 맡기지 않으면 안 된다. 따라서 그들이 가정에서 얻는 것은 다만 슬픔의 원인으로서 아이라는 존재다. 그 아이들은 유년 시절부터 불행하게 되고, 부모에게 갖는 마음은 다만 한 가지 감정이다. 즉 양친에게서 유산을 받기 위해서 그 부모의 죽음을 바라는 감정뿐이다.[29] 그러나 가족에 관한 그들의 생활의 결과는 옥에 갇힌 사람들이 빠지는 가정의 상실보다 한층 더 괴로운 것

---

29 가끔 부모들에게서 듣는 이러한 생활의 정당화는 참으로 놀랄만한 것이다. 즉 "나에게는 아무것도 필요 없다. 생활이 궁핍하다. 그러나 나는 아이를 사랑하고 있기 때문에 그들을 위해서 이 일을 하는 것이다"라고 세상의 아버지들은 말하고 있지만 이것은 참으로 무서운 이야기다. 그것은 바꿔 말하면 "확실히 자기 경험에 의하여, 우리의 생활이 불행하다는 것을 알고 있기 때문에 나의 아이들을 나와 같이 불행하게 되지 않도록 교육하고 있는 것이다. 때문에 나는 아이들에 대한 나의 사랑에 의하여 그들을 정신적으로도 육체적으로도 더러울 대로 더러워진 도회지로 데려다가 교육을, 그것도 영리적인 목적으로만 생각하고 있는 타인의 수중에 맡기는 것이다. 이렇게 해서 나는 나의 자식들을 육체적으로도, 정신적으로도, 지적으로도, 열심히 더럽히고 있는 것이다"라는 말이 된다. 그리고 참으로 이러한 잘못된 판단이 양친의 비합리적 생활을 정당화시키는 역할을 하는 것이다.

이다.

행복의 네 번째 조건은 이 세상의 각양각색의 사람들과의 자유롭고도 사랑이 넘치는 교제다. 이 경우에도 역시 세상에 있어 높은 지위에 오르면 오를수록 사람들이 이 중요한 조건을 상실하게 되는 경우가 더 많아지게 된다. 높은 지위에 오르면 오를수록, 이러한 사람들에게 교제가 가능한 사람들은 점점 속물적인 사람들밖에 안 남게 되며 그 교제의 범위도 협소해진다. 이러한 매력적인 사람들과 인맥의 굴레를 스스로 만들고 있는 몇몇 사람들은 그들의 지적, 도덕적 상태에 있어 점점 더 타락한다. 농부와 그 아내에게는 세계와의 교제가 열려 있다. 따라서 100만 명이 그들과 교제할 것을 원치 않는다 하더라도, 그들의 곁에는 그들과 같이 노동하는 8,000만 명의 사람들이 있다. 그는 이러한 사람들과 아르한겔스크에서부터 아스트라한에 이르기까지의 광범위한 지역에서 소개와 방문을 고대할 것도 없이 가장 가까운 형제와 같은 관계에 들어갈 수 있는 것이다. 무슨 무슨 관리와 그런 그의 아내에게는 오로지 그들과 같은 똑같은 계급의 사람들만 있다. 그들보다 관등이 높은 사람들은 자기들을 접근시켜주지 않는다. 또 그들보다 계급이 낮은 사람들을 그들은 만나지 않는다. 사교계의 부유한 사람들과 그 부인들에게는 사교계에서 볼 수 있는 몇십 가정만 있다. 그러나 그 나머지 모든 가정들은 그들과 만나지 않는 것이다. 장관·부호 및 그 가족에게는 역시 그들과 마찬가지의 거만을 떠는 부유한 사람들이 열 명쯤 있다. 황제와 왕자의 교제 범위는 더 좁다. 이것이 죄수가 불과 두세 명의 동료 죄수들과 교제하는 것과 무엇이 다른가?

마지막으로 행복의 다섯 번째 조건은 건강과 고통 없는 죽음이다. 이 경우에도 사람들의 계급이 높으면 높을수록, 이 행복의 요건을 얻지 못하는 수가 더 많아진다. 중산층 정도의 부자와 그 아내, 중간계급 정도의 농부와 그 아내를 조사해보라. 굶주림과 터무니없는 노동량에도 불구하고, 이 쌍방의 사람들을 비교해보면, 남녀를 가릴 것 없이 그 지위가 낮으면 낮을수록 보다 더 건강하고, 지위가 높으면 높을수록 더 병들어 있음을 알 것이다.

당신이 현재 알고 있고, 또 과거에 알고 있었던 부자나 그들의 부인들의 상태를 조사해보라. 그러면 당신은 그들 대부분이 질병에 걸렸던 적이 있음을 알 것이다. 그들 중에서 정기적으로 치료를 받지 않는데 건강한 몸을 가지고 있는 사람은, 마치 노동계급에서의 환자와 마찬가지로 손에 꼽을 정도다. 이러한 행운아들은 모두 예외 없이 수음, 자위를 시작하고 그래서 노동계급의 사람이 힘이 붙을 만할 무렵, 그들은 벌써 이가 빠지거나 머리카락이 하얘지고 대머리 노인이 되어 있는 것이다. 거의 모든 사람들은 폭음, 폭식, 음란행위, 신경계통의 질환, 소화기병, 성병에 걸려 있다. 다행히 청년시절에 죽지 않은 사람들은 그 생애의 절반을 치료 또는 진통제 주사로 보내거나 피부가 축 늘어진 채 장애인 행색을 하고 다니는 것이다. 그리하여 자기 혼자의 몸으로 생활하지 못해, 기생충 같이 혹은 일개미가 벌어다 먹이는 여왕개미처럼 평생을 불구자로 지내는 것이다. 그들의 죽음을 생각해 보라. 어떤 자는 권총 자살을 하고, 어떤 자는 매독으로 몸이 썩고 또 어떤 자는 늙은이가 된 후에 너무 많이 마신 자양강장제가 그 원인이 되어 죽고 만다. 또 어떤 사람은 흥분에 몸을 맡겨 싸우다가 몸이 잘리고, 또 어떤 이는 바이러스에 먹히거나 병균에게 먹힌다. 또 어떤 이는 알코올 중독에 빠져 죽고 또 어떤 이는 모르핀과 같은 마약에 빠져 죽고, 또 어떤 사람은 비자연적인 낙태시술 때문에 죽는다. 연이어 속속들이 하나씩 죽어간다. 그들은 세상의 가르침 때문에 파멸한다. 군중들은 그 가르침에 매달려 마치 순교자처럼 고통과 멸망을 갈구하는 것이다.

한 생명이 다른 생명에 이어서 이 신神의 바퀴 밑으로 몸을 던진다. 그 바퀴는 이러한 생명을 갈라놓으면서 통과한다. 그리고 또 다른 새로운 희생이 그 바퀴 밑에서 신음과 절규, 저주를 퍼부으며 여기저기 나뒹군다!

그리스도의 가르침을 실천하기란 힘들다. 그리스도는 말한다. "나를 따르려고 하는 자는 집·밭·형제를 버리고 하나님인 내 뒤를 따르라. 그렇게 하는 자는 이 세상에 있어 백 배는 더 큰 집·밭·형제를 얻게 되고, 또 거기에 영생까지 덤으로 얻으리라." 그러나 아무도 그를 따르지 않는다. 세상은 말한다. "집을, 밭을, 형제를 버리고 농촌에서 타락한 도시로 가라. 가서 자기 일생을 발가벗은 목욕탕지기로서 뜨거운 김 속에서 남의 등에 비누나 발라주며 또는 여관의 고용인이 되어 평생 동안 지하실에서 돈이나 한 푼 두 푼 세면서 살아라. 또는 검사가 돼서 한평생을 재판소에서 불행한 사람들의 운명을 더 나쁘게 하는 일에 종사하거나, 장관이 되어서 허둥지둥 쓸데없는 서류와 씨름을 하며 그것에 서명이나 하면서 보내라. 아니면 장교, 부사관이 되어서 사람들을 죽이면서 살아라. 늘 괴로운 죽음으로 끝나는 추악한 이 삶에 일관하는 것이다. 그러면 당신은 이 세상에서 아무것도 얻지는 못할 것이고, 또 영생도 얻지 못할 것이다." 그런데도 사람들은 이러한 말에 따른다. 그리스도는 말하였다. "십자가를 지고 내 뒤를 따르라." 즉 "너희들은 너희 위에 떨어진 운명에 순종하고[30], 신인 내 뒤를 따르라." 하지만 아무도 그 뒤를 따르지 않는다. 그러나 앞에서 말한, 전혀 견장이 어울리지 않는 지휘관의 경우, 살인하러 전쟁에 나갈 때, 갑자기 어떤 생각이 떠올라서 다음과 같이 말한다. "십자가를 지는 게 아니라 군장과 소총을 짊어져라. 그리고 각종 고통과 확실히 죽음이 기다리는 전쟁터로 가자. 나를 따르라." 그러면 모든 사람들이 따른다.

가족·부모·아내·자식들을 버리고서, 알록달록한 어릿광대의 옷을 입고, 처음 만나는 자기보다 높은 계급의 사람마다 경

---

30 러시아어는 교회 슬라브어에서 출발하였다. 그래서 외래어를 제외한 거의 모든 단어가 다 기독교적인 의미를 내포한다고 역자는 생각한다. 러시아어 원문에서 이 부분에 나온 단어, 복종하다повиноваться는 '십자가, 즉 죗값을 함께 짊어짐으로써 그리스도를 따르다'의 의미에서 그 의미가 파생되어, '복종하다, 순종하다'는 의미를 가지게 된 것이다. ─옮긴이

례를 한다. 그들은 춥고 배고프고 고문 같은 행군을 하며 어디론가 걸어간다. 마치 싸움소 떼가 전투장으로 가는 것 같다. 그렇지만 그들은 싸움소가 아니다. 사람이다. 적어도 싸움소는 누가 자신들을 전투장으로 몰고 가는지는 알지 못해서 그렇게 하는 것이다. 이는 아직도 해결되지 못한 문제이다. 도대체 무엇 때문에? 마음에는 절망이 가득하고, 추위와 배고픔에 말라 비틀어져 가면서 전염병까지 걸린 상태로, 대포나 총알이 그들을 멈춰 세울 때까지 그들은 계속 그렇게 걸어가는 것이다. 그리고 나서 그들에게 알지도 못하는 사람들을 죽이라고 명령한다. 그들이 쏘고 저들도 쏜다. 총을 쏘는 사람 가운데 그 누구도 무엇을 위해, 무엇 때문에 그러는지 알지 못한다. 터키족은 그들을 산 채로 불에 굽고, 그들의 가죽을 벗겨 내장을 이리저리 다 빼낸다. 그리고 다음날 누군가 호각을 불면, 모두는 다시 그 무서운 고난, 죽음, 명백한 악으로 향한다. 그런데 그 누구도 이것이 힘들다는 것은 알지 못하는 것이다. 고통을 당하는 사람뿐만 아니라 그들의 아버지, 어머니도 이것이 힘들다는 것을 모른다. 그들은 심지어 부모조차도 자기 자식들을 그리로 가라고 조언하기까지 한다. 그들에게 이것은 필요한 일일 뿐만 아니라 달리 아무것도 할 일이 없는 것이며, 심지어 좋은 일이고 도덕적인 일이라고까지 말한다.

만일 세상의 가르침을 실행하는 것이 용이하고 안전하며 할 만하다고 하면, 그리스도의 가르침에 따르는 것은 어렵고 무섭고 힘들다고까지 생각할 수 있을 것이다. 그러나 실은 세상의 가르침에 따르는 것이 그리스도의 가르침에 따르는 것보다 훨씬 더 힘들고 위험하고 괴로운 것이다.

언젠가 그리스도의 순교자가 있었다고들 한다. 그러나 이것은 예외의 경우다. 순교자의 수를 우리는 1,800년 동안 38만 명(자발적 순교자와 비자발적 순교자의 수를 합쳐서)으로 보고 있다. 그러나 세상 가르침의 순교자 수를 계산해보면, 그리스도의 순교자 하나에 1,000명이 있는 꼴이다. 세상 가르침의 순교자의 고통은 그리스도의 순교자 고통의 100배는 더 비참했을 것이다. 최근 100년간의 전쟁만 보아도, 전장에서 살인을 당한 사람의 수는 3,000만 명이나 된다.

이들 모두는 세상 가르침의 순교자이며, 이 사람들은 그리스도의 가르침을 따를 필요는 없었어도, 고통과 죽음에서 벗어나기 위해 세상의 가르침을 따르지 않을 필요는 있었을 것이다.

인간은 자기가 하고자 하는 것만 하면 된다. 즉 전쟁에 나가는 것을 거부하기만 하면 된다. 그에게 참호를 파라고 강요하겠지만, 세바스토폴이나 플레브나에서 고문을 당하지는 않을 것이다. 명품 옷을 입고 명품 신발을 신고, 명품 시계를 차고, 자기에게 필요도 없는 응접실을 꼭 가져야 한다는 속세의 가르침을 믿지 않으면 그만이다. 어리석은 일을 행치 않으면 안 되는 세속의 가르침을 믿지 않는다면, 휴식도 목적도 없이 일해야 하는 과도한 업무와 스트레스를 모르고 지낼 것이다. 자연과 교류하는 시간도 빼앗기지 않을 것이다. 또 자기가 좋아하는 일과 가족, 건강을 잃지 않고, 무의미하고 고통스러운 개죽음으로 생을 마감하지 않을 것이다.

꼭 그리스도의 이름으로 순교자가 될 필요는 없다. 그리스도는 그러한 것을 가르치지 않았다. 그는 세상의 그릇된 가르침의 이름으로 자신을 괴롭히는 것을 중지하라고 가르친다.

그리스도의 가르침은 심오한 형이상학적 의미를 가진다. 그리스도의 가르침은 보편적 의미를 가진다. 그리스도의 가르침은 가장 단순명료한, 모두의 삶에 적용 가능한 의미를 가진다. 이 의미는 다음과 같이 표현된다. "그리스도는 사람들에게 멍청한 짓을 하지 말라고 했다." 여기에 가장 단순한, 모두가 다다를 수 있는 그리스도의 가르침이 있는 것이다.

그리스도는 말한다. "화내지 마라. 누구든지 자기만 못하다고 생각지 마라. 그것은 바보 같은 생각이다. 화내거나 사람들에게 모욕을 준다거나 하면, 너 자신을 위해서 도리어 더 나쁘다." 그리스도는 이런 말도 한다. "누구와도 어떠한 약속을 하지 마라. 약속을 하면 너는 반드시 어리석은 짓, 나쁜 짓을 강요당하게 될 것이다." 또 이런 말도 한다. "악을 악으로 갚지 마라. 그렇지 않으면 악은 곰을 잡기 위해 꿀통 위에 설치한 통나무처럼 너에게 통렬하게 닥칠 것이다." 또 이러한 말도 한다. "사람들이 다른 땅 위에서 살며, 다른 말을 쓴다는 이유로 그들을 얼굴도 모르는 사람들이라고 생각하지 마라. 만약 그들을 적이라고 생각하고, 그들 또한 너를 적이라고 생각한다면 너에게 더 나쁜 상황이 전개될 것이다. 이러한 까닭에서 모든 어리석은 짓을 삼가라. 그러면 너를 위해 좀 더 좋은 상황이 될 것이다."

　사람들은 이 말에 대해서 이렇게 대답한다. "그건 그렇지만 세상은 그렇게 되어 있고, 세상에 반대하는 것이 세상이 흘러가는 대로 사는 것보다 더 힘들 것입니다. 만약 사람이 병역을 거절한다면 감옥으로 끌려가 총살을 당하게 될지도 모릅니다. 만일 사람이 자기와 그 가족에게 필요한 것을 모두 획득하여 그것으로 자기 생활을 보증하지 않는다면, 그 사람과 가족은 아사를 당하게 될지도 모릅니다." 사람들은 자기들의 사회조직을 변호하려고 열심히 말하지만, 그들 스스로 이렇게 생각하는 것은 아니다. 그들이 이렇게 말하는 것은, 그들도 그리스도의 가르침을 거부할 수는 없지만, 어떻게든 이 그리스도의 가르침을 실천하지 않으면서 그리스도를 믿는 것처럼 보이기 위해서이다. 그리고 사실상 이 점에 관해서 그들 스스로 깊게 생각하지는 않을뿐더러, 전에 깊게 생각해본 일조차 없다. 사실 그들 모두는 세상 가르침을 믿고 있는 까닭에 그리스도의 가르침을 실행하고자 하지도 않고, (교회에 다니는 기독교인으로서) 그리스도의 가르침을 실행할 때는, 무수한 고통이 뒤따를 것이라는 핑계를 대는 것이다. 따라서 그들은 그리스도의 가르침을 실행해보려고 시도조차 안한다. 우리는 세상의 가르침 때문에 사람들이 짊어지고 있는 많은 고통을 목격하지만, 그리스도의 가르침을 위한 고난은 오늘날에 이르러 아예 눈에 띄지도 않는다. 세상의 가르침 때문에 삼천만의 사람들이 전쟁터에서 죽어간다. 몇십억의 사람들이 이 가르침 때문에 궁핍한 생활 속에서 죽어간다. 그러나 나는 내 주위에 그리스도의 가르침을 위해서 죽었고, 그리스도를 위해 기아와 추위 때문에 곤궁한 생활 속에서 죽었다고 하는 사람이 수만, 수천, 수백, 수십은 고사하고, 단 한 사람이라도 있었다는 이야기를 들은 적 없다. 위와 같은 말은 웃음이 절로 나오는 비겁한 변명에 지나지 않으며, 그리스도의 가르침이 우리에게 거의 이해되고 있지 않다는 증거다. 우리는 자기희생에 참여하지 않을뿐더러, 아예 진지하게 생각조차 안 하는데 말이다. 교회는 삶에 대한 가르침이 아닌, 허수아비 같은 그리스도의 가르침을 열심히 설명하느라 수고한다.

그리스도는 사람들을 그들 옆에 있는 샘가로 오라고 한다. 사람들은 갈증에 목이 말라서 더러운 것을 먹고, 서로의 피를 빨아 마신다. 그러나 그들의 교사들은 만일 너희들이 그리스도가 부르는 쪽으로 간다면, 너희는 파멸하고 말 것이라고 말한다. 그래서 사람들은 이러한 교사들을 신뢰하여 샘가로 감히 접근하지 못했으며, 샘가에서 단지 두서너 걸음 떨어진 곳에서 갈증에 몸부림치며 허무하게 죽어가는 것이다. 그리하여 그리스도가 이 지구상에 행복을 가져다줄 것을 믿고, 그가 자기들처럼 갈증을 느낀 자에게 생명수를 줄 것이라고 믿고 그에게 다가가면, 그들은 교회의 거짓이 얼마나 교활했으며, 또 자기들의 구원이 그리도 가까이 있음에도 불구하고 얼마나 자기들이 정신 나간 고통 속에서 살았는가를 알아차리는 것이다. 그리스도의 가르침을 단순하고 솔직하게만 받아들인다면, 우리전체가 그 속에서 살고 있고, 또 우리 각자가 살고 있는 이 엄청난 거짓이 밝혀지고 말 것이다.

몇 세기에 걸쳐 우리는 폭력 및 재산의 증대에 의하여 생활을 보증하기 위해서 애써 일하고 있다. 우리들은 자기들의 생활의 행복이 권력과 재산에 있다고 믿는다. 우리는 이 생각에 아주 익숙하기 때문에, 사람의 행복이 권력과 재산에 의존될 수 없다는 것과 부자가 행복한 사람이 아니라고 하는 그리스도의 가르침을 곡해하여, 우리가 힘없고 가난한 것이 미래의 행복을 위한[31] 희생이라고 여길 정도다. 그리스도는 우리들에게 희생하라고 하지 않았다. 그와 반대로 그는 여기서, 즉 이생에서 너희 스스로의 삶을 위해 나쁜 짓을 하지 말고 더 나은 삶을 살라고 한 것이다. 그리스도가 사람들을 사랑해서, 폭력과 사유재산으로 자신을 보호할 생각을 하지 말라고 가르친 것은, 사람들을 사랑해서 싸움과 음주를 하지 말라고 가르치는 것과 똑같다. 그리스도는 이렇게 말한다. "남에게 저항하지 말고, 혹은 재산 없이 산다면 인간은 더 행복하게 살아갈 수 있으리라." 예수는 자기 생활을 본보기로 해서 이 사실을 확인시켜 준다. 그는 또 다음과 같이 말한다. "내 가르침에 따라 사는 사람은 어떠한 경우라도 다른 사람의 폭력에 의하여, 추위나 가난에 의하여 죽는다는 것을 각오하고 있어야 하고, 비록 단 한 시간이라도 자기 생명을 스스로 확신해서는 안 된다." 따라서 우리들은 이것을 무서운 희생의 요구라고 생각하지만, 그러나 이

---

31 천국을 가기 위한―옮긴이

것은 모든 사람들이 그것을 기초로 하여 늘 피할 길 없는, 거기서 그렇게 살고 있다는 이 세상에서의 생의 조건을 확인한 것 외에는 그 아무것도 아니다. 그리스도의 제자된 자는 언제나 고난과 죽음을 각오를 해야 한다. 그러나 이것은 세상 가르침의 제자된 자들에게도 마찬가지 아닌가? 이와 같이 우리는 우리의 거짓에 익숙해져, 실제로 진지하게 우리의 삶을 보호해줄 것처럼 느껴지지만, 사실은 허위에 불과한 군대, 성곽, 구급물품, 옷, 병원, 부동산, 돈을 마련하는 것이다. 우리들은 각자에게 명백한 일, 즉 오랫동안 안락한 삶을 보장받기 위해 곡물창고를 세우고자 한 인간이 그날 밤 죽은 일을 잊어버리고 있다. 우리들이 자기 생활의 보증을 위해 행하는 모든 일은, 마치 타조가 어떻게 자기가 죽을지 보지 않으려고 머리를 숨기는 것과 완전히 똑같은 행위다. 우리는 타조보다 머리가 더 나쁘다. 즉 의심스러운 미래에 있어서의 의심스러운 생활을 의심스럽게 보증하기 위해, 우리는 확실한 현재에 있어서의 확실한 생활을 확실히 파괴하고 있는 것이다.

우리의 삶이 남과의 투쟁에 의하여 보증될 수 있다는 그릇된 확신에는 거짓이 있다. 우리는 자기 소유와 자기 삶에 관한 이 거짓에 익숙해져, 바로 그것 때문에 그것을 잃어가고 있다는 사실을 알아차리지 못한다. 아니 그것 때문에 모든 것, 우리 삶까지도 잃는다. 우리의 삶은 이 삶을 확보하려는 생각, 혹은 삶을 위해서 이와 같은 대비를 해야 된다는 걱정에 잠식되어 정작 삶 자체가 전혀 남지 않는다.

정말로 1분이라도 좋으니 그러한 습관에서 탈피하여 자기의 생활을 관조해 본다면, 우리는 자기 생활의 보증을 위해서 행하는 그 모든 것이 실은 자기 생활의 보증을 위해서가 아니라, 이러한 일에 전력해도 결코 생활은 보증되는 것이 아니며, 단지 보증할 수 없다는 사실을 잊어버리기 위해서 이렇게 하고 있음을 깨달을 것이다. 뿐만 아니라 우리는 그래서 자기를 속이는 것이며, 또 그래서 우리가 꿈꾸는 바로 그것을 위해 실제 삶을 파괴시킨다. 가장 보호하고 싶은 것을 보호하기 위해 그것을 없애버리는 격이다. 1870년대 프랑스인들은 자기의 삶을 보장하기 위해서 무장했는데, 바로 이 무장 때문에 몇십만의 프랑스인이 목숨을 잃었다. 무장하는 모든 국민은 이와 마찬가지 일을 당하게 될 것이다. 부자는 돈을 가지고 있기 때문에 도둑을 불러들이게 되고, 그 도둑은 부자를 살해한다. 신경이 예민한 사람은 정신과 치료에 의해 자기 삶을 보장받으려고 하지만, 그 정신과 약물 때문에 미쳐버린다. 죽지는 않을지언정 그의 삶은 마치, 38년을 산 병자가 성수세례를 받기 위해 천사를 고대하는 것과 마찬가지다.[32]

생활, 삶, 생명은 결코 보장할 수 없다. 따라서 모든 순간마다 죽을 각오를 해야 한다는 그리스도의 가르침은 자기의 생활을 대비해야 한다는 세상의 가르침보다 확실히 더 좋은 것이다. 죽음은 피할 수 없는 것이고 삶은 그리스도의 가르침이나 세상

---

32 〈요한복음〉 5장 4~9절 참조. ―옮긴이

의 가르침 모두에 따른다고 해도 보장될 수 없다. 그러나 그리스도의 가르침에 따르면, 삶 그 자체는 자신의 삶을 헛되이 보장하려는 쓸데없는 과제에 남김없이 벌써 다 흡수된 것이 아니라, 자유롭게 되어 어쩌면 그 목적에 고유한 한 가지의 사명에 바쳐질 수도 있다. 그 소명이란 자신과 다른 이들을 위한 덕행이다. 그리스도의 제자는 가난할 것이다. 그는 신이 자기에게 준 부를 모든 이들을 위해서 쓸 것이기 때문에 그렇다. 그는 자신의 삶을 파괴하지 않을 것이다. 우리는 가난을 불행이라고 부르지만,[33] 그것은 행복이다. 언제나 이것은 참이다. 가난하다는 것, 이것은 그가 시골에 산다는 것을 의미하는 것이고, 집에 앉아 있지 않고 숲이나 밖에서 일을 한다는 의미다. 햇빛, 하늘, 동물을 본다는 말이다. 식욕을 북돋기 위해서 어떤 것을 먹을지, 변을 잘 보기 위해서 뭘 해야 할지 걱정하지 않아도 될 것이다. 매일 세 번은 공복을 느낄 것이다. 부드러운 베개를 베고, 몸을 좌우로 굴리면서 어떻게 하면 불면증을 피할 수 있을까 염려하는 일 없이 편안히 잠을 이룰 수 있을 것이다. 아이들을 기르며 그들과 함께 생활할 것이다. 모든 사람들과 자유로운 인간관계를 가질 것이다. 그밖에도 이것이 가장 중요한 일이겠지만, 자기가 원치 않는 것이라곤 무엇 하나 하지 않을 것이다. 자기 신상에 어떠한 일이 일어날지 그것을 두려워하지 않을 것이다. 병에 걸려 고통스럽고, 죽는다고 하는 것은 모든 사람들

---

33 실제로 러시아에서 가난과 불행은 같은 단어 беда이다. —옮긴이

과 다를 바 없겠지만 (내 생각에는, 가난한 사람들이 부자들보다 편안히 죽음을 맞이하는 것 같다) 살아 있는 동안에는 확실히 남보다 더 행복할 것이다. 가난뱅이가 된다는 것, 거지가 된다는 것, 유랑인이 된다는 것, 이 모든 것은 그리스도의 가르침의 본질이다. 이렇지 않으면 신의 왕국에 들어갈 수 없고, 또 여기 이 땅에서도 행복한 존재가 될 수 없다.

"그렇지만 그렇게 되면 아무도 당신을 먹여 살리지 않을 겁니다. 그렇게 되면 굶어 죽을 겁니다." 그들은 이렇게 말한다. 그리스도의 가르침에 따라 생활하는 사람은 굶어 죽을 것이라고 하는 말에 그리스도는 짧은 격언으로 대답한다(영혼의 무위도식을 정당화한다고 해석되는 바로 그 구절, 〈마태복음〉 10장 10절, 〈누가복음〉 10장 7절).

그는 말하였다. "여행을 위하여 주머니나 두 벌 옷이나, 신이나 지팡이를 가지지 말라. 이는 일꾼이 저 먹을 것 받는 것이 마땅함이니라." "그 집에 유하며 주는 것을 먹고 마시라. 일꾼이 그 삯을 얻는 것이 마땅하니라. 이 집에서 저 집으로 옮기지 말라."

'일하는 사람은 먹어 마땅하다'는 말은 글자 그대로 음식물을 가질 수 있고, 가져야 한다는 것을 의미한다. 이것은 매우 짧은 구절이지만, 그리스도가 이것을 이해한 것처럼 이해하는 사람들에 있어서, 재산을 소유하지 않는 자는 굶어 죽을 것이라는 명제는 옳은 판단이 될 수 없다. 실제 의미에 있어 이 말씀을 이해하기 위해서는 가장 먼저 완전히, 대속의 교리에 이어, 우리에게 익숙한, 놀고먹는 것이 축복이라는 생각을 집어

251

치워야 한다. 인간에게 있어 행복의 필수조건은 무위도식이 아니라 노동에 있다고 하는 것, 인간은 반드시 노동을 해야 한다는 것, 인간에게 있어 무위는 권태이며 따라서 고통이고 이는 개미나 말이나 그밖에 모든 동물에 있어서도 마찬가지라는 것을 알아야 한다. 어음, 국고나 토지소유권, 백지수표, 신용장 등 우리에게 아무것도 하지 않을 가능성을 주는 모든 것을 소유하는 것이 인간의 자연스럽고도 행복한 상태를 나타낸다는 우리의 유치한 사이비 믿음은 잊어버려야 한다. 타락하지 않은 사람들이 재력에 관해서 가지고 있는 견해, 그리스도가 일꾼은 먹을 것을 얻을 자격이 있다고 말했을 때에, 노동에 관해 가지고 있는 견해를 우리들은 우리들의 머릿속에 되살려야 한다. 그리스도는 노동을 저주[34]라고 생각한 사람들을 상상하지 않았다. 그는 늘 그의 제자들이 노동하고 있다고 생각했다. 그래서 다음과 같이 말한 것이다. "만일 인간이 노동을 한다면 노동은 그 사람을 부양할 것이다." 따라서 이 인간의 노동을 다른 사람이 이용한다면 그 사람은 노동하는 인간을 마땅히 부양해야 옳다. 이러한 까닭으로 노동자는 늘 삶의 양식을 얻을 것이다. 그는 재산을 소유하지 못 할지는 모르겠지만 일용할 양식만큼은 반드시 얻게 될 것이다.

노동에 관한 그리스도의 가르침과 세상의 가르침에는 큰 차

---

[34] 〈창세기〉에서 아담은 선악과를 따먹은 죄로, 죽을 때까지 일하고 살아야 한다는 벌, 즉 저주를 받았다.

이가 있다. 세상은 노동이 인간의 특별 공로이며, 이것을 가지고 인간은 다른 사람과 근로계약을 하고, 그 일의 규모가 크면 클수록 더 큰 생활의 양식에 대한 권리를 보장받는다고 가르친다. 그러나 그리스도에 의하면, 노동은 인간 생활의 당연한 조건이며, 생활 수단은 반드시 받을 성과이다. 노동은 먹을 것을 낳고, 먹을 것이 노동을 낳는다. 이는 영원한 순환이다. 그 하나는 다른 것의 결과이자 원인이다. 주인이 아무리 사악한 인간이라 할지라도, 그 주인은 노동자를, 자기를 위해서 일해 주는 말을 적어도 기르긴 할 것이다. 또 노동자가 되도록 더 많이 일할 수 있도록, 즉 인간의 행복을 주는 그 일을 하도록 사장은 협력하는 것이다.

"사람의 아들은 자기 스스로에게 사람들을 봉사시키게(섬기게) 하기 위해서 온 것이 아니라, 다른 사람에 봉사하여(다른 사람을 섬겨) 자기의 생명을 많은 사람들의 대가로 주기 위해서 온 것이다." 그리스도의 가르침에 따르면, 각 개인은 다른 사람들에게 노동을 요구하지 않고, 자기의 삶을 다른 사람들을 위한 노동에 바치며, 또 자기의 생명을 많은 사람들에게 바쳐야 한다는 것, 그러한 소명의식을 이해한다면, 그 세상이 어떠한 세상일지라도 그러한 것에 관계없이 최선의 삶을 영위할 수 있을 것이다. 그리스도는 말한다. 이러한 생활을 하는 사람은 생활의 양식을 구할 가치가 있다고. 즉 그것을 받지 아니할 수가 없다고. "인간은 자기를 위해서 사람들에게 노동을 시키는 것이 아니라, 자기를 위해서 남들에게 자기의 노동을 제공하는

253

것이다"라는 말씀으로, 의심할 여부없이, 그리스도는 인간이라는 물질적 존재의 삶을 보증한다. 그리스도는 "일하는 사람은 먹어 마땅하다"는 말씀으로 그 근간을 확립하고, 자기 가르침의 실행 불가능성을 제창하는 세속적인 담론을 일축하는 것이다. 그러한 담론이란, 그리스도의 가르침을 실행하지 않는 사람들 사이에서 이 가르침을 실행하는 사람들은 가난과 추위 때문에 굶어 죽을 것이라는 억측 주장이다. 사람이 자기 생활의 양식을 보증하기 위해서는, 그가 이것을 남에게서 약탈한다는 것에 그 기초를 두는 것이 아니라, 그가 남을 위해서 유익하고도 필요한 존재가 되면 될수록 그의 존재는 더더욱 보장받게 될 것이라는 점에 그 기초가 있다.

오늘날 세상의 사회조직 아래에서는 그리스도의 계율을 실천하지는 않지만, 이웃을 위해서 노동하는 사람들이 비록 사유재산은 없다 하더라도, 아무튼 굶어 죽지는 않는다. 그런데 그리스도의 가르침을 실천하는 사람들, 이웃을 위해서 노동하는 사람이 굶어 죽겠는가? 이렇게 말하면서 그리스도의 가르침에 반대하는 것이 말이 되는가? 부자에게 빵이 있는 한, 인간은 굶주림으로 죽지 못할 것이다. 러시아에는 주어진 시간마다 항상, 재산 없이도 자기의 노동으로만 먹고 사는 수백만의 사람들이 언제나 있어 왔다.

이교도들 중에서도 기독교인은 기독교인 중에 있을 때와 똑같이 보장받는다. 기독교인은 남을 위하여 일한다. 따라서 이교도들에게도 필요한 존재다. 인간은 필요해서 개까지 기르며,

또 보호한다. 어찌하여 모든 사람에게 필요한 인간을 기르지 않고 보호하지 않을 수 있으랴?

그러나 병자, 가족과 애들까지 딸린 사람은 필요가 없다. 노동을 하지 못하기 때문이다. 따라서 이러한 인간을 부양하는 것을 사람들은 중지할 것이다. 무슨 짓을 해서라도 동물적 생활의 정당성을 옹호하려고 하는 사람들은 그렇게 할 것이라고 말할 것이다. 그들은 실제로도 그러한 말을 하고 다닌다. 그러나 그러한 말을 하고 다니는 사람 본인도 그가 말하는 대로 행동하고 싶지만, 실제로는 그렇게 행동하지 '못하고', 자기도 모르게 그것과 전혀 다르게 행동한다. 그리스도의 가르침을 실생활에 적용하기를 거부하고 싶은 사람들도, 사실은 그리스도의 가르침을 실행하면서 살고 있는 것이다. 그들은 개·양·소가 병에 걸렸을 때, 그것들을 부양하기를 중지하지 않는다. 그들은 노쇠한 말까지도 죽이지 않고서 그 말에 알맞은 일을 제공한다. 그들은 그 가족, 혹은 양의 새끼, 돼지새끼, 강아지를 그것들로부터 올 이익을 기대하기 때문에 기르고 있는 것이다. 그런데 어찌하여 자기에게 필요한 인간이 병에 걸렸을 때, 그 사람을 부양하지 않을 수가 있겠는가 말이다. 어찌하여 노인과 아이들에게 그에 맞는 필요한 일을 찾아주지 않을 수 있겠는가. 따라서 어떻게 자기를 위하여 일을 해주는 사람들을 기르지 않을 수 있겠는가?

그들은 이 일을 행할 뿐 아니라, 지금도 그렇게 하고 있다. 사람들의 10분의 9는 일반 민중인데, 이들이 10분의 1, 즉 일반 민중이 아닌 부자와 권력을 가진 자들을 마치 가축처럼 먹여 살린다. 따라서 10분의 1의 사람들이 사로잡혀 있는 미망이 그 얼마나 우매한 것이라 할지라도, 또 그 나머지 90퍼센트를 얼마나 멸시하고 있다 하더라도, 또 이 권력을 가진 사람들이 나머지 90퍼센트의 사람들에게 그러한 잔인한 일을 자행한다고 해도, 필요한 생활의 양식마저 탈취한다고 하는 짓은 결코 하지 않을 것이다. 즉 10분의 1의 사람은 일반 서민이 벌어서 그 노동을 수행하기 위해 필요한 것을 일반 서민에게서 빼앗지는 않는다. 최근에 이 10분의 1의 사람들도 10분의 9의 사람들이 올바르게 양식을 주도록, 바꿔 말하면 그들이 되도록 많은 일거리를 내놓거나 또는 새로운 노동자가 증가해도 양식을 많이 얻을 수 있도록 의식적으로 일을 한다. 개미들도 자기 여왕벌을 번식하여 그것을 부양하는 것이다. 그런데 하물며 사람들이 이것과 마찬가지 일, 즉 자기들을 위해서 일하는 사람들을 부양하는 일을 하지 않을 수가 있겠는가? 노동자는 필요하다. 그러므로 노동력을 이용하는 사람들은 이들 노동자들이 굶어 죽는 일이 없도록 늘 배려를 해줘야 할 것이다.

그리스도의 가르침의 실행 가능성에 대한 반박의 요지는 다음과 같다. 내가 나 자신을 위해서 획득하였고, 그 획득한 것을 유지해 나가지 못한다면 아무도 자기 가족을 부양해줄 사람은 없으리라는 것이다. 이렇게 사람들은 반대한다. 이 반대는 옳다. 하지만 그것은 우리 유산계급의 대다수와 같은 그러한 무위도식하고 쓸모없는, 그래서 사람들에게 해를 끼치는 사람들에 한해서 옳다. 할 일 없이 노는 인간을 어리석은 부모 이외에 그 누구도 부양하지 않을 것이다. 왜냐하면 그런 인간은 아무에게도, 심지어 자기 자신에게도 필요 없는 존재이기 때문이다. 이와 반대로 노동하는 사람에게는 가장 악한 사람들도 먹을 것을 주어 이를 부양할 것이다. 인간은 어린 양을 부양한다. 그러나 인간은 노예 매매 시장에서 평가되었던 것처럼, 소보다는 훨씬 유익하게 노동하는 동물이다. 바로 그래서 아이들을 결코 감독 없이 내버려둘 수 없는 것이다. 아이들은 그 누구보다 소중한 존재들이다.

인간은 자기를 위하여 사람들을 부려 먹을 목적이 아니라, 자기가 자기를 위해서 남에게 일해 주는 것을 목적으로 하여 살아가는 존재다. 일만 하면, 먹고살 것이다.

이것은 온 세계의 생활로써 확증되는 진리다.

지금까지, 언제 어디서나, 인간이 일한 곳에서 양식을 얻었고, 이것은 어떤 말馬이라 해도 꼴을 받는 것과 같다. 그러한 양식을 노동자는 비자발적으로 별로 내키지 않는 마음으로 받았는데, 그것은 그가 되도록 많은 양식을 얻고 자기보다 높은 자리에 앉아 노동에서 벗어나고자 갈망했으니까 그렇다. 이처럼 억지로 싫으면서도 일하고 있는 사람들, 남의 것을 부러워하기만 하고, 또 짜증만 내는 사람이라고 할지라도, 일을 한다면, 일하지 않고 다른 사람의 노동에 의해 생활하고 있는 사람들보다 훨씬 더 행복할 것이다. 그리스도의 가르침에 따른다면, 되도록 많이 노동하고, 되도록 적게 보수를 받는 것이 낫다. 왜냐하면 보수를 받는 것이 행복한 것이 아니라, 노동을 하는 것이 행복한 것이기 때문이다. 이와 같은 노동자의 행복이 얼마나 클까? 또 그 주위에서 일하는 사람들은 얼마나 행복할까? 노동 및 그 결실에 관한 그리스도의 가르침은 4,000명, 5,000명이나 되는 사람들이 두 마리의 물고기와 다섯 개의 전병으로 그 주린 배를 채운다는 이야기 속에 표현되어 있다. 사람들이 자기 자신을 위해서 모든 것을 삼키거나 또는 써버리려고 노력하지 않고, 그리스도가 해변에서 그들에게 가르친 것처럼 실행할 때, 인류는 이 지상에서 스스로 도달할 수 있는 최고의 행복을 얻게 될 것이다.

수천 명의 사람들을 부양하지 않으면 안 되었던 그리스도에게 그의 제자는, 스승에게 어떤 젊은이가 물고기 몇 마리를 가지고 있는 것을 보았다고 말했다. 그리고 제자들에게도 몇 덩어리의 빵은 있었다. 예수는 먼 곳에서 온 사람 중에 어떤 사람은 먹을 것을 가지고 왔지만, 어떤 사람은 가지고 오지 않았다는 것을 깨달았다. (많은 사람이 충분한 물자를 가지고 있었다는 것은, 4복음서 전체에, 식사가 끝난 후에 먹다 남은 것이 열두 광주리에 모였다고 기록되어 있는 이 한 가지 사실로 증명된다. 만일 이 젊은이 외에 다른 사람들이 아무것도 가지고 오지 않았다면 들판에 광주리 12개가 있을 리 만무하지 않은가.) 만약에 그리스도가 복음서의 이야기에서처럼 오병이어의 기적으로 사람들의 배를 부르게 하지 않았다면, 오늘날 이 세상에서 벌어지고 있는 일이 그대로 일어났을 것이다. 즉 자기들이 가진 음식을 자기가 다 먹어버렸을 것이다. 또 자기가 평소에 먹던 음식의 양 이상으로 더 먹어 치웠을 것이다. 그래서 아무것도 남지 않았을 것이다. 어떤 인색한 사람들은 먹다 남은 것을 집으로 가지고 갔을지도 모른다. 먹을 것이 아무것도 없었던 사람들은 공복으로 남아 원망의 눈초리로 먹고 있는 사람들을 쳐다보았을 것이다. 어쩌면 그중 어떤 사람은 음식을 가지고 있는 사람들의 음식을 훔쳤을지도 모른다. 끝내는 말다툼과 격투가 벌어졌을지도 모른다. 그리고 어떤 사람들은 배가 꽉 찬 상태로 집으로 돌아가고, 어떤 사람들은 허기진 채로 골을 내며 집에 돌아갔을 것이다. 즉 오늘날 벌어지는 일과 똑같은 일이 발생했을 것이다.

그러나 그리스도는 자기가 하고자 원한 바를 알고 있었다. (복음서에도 그렇게 쓰여 있다.) 그는 모든 사람들에게 삥 둘러[35] 앉을 것을 명하고는, 제자들에게 자기가 가지고 있는 것을 다른 이에게 대접하라고 가르쳤고, 다른 이들도 그렇게 다른 이에게 말하라고 가르쳤다. 그러자 다른 사람도 저쪽에 있는 다른 사람에게 자기들이 가지고 있는 음식을 주었기 때문에 일동은 적당하게 먹었던 것이다. 먹을 것이 한 바퀴 원을 돌았을 때, 처음에는 먹지 못한 사람도 다 먹을 수 있었다. 이렇게 모든 이들은 입에 물릴 정도로 먹었고, 그래도 아직 많은 빵이 남아 열두 광주리에 모을 만큼이었다.

---

35   러시아어 원문에, 톨스토이는 이 부분을 강조하기 위해 악센트를 두어 표기했다.—옮긴이

그리스도는 사람들에게, 인간과 그 모든 인류의 법칙은 그러한 것이기 때문에 인생에서 의식적으로 반드시 이와 같이 행동하라고 가르친다. 노동은 인생의 불가분의 조건이다. 노동 자체가 인간에게 행복을 준다. 따라서 자기와 타인의 노동의 결과를 다른 사람들에게 나눠주지 않는다고 하는 것은 인간의 행복에 대해서 방해를 하는 것이며, 자기의 노동력을 남에게 준다고 하는 것은 인간의 행복에 기여하는 것이다.

"만일 사람들이 서로가 가지고 있는 것을 빼앗지 않으면, 그들은 굶어 죽을 것이다." 우리는 이렇게 말한다. 그러나 거꾸로 말해야 될 것 같다. "만약 우리들이 힘으로 서로가 가지고 있는 것을 빼앗으면, 사람들은 굶어 죽을 것이다. 바로 현재 그러한 것처럼."

과연 모든 사람은 그리스도의 가르침을 따르든, 세상의 가르침을 따르든 간에 모두 다른 사람의 노동으로 사는 것이다. 그는 다른 사람들을 보살폈고, 먹여 살리고, 길러냈고, 또 그를 보살피고, 먹여 살리고, 길러내고 있다. 그러나 세상의 가르침에 의하면, 인간은 폭력과 위협으로써 다른 사람에게서 자기와 자기 가족을 계속 부양할 것을 강요해야 한다. 그리스도의 가르침에 따라도 인간은 이와 마찬가지로 다른 사람의 보호와 부양을 받는다. 그러나 계속 그렇게 하기 위해서 그는 누구에게도 이러한 강요를 하지 않고, 솔선하여 다른 사람들을 섬기고 대접하며, 다른 사람에게 유익한 존재가 되도록 노력하고, 그렇게 해서 모든 이에게 필요한 존재가 되는 것이다. 세상 사람들은 항상 그들에게 불필요한 사람을 그만 먹여 살리고 싶어 하고, 폭력으로써 그들이 스스로 먹고 살게 만들거나, 그것도 아니면 무익한 사람에 대한 부양을 중지하는 것이 아니라아예 죽여 버린다. 그러나 언제나, 그들이 얼마쯤 악한 사람이건 간에 자기를 위해서 일해 주는 사람들만큼은 열심히 부양할 것이다.

대체 어떻게 하면 더 확실하고 더 합리적이고 더 기쁘게 살까? 세상의 가르침에 따를 것인가, 그리스도의 가르침에 따를 것인가?

11.　세상을 이기는 믿음은
　　　그리스도의 가르침을 믿는 것이다

그리스도의 가르침은 이 땅 위에 하나님의 나라를 건설하는 것이다. 이 가르침의 실행이 어렵다고 하는 것은 옳지 못하다. 그것은 어렵지 않을뿐더러 그것을 체득한 사람에게는 불가피하다. 이 가르침은 개인 앞에 놓여 있는 사망으로부터 구원하는 유일한 가능성을 준다. 결국 이 가르침의 실행은 이 세상의 고통과 박탈을 우리에게 가져다주지 않을뿐더러 세상의 가르침의 이름으로 오는 고통의 십중팔구로부터 우리를 구해준다.

나는 이것을 깨닫고 스스로에게 물어보았다. '왜 나는 지금까지 자기에게 행복과 구원과 기쁨을 주는 이 가르침을 실행하지 않고, 이것과는 전혀 다른, 자기를 불행하게 하는 교의를 실행하고 있었을까?' 이에 대한 대답은 다만 하나밖에 있을 수 없었다. '나는 진리를 몰랐고, 진리는 숨겨져 있었다.'

비로소 나에게 그리스도의 가르침의 의의가 계시되었을 때, 그 의의를 해명하는 일에 집중하고, 교회의 교의를 부정하게 되리라고는 전혀 상상도 못했다. 나는 다만 교회가 그리스도의 가르침에서 나온 결론에까지 도달하지 못하였다고 생각하였고, 새로이 계시된 그리스도 가르침의 의미와 그 결론이 나를 교회의 교의로부터 떼어 놓았던 것이다. 그것을 나는 두려워하고 있었다. 따라서 내가 이 문제를 연구하고 있는 동안 나는 교회와 교의의 잘못된 점을 탐구하고 있지 않았을 뿐만 아니라, 그와는 반대로 애매하고 이상하게 생각되었지만 그리스도의 본질이라고 내가 생각하고 있던 것에는 반하지 않는 것에 일부러 눈을 감고 있었던 것이다.

그러나 복음서 연구를 거듭하면 거듭할수록, 또 그리스도의 가르침의 의의가 더욱 명료하게 전개되면 될수록, 나에게는 선택의 순간이 불가피해졌다. 이성적이고 명료하고 나의 양심에도 일치하며, 내게 구원을 주는 그리스도의 가르침이냐, 그것과 완전히 반대로 나의 양심과 이성에 일치하지 않고, 또 다른 사람들과 함께 사망하고 말 것이라는 인식 외에는 아무것도 주지 않는 교의냐. 그 결과 나는 교회의 여러 가지 조항들을 하나씩 버리지 않을 수 없었다. 나는 이것을 할 수 없이 한 것이었다. 마음속에서만 싸우며, 되도록 교회와 나와의 불화를 융해시키며 교회에서 이탈하지 않고, 믿음에 대한 가장 기쁨에 찬 지지, 즉 성도들과 교통하는 것을 잃고 싶지 않았던 것이다. 그러나 내가 내 일을 끝마쳤을 때, 적어도 교회의 교의를 얼마만큼이라도 남겨 놓아야겠다고 노력에 노력을 경주하였건만 끝내 남는 것이라곤 아무것도 없었다. 아니 무엇 하나 남지 않았을뿐더러, 무엇 하나 남는다는 것이 불가능하리라는 점을 확실히 깨달은 것이다.

내 일이 끝날 무렵 나에게 다음과 같은 사건이 있었다. 즉 내 어린 아들이 나에게 이러한 이야기를 한 것이다. 우리 집에서 일을 하고 있는, 전혀 교육이라곤 받은 적 없는, 겨우 독서를 할 수 있을 정도의 두 머슴이 어떤 교리서의 한 구절을 가지고 언쟁을 하였다는 것이다. 그 책에는 범죄자인 인간을 죽이는 것과 전쟁에서 사람들을 죽이는 것이 악이 아니라고 쓰여 있던 것이다. 그러나 나는 이러한 내용이 정말 그 책의 내용을 이루고 있다고는 믿지 않았다. 그래서 그 책을 보여 달라고 했다. 싸움의 원인이 된 그 책은 《해설기도서》 3판(8만 부 출간, 모스크바, 1879년)이었다. 163쪽에 이렇게 적혀 있었다.

"하나님의 제6계명은 무엇인가? '죽이지 말라'이다. 죽이지 말라는 것은 살인하지 말라는 것이다. 하나님은 이 계명으로 무엇을 금하는 것인가? 사람을 죽이는 것, 즉 사람으로부터 그 생명을 빼앗는 것을 금지하는 것이다. 그런데 법률로 범죄자를 사형에 처하거나 혹은 적을 전쟁에서 죽인다고 하는 것은 죄가 되는가? 죄가 아니다. 범죄자를 사형에 처하는 것은 그 범죄자가 행하는 큰 악을 중지시키기 위함이다. 전쟁에서 적을 죽이는 것은 황제와 조국을 위해서 싸우기 위해서이다." 하나님의 계명이 왜 폐하여지는가 하는 문제에 대한 설명이 이러한 말만으로 깨끗이 끝나 있다. 나는 내 두 눈을 믿을 수 없었다.

논쟁을 하고 있던 두 사람은 그 논의에 대한 나의 의견을 물었다. 나는 이 책에 적혀 있는 것이 옳다고 하는 사람에게 그것이 옳지 않은 것이라고 말하였다.

"그런데 왜 계명에 어긋나는 틀린 말을 책에 쓰는 것입니까?"하고 그 사람은 물었다. 나는 전혀 대답이 나오지 않았다. 나는 그 책을 내 옆에 두고 전체를 통독했다. 그 내용은 다음과 같았다. 1)무릎을 꿇고 하는 방법과 합장의 31기도, 2)신앙의 신조 설명, 3)이것이 행복을 받기 위한 계명이라고 부르고 있는데 왜 그런지는 전혀 설명이 안 된 〈마태복음〉 5장, 4) 해석이 붙은 모세의 십계, 그런데 그 해석은 거의 이 십계명을 무력한 것으로 만든다. 5) 명절(절기) 성가.

앞서 말한 것처럼 나는 교회의 신앙에 대한 비난을 피하려고 노력하였을 뿐 아니라, 그것을 최선의 관점에서 보려고 노력하고 있었던 것이다. 그래서 나는 그 결점을 찾아내지 않았으며, 교회의 신학적 저술에 대해서는 잘 알고 있었지만, 교시적 저술들에 대해서는 전혀 아는 바가 없었다. 이 1879년의 실제 사례에 이르기까지, 그렇게 방대한 양의 저서가 보급되었고, 가장 평범한 사람들에게까지 이에 관한 의혹을 불러일으킨다는 사실이 나를 화들짝 놀라게 하였다.

나는 순전히 이교도적이고, 기독교적 요소라고는 하나도 없는 이 기도서의 내용이 교회에 의하여 의도적으로 대중에 배포되고 있다는 사실을 믿을 수가 없었다. 이 사실을 확인하려는 생각에서, 나는 종무원이 편찬한 아동과 민중을 대상으로 한 교회와 신앙에 관련한 간단한 기사나 '은총을 위해서' 발간되고 있는 모든 책들을 사서 전부 독파해 나갔다.

나에게 있어 이러한 책의 내용은 거의 새로운 것이었다. 내가 하나님의 계명을 배울 때에 이러한 것은 전혀 없었다. 내가 가히 기억할 수 있는 범위 내에서의 행복의 계율은 존재하지도 않았고, 또 살인이 죄악이 아니라는 교의는 전혀 있지도 않았다. 오랜 기간 러시아의 교리문답서 속에 이러한 내용은 전혀 없었던 것이다. 예를 들면, 피테르 모길라의 교리문답서에도, 플라톤의 그것에도, 발랴코프의 그것에도, 간단한 가톨릭의 여러 교리문답서에도 없었다. 위와 같은 새 체제는 군대용으로 편찬된 필라레트의 교리문답서에서도 마찬가지였다. 이러한 교리문답서에 따라 그러한 기도해설서가 편찬되는 것이다. 이 중 가장 기본적인 책은 모든 정교도 기독교인들을 위한 《공통 정교회 기독 교리문답서》이고, 이것은 황제의 명에 따라 최고 권력에 의해 승인되어 편찬된 것이다.

이 책은 3장으로 구성되어 있다. 믿음, 소망에 대해서 그리고 사랑에 대해서 말이다. 제1부는 니케아 공회의 신조이다. 제2부는 주님이 가르치신 기도와 〈마태복음〉 5장의 여덟 절에 관한 분석이다. 이러한 분석의 총 8절은 산상수훈의 서사를 이루고 있고, 무슨 까닭인지 모르겠지만 은총을 받기 위한 계명이라고 불리어지고 있다. (이 두 부분 중에는 교회의 의식, 기도, 성례에 관해서 논의되고 있지만 생명에 관해서는 아무 교의도 없다.)

제3부에서는 기독교인의 의무에 대한 설명이 나온다. '사랑에 대해서'라고 불리는 이 부분에는 그리스도의 계명이 아니라 모세의 십계명에 관한 설명이 나온다. 따라서 이 계명이 기록되어 있는 것은 마치 그것을 실행하지 않고, 소위 그것과 반대로 행동할 것을 가르치기 위한 것과 같다. 각 계명의 부대조건으로 그 계명을 무력하게 하는 구절이 덧붙여져 있다. 우선 유일신만을 찬양하라고 명령하고 있는 제1계명에 관련해서, 성모와 성삼위일체는 말할 것도 없고, 천사와 성인들까지도 존경하라고 나와 있다(공통, 107~108쪽). 또 우상을 만들어서는 안 된다고 하는 제2의 계명에 관련해서도, 교리문답서는 성상에 대한 예배를 가르치고 있다(108쪽). 망령되이 맹세하지 말라는 제3계명에 관해서도 교리문답서는 합법적인 권력자들의 모든 요구에 대해서 맹세할 것을 사람들에게 명령하고 있다(111쪽). 토요일에 제사를 드리는 것에 관한 제4계명에 관련해서도 교리문답서는 일요일과 13 대축일 등 그 밖의 많은 축일에 제사를 드리고, 모든 제계를 또 수요일과 금요일에도 할 것을 가르치고 있다(112~115쪽). 부모를 공경하라는 제5계명에 관련해서도 교리문답서는 여러 가지 관계에서 사람들의 상위에 있는 권력자들, 황제·조국·교부들을 존경할 것을 가르치고 있다. 그리고 상위에 있는 권력자들에 대한 존경에 관해서 세 쪽을 할애하여 그 권력자들의 종류를 들고 있는 것이다. 이들은 학교 선생들, 행정부 장관들, 재판관, 군대의 상관, 어디 소속의 사람들이 섬기고 그들에 군림하는 주인들이다(116~119쪽). 이

것은 1864년 출간된 교리문답서에서 인용한 것이다. 현재 노예(농노)제도가 폐지된 이래로 근 20년이 경과하였다. 그런데 아직까지도 부모를 공경하라는 하나님의 명령에 관련해서 교리문답서 속에 농노제를 지지하고 정당화하는 목적으로 삽입되어 있는 구절을 삭제시키고자 고려해본 적이 있는 사람들이 그 누구도 없었다.

살인하지 말라는 제6계명에 관련해서는 첫 부분에서부터 애시 당초 죽이라고 가르치고 있다.

"문: 제6계명에 의해서 무엇이 금지되는가?"

"답: 살인, 즉 어떠한 방법으로도 너의 이웃의 생명을 빼앗아서는 안 된다."

"문: 모든 생명을 빼앗는 일은 계명에 의해 어긋나는 살인행위인가?"

"답: 명령에 따른 의무에 따라 생명을 빼앗는 경우, 그것은 계명에 어긋나는 살인이 아니다. 그 예는 다음과 같다. 1)정당한 재판에 따라 죄인을 사형에 처할 경우, 2)전쟁에서 통치자와 조국을 위해서 적을 죽일 경우 ……."

"문: 어떠한 경우가 계율을 어긴 살인이라 할 수 있는가?"

"답: …… 2)누군가 살인자를 감춰주거나 도망치게 할 경우."

이러한 내용이 수십만 부씩 인쇄되어, 위협과 처벌한다는 공포 아래에 기독교를 가장하여 모든 러시아 사람들의 머릿속에 억지로 세뇌되고 있다. 러시아의 전 국민에게 가르치는 것이다. 이 내용을 순진한 모든 아이들, 예수가 그들이야말로 하나님의 나라에 들어갈 존재라고 자기 곁에서 떠나게 하지 말아달라고 부탁한 그 아이들, 우리들이 하나님의 나라에 들어가려면 그들과 같아야 한다고 한 아이들, 그들의 곁을 지키면서 이들에게 조그마한 유혹의 손길이라도 뻗치는 자는 화를 입을 것이라고 말한 바로 그 소중한 아이들에게, 이렇게 하는 것이 하나님의 신성한 계명이라고 가르치고 있는 것이다.

이것은 징역의 공포 아래 배포되는 일명 선전용 삐라(전단광고)가 아니라, 이것에 일치하지 않을 경우 징역에 처해진다는 삐라다. 나는 이제 이 장난 아닌 일을 쓰고 있는 것이다. 모든 성경과 모든 사람의 마음속에 기재되어 있고, 황제와 국가에 대한 의무라는 말로써 아무런 설명이 되지 않는 하나님의 주요 계명을 폐지할 수 없다고 내 스스로에게 말하는 것도 허락되지 않고, 그 대신 그런 것을 사람들에게 가르쳐서는 안 된다고 말하는 것이 농담처럼 들렸던 것이다.

그렇다, 그리스도가 다음과 같이 말하면서 사람들에게 경고한 그것이 현실로 나타난 것이다. (〈누가복음〉 11장 33~36절과 〈마태복음〉 6장 23절) "눈이 나쁘면 온몸이 어두울 것이니, 그러므로 네게 있는 빛이 어두우면 그 어두움이 얼마나 하겠느뇨."

우리들 중에 있는 빛이 어두워졌다. 그래서 우리가 사는 이 어둠의 세계는 더 무서워졌다.

"고통이 있을지어다." 그리스도는 말한다. "화 있을진저, 위선자 바리새인이여. 너희는 사람들 앞에 천국의 문을 닫고 스스로 들어가지도 않고, 또 들어가려고 하는 자가 들어가려고 하는 것도 허락하지 않도다. 화 있을지어다, 위선자 바리새인이여. 너희들 과부집을 탐식하여 돌아다니며 긴 기도를 올리나니 이에 의하여 너희들은 더한 죄를 짓게 되느니라. 화 있을지어다, 위선자 바리새인이여. 너희는 개종자를 얻기 위하여 땅과 바다를 두루 돌아다니며, 이미 얻으면 이를 그전보다 더 나쁜 것으로 만드느니라. 화 있을지어다, 눈먼 안내자여!……"

"화 있을지어다, 위선자 바리새인이여. 너희는 선지자의 무덤을 세우고, 위인의 무덤을 장식하느니, 그리고 너희가 만일 선지자가 고문을 당한 그 시대에 있었다면 너희는 선지자가 피를 흘리신 그날에 동참하지는 않았으리라. 이처럼 너희는 선지자를 죽인 자와 같은 자라는 것을 자인하리라. 너희들과 같은 자들에 의하여 시작된 치수를 채워라. 그러므로 보라, 너희에게 어진 선지자와 학자를 보낼지니, 그중 어떤 자를 죽이고, 십자가에 못박아 죽이고, 어떤 자를 너의 회당에서 때리고, 마을에서 마을로 쫓아버리리라. 이로써 의인 아벨 이래로 지상에 흘린, 의로운 피는 모두 너희에게 보답하리라."

"모든 욕(비방)은 사람들에게 용서를 받으리라. 그러나 성령에의 비방은 용서받지 못하리라."

이 모든 것은 벌써 성령을 비방하면서 사람들을 더 나쁘게 하는 신앙으로 그들을 유혹하면서, 더 이상 바다와 땅을 두루 돌아다니지는 않지만, 직접 폭력으로써 사람들에게 이 신앙을 믿고 따르게 하고, 또 그들의 기만을 파괴하려 하는 모든 선지자와 의인들을 방해하는 사람들에 대해서 바로 어제 쓰여진 것이다.

나는 교회의 가르침이야말로 자칭 기독교라고 불려짐에도 불구하고, 그것이 바로 어둠, 그리스도가 투쟁했고, 그의 제자들에게 투쟁하라고 명한 바로 그 어둠임을 확신했다.

그리스도의 가르침도 모든 종교와 마찬가지로 두 가지 측면이 있다. 하나는 사람들의 삶에 대한 가르침, 즉 각각 따로 떨어져 사는 또는 함께 사는 우리 인간이 어떻게 살아야 하는가에 대한 윤리적 가르침에 대해서고, 둘째로 왜 인간은 그렇게 살아야 하는가, 그렇게 살지 않으면 어떻게 되는가 하는 형이상적 가르침의 설명이다. 그 하나는 다른 하나의 원인이자 결과이다. 인간은 반드시 그렇게 살아야 하는데, 그것이 그의 사명이거나 혹은 인간의 사명이기 때문이다. 따라서 그는 마땅히 그렇게 살아야 한다. 이 두 가지 측면은 세계의 모든 종교에서 다 같이 발견된다. 브라만교, 유교, 불교, 유대교에서 모두 이와 같고, 그리스도교도 다를 바 없다. 이러한 종교는 어떻게 살아야할지, 한마디로 왜 그렇게 살아야 하는지 그 설명을 준다. 그러나 모든 교의, 즉 브라만주의, 유대주의, 불교에 발생한 일이 그리스도의 가르침에도 생긴 것이다. 사람들은 삶에 관한 가르침에서 멀어져, 그것을 시인하는 자들까지 등장한 것이다. 이러한 사람들은 그리스도의 말씀에 따르면, 모세의 자리에 자기

들 자신을 앉히는 자들인데, 그들은 가르침에 대한 형이상학적 측면을 제멋대로 해석하여, 윤리적인 실천이 의무적이지 않은 것이라고 생각하게 만드는 것이다. 이러한 현상은 모든 종교에 일반적이다. 그러나 나로서는 이러한 꼴이 기독교에서만큼 그렇게 적나라하게 표현된 적은 없었다고 생각된다. 그것은 그리스도의 가르침이 최고의 가르침이기 때문이며, 그것이 최고의 가르침이라고 하는 까닭은 그리스도의 가르침에 있어서의 형이상학과 윤리학이 그러한 수준까지 서로 불가분의 관계로 연결되어 있고, 하나를 다른 하나와 떼어놓고 서로를 규정할 수 없게 되어 있으며, 만약 그렇게 되면 가르침 전체의 의의가 상실되기 때문이다. 또한 그것은 그리스도의 가르침이 그 자체로 프로테스탄티즘, 즉 유대교의 허례허식적 관습뿐만 아니라, 그 모든 외면적 예배를 거부하는 것이었기 때문이다. 따라서 기독교성에 있어서 이 분열은 완전히 그 가르침을 변질시키고, 그것의 모든 의의를 상실하게 만들었다. 과연 그러하였다. 삶에 관한 가르침과 삶의 설명 사이의 분열은 〈마태복음〉에 표현된 윤리적 가르침에 대하여 알지 못하고, 그리스도적이 아닌 형이상학에 치중한 이론을 설파하였던 바울의 설교에서 시작되어, 최종적으로 삶에 대해 가르치는 모든 이교도 조직까지도 그것을 개종시키지 않고 기독교적 옷을 차려 입혀서 그것을 기독교라 부르는 콘스탄티누스 황제의 시대에 완성된 것이다.

콘스탄티누스의 시대 때부터 교회가 그 죄악에 대한 대가로 신성한 기독교의 형태 중 하나로 인정하였던 이교도들의 이단은 그들의 집회를 시작하였고, 기독교성의 무게 중심은 오로지 형이상적 가르침의 측면에만 맞춰진다. 그리하여 이 형이상적 가르침은 그것에 동반하는 의식(형식, 예식)들과 함께 점점 더 본질적 가르침의 의의를 편향시켜, 오늘날에까지 이른다. 즉 인간의 이성으로는 가장 도달하기 힘든 천국의 비밀을 설명하고, 가장 복잡하고 형식적인 예배의식은 주는 반면 그 어떤 이 지상에서의 삶에 관한 종교적 가르침은 주지 않는 교의에 이르게 된 것이다.

교회적 기독교를 제외한 모든 종교는 그것을 믿는 사람들로부터 의식의 실행 외에 특정 선행의 실천과 악행의 절제를 요구한다. 유대교는 할례, 안식일(토요일)을 지키는 것, 자선 모금, 규정된 해에 축제를 벌이는 것 이외에도 많은 것들을 요구한다. 마호메트교(이슬람교)는 할례, 매일 5번 기도, 가난한 이들을 위한 십일조, 선지자들의 무덤에 예배 등 그밖에 많은 것들을 요구한다. 다른 모든 종교에 있어서도 이는 마찬가지다. 이 요구가 좋건 나쁘건 간에 아무튼 행위를 요구하는 것이다. 그런데 오직 사이비 기독교만큼은 아무것도 요구하지 않는다. 바로 교회에 의해 반드시 의무적인 것은 아니라고 인정된 금식과 기도를 빼면, 기독교인이 의무적으로 행해야 할 것은 아무것도 없고, 그 어떤 것에 따라 의무적으로 절제해야 할 것도 없다. 모든 사이비 기독교인들을 위해 필요한 일은 바로 신비주의다. 그러나 이 신비주의는 신자들 스스로 만드는 것이 아니라, 그들 위에서 어떤 다른 이들이 만들어낸다. 사이비 기독교는 그 어떤 행위도 의무적이지 않고, 그 무엇에 있어서도 구원받기 위해서 요구되는 것은 없다. 단지 그들 위에서 교회가 모든 것을 다 해주는 것이다. 그에게 세례를 주고, 도유식을 거행하고, 성찬식을 베풀고, 그에게 거룩하다 말하고, 심지어 신앙고백에 무관심한 사람들에게조차 고해성사를 시키고, 그를 위해 중보기도를 하는 것이다. 그러면 그는 구원받는다. 콘스탄티누스 시대 때부터 기독교는 그 소속 신자들에게 그 어떤 행실도 요구하지 않아 왔다. 어떠한 금기 요구조차도 표명하지 않았다. 기독교는 과거부터 있었던 이교도 신앙, 토속 신앙의 모든 것을 받아들이고 신성시한 것이다. 기독교는 이혼과 노예제, 재판, 그리고 지금까지의 모든 권력, 전쟁과 사형을 인정하고 신성시했으며, 오직 제일 처음 세례식(명명일) 날에만 악을 물리칠 것을 요구하고, 유아세례식 바로 다음에는 이러한 요구를 멈추는 것이다.

교회는 말로만 그리스도의 가르침을 인정하고, 실생활에서는 그것을 바로 부정한다.

이것은 화평의 세계로 세상을 이끌어가는 것이 아니라, 교회가 자기한테 유리하도록 세상에 그리스도 가르침의 형이상학적 측면을 곡해해서 전하여, 거기에서 삶을 위한 그 어떤 요구도 도출하지 않게 하고, 사람들에게 그들이 살고 있던 그대로 살도록 방해하지 않도록 하였던 것이다. 교회는 세속에 굴복하였다. 일단 속세에 굴종하게 되자 교회는 세속을 따라갔다. 세상은 그가 원하는 모든 것을 자행했던 것이다. 교회가 할 줄 아는, 즉 어떤 것을 찬양하는 대상에 세상은 자기 가르침을 앉힌 것이다. 세상은 만사에 있어 그리스도의 가르침에 어긋나는 자기 생활을 수립하였고, 교회는 사람들이 그리스도의 가르침에 반대되게 살고 있는데도 그리스도적으로 살고 있다고 인정해 주는 반어법을 쓰기 시작한 것이다. 결국 세계는 이교도의 삶보다 더 나쁜 삶을 영위하게 되었고, 교회는 이 같은 삶을 의롭다고 인정했을 뿐 아니라, 그러한 삶 안에 그리스도의 가르침이 있다고 확증하는 것으로 끝나버렸다.

하지만 때가 왔고, 복음서에 있던 그리스도 가르침의 진리의 빛은 자신의 불의를 스스로 느낀 교회의 은폐 노력(성경을 번역하는 것을 금지하면서)에도 불구하고, 교파라고 불리어지는 것들과 심지어 세상의 자유사상가들을 뚫고 민중으로 침투하였다. 그리고 교회의 가르침의 부정확성은 사람들에게 명백하게 드러나게 되었고, 사람들은 자기가 예전에 교회로부터 의롭다고 인정된 삶을 변화시켜 교회적이지 않은, 그 외에 지금까지 보존된 그리스도의 가르침에 따르는 기본으로 돌아간 것이다.

그렇게 교회 말고 인간들 스스로 교회에 의해 승인된 노예제도를 타파했으며, 신분제도를 타파했고, 교회로부터 승인된 종교재판을 타파했고 교회로부터 신성시된 권력인 제국의 왕들과 교황들을 섬멸시켰다. 그리고 이제 그 순서에 따라 사유재산과 정부 파괴를 시작하고 있는 것이다. 교회는 아무것도 막지 않았고, 이제는 막지도 못한다. 왜냐하면 이렇게 삶의 옳지 못한 것들에 대한 파괴는 아무리 그것을 왜곡하려고 해도, 교회가 지금까지 설교해온 기독교적 가르침 자체의 기본에서 비롯하는 것이고 또 생기는 것이기 때문이다.

사람들의 삶에 관한 가르침은 교회로부터 해방되었고 교회로부터 독립되었다.

설교하는 것이 교회에 맡겨진 일이었는데, 무슨 설교가 남았나? 가르침의 형이상학적인 설명이 그 의의를 가지려면, 자기가 설명하는 삶으로 가르침이 있어야 한다. 그러나 삶에 관한 그 어떤 가르침도 교회에 남지 않았다. 남겨진 것이라곤 언젠가 확립했지만 지금은 벌써 없어진 그런 것들만 남았다. 만약 아직도 교회에 남겨진 것이 있다고 한다면, 그것은 그 지나간 삶에 관한 설명, 즉 없애야 지당할 의무에 따라 지금은 그 누구도 믿지 않는 교리문답서에 관한 설명일 뿐이다. 교회에는 사원(성당), 이콘화, 사제복, 주문들 밖에는 남지 않았다.

교회는 삶에 관한 그리스도의 가르침의 빛을 18세기에 걸쳐 가지고 왔고 그 빛을 자기 옷으로 감추고자 했으나, 결국 스스로 그 빛에 타버렸다. 자기 조직, 즉 신성화된 교회를 소유하고 있는 세상은 교회 스스로 싫으면서도 억지로 담당해온 기독교의 진리 그 자체의 이름으로 교회를 버린 것이다. 그래서 이 세상은 오늘날 교회 없이 살고 있다. 이 사실은 성취되었다. 이미 그 사실을 감추는 것은 불가능하다. 참되게 살고 있는 모든 것, 침울하게 앙심을 품지 않고 다만 다른 이의 삶을 방해하면서 사는 우리 유럽 사회의 모든 살아 있는 것은 교회로부터 떨어져 나갔고, 교회에 의존하는 일없이 자기 생활을 영위하고 있는 것이다. 부패한 서유럽에 대해서는 말도 말라. 교육을 받았는가 받지 않았든가, 교회의 가르침을 버린 수백만의 기독교 이성주의자들로 구성되어 있는 우리 러시아는 논쟁할 여지도 없이, 교회로부터 탈퇴했다는 의미에 있어서만큼은 다행히도, 훨씬 유럽보다 더 부패한 것임을 증명한다.

살아 있는 모든 것은 교회에 의지하지 않는다.

정부 권력은 전통, 과학, 총선, 폭력, 그 밖에 우리들이 원하는 그 어떤 잡스러운 힘에 입각하지만, 교회에서만큼은 나오지 않는다.

전쟁이나 국가 간의 관계는 민족성과 균형의 원리, 그밖에 우리들이 원하는 그 어떤 잡스러운 힘에 입각하지만, 교회에서만큼은 나오지 않는다. 정부기관은 직접적으로 교회를 무시한다. 교회가 오늘날에 있어 법률과 사유재산의 기초가 될 수 있다는 생각은 웃음거리에 지나지 않는다. 과학은 교회의 가르침에 협력하지 않을뿐더러, 뜻밖에도 과학이 발전됨에 따라 교회와 늘 적대적이다. 예술도 이전에는 교회에만 봉사했는데, 이제는 그것에서 아주 이탈해버렸다. 모든 생활이 교회에서 해방되었을 뿐만 아니라, 교회에 대한 멸시 말고는 그 어떤 다른 관계도 갖지 않게 된 것이다. 사람들은 교회가 자기들의 삶에서 발생하는 여러 사건에 간섭하지 않는 한, 교회에 대해 아무것도 느끼지 않는다. 교회가 삶에 대해 자기가 가졌던 권리의 기억을 떠올리려 하는 바로 그 순간에 교회를 증오하는 것 말고는 아무것도 하지 않는다. 만약에 교회라고 부르는 형식이 아직도 존재한다면, 그것은 사람들이 과거 언젠가 구입한 값비싼 내용물이 담겨 있었던 그릇을 깨고 싶지 않아서 일 것이다. 바로 이와 같은 것으로 현재 가톨릭, 정교와 다양한 프로테스탄트 교회들을 설명할 수 있을 것이다.

가톨릭과 정교, 프로테스탄트의 모든 교회들은 그들의 포로가 벌써 오랜 옛날에 도망을 쳐서, 감시병들 사이를 걸어 다니고 있고, 그들과 전투까지도 불사르고 있음에도 불구하고, 이러한 포로들을 열심히 감시하고 있는 감시병들과 다를 바 없다. 사회주의, 공산주의, 정치경제학이론, 실용주의, 계급과 여성에 대한 자유평등, 사람들의 모든 도덕 이해, 노동의 신성, 이성·과학·예술의 신성 등 참으로 이 세계에 활기를 주는 모든 것은 교회에 적대적으로 보인다. 하지만 오늘날 이 세계를 움직이는 요소들은 모두, 교회가 스스로 감추고는 있지만 자기 자신도 모르게 가지고 온 그리스도의 가르침과 더불어 교회의 가르침에서 나온 부분들이다.

우리 시대 세계인의 생활양식은 교회의 교의와는 완전히 독립된 채, 제 갈 길을 걸어가고 있을 뿐이다. 세상 사람들이 더 이상 교회 목사들의 잔소리들을 들을 수 없을 정도로 벌써 저 멀리 뒤에 교회의 가르침은 도태된 것이다. 그렇다, 그렇게 해서 우리는 교회에서 그 무엇 하나 들을 것이 없게 된 것이다. 왜냐하면 교회가 삶의 조직에 대해 설명하고는 있지만, 그 삶의 조직은 이미 너무 커져버렸거나 아니면 견딜 힘이 없어서 붕괴되어 버렸기 때문이다.

사람들이 배를 타고 노를 젓고, 조타수가 키를 조종하고 있었다. 사람들은 그 조타수를 믿고 있었다. 그리고 조타수도 멋지게 키를 조종했다. 그러나 때가 바뀌고 다른 사람이 훌륭한 조타수와 교대하였다. 새 조타수는 키를 조종하지 않았다. 그래도 배는 신속하고도 경쾌하게 미끄러져 나갔다. 처음에 사람들은 그가 키를 조종하지 않고 있다는 걸 알지 못했다. 그래서 사람들은 배가 경쾌하게 항해하고 있다는 것을 기뻐하고 있었다. 하지만 얼마 지나지 않아, 그들은 새 조타수가 불필요하다는 것을 확신하게 되어 그를 비웃기 시작했다. 그리고 그를 내쫓아버렸다.

이것은 별것 아닌 일이지만, 문제는 불필요한 조타수를 성가시게 느낀 사람들이 그 생각에만 몰두한 나머지, 조타수가 없으면 배를 어디로 저어 가야 할지 알지 못한다는 것에 있다. 조타수만이 도착 지점과 그곳에 갈 방법을 알고 있었는데 나머지 사람들은 그 도착지를 잊어버린 것이다. 이러한 일이 우리 기독교 사회에서도 발생하였다. 교회가 방향을 바로잡지 않아, 더 빨리 자유롭게 항해해 저 먼 곳으로 우리는 쓸려 나가버렸다. 19세기 현재 그토록 자랑거리로 삼고 있는 지식의 모든 진보는, 우리들이 키 없이 항해하고 있는 것에 불과하다. 우리는 어디로 갈지 모르고 가는 것이다. 우리는 살아 있고 그래서 자기의 생활을 영위하고 있는데, 왜 사는지는 확실히 모르는 것이다. 어디로 갈지도 모르는데 왜 노를 젓고 헤엄치는 것이며, 무엇 때문인지도 모르는데 왜 살고, 왜 나의 삶을 사는 것인가?

만일 사람들이 자기 힘으로는 무엇 하나 하지 않고, 외적인 힘에 의하여 그들이 있는 위치에 놓여 있다면 "너희들은 무엇 때문에 이 위치에 있어?"라는 질문에 그들은 아주 합리적으로 다음과 같이 말할 것이다. "그것은 우리로서는 알 수 없는 것 입니다. 그러나 아무튼 우리는 이와 같은 위치에 놓여 있고, 또 그 속에 있는 것입니다." 그러나 그들은 자기 위치를 자기 자신 을 위해, 또 남을 위해, 특히 자기 자식들을 위해 그렇게 지키 고 있으면서, "그런데 왜 너희들은 무엇을 위해서, 다른 사람들 을 수백만의 군대로 보내고, 또 자기 자신도 그 속에 몸을 던지 고서는 서로 죽이고, 또 불구가 되는 것이냐? 무엇을 위해 막 대한 인력을 낭비하여 불필요할 뿐만 아니라 오히려 해악을 끼 치기까지 하는 도시 건설을 위해서 쓰는 것이냐? 무엇을 위해 서 너희들은 장난감과도 같은 재판소를 만들어 너희들이 범죄 자라고 생각하는 사람들을 너희 스스로도 무의미한 일이라는 것을 알면서도 그들을 프랑스에서 카옌으로, 러시아에서 시베 리아로, 영국에서 호주로 유형 보내는 것이냐? 무엇을 위해서 너희들은 그 좋아하는 농업을 집어던지고 스스로 싫어하는 공 장에서 일을 하는 것이냐? 도대체 너희들은 무엇을 위해서 이 러한 일을 계속하고 있는 것이냐"는 질문에는 대답하지 못할 것이다. 만약 이러한 모든 일이, 당신에게 할 만한 일이고 좋아 하는 일이라 할지라도, 당신은 "도대체 무엇을 위해서 이 일을 하는 것이냐"는 질문에 대답해야 한다. 하지만 이런 일이 아주 힘든 일이고, 당신이 노력과 불만을 가지고 그 일을 하고 있을 경우에는 도대체 무엇을 위해서 이 일을 하는 것인지 생각하지 않을 수 없을 것이다. 그렇다면 이 일을 중단하거나, 아니면 무엇을 위해 이 일을 하는 것인지 대답해야 할 것이다.

이 질문에 대한 해답 없이, 사람들은 살지 않았고 살지 못했다. 그리고 언제나 해답은 사람들 안에 있었다.

유대인들은 과거나 현재나 다를 것 없이, 전쟁을 하고 사람들을 처형하고 성전을 세웠다. 왜냐하면 이 모든 것이 율법에 쓰여 있었기 때문이고 그 율법이 신으로부터 내려왔다고 확신하기 때문이다. 이러한 것은 인도인에게, 중국인에게도 마찬가지였으며 로마인들에게도 마찬가지였다. 이슬람교도들에게도 마찬가지였으며, 지금으로부터의 100년 전 기독교인들에게도 마찬가지였다. 현대의 무식한 기독교 민중에게도 마찬가지다. 이 질문들에 대해 무식한 기독교인들은 이제 이렇게 대답할 것이다. "군대, 전쟁, 재판, 형벌 등 이 모든 것은 교회가 우리들에게 전해준 신의 계명에 의하여 존재하는 것이다. 여기 이 세상은 타락한 세상이다. 존재하고 있는 모든 악은 신의 의지에 의하여 이 세계의 죄악에 대한 형벌로서 존재하는 것이다. 따라서 우리들은 이 악을 시정할 수 없다. 다만 우리들은 우리 스스로의 영혼을, 오직 교회에 의해 우리들에게 전해진 신의 의지에 순종함으로, 또 믿음과 기도와 신비로운 계시를 받는 것으로만 구원할 수 있다. 교회도 우리들에게, 기독교인의 각 개인은 하나님이 기름 부은 황제와 그 황제가 임명한 관헌들에게 맹목적으로 복종할 것, 폭력으로써 자기와 다른 사람의 재산을 옹호하고, 하나님이 임명한 관헌의 의지에 따라 전쟁을 하고, 사형을 실시하고, 또 사형을 행하지 않으면 안 될 것을 가르치고 있지 않은가.”

　이러한 설명이 좋건 나쁘건 간에 유대교도, 불교도, 이슬람교도와 마찬가지로 그들은 이렇게 기독교 신앙인에게 삶의 모든 특성을 설명한다. 그러면 인간은 그의 이성을 부인하지 않으면서도, 스스로 신적인 것이라고 인정한 계율에 따라서 생활하는 것이다. 그러나 가장 무식한 사람들만이 이 설명을 믿는 시대가 오고야 말았고, 그러한 사람의 수도 날마다, 매 시간마다 줄어들고 있다. 이 운동을 막는 것은 그 어떠한 것으로도 불가능하다. 모든 사람은 제지하기 힘든 기세로 앞 사람을 쫓아간다. 머지않아 앞서 간 사람이 도착한 장소에 모두가 도착하게 될 것이다. 하지만 앞서 간 사람은 벼랑 끝에 서 있다. 앞에 간 사람들은 무서운 곳에 위치하고 있는 것이다. 그들은 자기를 위해서 살고, 그 삶을 자기들의 뒤에 따라가는 모든 사람들에 대한 대비책을 세워놓고 있다. 하지만 그 사람들은 자신이 무엇을 위해서 어떤 짓을 하고 있는지 전혀 모른다. 문명의 선구자라 할지라도, 현재 다음과 같은 진지한 질문에 대답할 만한 위치에 놓여 있지 않은 것이다. “너는 무엇을 위해서 네가 현재 영위하고 있는 그러한 생활을 영위하고 있는 것인가? 무엇 때문에 너는 현재 행하고 있는 모든 행위를 되풀이하는 것인가?” 나는 이에 관한 질문을 시도했고, 수백 명의 사람들에게 이 질문을 해보았지만, 직접적인 대답을 들은 적은 단 한 번도 없었다. 언제나 개인적인 질문, 즉 너는 왜 그렇게 살고 그렇게 행동하는가에 대한 직접적인 대답 대신에 나는 나의 질문에 대한 답이 아닌, 내가 질문하지 않은 것에 대한 대답을 얻었던 것이다.

가톨릭, 프로테스탄트, 정교회의 신자는 어떻게 해서 그가 믿는 신인 그리스도의 가르침과 반대되는 생활을 하고, 무엇을 위해서 그렇게 사는지 묻는 질문에, 언제나 직접적인 대답 대신, 한탄할 만한 현대의 무신론 세대에 대해서, 신앙이 없는 악한 사람들에 대해서, 그밖에 또 참된 교회의 의의와 그 미래에 대해서 말하기 시작한다. 그러나 어떻게 그들 자신은 그들의 신앙이 명령하는 바를 행하지 않나 하는 점에 관해서는 전혀 대답하지 않고 있는 것이다. 그들은 자기들에 관한 대답 대신, 인류의 보편적 상태와 교회에 관해서 말한다. 마치 그들 자신의 생활이 그들에 있어 아무런 의의도 가지고 있지 않고 그들은 오로지 인류 전체의 구원과 그들이 교회라고 부르고 있는 것에만 정신이 팔려 있는 것 같다.

철학자는 그가 어떤 학파에 속해 있든지 간에, 이상주의자건 심령술사건, 회의론자건 낙관론자건 간에, 어떻게 현재 자신의 철학적 관념과 일치하지 않는 생활을 하고 있는지 하는 질문에 그 대답 대신 그가 찾아낸, 즉 인간을 행복으로 이르게 할 인류의 진보와, 인류 진보의 역사적 법칙에 대해서 수다를 떨기 시작한다. 그러나 어찌해서 그가 자기 생활에 있어 스스로 합리적이라고 시인하는 일을 행하지는 않느냐는 질문에 대해서 결코 명료하게 대답하지 않는다. 철학자 또한 신앙을 가지고 있는 사람들과 마찬가지로, 자기 생활이 아니라 인류의 보편적 법칙의 검토에만 관심을 가지고 있는 것이다.

절반은 신앙을 가지고 있고, 절반은 신앙을 가지고 있지 않은 문명인, 늘 예외 없이 자기 생활과 우리네 생활의 조직에 관해서 불평을 많이 가지고 있고, 또 모든 것의 파멸을 예견하는 사람들의 대다수, 소위 중립적인 사람은 "무엇을 위해 너는 네 스스로 비판하고 있는 이 생활을 하고 있으며, 그것을 개선하려고 하지 않는가?"라는 질문에 대해서 직접적인 대답 대신에 이것은 자기 자신에 관한 일이 아니라 어떠한 일반적인 문제에 관해서, 이를테면 재판, 상업, 정부, 문명에 관해서 이야기하기 시작하는 것이다. 만일 그가 보안관이나 검찰관이라면 다음과 같이 말할 것이다. "그러나 만일 내가 내 생활을 개선하기 위해 국가의 일에 참여하기를 그만둔다면, 국가의 사업은 어떻게 되었겠는가?" 그가 상인이라면 "또 상업은 어떻게 될 것인가?"라고 말할 것이다. 그는 늘 자신의 생활의 목적이 늘 희망하고 있는 선을 행하는 것에 있지 않고 국가·상업·문명에 봉사하는 것에 있다는 말투를 쓴다. 중립적인 사람, 즉 보통 사람은 신앙을 가진 사람과 철학자와 아주 똑같은 대답을 하는 것이다. 그는 개인적인 문제에 공통의 문제를 놓는다. 이렇게 똑같은 말로 대치될 수 있는 말을 하는 까닭은 개인의 삶의 문제에 관해서 아무런 해답도 가지고 있지 않기 때문이고, 그 어떤 삶에 관한 진짜 가르침도 가지고 있지 않기 때문이다. 그래서 부끄러운 것이다.

그가 부끄러운 이유는 인간이 인생에 관한 가르침 없이 일찍이 살아본 예가 없었고, 또 살 수도 없었던 것인데, 그럼에도 불구하고 그들은 자기 자신을 인생에 관한 아무런 가르침도 가지고 있지 않은 사람이 있어야 할 그러한 수치스러운 상태에 있다고 느끼기 때문이다. 유독 우리 기독교 세계에 있어서는 인생에 관한 가르침과 어찌하여 삶은 이러한 것이며, 다른 것이어서는 안 된다고 하는 설명이 있어야 할 자리, 다시 말해 종교의 자리에, 왜 삶이 한때 그러했던 것과 같이 되어야 한다고 설명하는 종교의 자리에 그 무엇도 있을 필요가 없다는 설명이 그 자리를 차지한 것이다. 그래서 삶 자체는 아무 교의에도 의존하지 않는 것, 즉 아무런 규정도 가지고 있지 않는 것이 되고 말았다.

뿐만 아니라 언제나 그랬던 것처럼 과학은 실로 우리 사회의 이 우발적이며 기형적인 상태를 인류 전체의 법칙이라고 승인한 것이다. 틸레, 스펜서 등 몇몇 과학자들은 아주 진지하게 종교에 관해서 논해보려 하고 있지만, 그들이 종교라고 부르는 것은 만유의 기초에 관해 형이상학적 교의 아래에서 그것을 재보는 것이며, 그들이 말하는 것이 종교 전체에 관해서가 아니라 다만 그 일부에 관해서만 말하고 있다는 것을 상상도 하지 못하고 있다.

이로부터 놀라운 현상이 발생된다. 즉 이 시대에 우리는, 언젠가 누군가를 위해서 삶을 설명했을 만물의 태초에 대한 형이상학적 설명을 인정하지 못하기 때문에 자신들 모두에게 종교의 자유가 있다는 순진한 생각을 확신하는 머리 좋고 많이 배운 사람들을 보아왔던 것이다. 자기들은 어떻게든 살 것이고, 그래서 자기들은 그럭저럭 살아가고 있다는 것, 또 그것을 기초로 하여 그렇게 계속 살 것이지, 다른 것을 기초로 하지는 않겠다는 것, 그래서 그들의 머릿속에는 종교가 떠오르지 않는 것이다. 이러한 사람들은 자기들이 매우 고상한 신념을 가지고 있으나 신앙은 가지고 있지 않다고 굳게 상상하고 있는 것이다. 그러나 그들이 이러한 말을 할망정, 만일 그들이 그 어떤 합리적인 행동을 한다면, 신앙을 가지고 있는 셈이 된다. 왜냐하면 합리적인 행동은 늘 믿음에 의하여 규정되기 때문이다. 그들의 행동은 늘 명령된 내용의 것만을 해야 한다는 신앙에 의해서 규정된다. 종교를 시인하지 않는 사람들의 종교는 강력한 다수의 사람들이 행하는 모든 일에 대한 순종의 종교다. 간단히 말하면 현존하는 권력에 대한 복종의 종교인 것이다.

세상의 가르침에 따라 현존하는 권력의 명령에도 따르지 않고 그것보다 덜 의무적으로 아예 동물처럼 사는 것이다. 그러나 이와 같은 생활을 하는 사람이 합리적인 생활을 한다고는 볼 수는 없다. 그런데 우리들이 합리적으로 살고 있다고 인정하기 전에, 어떤 삶이 합리적인가 하는 문제에 먼저 대답해야 한다. 그러나 우리와 같은 불행한 인간은 이러한 문제에 대한 해답을 가지고 있지 않을뿐더러, 삶에 관한 합리적인 가르침이 필요하다는 생각 자체를 잊어버리고 만 것이다.

　신앙을 가지고 있는 사람이건, 그렇지 않은 사람이건, 우리 시대의 사람들에게 '당신은 어떠한 가르침에 따라 생활하고 계십니까' 하고 물어보라. 그러면 이런 사람들은 자기들이 유일한 교의, 즉 입법부의 관료들이 쓴 법률, 사법부에서 판결하는 법률, 또 그에 따라 집행하는 경찰들의 법률에 순종하며 살고 있다는 것을 고백하지 않을 수 없을 것이다. 이거야말로 참으로 우리 유럽 사람들이 시인하고 있는 유일한 교의이다. 사람들은 이 교의가 하늘에서 내려온 것도, 예언자에게서 내려온 것도, 현인에게서 내려온 것도 아니라는 사실을 알고 있다. 그들은 계속 사법부의 판결들과 입법부가 만들어낸 법률을 비판하지만, 여전히 이 교의를 인정하며, 그 집행자인 경찰에 굴복하고 있는 것이다. 당국에서 요구하는 가장 무서운 요구에도 그들은 순순히 따른다. 법원과 국회는 다음과 같이 썼다. "모든 청년은 모욕과 죽음, 그리고 다른 이를 죽일 준비를 반드시 하고 있어야 하고, 자식을 기른 모든 부모는 돈을 목적으로 어제는 팔렸고(고용된) 내일은 반역할지도 모르는 관리들에 복종해야 한다."

　의심할 여지없이 이성적이며 따라서 모든 사람에 있어 의무적이라고 내적으로 인식된 오늘날의 법치주의에 대한 이해는 우리 사회에 있어서, 히브리 민족만의 특성이라고 여겨진, 그들의 전체 생활을 규정하는 율법주의와 다를 바 없어졌다. 이미 강제에 의거하지도 않고도, 각자의 내적 인식에 의하여 의무적이라고 인정된 그 율법은 오늘날 이미 그 효력을 상실한 것이다. 그래도 히브리 민족은 마음속 깊은 곳에서 직접 신에게서 받은 확실한 진리라고 생각하고 있던 것, 즉 그래서 적어도 양심에 합치되는 것에 복종한 것이었다. 그러나 오늘날, 보통 교육을 받은 보통 인간에게 지극히 상식적이라 여겨지는 것은 권총을 가진 경관에 의해서 시행되는 것과 각자에게 혹은 심지어 극단적인 경우 대다수에게 옳지 못하다고 생각되는 것, 즉 그들의 양심에 어긋나는 것에도 복종해야 된다는 것이다.

나는 헛되이 이 문명사회에 명확하게 표현된, 삶을 위한 어떤 도덕적 원리가 있을까 하고 탐구해 보았지만 그것은 허사였다. 그런 건 없었다. 그러한 것이 필요하다는 지각조차 없었다. 다음과 같은 이상한 확증만 있을 뿐이었다. 즉 종교는 내세에 관한, 신에 관한 어떤 말에 지나지 않고, 어떤 사람들의 견해에 의하면 개인의 구원을 위해서만 필요, 또는 다른 사람의 견해에 의하면, 그래서 아무 소용도 없는 특정 교의이며, 삶은 자기 스스로 흘러가는 것이기 때문에, 그것에 그 어떤 원리와 법칙도 필요치 않다는 것이다. 다만 명령을 받은 일을 이행하기만 하면 그만이라고 생각하는 것이다. 신앙의 본질, 즉 삶에 관한 가르침과 삶의 의의에 대한 해명을 표명하는 것 중 전자는 중요하지 않고, 또 신앙에 속해 있지 않은 것이라고 간주되는 후자, 즉 이전에 존재한 삶의 설명 내지는 이 삶의 역사학적 운동에 관한 예상이 가장 중요하고 진지한 문제로 여겨지고 있는 것이다. 인간 생활을 형성하는 모든 사상에 있어 어떻게 살 것인가, 사람을 죽이러 갈 것인가 말 것인가, 사람을 재판할 것인가 말 것인가, 자기 자식을 지금처럼 훈육할 것인가 혹은 다른 방법으로 교육할 것인가 하는 문제에 있어, 세상 사람들은 반론도 반대도 없이 다른 사람들에게 모든 것을 내맡기고 있다. 맡겨진 사람들도 마찬가지로, 자기들이 무엇을 위해서 살고 있는가, 다른 방법이 아니라 지금 이대로 눈에 보이는 대로 사는 것이 맞는가 하는 것을 스스로도 모르면서 그렇게 한다.

그러면서도 사람들은 이러한 삶을 이성적이라 여기고, 그에 대해 부끄러워하지 않는다!

우리가 신앙이라고 부르고 있는 믿음의 설명과 국가·사회적 생활이라고 부르고 있는 믿음 사이의 간극은 이제 극단에 치달았다. 문명화된 대다수의 사람들은 오직 치안판사와 경관만을 믿는 삶을 살도록 남겨진 것이다.

만일 이 상태가 순전히 지금 보는 그대로라면, 그 상태는 실로 무서울 것이리라. 그러나 다행히 현대에 있어서도 이러한 믿음에 만족하지 않고, 인간이 어떻게 살아가야 할 것인지에 대한 자기만의 신앙을 가지고 있는 사람들, 우리 시대의 최고의 사람들이 있다.

이 사람들은 가장 유해하고 위험한 인간, 특히 신앙이 없는 인간이라고 생각된다. 그러나 이러한 사람들이야말로 지금 시대에 있어 신앙을 가지고 있는 유일한 인간이다. 다만 일반적·추상적 신앙을 가지고 있을 뿐만 아니라, 그리스도의 가르침에 대한, 비록 그 전체는 아닐지라도 적어도 그 일부에 대해서는 신앙을 가진 자들이다.

　이러한 사람이라 할지라도 때때로 그들에게 적대하는 사람들과 마찬가지로 그리스도의 가르침의 주요한 기초, 즉 악에 대한 무저항을 받아들이지 않고 심지어 그리스도를 증오하기까지 한다. 그러나 삶이 무엇인가 하는 문제에 대한 그들의 신앙 전체는 그리스도의 가르침에서 퍼올린 것이다. 그들은 비록 어떠한 박해를 받는다 하더라도, 어떤 비방을 받는다 하더라도, 명령된 모든 일에 무조건 불평 없이 복종하는 행동은 취하지 않는 유일한 자들이다. 따라서 그들은 우리의 사회에 있어 동물적 생활이 아니라, 합리적 생활을 일관하는 유일한 사람들, 즉 신앙을 가지고 있다고 할 수 있는 유일한 사람들이다.

　세상과 세상에 의미를 부여하는 교회를 연결시키고 있던 줄[線]은 삶의 즙, 즉 삶의 내용이 세상으로 흘러가는 일이 많아짐에 따라 점점 더 가늘어져 갔다. 그리고 이제 즙이 다 빠진 오늘날에 이르러 그 줄은 단지 방해물이 되고 말았다.

　이것이 현재 우리 눈앞에서 실행되고 있는 출생의 신비한 과정이다. 그것과 동시에 교회와의 마지막 연결은 단절되어 가고 있고, 그만큼 삶의 독립적 과정이 확립되고 있다.

　교리, 집회, 고위 성직자, 계급 제도를 가지고 있던 교회의 교의는 의심할 여지없이 그리스도의 가르침과 연관되어 있다. 이

관계는 새로 태어난 아기와 모체와의 관계처럼 명확하다. 그러나 출산 이후 탯줄은 아무 필요도 없는 살덩어리에 불과하여 땅에 묻듯이, 교회도 이제 멀리 어느 곳에다 감춰둬야만 할 불필요한, 진부한 기관이 되어버린 것이다. 호흡과 혈액의 순환이 안정되자, 그때까지 영양을 공급하던 연결선은 방해물이 되었다. 그런데 이 연결선을 보존하여 이미 태어난 아기에게 그 입과 폐가 아닌 탯줄로 영양을 취하겠다는 노력은 정신 나간 짓이다.

그러나 영아가 모체로부터 해방되었다고 해서 곧바로 참된 생활을 할 수 있는 것은 아니다. 그의 생활은 그 어머니와의 새로운 관계의 확립 여하에 달려 있다. 이것과 마찬가지 내용이 우리 기독교 세계에서도 수행되어야 한다. 그리스도의 가르침이 우리 세계를 낳아, 그것을 길러준 것이다. 그리스도 가르침의 한 지체(기관)였던 교회는 그 역할을 다하였고, 이제야말로 불필요한 방해물이 되고 만 것이다. 세계가 교회의 지도를 받을 수는 없지만, 교회로부터의 세계의 해방이 곧 삶은 아니다. 참된 생활은 영아가 자기의 무력을 자각하고 새로운 방법으로 필요한 영양소를 얻어야 함을 느낄 때 비로소 도래할 것이다. 이와 동일한 내용의 것이 우리 기독교 세계에도 도래해야 한다. 이 세계는 자기가 무능하다는 자각에서 울부짖어야 하고, 자기가 무능하다는 인식, 이전의 영양 공급은 불가능하다는 인식과 어머니의 젖을 빠는 것 말고는 다른 영양 공급의 방법이 없다는 인식, 그런 인식에서 어머니의 가슴을 버릇없이 파고들어야 하는 것이다.

그렇게까지 자신이 넘치고, 대담하고 단호하지만, 그 깊은 무의식에서는 공포와 곤혹을 느끼는 우리 유럽에는 이제 방금 태어난 젖먹이의 경우에서 흔히 볼 수 있는 그러한 현상이 발생하는 것이다. 즉 유럽 세계는 마치 분노로 어쩔 줄을 몰라 몸부림치며 칼싸움하고 울부짖고 부산한 아이처럼, 뭘 할지를 알 수도 없고 이해할 수도 없는 것이다. 이제까지 자기에 대한 영양의 공급선이 말라버렸다는 걸 느끼고는 있지만, 어디서 새로운 영양을 찾아야 할 것인지에 대해서는 도무지 알지 못하고 있는 것이다.

새로 낳은 새끼양은 눈과 귀를 움직이고, 꼬리를 흔들고, 깡충깡충 뛰며 야단을 친다. 그 새끼양의 행동을 보면 모르는 것이 없는 것처럼 생각되겠지만 불쌍하게도 그 새끼양은 아무것도 아는 것이 없다. 모든 확신에 찬 모습과 그 에너지는 어미양의 영양 공급 때문이지만, 그것은 방금 그쳤다. 다시는 그 영양 공급이 재개될 수 없다. 새끼양은 신선함과 힘으로 가득 차 있다. 그러나 곧 어미양의 젖꼭지에 매달리지 않으면 죽고 마는 것이다.

이와 동일한 현상이 지금 우리 유럽 사회에서도 발생한다. 얼마나 복잡하고도, 겉보기에 합리적인, 에너지 넘치는 사회인지 관찰해보라. 이 사람들은 자기들이 행하는 모든 것을 알고 있고, 그 모든 것을 무엇을 위해, 무엇 때문에 하는지 알고 있는 것만 같이 보인다. 얼마나 과감하고 자신 있고 활기에 넘쳐 우리 세계의 사람들은 모든 행동을 취하고 있는 것인가. 예술, 과학, 사상, 국가 공공 산업, 이 모든 것으로 우리 세계는 꽉 차 있다. 이는 극히 최근까지 탯줄을 통하여 엄마의 태반으로부터 영양을 섭취하고 있었기 때문이다. 즉 그리스도의 이성적 가르침을 세상의 생명 속으로 옮긴 교회가 있었기 때문이다. 세계의 모든 에너지는 그리스도의 가르침에 의하여 영양을 공급받은 것이고, 태어나서 자란 것이다. 그러나 교회는 자신의 임무를 다했고, 말라 비틀어졌다. 세상의 다른 모든 조직(기관)은 살아 있지만, 이전의 영양 공급원은 멈추었고 새로운 영양 공급원은 찾지 못했다. 그래서 그들은 그것을 여기저기서 찾아보고 있지만, 엄마의 품 말고는 그것을 결코 찾지 못한다. 그들은 새끼양처럼 아직은 이미 섭취한 영양분을 쓰고 있지만, 이 영양분을 다시 엄마에게서 얻어야 한다는 것, 그렇지만 이전에 그들에게 주어진 방식과는 달리, 다른 방식으로 엄마에게서 얻어야 한다는 것을 아직 이해하지 못한다.

이 세계 앞에 놓인 과제는 무의식적인 영양 과정이 끝났고, 새로운 의식적인 과정이 필수라는 것을 인식하는 것에 있다.

이 새로운 과정은 그리스도 가르침의 진리를 의식적으로 받아들임에 있다. 이 진리는 무의식적으로 교회라는 기관을 통하여 사람들 속으로 주입되었던 것이며, 그것에 의하여 아직도 인류는 살아가고 있는 것이다. 따라서 사람들은 다시금 그것에 의하여 자기들이 오늘날까지 살아왔지만, 자기들로부터 감추어져 있는 그 빛을 받아들이고, 자기와 인간들 앞에 높이 세워,

의식적으로 그 빛에 의해 살아가야 한다.

인생에 대한 정의를 내리며 또 인류의 삶을 설명해주는 종교로서의 그리스도 가르침은 1,800년 전에 그러했던 것처럼 오늘날에 있어서도 역시 똑같은 모습으로 세계에 서 있다. 이전의 세계에는 그리스도의 가르침이 대한 교회의 설명이 있었다. 그 설교는 그리스도의 가르침을 점점 더 가렸지만, 그러나 역시 과거 세계의 삶은 그 가르침만으로도 충분했다. 그러나 이제 교회가 그리스도의 가르침보다 더 비대해진 시대가 오고야 말았고, 따라서 세계에는 그 새로운 삶에 대한 설명이 부족하여, 무력함을 느끼지 않을 수 없었던 것이다. 그러므로 이제 그리스도의 가르침을 받아들이지 않을 수 없는 시대가 된 것이다.

그리스도는 무엇보다도 먼저 사람들에게 아직 빛이 있는 동안에 그 빛을 믿으라고 가르친다. 그리스도는 사람들이 이 이성의 빛을 무엇보다도 높이 들고는 그것과 일치하게 살고, 너희 자신이 비이성적이라고 생각하는 것을 행하지 말라고 가르친다. 당신이 터키인이나 독일인을 죽이러 가는 것이 비이성적이라고 생각한다면, 죽이러 가지 마라. 당신이 실크해트를 쓰거나 코르셋을 입거나, 혹은 당신의 경제를 곤란하게 하는 응접실을 설치하기 위해서 폭력으로 가난한 계급의 노동력을 착취하는 것이 비합리적이라고 생각한다면, 그러한 일들을 하지 마라. 무위하고 유해한 사회의 탓으로 타락한 사람들을 감옥, 즉 더할 나위 없이 유해한 사회이고, 또 가장 완전한 무위의 환경인 감옥으로 보내는 것이 비합리적이라고 생각한다면, 그렇게 하지 마라. 신선한 공기 속에서 생활할 수 있는데도, 세균이 가득한 도시에서 생활하는 것이 비이성적이라고 생각한다면, 그렇게 하지 마라. 아이들에게 죽은 언어, 즉 문법에 대해서 선행학습을 시키거나 과도한 학습을 시키는 것이 불합리하다고 생각하면, 그렇게 하지 마라. 오늘날의 우리 유럽 사회 전체가 행하고 있는 것, 즉 살아 있으면서도 자기 생활을 합리적인 것이라고 생각하지 않는 것, 행동하면서도 자기가 현재 행하는 것이 불합리하다고 생각하는 것, 자기의 이성을 믿지 않으면서도 그것과 일치하지 않는 생활을 하는 것, 이러한 모든 일은 행하지 않는 것이 낫다.

그리스도의 가르침은 빛이다. 빛은 빛나고, 어둠은 빛을 포용하지 않는다. 빛이 비추고 있을 때에는 그것을 받아들이지 않을 수 없다. 빛과 다툴 수는 없으며, 빛이 빛과 다툴 수도 없다. 그리스도의 가르침과 겨룰 수 없는 까닭은 그것이 사람들이 생활하고 있는 모든 오해들을 포용하고 그것들과 충돌하지 않으며, 물리학자들이 말하는 에테르[36]처럼 모든 것에 침투하기 때문이다. 그리스도의 가르침은 우리 세계의 모든 사람에게 있어 다 같이 피치 못할 것이다. 그들이 어떠한 환경에 처해 있든지 간에 역시 그렇다. 그리스도의 가르침이 사람들에게 애용

되지 않을 수 없는 것은, 그것이 주는 인생의 형이상적 해명을 부정할 수 없기 때문이 아니라(모든 것을 부정할 수는 있다) 오직 그것만이, 그것 없이는 인류의 어떤 사람도 살지 않았고 살지 못했던, 바로 그 삶의 법칙을 주기 때문이다. 만약에 그 사람이 인간처럼, 즉 이성적인 삶을 살기를 원했다면 말이다.

그리스도 가르침의 힘은 삶의 의의를 설명해주는 것에 있는 것이 아니라, 거기서 도출되는 것, 즉 삶에 관한 가르침 속에 있다. 그리스도의 형이상적 가르침은 새로운 것이 아니다. 그것은 모든 사람들의 마음속에 적혀 있는 것이고, 또 세상의 모든 참된 현자들이 가르친 것과 동일한 인류의 가르침이다. 그러나 그리스도 가르침의 힘은 이 형이상적인 교의를 실생활에 적용시키는 데 있다.

히브리인의 고대 형이상학 원리와 그리스도의 형이상학 원리는 같다. 즉 그것은 신과 이웃에 대한 사랑이다. 그러나 이 원리를 실생활에 적용시키는 것에 있어서 모세와 그리스도의 계명에는 전적인 차이가 있다. 히브리 민족이 이해한 바에 따르면 모세의 613개의 계율을 실천해야 하고, 대부분의 경우 무의미한 것들, 잔혹하며, 각종 법전의 권위 위에 기초를 두고 있는 것들이다. 그러나 그리스도의 계명에 의해 동일한 형이상학 원리에서 도출되는 삶에 관한 가르침은 단지 이 5개의 계명 속에 표현되어 있는 것이다. 그것들은 모두 이성적이고 선한, 자기 자신 내에 스스로의 의의와 합리성을 가지고 있는 것이며, 또 사람들의 전체 삶을 포괄한다.

그리스도의 가르침은 자기들의 율법의 진실성에 의혹을 품기 시작한 유대인과 불교도, 이슬람교도, 그 밖의 신앙을 가진 사람들에게 받아들여지지 않을 수 없다. 현재 아무런 도덕적 법칙도 가지고 있지 않은, 우리 기독교 세계의 사람들에게 받아들여지지 않을 수 없음은 더더욱 말할 것도 없다.

그리스도의 가르침은 세상 사람들과 그들의 세계관을 놓고 논쟁하지 않는다. 그것은 이미 이 세계관과 일치하기 때문이다. 그리고 그것은 이 세계관을 자기 내부에 포함한 채, 자기들에게 결핍되어 있으면서도 자기들에게 없어서는 안 될, 그들이 찾고 있는 것을 그들에게 준다. 그리스도의 가르침은 그들을 위하여 생명의 길을 열어준다. 그러나 그것은 새로운 길이 아니라, 그들 모두에게 오래전부터 친숙한 태생적인 것이다.

당신이 어떠한 교파에 속해 있던 간에, 당신은 신앙을 가진 기독교인이다. 당신은 세계의 창조를 믿고, 삼위일체와 인간의 타락, 대속 그리고 계시와 기도, 교회를 믿는다. 그리스도의 가르침은 당신과 논쟁하지 않을뿐더러, 당신의 세계관과 완전히 일치하여, 당신이 갖지 못한 그 무엇을 당신에게 주기만 한다. 지금 당신이 가지고 있는 신앙을 보존하면서, 당신은 이 세계의 삶과 당신의 삶이 악으로 가득 차 있음을 느끼고, 그것을 어떻게 피해야 하는지를 모르고 있는 것이다. 그리스도의 가르침(그것은 신의 가르침이기 때문에 의무적인 것이다)은 당신에게 단순하고도 실행이 가능한 생활의 규칙을 준다. 그 규칙은 당신을 괴롭히고 있는 악으로부터 당신과 다른 사람들을 해방시켜

줄 것이다. 부활을, 천국을, 지옥을, 성부를, 교회를, 계시를, 대속을 믿어라. 당신의 신앙이 요구하는 대로 기도하고, 금식하고, 찬송가를 불러라. 이 모든 것은 당신의 신, 그리스도가 계시한—노하지 마라, 간음하지 마라, 맹세하지 마라, 폭력으로써 자기를 지키지 마라, 전쟁에 나가지 말라는 것을 방해하지 않는다.

어쩌면 당신은 이 규칙들 중 하나를 실천하지 않을 수도 있고, 지금 이 순간에 당신의 신앙, 민법을 어긴다든지 예의에 어긋나는 행동을 하는 것처럼, 어떤 상황에 몰입되어 그중에 하나를 어길 수도 있다. 그와 마찬가지로 당신은 어쩌면 유혹을 받는 순간에 그리스도의 가르침에서 뒷걸음질 칠 수도 있는 것이다. 하지만 평정하고 침착한 순간에도 지금 당신이 행하는 것과 같은 그러한 행동은 하지 마라. 노하지 않고, 간음하지 않고, 맹세하지 않고, 폭력으로써 자기를 지키지 않고, 전쟁에 나가지 않는, 그러한 삶을 건설해야 된다. 당신은 이것을 받아들이지 않을 수 없다. 하나님이 당신에게 이것을 명하기 때문이다.

또 당신이 어떠한 학파에 속해 있든지 신앙이 없는 철학자라고 가정해 보자. 세상만사는 자기가 발견한 법칙에 따라 움직인다고 당신은 말할 것이다. 그리스도의 가르침은 당신과 다투는 일 없이 당신이 발견한 법칙을 완전히 인정한다. 그러나 수천 년 후의 세계에 당신이 희망하는 인류를 위해 준비된 행복이 찾아올 것이라는 당신의 법칙 외에도 당신의 개인적인 삶이 있을 것이고, 그 삶을 당신은 이성에 따라서 혹은 이성에 반하여 살아가고 있는 것은 아닐까? 당신의 이 개인적인 생활을 위해서 당신 앞에는, 현재 당신이 존경하지 않는 사람들에 의하여 지어지고, 경찰에 의하여 시행되는 규칙 말고는 아무런 규칙도 없는 것이다. 그리스도의 가르침이 주는 법칙은 확실히 당신의 법칙과 일치한다. 왜냐하면 당신의 이타주의 법칙 혹은 단일 의지는 그리스도의 가르침을 조잡하게 바꾸어 말한 것에 지나지 않기 때문이다.

당신이 중간 사람, 즉 절반은 신앙을 가지고 있고, 절반은 신앙을 가지고 있지 않은, 인간생활의 의의를 깊이 탐구할 시간이 없는 보통 인간이라고 가정해 보자. 당신에게는 그 어떤 명확한 세계관도 없고, 모든 사람들이 하고 있는 일을 따라 하고 있을 뿐이다. 그리스도의 가르침은 당신과 다투는 일 없이 이렇게 말할 것이다. "그렇다, 너에게는 판단력도, 너를 가르치는 교의의 진실성을 믿을 능력도 없다. 너에게는 모든 사람들처럼 평범하게 행동하는 편이 더 나을 것이다. 그러나 제아무리 네가 겸손하다 하더라도, 너는 역시 때론 모든 사람과 일치하는 자기의 행동을 칭찬하기도 하고, 또 그것을 비방하기도 하는 내면적인 판단을 자기 내부에서 느낄 것이다. 너의 운명이 제아무리 비천한 것이라 할지라도, 너는 역시 심사숙고하여 자기가 모든 사람들과 마찬가지로 행동을 할 것인가, 혹은 자기 식으로 행동해야 할 것인가 자문해보는 순간이 없지 않을 것이다. 이러한 경우, 이와 같은 문제를 해결할 필요가 네 앞에 생겼을 때, 그리스도의 계명은 너에게 전력을 다하여 나타날 것이고 이러한 규칙은 확실히 네 질문에 대답할 것이다. 왜냐하면 그것은 너의 생활 전체에 적용할 수 있는, 또 너의 이성과 양심에 따른 해답을 제시해줄 것이기 때문이다. 만일 네가 무신론보다 신앙에 가깝다면, 너는 그처럼 행동할 경우 신의 의지에 따라서 행동하게 되는 것이다. 또 만일 네가 자유사상에 한층 더 가깝다면, 너는 그처럼 행동할 경우 세계에 존재해 있고, 또 네가 확신하고 있는 가장 합리적인 규칙에 따라 행동하는 것이 된다. 왜냐하면 그리스도의 규칙은 그것 자체 내에 스스로의 의의와 더불어 자신의 융통성을 내포하고 있기 때문이다."

그리스도는 말했다(〈요한복음〉 12장 31절). "이제 이 세상의 심판이 이르렀으니 이 세상 임금이 쫓겨나리라."

또 그는 말했다(〈요한복음〉 16장 33절). "이것을 너희에게 이름은 너희로 내 안에서 평안을 누리게 하려 함이라. 세상에서는 너희가 환난을 당하나, 담대하라. 내가 세상을 이기었노라 하시니라."

그리고 실제로 이 세상, 즉 세상의 악은 패배하였다.

만약 아직 악의 세계가 존재하고 있다 하더라도, 그것은 죽은 시체이며 단지 타성에 젖어 지속되고 있을 뿐이다. 그 속에는 이미 생명의 원리가 존재하지 않는다. 그것은 벌써 그리스도의 가르침을 믿는 자에게는 존재하지 않는다. 사람의 아들의 이성적인 자각 속에서 그것은 패배한 것이다. 폭주하는 기관차는 아직 계속 앞으로 직진하고 있지만, 그 안에 모든 이성적인 활동은 벌써 오래전부터 그 반대로 향하는 것이다.

"대저 하나님께로서 난 자마다 세상을 이기느니라. 세상을 이긴 이김은 이것이니 우리의 믿음이니라"(〈요한1서〉 5장 4절). 세상을 이기는 믿음은 바로 그리스도의 가르침을 믿는 것이다.

12.   나의 신앙은 그리스도의 가르침에 있다

나는 믿는다. 그리스도의 가르침을. 바로 여기에 나의 신앙이 있다.

나는 믿는다. 모든 사람이 그리스도의 가르침을 실천할 때, 오직 그때에 이 땅에서 나의 행복이 가능하리라는 것을. 나는 믿는다. 이 가르침이 쉽고 기쁘게 실천 가능하다는 것을.

나는 믿는다. 그 가르침이 실천되지 않을 때까지, 모두가 실천하지 않는 중에 내가 있더라도, 나에게는 여전히, 피할 수 없는 사망으로부터 나 자신의 구원을 위해 할 수 있는 일은 이 가르침을 실행하는 것 외에는 아무것도 없다는 것을. 이것은 마치 어떤 이에게 불타고 있는 집에서 구원의 문을 찾는 일 말고는 달리 어찌할 도리가 없는 것과 마찬가지다.

나는 믿는다. 세상의 가르침에 따르면 나의 삶은 고통스러울 것이며 그래서 오직 그리스도의 가르침에 따르는 삶만이 내게 이 세상에서의 행복을, 생의 아버지가 나에게 숙명으로 예비한 그 복을 줄 것을.

나는 믿는다. 이 가르침이 온 인류에게 행복을 선사하고, 나를 필연적 사망에서 구원할 것을, 그리고 여기서 최고의 복을 줄 것을. 그래서 나는 이를 실천하지 않을 수 없다.

율법은 모세를 통해 주어졌으며, 은혜와 진리는 예수 그리스도를 통해 주어졌다(〈요한복음〉 1장 17절). 그리스도의 가르침은 복음과 진리다. 이전에 내가 진리를 알지 못했을 때, 나는 행복을 몰랐다. 복을 위해 악을 받아들이면서 나는 악에 빠졌으며, 행복을 향한 나의 목표에 대해 그 정당성을 의심했었다. 이제 나는, 내가 목표했던 복이 아버지의 의지이며, 내 인생에 있어 가장 정당한 본질임을 이해했고 또 믿기 시작했다.

그리스도는 나에게 말하였다. "복을 위해서 살지어다. 너는 단지, 너를 행복의 모조품으로 유인하고 진짜 행복을 빼앗아가며 악에 빠뜨리는 덫 즉, 유혹σκανδαλος을 믿지 않으면 된다. 너의 행복은 다른 모든 사람들과 하나되는 것이며, 악은 사람의 아들의 통일을 파괴하는 것이다. 너에게 주어진 복을 자진해서 빼앗기지 마라."

그리스도가 내게 보여준 것은, 사람의 아들의 결속, 이전에 내게 그렇게 생각되었던, 사람들이 추구해야 할 목적으로서의 인간 상호 간의 사랑이 아닌, 자연 그대로의 상태에서 사람들 서로가 나누는 사랑이다. 이 자연 상태에서 아이들이 태어나는 것이며, 거짓·미망·유혹에 의해서도 파괴되지 않을 때까지 모든 사람이 언제나 그 상태에서 살아왔던 것이다.

그러나 그리스도는 이것을 내게 단지 보여주기만 한 것이 아니라, 명확하게 오류의 가능성 없이, 그 자신의 계명으로, 나에게 결속·사랑·복의 자연 상태를 빼앗아가며 악에 빠뜨리는, 그 유혹의 종류 하나하나에 이르기까지 일일이 열거해주신 것이다. 그리스도의 계명들은 나에게 행복을 빼앗는 유혹으로부터 벗어나는 방법을 가르쳐 주었고, 그래서 나는 이러한 계명들을 믿지 않을 수 없다.

나에게 복이 내린 것이다. 그런데 나는 그것을 스스로 파괴시켰다. 그리스도는 그의 계명에 의하여, 내가 스스로 내 행복을 파괴했던 그 유혹들을 내게 보여주었다. 그래서 나는 나의 행복을 망치는 그러한 것을 행할 수 없다. 이것에, 바로 이 한 가지에, 내 모든 신앙이 있다.

그리스도가 첫 번째로 내게 보여준 유혹은, 나의 행복을 파괴하는 다른 사람에 대한 적의, 그들에 대한 분노이다. 이 사실을 나는 믿지 않을 수가 없었다. 그래서 나는 다른 사람들에게 의식적으로 화를 낼 수 없고, 전에 내가 늘 하던 것처럼 내 분노에 내가 기뻐하고, 그것을 자랑으로 여길 수 없으며, 나는 영특하고도 위대한 존재이고, 다른 사람은 보잘것없는 실패자이며 무식한 존재라고 인정함으로써 그 분노를 합리화할 수 없다. 이제는 벌써 남에게서, 너는 분노에 가득 차 어찌할 바를 모른다는 소리를 들으면 그 즉시 나에게 죄가 있음을 깨닫고 나에게 적대감을 품고 있는 사람들과 화해를 구하지 않을 수 없다.

그뿐만이 아니다. 만일 내가 현재 나 자신의 화가 부자연스런 것이며, 내게 유해하고도 병적인 상태라고 하는 것을 알고 있다면, 나를 어떠한 유혹이 그러한 상태로 몰아넣었는가 하는 것도 잘 알고 있다. 이 유혹은 내가 나와 다른 사람들과의 사이에 구별을 두고, 다만 그들 중의 어떠한 사람들만을 나와 동등한 자라고 인정하며, 나머지 사람들은 별것 아닌 존재, 즉 인간 같지 않은 인간(라가), 멍청하고 무식한 자(미련한 놈)라고 생각하는 데 있다. 나와 다른 사람 사이에 차별을 두는 것, 타인을 '라가' 내지는 '미련한 놈'으로 인정하는 것 자체가 나와 다른 이들과의 개재해 있는 적대감의 주요 원인이었던 것을 이제 비로소 이해했던 것이다. 나의 종전 생활을 회상해볼 때, 나보다 높은 자라고 생각했던 사람들에게 대해서 일찍이 적의를 품어본 적이 없었고, 또 결코 이러한 사람들을 모욕했던 예가 없었다. 그러나 이와는 반대로 자기보다 낮은 자라고 생각했던 사람들의 나에 대한 조그마한 유쾌하지 않은 행위조차도, 그 사람들에 대한 분노와 모욕을 유발한 것이었다. 즉 나를 이와 같은 사람과 비교하여, 보다 더 높은 자라고 생각하면 생각할수록 점점 더 쉽게 상대방을 능욕할 것이다. 경우에 따라서는 심지어 내가 상상한 사람의 지위가 낮다는 그 한 가지 사실만으로 그 상대방에 대한 모멸감을 내 가슴속에서 불러일으킨 적도 있다. 나는 이제 다른 사람들보다 높은 지위에 있는 사람은 그들 앞에서 스스로 낮아지고, 그 사람을 섬겨야 한다는 것을 되새긴다. 나는 이제 사람들 앞에서 높은 자가 왜 하나님 앞에서는 혐오 받는 낮은 자가 되는지, 또 왜 부자와 유명한 자에게 고뇌가 있고, 가난한 자와 천대 받는 자에게는 복이 있는지 이해가 된다. 비로소 나는 이것을 이해했고, 또 믿기 시작한 것이다. 그리고 이 신앙이 인생에 있어서의 좋은 것, 높은 것, 나쁜 것, 낮은 것에 대한 나의 평가를 바꿔 놓았다. 예전에 나에게 좋은 것, 높은 것으로 여겨졌던 모든 것, 즉 존경·명예·교육·부·복잡하고 세련된 삶·가구·옷·미식·응접실 등 외적인 삶의 수단들은 모두 불쾌하고 저급한 것으로 보였다. 그런데 이전에 불쾌하고 낮은 것으로 보여졌던 무식함·무명생활·가난·상스러움·조촐한 세간·조촐한 음식·조촐한 옷가지 등은 내게 좋은 것, 높은 것으로 여겨지게 된 것이다. 그런데 때에 따라, 이 모든 것을 알고 난 뒤에도, 앞뒤를 안 가리고 순간적으로 분노에 내 몸을 맡겨, 형제를 모욕하는 일이 있다 하더라도, 적어도 평온한 상태의 나는 나를 다른 사람들 위에 올려놓고, 나에게서 참된 행복, 즉 결속과 사랑을 빼앗아버리는 유혹에 몸을 맡길 수는 없게 되었다. 이 사실은 인간이 일찌감치 자기 덫에 걸려 몸을 해한 사람이 다시는 자기를 위해서 덫을 설치할 수 없는 것과 같다. 나는 이제 나를 외적으로 다른 사람 위에다 올려놓고 그들과 나 사이에 구별을 두는 어떠한 것에도 협조할 수 없다. 나 자신을 위해서도 다른 사람들을 위해서도, 이전에 내가 그랬던 것처럼, 인간이라고 불리는 칭호와 이름 외에 그 어떤 칭호, 관등, 명칭도 인정할 수 없다. 그 어떤 명예와 칭호도 수여받을 수 없고, 나를 다른 사람들과 분리시키는 그 어떤 칭호도 가질 수 없다. 나를 다른 사람들과 분리시키는 그 어떤 부富로부터도 나 스스로를 구제하기 위해 노력하지 않을 수 없다. 내 삶의 환경, 음식·옷 그리고 모든 외적인 환경 등 나를 사람들과 분리시키는 모든 것에서 나는 그 무엇도 찾지 않을 것이며 단지 대부분의 사람들과 하나가 되려고 노력할 것이다.

그리스도가 내게 보여준 또 다른 유혹은, 나의 행복을 파괴하는 육체적인 욕구, 즉 나와 맺어진 여자가 아닌, 다른 여자에 대한 음욕이다. 이를 나는 믿지 않을 수 없다. 따라서 나는 일찍이 내가 행한 것처럼 호색적인 정욕을 인간의 자연적이며 고유한 특질이라고 인정하지 않는다. 이러한 성욕을 미에 대한 사랑, 연애로 정당화하거나 혹은 아내의 결점에 대한 핑계로 자기 합리화할 수 없다. 너는 지금 호색적인 정욕에 몸을 맡기고 있다고 남에게서 조금이라도 그런 말을 듣는다면, 그 즉시로 나는 내가 부자연스럽고도 병적인 상태에 놓여 있다는 것을 인정하고, 이 악으로부터 나를 구제해줄 모든 방법을 반드시 찾을 것이다.

이제 나는 육체적 욕구가 나에게 악이라 하는 것을 알고 있으며, 또 이전에 나를 그 속으로 끌어들인 유혹도 잘 알고 있다. 그래서 나는 이 유혹에 종노릇할 수 없는 것이다. 이제야말로 나는 이 유혹의 주요 원인이 간음을 절제할 수 없다는 것에 있는 것이 아니라, 남녀의 대부분이 최초 성적 관계를 맺은 상대로부터 버림받는 것에 있다는 것을 알고 있다. 나는 그 최초의 배우자로부터 버림받은 남편 내지는 아내가 이 세상에 모든 음탕을 가져오게 되는 것이기 때문에, 따라서 최초에 결합한 남자 혹은 여자를 버린다는 것은 예외 없이 모두 그리스도가 사람들에게 금한 바로 이혼이라는 것을 이제야 알았다. 나를 성적 방탕으로 이끈 모든 일을 떠올려 볼 때, 나는 이 유혹의 주요 원인이, 나를 물리적이고 정신적으로 내 안에 있는 육욕이 타오르게 만든, 그런 상태로 이끈 야만적인 사회교육 외에, 내 자신에게 성적 만족을 주자고, 나와 처음으로 결합한 여자를 버리는 것과, 모든 방면으로부터 내 주위에 방치된 여자들의 상황을 모든 예민한 이성으로 합리화시키는 것에 불과하다는 걸 깨달은 것이다. 이제 나는 유혹의 주요 동인이 내 욕정에 있는 것이 아니라, 나와 나를 둘러싸고 있는 방치된 여성들의 충족되지 않은 욕구에 있음을 깨달았다. 이제 나는 그리스도의 말씀을 이해한다. 하나님은 최초에 인간을 남녀로 만들어, 그 둘이 하나가 되도록 하였다. 그렇기 때문에 인간은 신이 결합한 것을 분리시킬 수 없으며, 또 분리해서도 안 된다. 이제 나는 한 쌍이 자연 그대로의 인류의 법칙에 따라서 파괴될 수 없는 것이라는 사실을 이해한다. 이제야 나는 완전히, 다른 여자때문에 아내와, 즉 최초로 나와 결합한 여자와 이혼하는 것이 그녀를 방탕하게 만드는 원인이며, 또 자기 의지에 반하여 새로운 악을 이 세상에 가지고 오게 하는 것임을 깨닫는다. 나는 이렇게 믿는다. 따라서 나의 이러한 신앙이 나의 이전의 삶에 있어서 좋았던 것, 악했던 것, 높았던 것, 낮았던 것에 대한 평가를 달리 하게 만들었다. 이제까지 나에게 가장 좋은 것이라고 생각되었던 것, 즉 세련되고 우아한 삶, 시인과 예술가들이 예찬한 열정적이고 시적인 로맨스 등은 나에게 불쾌하고 역겨운 것이 되었다. 거꾸로 나에게 좋다고 여겨지는 것들은 근면하고 검소하고 소박한, 욕구를 절제하는 삶이다. 이전에 높은 것, 중요한 것이라고 생각했던, 남녀의 결합에 대해 선언하는 외적인 혼인신고, 결혼식이라고 하는 인위적인 제도보다, 일단 맺어진 이상 신의 의지에 의한 분리가 아니고서는 헤어질 수 없는 실제 남녀의 결합인 결혼이 중요한 것이다. 가령 깜빡하는 순간에 호색적인 음욕에 빠져 들어가는 일이 있을 수 있다고 하더라도, 나를 이러한 악으로 이끈 유혹에 대해서 이미 알고 있기 때문에 이제는 더 이상 내가 이전에 그랬던 것처럼, 그 유혹에 굴욕당할 수는 없다. 나는 내 안의 과도한 욕정을 불태우는 육체의 나태와 번드르르한 삶을 바라지도 않고 구하지도 않을 것이다. 나는 연애 욕구를 자극하는 오락거리, 즉 낭만소설, 시집, 음악, 극장, 무도회 등 이전에 나에게 해를 끼치지 않는다고 여겨졌을 뿐만 아니라 아주 고상한 유희로 여겨졌던 그러한 것들을 더 이상 구하지 않을 것이다. 아내를 버린다고 하는 것이 나에게도 아내에게도 또는 다른 이들에게도 최초의 덫이라는 것을 알고 있는 한, 나는 내 아내를 버릴 수는 없다. 또 다른 사람들의 나태하고 욕구를 충족시키는 삶에 협력할 수도 없다. 나를 위해, 또는 다른 사람들을 위해 함정의 역할을 하는 탐욕적 오락거리, 즉 소설, 극장, 오페라, 무도회 따위에 참석하거나 그러한 것을 개최할 수도 없다. 나는 배우자 없이 사는 성인 남녀의 독신생활을 격려하지 않을 것이다. 나는 별거하는 부부를 도와주지 않을 것이다. 결혼이라고 불리어지는 성교와 그처럼 불리어지지 않는 성교 사이에 차별을 둘 수는 없지만, 오직 인간이 서로 맺은 결혼이라는 결합만을 신성하고 의무적이라는 점을 생각하지 않을 수 없다.

그리스도가 내게 보여준 세 번째 유혹은, 나의 행복을 파괴하는 맹세의 유혹이다. 나는 이를 믿지 않을 수 없으며 따라서 이전에 내가 한 것처럼 나 자신은 그 누구에게도, 혹은 어떠한 일에 관해서도 맹세할 수 없다. 전에 내가 그런 것처럼, 그것은 별로 남들에게 해가 되는 것이 아니고, 모든 사람이 그것을 행하고 있으며, 그것은 국가에 있어 필요한 일이고, 만일 내가 이 요구를 거절한다면, 내게도 또 다른 사람에게도 더 상황이 악화될 것이라는 말을 함으로써, 맹세에 대해 정당화와 자기합리화 시킬 수 없다. 나는 이제 안다. 이것이 나와 사람들에게 악이고 따라서 그것을 행할 수 없음을.

하지만 그것을 알고 있을 뿐만 아니라, 나는 이제 나를 악으로 빠뜨리는 유혹까지도 알고 있다. 그래서 나는 그것에 종노릇할 수 없다. 하나님께 맹세함으로 거짓을 신성시하는 유혹이 있음을 나는 안다. 인간이나 사람들 앞으로 명해진, 인간이 결코 신 이외에 순종할 수 없음을 약속한 점에 이 거짓이 있다.

나는 그 결과에 따라 가장 무서운 세상의 악, 즉 전쟁에서의 살인, 감금, 고문, 사형이 바로 이 유혹 덕분에 자행되는 것이며, 악을 자행하는 사람들에게 그 책임을 벗어나게끔 하기 위해 그러한 명분을 주는 것임을 안다. 나를 재판장에 서게 하고, 사람들을 사랑하지 못하게 강제한, 그 많고 많았던 악을 떠올리면, 그 모든 것이 맹세 때문에, 즉 나 자신이 다른 사람의 의지에 복종할 의무를 자인하는 서약에서 비롯됨을 이제 이해한 것이다. 나는 이제 이 말의 의미를 이해한다. 평범한 확인이나, 그렇든 아니든 간에 단순 부정이 아닌, 그 이상의 모든 약조는 바로 악이라는 사실이다. 이것을 이해함과 동시에, 나는 맹세가 자기와 남의 행복을 파멸로 이끈다는 사실을 확신한다. 그리고 이 믿음은 좋은 것, 나쁜 것, 높은 것, 낮은 것에 대한 나의 평가를 바꾸었다. 지금까지 내가 좋다고 생각한 모든 것, 즉 선서에 의해 확증하는 정부에 대한 충성의 의무, 이 선서를 국민들에게 거의 갈취하는 것, 이 맹세를 위해 행해지는 양심에 배반하는 그 모든 행위 등 이 전부가 나에게 악한 것, 야비한 것으로 생각되어지는 것이다. 그래서 나는 이제 맹세를 금하는 그리스도의 가르침에서 벗어날 수 없게 된 것이다. 더 이상 나는 대부분의 사람들이 하는 것처럼 다른 사람에게 맹세를 하든지 아니면 맹세를 하라고 강요할 수도 없고, 또 맹세를 중요한 것이라든지 필요한 것 혹은 실제로 아무리 해가 없다 하여도 무해한 것이라고 생각하게 만드는 것에 동조할 수 없는 것이다.

그리스도가 내게 보여준 네 번째 유혹은 나의 행복을 빼앗는, 다른 사람에 가하는 폭력으로 악에 대항하는 것이다. 나는 이것이 나와 다른 사람들에게 악임을 믿지 않을 수 없다. 그래서 나는 의식적으로 그 행위를 하지 못한다. 그리고 이전에 그래왔던 것처럼, 이 악이 나와 다른 사람들을 지키고 나와 다른 사람들이 사유재산을 지킨다는 명목 아래 필요한 일이라고 정당화시킬 수 없다. 이전에 내가 폭력을 행사했던 경험을 되살릴 때, 그것을 거부하고 중단하지 않을 수 없다. 나는 이에 대해서 안다.

그러나 나는 이것을 아는 것뿐만이 아니라, 이제 나를 그 악으로 이끌었던 유혹에 대해서도 안다. 이제 나는 이 유혹이 나 자신, 또는 내 재산을 다른 사람으로부터 보호함으로써 내 삶을 보증할 수 있다는 미망에 있다는 걸 안다. 이제 나는 인류의 악 대부분이 사람들이 서로 남을 위해 일을 하지 못 하도록 할 뿐 아니라, 자기 자신이 노동하지 않고 폭력으로써 남의 노동력을 착취하는 것에서 발생함을 알고 있다. 이제 나는 나 자신을 위해서 혹은 남을 위해서 행한 이 모든 악과 그밖에 다른 사람들이 행한 모든 악들을 상기할 때, 그러한 악의 대부분이 우리들이 어떤 것을 방어함으로써 우리들의 삶을 보증하고 또 생활을 개선할 수 있다고 생각하는 데서 생겨났음을 이해한다. 이제야 나는 다른 사람이 나를 위해 일하기 위해서가 아니라, 내가 남을 위해 일하기 위해 태어났음을 이해했고, 또 힘들여 수고하는 자만이 일용할 양식의 당당한 권리를 가진다는 말씀의 의미도 이해한 것이다. 이제 나는 각자가 자기 스스로를 위해서만이 아니라, 남을 위해서도 노동할 때, 그리고 다른 이에게 내가 할 일을 남기지 않고, 오히려 그것이 필요한 각자에게 나의 노동력을 제공할 때에, 비로소 나와 다른 이의 행복이 가능하다는 것을 안다. 이 믿음은 좋은 것, 숭고한 것, 나쁜 것, 굴욕적인 것에 대한 나의 평가를 바꾸어 놓았다. 지금까지 나에게 좋았던 것, 숭고한 것이라고 생각했던 모든 것, 즉 부, 모든 종류의 재산, 명예, 나의 사적인 권리에 대한 인식 등 그 모든 것이 이제 나쁜 것, 유치한 것이 되고 말았다. 그리고 지금까지 내게 나쁜 것, 굴욕적인 것으로 여겨지던 모든 것, 즉 남을 위해 곤욕스럽지만 일해주기, 가난함, 비천한 직업, 그리고 모든 종류의 재산과 그 권리에 대한 거부가 내 마음속에서 선한 것, 숭고한 것이 되었다. 만약 내가 깜빡해서 그 순간에 나 자신과 다른 사람들을 위한 방어, 혹은 나 자신과 다른 사람들의 재산을 지키기 위한 폭력을 써야겠다는 유혹을 느낀다 하여도, 더 이상 나는 나 자신과 남을 파멸시키는 유혹에 온유하고 의식적인 정신 상태로 온전히 그것에 나를 내맡길 수 없을 것이다. 나는 어린아이를 제외한 어떠한 사람에 대해서도 그 사람의 의지에 반하여 현재 그 사람이 봉착하고 있는 악으로부터 그 사람을 벗어나게 하기 위해 어떠한 폭력도 쓰지 못할 것이다. 또 나는 사람들과 그 사람들의 재산을 폭력으로써 수호할 것을 목적으로 하는 그 어떠한 정치권력의 활동에도 협력할 수 없다. 즉 재판관, 배심원, 정부 책임자, 지휘계통을 막론한 그 어떠한 감독관이든, 그에 동조하는 자가 되지 않을 것이다.

그리스도가 내게 보여준 다섯 번째 유혹은 나의 행복을 빼앗는, 즉 우리가 우리나라와 타민족의 국가를 나눠서 생각하는 것이다. 나는 그리스도의 가르침을 믿지 않을 수가 없다. 따라서 나는 내가 이성을 잃은 순간에 내 안에 타민족에 대한 적개심이 끓어오를 수는 있다 하더라도, 더 이상 나는 안정된 시간에 이 감정이 거짓된 것임을 인정하지 않을 수 없을 것이다. 또 내가 이전에 그랬던 것처럼 다른 민족들에 대한 우리 민족의 우월성으로 그러했던 내 감정을 정당화하지 않을 것이다. 이것을 상기할 때에 바로, 동포애보다 이방민족에 대한 더 큰 우애가 있도록 노력하지 않을 수 없다.

그러나 내가 나의 민족과 다른 민족 사이에 차별을 두는 것이 내 행복을 파괴하는 악한 것임을 알고 있을 뿐만 아니라, 나를 이러한 악으로 처넣은 그 유혹조차 알고 있다. 지금의 나는 의식적으로 안정된 상태에서 전에 내가 했던 것과 같이 이 유혹에 몸을 바칠 수 없게 되었다. 나는 내 행복이 내 민족에 속해 있는 사람들의 행복에만 연관되어 있고, 온 세상 사람들의 행복과는 아무런 관계도 없다는 미망 속에 이 유혹이 있다는 걸 알고 있다. 이제 나는 나와 다른 사람들과의 결속이 국경선이나 또는 내가 이러저러한 민족에 속해 있다는 것에 관한 정부의 법령포고에 의해 파괴될 수 없다는 것을 아는 것이다. 이제 나는 어디에서나 만인이 평등하며, 또 형제라는 것을 알고 있다. 나 스스로 행하였고 시도했으며, 그에 따른 어떤 민족에 대한 악의의 결과를 스스로 목격하고서, 그 악을 회상해 볼 때,

나는 애국심이니 조국애니 하는 유치한 거짓말이 모든 것의 이유였다는 것을 확실히 깨달은 것이다. 나는 내가 받은 교육과정을 떠올려볼 때, 다른 민족에 대한 적대적 감정, 즉 타민족과 자기 민족 사이에 차별을 두는 감정이 결코 나의 본유한 감정이 아니라, 비합리적인 교육에 의해 내게 인위적으로 접종된 악한 감정이었다는 것을 깨달은 것이다. 이제 나는 이 말씀의 의미를 이해한다. "원수에게 선을 행하라. 그들에게 동족에게 행하는 것처럼 행하라. 너희들은 모두 다 한 아버지의 아들이니라. 그러므로 너의 아버지와 같이, 자기 민족과 타민족 사이에 차별을 두지 말고 만인을 평등하게 대하라." 이제 나는 예외 없이 자기와 전 세계의 모든 사람들과의 합일을 인정할 때에만 행복할 수 있다는 것을 이해한다. 나는 그것을 굳게 믿는다. 그리고 이 신앙은 좋은 것, 나쁜 것, 위대한 것, 부끄러운 것에 대한 나의 평가 전체를 바꾸었다. 이전까지 나에게 있어 좋은 것, 고상한 것이라고 생각되었던 것, 즉 조국애, 동포애, 타민족에게 손실을 가하면서까지 자기 국가에만 봉사하여 전쟁의 공훈을 세우는 것, 이 모든 것이 오늘의 나에게 있어서는 역겹고 불쌍하게 보이게 된 것이다. 그리고 불명예스럽고 수치스럽게 생각되었던 조국에 대한 집총거부, 지구촌주의(코스모폴리터니즘)가 이와 반대로 좋고 높은 것으로 보이게 되었다. 비록 내가 이성을 잃었을 순간에 타국인보다 러시아에 한층 더 협력할 수 있고, 또 러시아 국가나 러시아 민족의 성공을 기원할 수 있다고 하더라도, 더 이상 나는 적어도 안정된 순간에 나 자신과 사람들을 멸망시키는 유혹에 종노릇할 수 없다. 또 어떠한 국가나 민족도 인정할 수 없고, 여러 국가 또는 민족들 사이에서 펼쳐지는 회담이나 어떤 조약 같은 논쟁 사이에 어떠한 민족의 편을 들어 참가할 수 없다. 나는 여러 국가 간의 차이에 기초를 둔 모든 것, 즉 세관 및 세금의 징수부터 시작해서 탄약과 무기의 제조, 무장을 목적으로 하는 모든 무기 산업, 국방에 대한 어떠한 활동, 또는 군 복무까지, 하물며 다른 여러 국가에 대한 전쟁 그 자체는 말할 것도 없고, 그러한 그들이 계속 행하는 사업에 조력할 수 없다.

나는 깨달았다. 어디에 나의 행복이 있으며, 그것을 믿기 때문에, 즉 그것에 나의 신앙이 있기 때문에 나에게서 나의 행복을 의심할 여지없이 빼앗아가는 그러한 행동을 할 수 없다는 것을 깨달았다.

하지만 그렇게 살아야겠다는 확신에 그치는 것이 아니라, 그렇게 살아간다면 나의 삶이 오직 하나의 가능한 이성적이고 즐거운, 그리고 죽음으로도 없어지지 않을 의의를 얻게 된다는 것을 믿는다.

내가 믿는 것은, 나의 이성적인 삶이 바로 나에게 주어진 나의 빛, 말이 아니라 선행으로 인간들 앞에 빛날, 그래서 아버지께 영광 돌릴, 바로 그 빛이라는 것이다(〈마태복음〉 5장 16절). 나의 삶과 진리의 의의는 나에게 일하라고 주어진 달란트, 그리고 그 달란트가 쓰일 때에만 불이라는 것, 즉 그 불이 타고 있을 때만 불이라는 것을 나는 믿는다. 나는 그로부터 진리를 알았고 앞으로도 알아갈 요나와 관계하는 니느웨이고, 또한 내가 다른 니느웨들에게 반드시 진리를 전해야 할 요나임을 믿는다. 삶의 유일한 의의는 내 안에 내재하는 빛 속에서 사는 것에 있으며 또 그 빛을 아래에 버려두지 않고, 드높여 사람들 위에 올려서 그것이 그들에게 잘 보일 수 있도록 하는 것에 있다고 나는 믿는다. 때문에 이 신앙은 내가 그리스도의 가르침을 실천할 경우 새로운 힘을 주며, 이제까지 내 앞에 놓여 있던 모든 장애물들을 치워주는 것이다.

이제까지의 내 마음속에서 그리스도의 가르침의 진실성과 실행 가능성을 방해하고 있던 것, 그러한 수준에 나를 처넣은 것, 즉 그리스도의 가르침을 모르는 사람들의 궁핍과 고뇌 및 사망의 가능성 등 바로 그러한 모든 것이 오히려 이제 나를 위해 이 가르침의 진실성을 반증하게 만드는 그러한 상태로 나를 이끈 것이다. 나는 그리로 저절로 이끌려온 것이다.

그리스도는 말한다. "사람의 아들을 높여라. 그리고 모두가 나를 따라오게 하라." 그래서 나는 억제할 수 없을 정도로 그에게 끌리고 있음을 느낀 것이다. 그는 또 이렇게 말한다. "진리가 너희를 자유하게 하리라." 그래서 나는 내 자신이 완전히 자유로움을 느꼈던 것이다.

나는 이전에 이렇게 생각했다. 적이나 악한 사람들이 나를 공격해오거나 또는 내가 나 자신을 보호하지 않으면 그들은 내 것을 다 빼앗아갈 것이고, 나에게 면박을 줄 것이며, 나와 내 이웃에게 고난을 주고, 결국에 살해하고 말 것이다. 그래서 이

것이 나에게 무섭게 느껴졌던 것이다. 그러나 나를 당황하게 한 모든 것이 이제 나에게 즐거운 것으로 생각되고, 또 진리라고 확증된 것이다. 적도, 악인도, 도둑도 모두 인간이다. 나와 마찬가지로 사람의 아들이다. 그들도 또한 나와 마찬가지로 선을 사랑하고, 악을 미워하며, 또 나와 마찬가지로 죽음에 직면해 살고 있다. 그리고 나와 마찬가지로 구원을 고대하며, 그밖에 그들도 또한 이 구원을 그리스도의 가르침 속에서 찾기를 바란다. 그것을 나는 이제야 이해했던 것이다. 비록 진리가 그들에게 알려져 있지 않고, 그들이 악을 행복이라고 여기며 그것을 행하고 있다 하더라도, 내가 진리를 알고 있는 것은 오로지 그것을 모르는 사람들에게 알리기 위해서이다. 그리고 그것을 그들에게 나타낼 수 있는 길은 오직 실제 행동에서 진리의 계명으로써 악에 가담하기를 거부하는 것 말고는 달리 불가능한 것이다.

초대받지 않은 손님이 온다. 독일인, 터키인, 야만인들이 몰려온다. 만약 당신이 전쟁에 참가하지 않으면 그들이 당신을 죽일 것이다. 이것은 옳지 못하다. 만일 누구에 대해서도 악을 행하지 않고, 자기 노고의 여분을 전부 다른 사람들에게 가져다 바치는 그러한 기독교인들의 사회가 존재한다면, 어떠한 적이라 할지라도—게르만족, 터키족, 야만족이라 할지라도 이러한 족속들에게 괴롭힘 당하거나 죽임을 당하거나 하지 않을 것이다. 진짜 악한 적이라면 러시아인, 독일인, 터키인, 야만인 사이에 구별을 두지 않고, 사람들이 내놓는 모든 것을 자기 자신을 위해 다 받을 것이다. 또 만약 기독교인이 전쟁에 의하여 자신을 보호하는 비기독교인 사회에 있고, 전쟁에의 참가에 응한다면, 바로 여기에서 비로소 기독교인에게 진리를 모르는 사람들을 도와줄 가능성이 생기는 것이다. 기독교인은 진리를 모르는 사람들에게 자신의 말을 증명하기 위해서 그 진리를 알고 있는 것이다. 그 진리는 행동에 의해서만 증명이 되는 것이다. 기독교인의 행동은 전쟁을 거부하는 것이고, 소위 적과 동족 사이에 차이를 두는 일 없이 선을 행함을 보이는 것이다.

그런데 또 불청객이 아니라 내부의 적, 악한들이 기독교 가정에 문을 깨부수고 쳐들어왔다. 만약 그가 대항하지 않으면 자기와 가까운 이들에게 도적질하고 그들을 고문하고 결국 살해를 감행할 것이다. 사람들은 이렇게 말한다. 이것도 또 옳지 못하다. 가령 그 가족 구성원 전부가 기독교인이고, 그래서 다른 이들에게 자신의 삶을 바치는 것이라 생각하는 사람들이라면, 그의 섬김을 받는 사람이 그들의 일용할 양식을 수탈하고 그 사람들을 죽일, 미친 사람이 나타날 리 만무하다. 미클루하—마클라이[37]는 가장 짐승들이라고 불리는 야만인들 사이에서 살았지만, 그들에게서 살해를 당하지 않았을뿐더러, 오히려 그들로부터 사랑을 받았고, 그들을 무서워하지 않았을뿐더러, 그들에게 무엇 하나 요구하지 않고, 그들에게 선행을 베풀

---

37 마클라이Nikolai N. Miklukho-Maklai(1846~1888): 러시아의 유명한 탐험가. 파푸아뉴기니와 말레이시아를 탐험했다.—옮긴이

었기 때문에 그 사람들은 그에게 복종한 것이다. 만일 폭력을 써서 자신과 자신의 재산을 보호하려 하는 비기독교 가정이나 그들과 가까운 이들과 같이 사는 기독교인이 그들에게 이 방어에 동참할 것을 요구받는다면, 이 명령은 기독교인에게 바로 자신의 삶에 있어 실제 행동으로 실천해 보이라는 명령, 즉 사명이다. 기독교인이 진리를 알고 있는 것은 그것을 다른 사람들, 특히 무엇보다 그 사람과 가족이나 친지로서 연관된 가까운 이들에게 진리를 보이기 위해서 알고 있는 것이다. 그런데 기독교인이 진리를 보이는 것은 다른 사람들이 빠져 있는 그 미망에 빠지는 것이 아니라, 또는 그 상태가 빠져 있거나 그 상태를 유지하려는 것도 아니라, 모든 것을 다른 이에게 바치고, 자신의 삶으로써 그에게 신의 의지를 실천하는 것 외에는 아무것도 필요치 않고, 그 의지에서 멀어지는 것 말고 그 무엇도 두렵지 않다는 것을 보이는 것 말고는 달리 가능하지 않은 것이다.

그러나 국가는 그 사회의 구성원이 정부의 질서를 인정하지 않고 모든 시민의 의무의 실천을 계속 피하는 것을 허용치 못할 것이다. 정부는 기독교인에 대해서도 재판 참가와 선서, 군 복무를 요구할 것이며, 그것을 거부할 시에 처벌, 즉 유형, 투옥, 심지어 사형까지 강제할 것이다. 기독교인에게 있어 이러한 정부의 요구는 진리를 모르는 자가 제시하는 요구다. 따라서 진리를 아는 기독교인은 또다시 진리를 모르는 자들 앞에서 증거해야 한다. 그 결과로 기독교인이 봉착하게 되는 폭력, 감금, 사형은 말에 의해서가 아니라 행위에 의해서 증명을 제시할 가능성이 있는 기회를 그에게 제공하는 것이다. 전쟁, 강탈, 사형 등 모든 폭력은 자연의 비이성적인 우연한 힘의 결과로서 생기는 것이 아니라, 과오를 범하고 진리를 상실한 이들에 의하여 인위적으로 발생되는 것이다. 따라서 이러한 사람들이 기독교인에 대해서 보다 더 많은 악을 행하면 행할수록, 점점 더 진리에서 멀어지는 것이며, 그래서 그들은 더 불행해지고, 그리고 또 더 많이 진리의 지식이 필요한 존재가 되는 것이다. 기독교인에게 있어 진리의 지식을 사람들에게 전달하는 일은 그에게 악을 행하는 사람들이 지니고 있는 미망을 제압하는 것이다. 악에 보답하기를 선으로 하는 것 이외에 이를 위한 다른 방법은 없다. 바로 이 한 가지에 모든 기독교인의 임무와 죽음으로도 파괴되지 않을 모든 삶의 의미가 있는 것이다.

거짓으로 서로 결합된 사람들은 마치 서로 조밀한 떼거지들처럼 구성되어 있다. 이 떼거지들의 엉겨붙음이 바로 세상의 악인 것이다. 모든 인류의 이성적인 과업은 이 거짓 떼거지들의 파괴에 향해 있는 것이다.

모든 혁명의 본질은 이 떼거지들을 폭력적으로 분쇄하려는 시도다. 사람들은 그들이 이 덩어리를 쪼개면 그것이 더 이상 덩어리이기를 그칠 것이라 생각해서, 그것을 때린다. 그러나 그것을 때리는 것은, 그것을 단련시키는 것일 뿐이다.

그것을 단련시키는 만큼, 그 내부의 힘이 덩어리의 부분들에 아직 전해지고 있는 동안, 또 그 부분들이 그 힘으로부터 분리되지 않는 동안, 각 부분의 유착은 계속될 것이다.

사람들 간의 유착의 힘은 허위이며 거짓이다. 그 인간들의 유착에서 각 부분을 자유롭게 만드는 힘이 바로 진리다. 진리는 오직 사람들에게 진리의 행위로 전달된다.

오직 진리의 행위만이 빛을 개인의 의식에 가지고 오며, 거짓의 유착을 파괴하고, 그 떼거지들로부터 한 사람씩 거짓에 유착된 연결을 끊을 것이다.

그리고 벌써 이러한 일이 1,800년이나 계속되어 왔다.

그리스도의 계명이 인류 앞에 놓인 그때부터 이 일은 시작된 것이다. 그리고 그것이 모두 성취되지 않을 때까지는 그리스도가 말씀한 이 일이 끝나지 않을 것이다(〈마태복음〉 5장 18절).

사람들에게 그 자신을 걸고 진리를 확신시키고자 맹세·세례를 주고 하나로 결합시키자고 생각했던 구성원들로 이루어진 교회, 그 교회는 벌써 오래전에 죽었다. 그러나 세례에 의해서가 아니고, 도유식에 의해서도 아니고, 진리의 복된 행위에 의해 한데 뭉친, 그러한 사람들에 의해 성립된 교회, 바로 이 교회는 오늘날까지 항상 살아 있었고, 또 영원히 살아 있을 것이다. 이 교회는 이전처럼 지금도 그렇게 "주여, 주여!" 하고 외치며 호소하는 사람들과 위법을 저지르는 사람들(〈마태복음〉 7장 21~22절)로써 성립되는 것이 아니라, 저 말씀을 듣고 그것을 행하는 사람들로 성립되는 것이다.

이 교회의 사람들은 안다. 그들이 사람의 아들의 하나됨을 깨지만 않으면 그들의 삶은 축복이고, 이 축복은 오직 그리스도의 계명을 실천하지 않는 것으로써만 파괴된다는 것을. 때문에 이 교회의 사람들은 그 계명을 실천하지 않을 수 없고, 그들의 실천을 다른 이들에게 가르치지 않을 수 없다.

현재 그러한 사람들이 많든 적든 간에, 어떠한 것에도 정복당하지 않을 바로 이 교회로 모든 사람이 합류할 것이다.

적은 무리여 무서워 마라. 너희 아버지께서 그 나라를 너희에게 주시기를 기뻐하시느니라(〈누가복음〉 12장 32절).

모스크바

1884년 1월 22일

1장에 덧붙이는 글

나는 기억한다. 언젠가 내가 수도원의 목사와, 나의 모든 '소유' 즉 모든 사유재산을 그리스도를 따르기 위해서 바치고 싶다는 이야기를 나눈 적이 있었다. 그때 목사는, 그렇게 하는 건 별로 좋지 않은 일이고, 그리스도의 가르침이 그런 것을 요구하는 것이 아니라고 했다. 그리스도의 가르침을 실천하기 위해서는 그렇게 그의 가르침을 직접적인 의미에서 이해할 필요는 없는 것이고, 대신 어떻게 그리스도의 가르침을 행할지 교회의 가르침을 따라야 한다는 것이었다. 교회는 황제에게 승인받은 다른 길을 제시했던 것이다. 그 가르침에 따르자면, 모든 걸 바칠 필요는 없었다. 단지 그냥 계속 사치스럽게 살고, 십일조만 내고, 기도하고, 신비로운 은총을 계속 이용해 먹기만 한다면 그만이라는 것이었다.

10장에 덧붙이는 글

진리의 추구랍시고 수학이나 과학 연구를 하는 것은 자기 칭찬에 불과하다. 동양의 다양한 연구나 〈로마서〉에 나타난 문제에 대한 해석은 연구가 가능하다. 오페라, 희극, 역사학 연구도 가능하고, 본인이 원하는 대로, 문장학 연구도 가능하다. 이 모든 것은 허용되나, 우리 인류의 삶에 대한 진리의 연구는 허락되지 않는 것이다. 학계에서 이러한 연구가 허락되지 않는 것이 참으로 멍청하고, 웃긴 짓 같다. 전체주의자들, 이를 연구하려 하는 사회주의자들이나 공산주의자들은 종교나 정부나, 인류나 그리고 신성한 모든 것에 의해 적으로 여겨진다.

구세프H. H. Гусев의 논평
《나의 신앙은 어디에 있는가》의 집필기·출판기

Ⅰ.

1882년 12월 내지는 1883년 1월에 톨스토이는 M. A. 앤겔가 르트라는 사람으로부터 편지를 받는다. 그 편지에는 어떻게 복음서의 실현에 도달할 수 있고, 뭘 해야 되는지에 대한 질문들이 쓰여 있었다. 톨스토이는 긴 답장을 썼는데, 거기에 자신의 기독교성에 대한 이해를 자세히 썼고, '악에 대한 무저항'에 관한 일부 가르침, 교회·정부·혁명투쟁 등에 관한 자기의 태도를 알려주었다.

이 편지는 굉장히 친밀한 느낌을 담았는데, 그 결과로 톨스토이는 이를 발송하지 않기로 했다. 하지만 이 보내지지 않은 편지는 새로운 긴 장편의 최초 집필 동기를 제공했고, 그리스도의 가르침에 연관된 문제들을 고찰한 최종 편집본《나의 신앙은 어디에 있는가》의 근원이 되었다.

처음 부분에 이 새 작품은 자전적 수기를 담는다. 톨스토이는 1881년 쓴 자신의 일기 중 〈기독교인의 수기〉라고 제목이 붙은 곳에서 그 도입부를 따왔다. 이 제목은 다른 제목, 즉 〈1881년의 나의 삶에 관한 수기〉로 바뀐다. 이같은 형식이 곧 성립되었고 그로써 바로 작품의 이름이 변경될 수 있게 된 것이다.

1883년 1월 30일 C. A. 톨스타야[38]는 T. A. 쿠즈민스카에게 알린다. "레보치카가 일도 하고, 뭔가 논문 같은 걸 쓰는데 안정이 되어있어요." 2월 10일에도 그녀에게 "남편 레보치카는 계속 기독교에 관해 쓰고 있어요"라고 알렸다. 3월 8일에는 이렇게 알렸다. "레보치카는 계속 자기의 복음서적 글을 쓰는 거예요. 그에게는 두 대의 작은 타이프기가 있는데, 그것이 항상 쉬지 않고 소리를 내요. 하지만 이에 대해서 한마디도 발설하면 안 돼요. 그는 자기 작업실에 처박혀 자물쇠를 걸어 잠그고 있고, 한 번도 세상의 빛을 안 봤어요. 그래서 그는 아주 우울해요."

1883년 2월 톨스토이는 M. C. 그로메카에게 편지를 쓴다. "짧게 편지 써서 죄송합니다. 일이 많이 바쁘네요. 사람들은 저에게 문학예술 작품 등을 쓰라고 합니다. 제가 지금 쓰는 것을 누군가 쓴다면, 저의 영혼이 기쁠까요? 그렇다면 기쁠 것 같아요? 누군가 이 일을 나한테서 덜어주거나 혹은 제게 이 일을 할 필요가 없는 것이다, 라고 말하든지 아니면, 저를 책상다리

---

38 러시아에서는 여자가 결혼을 하면 남자의 성에 따르는데, 톨스타야는 톨스토이라는 성family name의 여성형이다. 그리고 '레보치카'는 톨스토이의 이름 '레프'의 대한 애칭형인데 톨스토이의 아내는 남편 톨스토이를 애칭으로 불렀다. 러시아인들은 보통 아주 친한 친구나 가족들한테 곧잘 애칭으로 부른다. 참고로 '레프 니콜라예비치 톨스토이'가 톨스토이의 풀네임full name이고 여기서 '니콜라예비치'는 부칭父稱, 즉 니콜라이의 아들이란 뜻이다. —옮긴이

에 절하게 그냥 두세요."

연대기적으로 색인해보아도, 바로 이 일(편지)이 1883년 초의 그 집필동기와 연관된다는 점의 증거가 된다. 4장에서 저자는 말한다. "얼마 전 내 손에는 교훈적인 …… 기독교 혁명가와 관계되는 슬라브 정교도의 수기가 있었다." 이 악사코바의 수기는 앤겔가르트의 편지와 함께 톨스토이에게 보내졌었던 것이다. 엔겔가르트의 편지와 같이 이 수기는 1882년 12월이나 1883년 1월 톨스토이에게 동봉되었던 것이다.

긴장된 작업 몇 달 후 톨스토이는 피로를 느끼고, 4월 초 그로메카에게 편지를 썼다. "봄에 이르러 지적 작업 능력이 떨어졌고 그래서 더 힘들게 되었다."

집필은 계속되었고 1883년 여름, 6월 한 달 중 며칠을 제외하고 톨스토이는 사마르스크현에 간다. 1883년 8월 24~25일, 야스나야 폴랴나의 방문객인 Г. А. 루사노프는 톨스토이로부터 '종교적인 문제에 대한 논문'을 쓰고 있다는 이야기를 들었다. 8월 말 톨스토이는 그로메카에게 편지를 썼다. "저는 계속일하고 있습니다. 그 일은 저를 안정시키고 기쁘게 합니다." 이 시기에 작품은 벌써 대략적으로 끝나가는 것 같았다. 그래서 1883년 9월 2일, 톨스토이는 스트라호프에게 편지를 쓴다. "나는 계속 내 글을 개작하고 수정하고 있다. 아주 바쁘다."

1883년 9월에 원고는 이미 《러시아사상》으로 넘어갔다. Г. А. 루사노프는 톨스토이에 대한 메모를 가지고 연락한다. 《러시아사상》 편집자 С. А. 유리에프와 출판업자 В. М. 라브로프는 이 논문에 대한 여러 가지를 질문했고, 다음과 같은 추측을 했다. "이것들은 검열 없이 출판될 권리를 가지고 있고, 검열당국은 이 논문을 통과시켜주지 않고, 삭제해 버릴 것이지만 그것은 몇 문단에 한한다. 물론 그것이 그들을 피곤하게 할 것이지만."

원고를 받고, 톨스토이는 스스로 특별한 의미를 부여한 이 책의 결말 부분에 대한 작업을 계속한다. 9월 29일, 톨스토이는 모스크바의 아내에게 편지를 쓴다. "나 스스로의 교정이 아직 이루어지지 않고 있으며, 단 하루만 이 작업을 했을 뿐이고 아직 결론을 내리지 못했소. 결론이 아주 중요한 것 같아서, 나는 하루 종일 그것에 대해 생각했어요. 만약에 일이 잘되면, 내일 할 거요. …… 최근 좀 했지만, 더는 진척이 없구려. 모스크바에서 신경을 자극하는 게 좋을 것 같소. 여기서 수정을 끝마치면, 내가 기분이 좋아질 것이 분명하오." 그녀에게 또 10월 1일 "아침에 …… 쓰려고 앉았소. 많이 썼지만, 별로 좋지 않은 것 같소"라고 썼다.

톨스토이가 그러한 의미를 부여한 결론은 최종 편집에서의 마지막 두 장에 담기게 되었다. 그중에 마지막 장은 최초로, 거의 책 전체의 이름을 반복하면서 "나의 신앙은 어디에 있는가"로 불려진다. 그의 견해에 따르면 이 작품에서 가장 중요한 장으로서 이 마지막 장의 처음 네 문단은 톨스토이가 이 결론에 대해 자신의 목소리를 내서, 얼마나 완강하고 끈질기게 최고로 강한 표현을 하고자 했는지 알 수 있다.

한편 10월 2일, 모스크바에서 교정 작업이 끝났고, 이날 톨스토이는 아내에게 통지한다. "최근 야세닉으로부터 산더미를 받았소. …… 인쇄소에서 빨리 수정하라고 하는데, 그들은 인쇄할 활자가 없다는 거요. 3일 안에 끝마치기를 바라오." 10월 3일, "교정이 다 됐고, 기대했던 것처럼, 아주 훌륭히 썼소. 거의 50퍼센트는 된 것이오. …… 오늘같이 이틀 더 쓰기를 바라오. 그러면 아주 행복하게 끝마치게 될 거요." 10월 4일, "오늘까지 내가 원한 바를 해치웠소. 이틀 동안 엄청 많이 썼고, 내일이면 수정이 끝나게 될 거요."

10월 7일 모스크바에 도착한 톨스토이는 거기서 수정에 더욱 박차를 가하며 10월과 11월 초를 지낸다. 12월 9일 C. A. 톨스타야는 쿠즈민스키가 톨스토이와 편집실의 첫 번째 지인의 작업에 관심이 있다는 제안서에 대한 답으로 레프 니콜라예비치의 말씀을 편지로 쿠즈민스키에게 전한다. 그 편지에는 "원고에서 두 글자도 안 남았고, 다 되었다"라고 쓰여 있었다.

11월 9일 톨스토이는 다시 야스나야 폴랴나로 떠나서 수정 작업을 마무리 짓는다. 그가 부인에게 보낸 편지로 보건대, 이번에 작업은 톨스토이가 스스로 피로함을 느껴 진행되지 않았다는 것을 알 수 있고, 톨스토이는 11월 18일에 모스크바로 돌아온다.

역에서 집으로 가는 마차 안에서 톨스토이는 가방을 잃어버렸는데, 그 가방 안에는 옷가지와 책, 그리고 《나의 신앙은 어디에 있는가》의 원고와 수정판이 들어 있었다. 신문에 분실신고를 냈음에도 불구하고 분실물은 찾지 못했다.

모스크바에서 톨스토이는 다시 원기를 되찾아 작업을 진행했고, 11월 28일 최종 수정본의 교정쇄에 서명한다. 한편 톨스토이는 자기 습관대로 착실히 두 번째 수정 작업과 꾸겨진 종이들을 고쳐 나간다. 1884년 1월 10일이 되어서야, 그는 A. H. 피핀에게 말한다. "최근 1월 1일에 내가 출판할 원고의 수정 작업을 하지 못했어요. 나는 어제 마지막 수정본을 인쇄소에 갖다 줬지요." 원래 수정 작업은 얼마 더 계속되었지만, 이미 작품은 그래서 그렇게 '모스크바, 1884년 1월 22일'이라고 쓰여 출판된 것이다.

이 날짜가 《나의 신앙은 어디에 있는가》의 마지막 출판일로 여겨지고, 톨스토이는 더 이상 이 작품으로 돌아가지 않는다.

Ⅱ.

이제 논문을 《러시아사상》에 게재할 계획만 남았다. 확실히 책의 크기가 컸기 때문에 별도로 50부씩만 1권당 25루블의 가격에 견본 출판된 것이다. 견본 출판의 적은 부수와 비싼 가격은 검열당국의 결정에 따른 것이었다.

1884년 1월 10일의 편지에 톨스토이는 피핀에게 편지를 썼다. "출판검열당국이 어떻게 할지 상상이 안 가네요. 허가가 불가능합니다. 그런데 그들의 관점에 따르면, 출판하지 않는 것도 불가능할 것으로 보입니다."

1884년 1월 29일 C. A. 톨스타야는 야스나야 폴랴나에 있는 톨스토이에게 편지를 쓴다. "마라쿠예프[39]가 말하기를, 당신의 새 책을 귀족회의가 종교검열당국에 전달했대요. 검열회의 의장인 승원관장은 그것을 읽고, 이 책에 높은 진리가 있어서 그것을 인정하지 않을 수 없고, 그래서 자기 쪽에서 그것을 허가하지 않을 구실을 찾지 못하겠다는 거예요. 그렇지만 제 생각에는 '우월감에 가득 찬' 꼰대 같은 이들이 현학적이고 버릇없게 또 다시 금지할 것 같아요. 쿠쉬네르프[40]에서 봉인되어 있는 동안은 그 어떤 대답도 없을 거예요."

이 편지에 톨스토이는 1월 31일에 답장한다. "승원관장의 의견에 관한 마라쿠예프의 이야기를 담은 당신 편지는 내게 아주 반갑소. 만약에 그것이 정당하다면 말이오. 그 누구의 승인도, 내게는 정신적인 찬동보다 중요하지 않소. 그러나 출판되지 못할까 봐, 걱정은 되는구려."

아직 수정판본의 간행 결정은 모스크바 검열회의국의 의장 B. 페도로프의 손에 달려 있었다. 그는 이 인쇄물들을 알게 되어 1884년 1월 14일, 주요 방침에 따라, E. M. 페오크티스토프의 날인에 관해 감독으로서 다음과 같은 결론을 내린다. "작품은 아주 흥미롭게 읽히고 모든 관심을 집중시킵니다. 정부와 공공기관들의 근간을 뿌리째 뽑아버리고 철저히 교회의 가르침, 즉 교의를 파괴시키는 것이기에 극단적으로 해를 끼치는

---

39 블라디미르 니콜라예비치 마라쿠예프는 농지 경영에 대한 작가, 출판업자이다.
40 《나의 신앙은 어디에 있는가》를 인쇄한 모스크바의 인쇄소.

책이라고 인정하지 않을 수 없습니다. 저는 이 책을 받자마자, 원고와 견본 출판본의 종교적인 부분이 수정된다면 천천히 허가가 될 수 있겠다고 상상했습니다. 법적 소송의 가능성도 있어 보이므로, 이 문제를 각하의 재량에 맡기겠습니다. 저희 쪽에서는 그러한 글에 대한 법적소송은 제기하지 않을 것으로 사료됩니다."

이 날인 문제 이후에 《나의 신앙은 어디에 있는가》는 M. 보가류브스키의 서명을 받기 위해, 모스크바 교회검열회의로 보내졌다. 보가류브스키는 모스크바 검열회의에서 톨스토이의 새 책이 사도 바울의 해석을 포함하여 '복음서의 해석' 자체를 혼란시켰다고 말했으며, 모든 교회와 정부기관을 비난했다고 말했다. "사회주의, 공산주의 등과 같이 레프 톨스토이의 이 글은 가장 해로운 사상이, 톨스토이의 의견에 따르면, 교회가 지금까지 보존하고 있는 그리스도의 가르침의 본질 중 하나라고 주장한다. 그의 사상들마다 명백히 교회와 정부에 반대하는 것들이며, 가르침의 도덕적 원리 자체를 파괴하는 것이고, 교회와 정부기관의 침묵을 깨는 것이다."

모스크바 귀족회의와 종교검열회의의 결정을 듣고 중앙청사 부장은 2월 14일, '해당 작품에 당연한' 제785호 약식명령을 내린다. 2월 18일, 검찰은 쿠쉬네레프의 인쇄소에서 39부의 견본 인쇄물을 압수수색해서 중앙청사로 회부했다.

2월 19일 톨스토이는 A. C. 부투를린에게 편지를 써서 "내 책이 압수되었고, 금지되었지만, 태우지는 않았고, 나에게 알려진 바로는 페테르부르크까지 보내져서 그 견본 출판물을 조사하고 읽고 있다. 그것도 괜찮다"라고 말했다. 또 그는 H. H.게에게 1884년 3월 2~3일에 편지를 써서 "내 책을 태우는 것 대신에 그들의 법에 따라, 페테르부르크로 가져갔고, 거기서 견본을 감독관이 분석하고 있다. 나는 이것이 기쁘다. 어쩌다가 혹시 누군가 그것을 이해할지 모르는 노릇이지 않은가"라고 말했다고 한다.

H. H. 바흐메쳬프 전《러시아사상》편집장은《나의 신앙은 어디에 있는가》가 출판금지 된 사연을 신문에 게재했다.

Ⅲ.

인쇄되지는 못하였지만《나의 신앙은 어디에 있는가》는《고백》과 같이 필사본, 헥토그래프, 리소그래피의 형태로 널리 유포되었다.《나의 신앙은 어디에 있는가》의 몇몇 견본 출판물의 필사본이 저자 본인을 격분시켰는데, 그는 앞에 나온 부투를린에게 쓴 편지에서 이렇게 말하는 것이다. "나의 책은 당신 문제의 큰 부분에 있어 해답을 제시한다. …… 나한테는 필사본이 지금도 있고 또 앞으로 있을 것이다. 나는 복사본이 15루블에 팔리는 현실이 슬프다."

L. N. 톨스토이 박물관에는《나의 신앙은 어디에 있는가》견본 출판물이 있고, 이것은 첫 번째 출판물의 복사물이 실제로 존재했음을 나타낸다.

《나의 신앙은 어디에 있는가》의 첫 번역본은 Λ. Δ. 우루소프가 프랑스어로 번역한 《Ma religion》으로 1885년 파리에서 출판되었다. 두 번째 출판도 그곳에서였다. 책에는 번역자의 성이 쓰여 있지 않았다. 이 번역은 저자에 의해 개정되고, 몇몇 특정 부분을 수정한 것이었다. 이러한 사실은 우루소프가 1884년 4월 22일 톨스토이에게 보낸 편지에서 알 수 있다. 우루소프는 파리에서 톨스토이에게, 거기서 문학가 Э. 보궤와 만났고 그에게 《나의 신앙은 어디에 있는가》 번역본을 봐달라고 요청한 사실을 썼다. 우루소프가 말하길 "보궤는 자신의 번역을 읽을 준비가 되어 있음을 표명했지만, 《전쟁과 평화》에서 나온 프랑스인에 대한 신랄한 발언으로 판단하건대, 수정은 필요 없을 것 같다고, 그는 당신이 손수 읽고 수정한 것에 무슨 수정이 더 필요할 것이냐"고 말했음을 전했다. 1885년 8월 23일의 편지에서는 우루소프는 "당연히 나의 수정이 금지되었고, 당신이 손수 수정해주신 그대로 남은 그 12장이 나오게 되어 얼마나 좋은가"라고 말한다. 유감스럽게도 원고의 부재는 번역 어디 부분에서 톨스토이가 수정을 가했고 또 어떻게 저자에 의해 수정된 것인지 알 수 없게 만든 것이었다.

프랑스어 번역본이 출간된 1885년, 《나의 신앙은 어디에 있는가》의 독일어 번역본이 《Worin besteht mein Glaube?》라는 제목으로 출간되었다. 또 영어 번역으로도 《Christ's Christianity》라는 제목으로 세상에 나왔다. (《나의 신앙은 어디에 있는가》와 《고백》 합본은 《What I believe》라는 제목으로 출간되었다.)

러시아 독자들에게 《나의 신앙은 어디에 있는가》는 단지 일부분인 10장만 《행복은 어디에 있는가》라는 제목으로 1886년 《러시아의 부富》 133~149쪽에 게재되었다. 이 부분 단편은 나중에 바로 《톨스토이 전집》에 실린다. 이밖에도 러시아 독자들은 '톨스토이의 거짓 가르침'을 논박할 목적에서 쓴 교회 작가들의 발췌문에서 부분적으로 톨스토이의 금지된 작품을 만날 수 있었다. 그러한 것들로 특별히 A. 구세프의 논문 〈L. N. 톨스토이 백작의 신앙고백 및 가짜 신앙〉, И. А. 카리쉐프의 〈백작 L. N. 톨스토이의 거짓 가르침과 그의 작품 '나의 신앙은 어디에 있는가'에 관한 기독교 정교회의 관점〉 등등이 있다.

제네바에서 엘피진의 출판으로 《나의 신앙은 어디에 있는가》의 완역본이 검열 없이 1888년에 출간되었다. 러시아에서는 1905년 이후, 1906년이 돼서야 《나의 신앙은 어디에 있는가》 완성본이 '전세계소식'에 의해서 출판된다.

《나의 신앙은 어디에 있는가》는 1911년 《톨스토이 전집》에 포함된다.

인류의 교사, 톨스토이가 가르치는 삶生의 대혁명

레프 니콜라예비치 톨스토이(1828~1910)가 집필 활동을 시작했던 시기에 쓰인 대표적 작품들은 〈어린 시절〉(1852), 〈소년 시절〉(1854), 〈청년 시절〉(1857) 삼부작과 《카자흐 사람들》(1863)이다. 이 시기에 벌써 젊은 톨스토이는 이런 소설들을 발표하면서 러시아에서 작가로서의 명성을 충분히 획득한다. 하지만 점차 그는 문학계에서의 이러한 자신의 삶을 혐오하기 시작한다. 저명한 문학가라는 이름도 톨스토이를 정신적으로 완전히 만족시키지는 못했기 때문이다.

정신분석학자 카를 구스타프 융은 인간이 인성의 통합을 이루기 시작하는 중년을 인생에 있어서 중요한 시기로 보았다. 이 시기에 인간은 지금까지 그가 추구해온 가치들과 그에게 미개발된 영역 가치들의 충돌로 정신적 혼란을 겪고, 계속해서 고뇌하거나 마침내 정신적 통합을 이루기도 한다. 톨스토이도 마찬가지였다. 톨스토이에게도 중년의 위기가 닥쳐온 것이다. 이때 톨스토이는 죽느냐 사느냐의 문제로 고뇌한다. 톨스토이의 이러한 상태는 다음 질문에 대한 만족스러운 대답을 발견할 수 없음으로써 생겨난 것이다. '우리 인생이 피할 수 없는 죽음

의 공포에 의해서도 사라지지 않을 어떤 의미를 가질 수 있겠는가?'

대표작인 《안나 카레니나》를 완성한 직후인 1877년경은 역설적으로 톨스토이의 정신적 위기가 가장 극에 달한 시기였다. 톨스토이의 헤로인이라고 할 수 있는 안나 카레니나가 자살로 생을 끝마치는 것은 결코 이 시기 톨스토이의 정신 상태와 무관하지 않다. 또 잘 알려진 대로 《안나 카레니나》의 남자 주인공인 레빈은 작가의 사상을 직접적으로 대변하는 톨스토이의 화신이다. 레빈도 소설의 마지막 부분에서 '예술도 철학도 과학도 아니면 무엇인가'라고 회의하고, '그렇다면 종교인가' 하고 인생의 해답을 찾으려 하지만 그곳에서도 이른바 '허위'를 보았던 것이다. 톨스토이는 《고백》에서 다음과 같이 기술하였다.

그래서 나는 의심하기를 그만두고 지금까지 내가 결부돼 온 신앙의 지식에는 별로 진리가 없다는 것을 완전히 믿게 되었던 것이다. 그전 같았더라면 나는 모든 신앙을 거짓이라고 말했을 것이다. 하지만 지금 나는 그렇게 단언할 수 없었다. 일반 민중은 모두 진리의 지식을 갖고 있었다. 이것은 의심할 수 없는 사실이었다. …… 그러나 바로 그 지식 속에는 허위도 역시 있었다. 그것을 나는 의심할 수 없었다. …… 나를 반박시킨 허위의 불순물이 교회의 대표자들보다는 모든 민중 전체 속에 조금밖에 없었다고 하지만, 아무튼 나는 민중의 신앙 속에도 허위가 진실과 섞여 있는 것을 보았던 것이다.

그런데 그러한 허위는 어디서 왔는가? 그러한 진실은 어디서 왔는가? 허위나 진실이나 다 교회라고 부르는 것에 의해서 전해지고 있는 것이다. 그 허위나 진실이 모두 전설, 이른바 외경의 전설과 사도행전에 들어 있는 것이다. 그래서 나는 할 수 없이 이러한 전설과 〈사도행전〉의 연구에 ─지금까지 무척 두려워했던 연구에 ─몰두하게 되었다.

삶과 죽음에 대한 고뇌로 정신적 방황을 하던 톨스토이는 마침내 허위를 제거한 기독교의 나머지 부분에서 자신을 죽음의 공포에서 구원할 삶의 의미를 찾는다. 그것은 바로 순수한 **그리스도의 가르침**을 통해서였다. 이 시기에 톨스토이의 정신세계에는 그렇게 위대한 '**전향**обращение'이 일어났고, 이 과정을 톨스토이는 《고백》에 기록한다. 그렇게 그의 작품세계는 《안나 카레니나》 이후 《고백》부터 예술에서 종교로 나아갔던 것이다.[41]

따라서 톨스토이의 전향 이후 그의 거의 모든 작품에 등장하는 주요 테마를 파악한다면 그것은 기독교적 세계관과 인간관이라 해야 할 것이다.[42] 50세부터 톨스토이는 본격적으로 자신

---

41 후에, 투르게네프는 톨스토이에게 다시 러시아의 위대한 작가로서 문학(예술)으로 돌아와 달라고 당부했다.

42 사실, 이전의 문학 작품들에서도 이러한 기독교적 세계관과 인간관이 부분적으로 드러나는데, 《전쟁과 평화》에서 톨스토이는 세계와 인류를 움직이는 거대한

의 정신적 방황의 안티테제로서, 교회 혹은 종교에 관한 사설들이나 국가나 사회를 그리스도적 관점에서 비판한 여러 사회정치평론들, 또는 민중에게 쉽게 그리스도의 가르침을 설파할 목적으로 쓴 중단편 민화 시리즈, 종교희곡 등을 세상에 발표하기에 이른다. 그러나 우선 톨스토이는 《고백》(1882년 발표)에 이어, 《나의 신앙은 어디에 있는가》(1884년 1월 22일 발표)를 써서 이 책을 자신의 앞으로의 종교저술 작업의 사상적 근간으로 삼았던 것이다. 《고백》의 마지막 장에는 이 책의 집필을 예고하는 구절이 나온다.

> 나는 언젠가 무용지물이라며 모멸적으로 내동댕이쳤던 신학의 연구에 착수했다. 그전에 나는 신학이란 아무 소용도 없는 일련의 무의미한 것으로 간주했다. …… 내 앞에 펼쳐진 인생의 의미에 대한 유일한 지식은, 이 교리 위에 구축되어 있었다. 아니면 극단적으로 떼어놓기 어려울 만큼 밀접하게 결부되어 있었다. 낡고 굳은 내 머릿속에서 아무리 기이하게 여겨지더라도, 그것은 **유일한 구원의 희망**이었던 것이다. …… 바로 이런 경지까지 다다르고 싶은 것이다. 설명할 수 없는 모든 신조가 믿어야만 하는 의무가 아닌 **이성의 필연적 요구**로

우주와 자연의 이치, 즉 신의 섭리를 표현하고자 했던 것이라 할 수 있다. 《안나 카레니나》에서 다루는 중요한 문제의 하나는 인간 간의 그리스도적 사랑, 즉 상대방을 판단하거나 정죄하는 것이 아닌, 자기 자신을 잊고 남을 사랑하는 것이 무엇인지 하는 것이다.

보이게끔 이것을 이해하고 싶은 것이다.

신앙 속에 진리가 있다는 것, 그것은 나에게 의심할 수 없는 사실이었다. 그러나 그 속에 허위가 섞여 있다는 것, 이것 또한 의심할 수 없는 사실이다. 따라서 나는 진리와 허위를 발견하여 이 둘을 구별하지 않으면 안 된다. 그러기에 그 작업에 착수한 것이다. 내가 이 가르침 속에서 어떤 허위를 발견하고 어떤 진실을 발견했는가? 그리하여 어떤 결론에 도달했는가? 그것은 만일 그만한 가치가 있고 또 누군가에게 필요할 때는 아마도 언제든 어디서든 출판하게 될 이 **저술의 후편**을 이루게 될 것이다.

여기서 이 저술의 후편이란《나의 신앙은 어디에 있는가》를 의미한다고 할 수 있다.《나의 신앙은 어디에 있는가》서문과 1장에도 이와 비슷하게, 왜 이 글을 집필하게 되었는지가 잘 나타나 있다. 그는 곧《나의 신앙은 어디에 있는가》를 통해 자신을 구원한 순수한 그리스도의 가르침에 대한 신앙 속에 인간의 삶을 구원한 진리가 있다는 것을 알리고자 했던 것이다. 그런데 그 진리란 일반 기독교에서 말하는 허위가 첨가된 가르침(교의)이 아니라, 그 허위를 제거하여 강요적인 믿음이 아닌, 이성으로도 믿지 않을 수 없는 신앙의 진리로서, 톨스토이는 이를 기술하고자 했다.

달리 말해 톨스토이는 자신에게 있어 참된 신앙과 그 결과가 무엇인지만을 간증한 것이 아니라, 자신이 옳다고 생각하는 신앙을 합리적으로 논증하여 진리와 허위를 명백히 구분지어 놓고, 이성의 필연적 요구를 통해 참된 신앙을 가지지 아니할 수 없는 이신론理神論의 입장을 취한다. 그는 그렇게 예수의 가르침과 그에 관해 자신이 생각하는 올바른 해석을 자세히 설명해 놓음으로써 그가 그때까지 이해한 올바른 기독교 사상을《나의 신앙은 어디에 있는가》에 총망라한다. 또 그와 동시에《나의 신앙은 어디에 있는가》를 통해 민중에게도 그리스도의 가르침에 따르는 새 삶을 독려했던 것이다.

혹자는 이것에서 더 나아가, 이러한 일련의 작업들로 비추어 봤을 때 톨스토이가 새로운 종교 혹은 윤리적 가르침의 예언자가 되고자 했다고 평하고, 스스로 가르치는 위치에 서고자 하는 경향을 보인다고 한다. 이전에《교육론》을 쓴 것이나 이에 따라 나중에 시골 초등학교를 설립해 계몽운동을 펼친 것, 또는 말년에 두호보르 교도들Doukhobors를 돕기 위해《부활》을 쓴 것 등을 미루어 보았을 때, 분명히 이러한 경향이 엿보이기는 한다. 그러나 그러한 사회운동들은 톨스토이 본인의 의지이기도 했지만, 대체로 체르트코프와 같은 그의 추종자들이 톨스토이즘에 따라 대리로 진행시킨 사회사업의 일환이었다. 그렇지만 정신적 위기와 그에 따른 종교로의 전향 시기에 톨스토이는 우선 민중을 교화할 목적보다 자신의 구원에 먼저 더 관심이 있었다.

따라서 적어도 톨스토이의 후기 문학작품을 진정으로 이해할 수 있게 해주는 코드 중 하나는 바로 이러한 정신적 대변환기 이후에 재정립한 기독교적 세계관·인간관이라 할 수 있겠다. 다시 말해 이 코드는 톨스토이의 다른 작품을 바르게 해석할 수 있게 해주는 열쇠로서 작용한다. 그리고 그 열쇠는 바로 《나의 신앙은 어디에 있는가》에 고스란히 담겨져 있다.

1889년의 논문 〈러시아의 빛〉에서 유럽 및 미국의 문학과 사회에 정통했던 스테브냐크 M. 크라브친스키는 다음과 같이 쓰고 있다. "지금 톨스토이 이름을 둘러싸고 있는 이 특별한 영광은 《고백》과 《나의 신앙은 어디에 있는가》가 나타난 이후에 시작되었다." 말하자면, 톨스토이가 전 세계에서 대문호로 불린 것은 《안나 카레니나》나 《전쟁과 평화》 때문이 아니고, 문학에서 종교를 다룬 후기 톨스토이의 작품에서 비롯한 것이었음을 추론할 수 있다.[43] 그런데 톨스토이의 종교사상이 비유적으로가 아닌, 이렇게 직접적으로 쓰여 있는 작품은 소비에트 시절에는 물론이고 오랫동안 문학 비평계에서 등한시되었던 영역으로, 삶의 가치가 점점 더 위기를 맞는 금세기에 있어 더더욱 그 독서의 가치가 높다고 할 수 있겠다.

본 번역서는 《What I believe》라는 제목으로 출판된 영미 번역판이 아니라, 1992년 러시아 тerra(모스크바)에서 출판된 《레

---

43 특히 한국의 경우에 톨스토이의 수용이 그러했다. 톨스토이의 작품이 처음 한국에 소개된 것은 최남선에 의해서였는데 최남선은 일본에서 《전쟁과 평화》가 제일 먼저 번역된 것과 달리, 톨스토이의 신앙적 메시지를 담고 있는 민화 시리즈부터 번역해 출간했다. 그리고 최남선 이전에 톨스토이의 존재를 한국에 처음 알린 1906년의 《조양보》 제10호는 공자나 노자와 같은 종교철학가로 톨스토이를 소개했다.

프 톨스토이 전집ЛЕВ ТОЛСТОЙ-Полное Собрание Сочинений》 제23권 중 〈나의 신앙은 어디에 있는가В чём моя вера?〉에 해당 하는 부분을 번역한 것임을 밝힌다.

레프 톨스토이 연보

1828년(출생)	8월 28일(신력 9월 9일), 야스나야 폴랴나에서 니콜라이 일리치 백작과 마리야 니콜라예브나 사이의 4남 1녀 중 넷째로 태어나다.
1830년(2세)	8월 4일 어머니 마리야 니콜라예브나가 여동생을 낳다 사망하다.
1837년(9세)	1월 모스크바로 이사. 7월 21일 아버지 니콜라이 일리치 백작 사망. 숙모가 다섯 남매의 후견인이 되다.
1844년(16세)	형제들과 함께 카잔으로 이사. 카잔대학교 동양어학과에 입학하다.
1845년(17세)	법학과로 전과하다.
1847년(19세)	카잔대학교를 중퇴하고 야스나야 폴랴나로 귀향하다. 농민들의 가난한 삶을 목격하고 그들을 돕기 위해 노력했으나 좌절하다.
1848~1849년 (20~21세)	모스크바와 페테르부르크를 오가며 법학 공부를 계속하지만 졸업 시험에서 탈락하다. 사교계 생활과 도박, 사냥 등에 빠져 방황하며 경제적 어려움에 직면. 바흐, 쇼팽 등의 음악에 심취하여 피아노 연주에 탐닉하다. 야스나야 폴랴나에 돌아와 농민학교를 열지만 만족할 만한 성공을 거두지 못하다.
1851년(23세)	큰형 니콜라이를 따라 캅카스로 떠남. 지원병으로 참전. 〈어린 시절〉 집필.
1852년(24세)	포병 부사관으로 포병대 입대. 문예지 《동시대인》에 〈어

린 시절)이 게재되고 극찬을 받다.

1853년(25세)	퇴역한 큰형을 따라 톨스토이도 퇴역하려 했으나 터키와의 전쟁으로 군 복무가 연장되다.
1854년(26세)	1월 장교로 승진. 몇몇 장교들과 함께 〈군사 신문〉 발행 계획을 세웠으나 당국에 의해 금지됨. 11월 세바스토폴에서 크림전쟁에 참전하다. 〈소년 시절〉 발표.
1855년(27세)	6월 《동시대인》에 〈세바스토폴 이야기〉 발표. 크림전쟁 패배 후 군에서 제대하다. 12월 페테르부르크에서 투르게네프 등 작가들과 만나다.
1856년(28세)	〈세바스토폴 이야기〉 연재 계속. 12월 소설 〈지주의 아침〉 발표.
1857년(29세)	《동시대인》에 〈청년 시절〉 발표. 유럽여행을 다녀와 야스나야 폴랴나에 정착. 농사일을 하다.
1858년(31세)	〈세 죽음〉 발표.
1859년(32세)	〈가정의 행복〉 발표. 농민 자녀를 위한 학교 개설.
1860년(32세)	교육 문제에 관심을 두고 〈국민 보통 교육 초안〉을 기초함. 7월 두 번째 유럽 여행을 떠나다. 9월 큰형 니콜라이 사망.
1862년(34세)	교육 잡지 《야스나야 폴랴나》 간행. 소피야 안드레예브나와 결혼하다.
1863년(35세)	〈카자흐 사람들〉 발표. 맏아들 세르게이가 태어나다.
1864년(36세)	작품집 1, 2권 간행. 딸 타티야나가 태어나다.
1865년(37세)	《러시아 통보》에 《1805년》《전쟁과 평화》1, 2권) 발표.
1866년(38세)	둘째 아들 일리야가 태어나다.
1867년(39세)	《전쟁과 평화》3, 4권 집필.
1868년(40세)	《전쟁과 평화》5권 집필.
1869년(41세)	《전쟁과 평화》6권 집필. 셋째 아들 레프가 태어나다.
1871년(43세)	둘째 딸 마리야가 태어나다. 《철자법 교과서》 집필.
1873년(45세)	《안나 카레니나》 집필 시작. 러시아 과학 아카데미 언어·문화 분과 준회원으로 선출됨. 사마라 지방에 온 가족과

함께 가 기근 구제사업을 하다.

1875년(47세) 《러시아 통보》에 《안나 카레니나》 연재를 시작하다.

1877년(49세) 《안나 카레니나》 탈고. 넷째 아들 안드레이가 태어나다.

1878년(50세) 《안나 카레니나》 단행본 출간.

1879년(51세) 다섯째 아들 미하일이 태어나다.

1880년(52세) 《고백》을 탈고했으나 출판이 금지되다. 성서번역에 착수.

1881년(53세) 단편소설 〈사람은 무엇으로 사는가〉 집필. 알렉산드르 2
세 황제 암살에 가담한 혁명가들의 사형집행을 반대하는
청원을 황제에게 제출하다. 가족과 함께 모스크바로 이
주. 톨스토이 자신은 모스크바와 야스나야 폴랴나를 오가
며 생활하다.

1882년(54세) 모스크바 인구 조사에 참가하다. 이 조사를 통해 노동자
들의 비참한 현실을 깨닫게 된다. 〈모스크바에서의 민세
조사에 대하여〉, 〈교회와 국가〉 발표.

1883년(55세) 《나의 신앙은 어디에 있는가》 탈고.

1884년(56세) 야스나야 폴랴나에서 첫 번째 가출 시도. 셋째 딸 알렉산
드라가 태어나다.

1885년(57세) 〈바보 이반〉, 〈두 노인〉, 〈촛불〉, 〈사랑이 있는 곳에 하나님
이 계시다〉, 〈홀스토메르〉 등을 집필하다.

1886년(58세) 단편소설 〈세 수도승〉, 중편소설 〈이반 일리치의 죽음〉,
희곡 〈어둠의 힘〉 등을 집필.

1887년(59세) 《인생에 대하여》, 중편소설 〈크로이체르 소나타〉 집필.

1888년(60세) 모스크바에서 야스나야 폴랴나까지 도보로 여행하다. 여
섯째 아들 이반이 태어나다.

1889년(61세) 희곡 〈계몽의 열매〉, 중편소설 〈악마〉 집필.

1890년(62세) 중편소설 〈세르게이 신부〉 집필.

1891년(63세) 저작권을 거부하고 1881년 이전까지 발표한 모든 작품의
저작권 포기 각서에 서명하다. 중앙 러시아, 동남 러시아
등 기근이 발생한 지역의 농민 구제를 위해 활동. 〈기근
보고〉, 〈법원에 관해서〉 등을 집필하다.

1892년(64세)	〈신의 나라는 네 안에 있다〉 탈고.
1895년(67세)	단편 우화 〈주인과 일꾼〉 탈고. 여섯째 아들 이반 사망. 《부활》집필 시작.
1896년(68세)	희곡 〈그리고 빛은 어둠 속에서 빛난다〉 탈고. 《부활》집필 중단. 중편 〈하지 무라트〉 초판본 완성.
1897년(69세)	〈예술이란 무엇인가〉 집필.
1898년(70세)	두호보르 교도의 캐나다 이주 지원 자금 마련을 위해 《부활》집필을 다시 시작하다. 지속적으로 기근 구제사업을 전개하다.
1899년(71세)	잡지 《니바》에 《부활》 연재 시작. 《부활》 탈고.
1900년(72세)	〈우리 시대의 노예제〉, 〈애국심과 정부〉 발표.
1901년(73세)	종무원이 톨스토이의 파문을 결정. 〈종무원 결정에 대한 답변〉 집필, 3월 페테르부르크 학생 시위에서 폭력 진압이 발생하자, 이에 항의하는 호소문을 작성. 크림반도로 요양을 떠나다.
1902년(74세)	〈신앙이란 무엇이며, 그 본질은 무엇인가〉, 〈노동하는 민중들에게〉 등을 발표. 폐렴과 장티푸스로 병의 상태가 악화되다. 6월 야스나야 폴랴나로 돌아옴.
1903년(75세)	회고록과 셰익스피어에 대한 논문 집필.
1904년(76세)	러일 전쟁에 대하여 전쟁 반대론을 펼친 〈재고하라〉 발표. 〈하지 무라트〉 개작 완료. 8월 형 세르게이 사망.
1905년(77세)	논설 〈세기말〉, 〈러시아의 사회 운동에 대하여〉, 단편소설 〈항아리 알료샤〉, 〈코르네이 바실리예프〉, 중편소설 〈표도르 쿠지미치 신부의 유서〉 집필.
1906년(78세)	둘째 딸 마리야 사망.
1907년(79세)	농민 자녀 교육을 재개하다. 어린이를 위한 《독서계》 창간. 톨스토이 비서 구세프가 체포되다.
1908년(80세)	탄생 80주년 축하회가 열리다. 사형 제도에 반대해 〈나는 침묵할 수 없다〉, 〈폭력의 법칙과 사랑의 법칙〉 발표.
1909년(81세)	중편소설 〈누가 살인자들인가〉 집필. 마하트마 간디로부

터 서한을 받고, 무력으로 악에 맞서서는 안 된다는 내용을 담은 답신을 보냄. 유언장을 작성하다.

1910년(82세)   톨스토이의 유언장으로 인해 가족들 사이에 불화가 일어나자 10월 28일 가출하다. 11월 3일 평생을 써 온 일기에 마지막 감상을 쓰고, 11월 7일 아스타포보 역에서 폐렴으로 사망하다. 11월 9일 태어나서 평생을 보낸 야스나야 폴랴나 숲의 세상에서 가장 작고 소박한 한 평 무덤에 안장되다.

옮긴이 홍창배

중앙대학교 노어학과를 졸업하고, 고려대학교 대학원에서 〈톨스토이의 《나의 신앙은 어디에 있는가?》 연구: 레프 톨스토이의 신앙론 해제〉로 석사학위를 받았다.

톨스토이 사상 선집

나의 신앙은 어디에 있는가

초판 1쇄 발행 · 2020년 10월 12일

지은이 · 레프 니콜라예비치 톨스토이
옮긴이 · 홍창배
책임편집 · 장동석
편집 · 진승우 박하영
디자인 · 주수현

펴낸곳 · (주)바다출판사
발행인 · 김인호
주소 · 서울시 마포구 어울마당로5길 17 5층
전화 · 02-322-3885(편집) 02-322-3575(마케팅)
팩스 · 02-322-3858
이메일 · badabooks@daum.net
홈페이지 · www.badabooks.co.kr

ISBN 979-11-89932-77-0 04800
ISBN 979-11-89932-75-6 04800(세트)